清诗选评

朱则杰　评注

浙江古籍出版社

图书在版编目(CIP)数据

清诗选评 / 朱则杰评注. -- 杭州 ：浙江古籍出版社，2024. 8. -- ISBN 978-7-5540-3082-0

Ⅰ. I222.749

中国国家版本馆 CIP 数据核字第2024G4P065号

清诗选评

朱则杰 评注

出版发行 浙江古籍出版社
(杭州市环城北路 177 号 邮编:310006)
网　　址 https://zjgj.zjcbcm.com
封面题字 林海焕
责任编辑 沈宗宇
责任校对 叶静超
美术设计 吴思璐
责任印务 楼浩凯
照　　排 浙江大千时代文化传媒有限公司
印　　刷 浙江海虹彩色印务有限公司
开　　本 850mm×1168mm 1/32
印　　张 13
字　　数 338 千
版　　次 2024 年 8 月第 1 版
印　　次 2024 年 8 月第 1 次印刷
书　　号 ISBN 978-7-5540-3082-0
定　　价 78.00 元

前 言

中国古典诗歌源远流长。从先秦的《诗经》、楚辞，经由汉魏六朝诗歌、唐诗、宋诗、元明诗，一路发展到清代，已经走过了大约两千年的历程，取得了辉煌的成就。其间的唐诗和宋诗，更被普遍认为是中国古代诗歌的两座高峰。清代诗歌，则继相对衰落的元明诗之后重新振起，形成古代诗歌史上的第三座高峰，当然也是最后的一座高峰。

清代处于中国古代社会的末尾。清王朝从 1644 年开始取代明王朝而统治全国，到 1911 年辛亥革命被推翻，前后经历了近三百年的历史。但从这中间的 1840 年鸦片战争爆发开始，由于原来的封建社会逐步变成了半封建半殖民地社会，所以习惯上又单独称为“近代”。因此，我们这里所说的“清代”，实际上指的是近代之前的这个阶段，也就是严格意义上的清代初期和中叶，总共二百年左右的时间。

清代初期，指顺治、康熙、雍正三朝。这个时期特别是明清交替之际，民族矛盾和阶级矛盾交织在一起，斗争异常激烈。清贵族入关不久，即颁布“薙发令”，强迫汉族人民剃发蓄辫，改从满族服制，有“留头不留发，留发不留头”之说。广大汉族人民纷纷组织义军，奋起反抗，涌现出大批可歌可泣的英雄人物，做出了许多“江阴守城”那样的壮举。清朝统治者极力进行镇压，大肆杀戮不肯屈服的汉族人民，制造了“扬州十日”“嘉定三屠”等惨绝人寰的大屠杀事件。清兵铁蹄所至，烧杀掳掠，无恶不作，给黎民百姓带来了深重的灾难。到顺治末年，坚持在南方的弘光、隆武、永历等几个明朝政权相继为清兵所灭。康熙初年，清廷又平定“三藩之乱”，并派兵攻下了郑成功后人占领的台湾，终于统一了全中国。历经战乱的清初社会，此后才渐渐地得到休养生息，生产恢复，经济发展，出现了“盛世”的局面。因此，清初的诗人，无论是抗清殉节的，还是降清失节的，或者介于二者之间坚持做遗民的，乃至本身就在清朝长大的，都积极运用诗歌这种文学体裁，深刻抒发家国兴亡之感，广泛反映社会惨酷现实，形成了一个突出的主题。在创作道路上，他们根据时代的发展和内容的需要，同时吸取了明代复古派“诗必盛唐”“模拟形似”的教训，一方面拓宽艺术取法的对象范围，另一方面又在广师前贤的基础上参合变化，推陈出新，努力形成自身的特色，从而造就了一大批卓有成就的作家。像著名的“江左三大家”特别是其中吴伟业的“梅村体”，“国朝六家”特别是其中王士祯的“神韵”诗，以及顾炎武、吴嘉纪、屈大均、钱澄之等等，可谓群星璀璨，各现光芒。

清代中叶，包括乾隆、嘉庆，以及道光的前二十年。乾隆皇帝在位时间仅次于清初的康熙，长达六十年之久。从乾隆后半期开始，在表面“盛世”的背后，封建统治的许多弊端不断地暴露出来，社会日益走向下坡路，逐渐朝“末世”发展。原先从明代后期开始产生而在清初遭到破坏的资本主义萌芽，此时又重新出现。社会上两极分化，贫富对立，数以万计的穷苦百姓流离失所，逃荒要饭，造成了严重的流民问题，甚至爆发了大规模的白莲教起义。西方以当时世界上最强大的资本主义国家英国为首的列强势力，又不断地利用鸦片走私和其他贸易手段对中国实行掠夺，致使白银大量外流，进一步加剧了国内的经济萧条，激化了各种社会矛盾。终于在道光二十年庚子也就是公元 1840

年，腐朽脆弱的中国被列强的大炮轻而易举地轰开了大门，沦为半封建半殖民地社会。清代中叶的诗人生活在近代的前夜，对这种社会的逐步蜕变具有敏锐的觉察，因此这个时期的诗歌也明显地与清初不同，诗人的目光以及作品的主题都从原来的民族角度转移到整个社会上来。他们在诗歌中大胆表现个性解放的思想，深刻揭露封建末世的衰朽本质，甚至积极提出改革的正面主张，表现出一种前所未有的反对封建、追求民主的进步精神，在古代诗歌的思想内容方面达到了最高的境界。在艺术上，前面清初的诗人虽然能够做到广师前贤而推陈出新，但他们毕竟都没有离开对前人的依傍，甚而至于还在学唐学宋的问题上争论不休；而此时以袁枚为首的性灵派作家，大力提倡诗歌创作的自抒性灵、自由独创，不但强调作品所表现的真性情必须符合诗人的“自我”而不为封建正统思想和伦理道德观念所束缚，而且要求诗人充分发挥个人的天分，努力创新，自成家数，而不为以往任何时代固有传统的形式格调所限制，这样写出来的诗歌才真正具有清诗自身的特色。沿着这条道路发展下来的龚自珍，他的一题《己亥杂诗》多达三百十五首，牢笼万有，风格多样，甚至其中一部分作品连格律都不讲究，还敢对“天公”说“劝”，这就是古代任何其他诗人都没有做到的。

清代诗歌的发展规律大略如此。从这个纵向的历史流程中，不难看出清诗无论在思想境界还是艺术造诣上，的确都达到了一个新的高度。其最基本的成就和特色，从这里也可以获知一个大概。

清代诗歌的成就与特色，在许多侧面同样有着突出的反映。例如从作品描写的地域范围来看，以往历史上写得相对较远的如唐代的边塞诗，主要只集中在西北一个方向，而清代由于国家本身幅员辽阔，加之以大批流人迁徙边疆，以及大规模的边地用兵等等，东北、西北、西南等各个方向的边塞诗都空前发达，北起中俄边界，南到中缅边界，处处可见诗人的生花妙笔；祖国的宝岛台湾，和当时还被葡萄牙殖民者占领的澳门，乃至琉球、大洋洲，也都可以读到相关的诗歌。这在中国古代诗歌史上，无疑达到了登峰造极的程度。再如从诗歌创作的队伍结构来看，清代诗歌的创作主体固然还是汉族男性诗人，但在此之外，少数民族特别是满族的作家也在大批涌现，并且同样产生了不少颇有成就、影响重大的著名诗人，如纳兰性德、岳端、丁澎、法式善等等。清代的女诗人，则正如《红楼梦》《镜花缘》等同时代小说所透露的那样，仿佛雨后春笋，层出不穷，并且还破天荒地出现了集体拜师学艺的现象。像前面提到的袁枚，以及陈文述，就曾经招收过许多的女弟子，专门出版过女弟子诗选。整个有清一代的女诗人，有作品传世的至少以千计，其总数比现在可以知道的全部唐代诗人还要多得多。她们与少数民族作家一起，共同为清代诗歌的繁荣做出了巨大的贡献，同时也从一个侧面显示了清诗的成就与特色。

清代诗歌所反映的思想意识，与古代其他各个时期相比，自然也与我们今天的人最为接近。例如许多作品中表现出来的爱情观念、金钱观念，尤其是清代中叶诗歌普遍体现的朦胧的民主意识，乃至改革的社会主张，同我们这个时代常有惊人的相似。即使是清代初期那些悼念故国沦亡、反映战乱苦难的作品，虽然给今天生活在和平时代的人们感受不深，但它们客观上毕竟都是当时诗人的真情流露，展现了那个特定时期的历史面貌，而且每当国家遇上动乱年头，它们就会不断地被人们重新提起，起到教育爱国、激励救亡的作用，因此其精神同样影响着现今的整个中华民族。而在诗歌的艺术形式上，性灵派作家大力提倡的自抒性灵、自由独创，绝去依傍、不守家数的创作方法，显然更合乎今天绝大多数从事传统诗歌创作的人们所走的道路，客观上为他们开启了艺术殿堂的大门。同时从整体来看，清代诗歌的语言在古代诗歌中无疑最为通俗，其中许多作家的许多作品，假如撇开它们固有的格律以及传统的风格不计，那同今天的自由诗几乎没有差别。由此不难想见，我们所说清代之后的近代诗歌，以及现当代的旧体诗歌，无论在内容上还是在形式上，都明显是沿着清代诗歌的道路，从它这里直接发展而来的；即使是"五四"运动以后的自由诗，假如暂且不计其外来影响而专从我国诗歌自身的发展规律来考察，那显然也是由清代诗歌以及近代诗歌逐渐孕育出来，至少是从这里直接延伸下去的。这实际上从另一个角度告诉了我们，清代诗歌在整个中国诗歌发展史上的地位，也是极为重要而不容忽视的。

清代诗歌还有一个极其突出的特点，那就是它的数量多得不可计数。这里面最主要的原因，在于清代的人口增长。前面像唐代和宋代，它们的历史跨度都在三百年上下，但人口最多的时候分别只有七千五百万和一亿一千五百万，而清代在初期就已经达到两个亿，至鸦片战争爆发之际则更是多达四亿五千万，同中华人民共和国建立时差不多。同时，清代诗人的个体产量，一般也比前代的诗人要多些。唐代相对高产的诗人的像白居易，现存诗歌不足三千首；宋代像陆游，现存诗歌一万挂零；而清代的乾隆皇帝，他一个人的名下就有四万三四千首的诗歌，几乎相当于现存的所有唐诗。又由于时代的距离比较近，清代的诗歌散失最少，流传保存到今天的自然也最多。因此，早在清代就已经编成的《全唐诗》，其所收作者只有两千余人，作品仅五万首左右，过去曾排印精装为十二册（每册以大约五十万字计）；20世纪末编竣的《全宋诗》，所收作者也只有大约九千人，作品约二十七万首，成书七十二册；而旨在收罗全部清代诗歌的《全清诗》，尽管筹备多年，却至今无法正式立项开编——它应收的诗人，据预测将达到十万家，成书应在一千册以上！

由此可知，清代诗歌即使有了现成的《全清诗》，一个人什么工作也不做，整天坐在那里阅读，平均每年读五十册，也至少得读上二十年；更何况清代诗歌又散布在全国乃至世界各地，加上其他种种因素的制约，任何一个人都没有条件系统全面地读完清代的全部诗歌——即便是学界读清诗最多的专家，估计所读也还不到总数的五分之一。正是限于这种客观实际，必须坦率地说，我们这里所选的总共三百首清诗，实际上并不一定就是其中最好的；真正最好的作品，一方面有待学界全面深入地研究和开掘，另一方面也有待读者自己不断地选择与发现。相对于浩如烟海的清代诗歌，眼前这点作品，的确只能是人们常说的沧海之一粟。

清代诗歌的选本，近年来也已经出了不少种，但与其他朝代相比，清诗具有特殊性。像唐宋诗歌本身数量有限，又经过千百年的研究和普及，其中的优秀作品基本上浮在面上，因此各家选本所收的篇目及作者大体上相近，争议不大；而清代诗歌则如上文所述，不但本身数量庞大，而且目前还仅仅处在初步探索的过程之中，具有极大的可塑性，因此无论在作家还是作品的选择安排上，各家选本之间都有可能出现较大的差异。这一方面固然有利于不同的选本体现各自的特色，但另一方面也容易给读者造成某些认识上的困惑，因此有必要提请读者留意。我们这个选本，除了力图反映清代诗歌的基本面貌之外，主要着眼于贴近现代生活，注重它的进步性。例如同以往的清诗选本相比，我们在作家的选择上增加了女性诗人的比例；在作品的取舍上，既照顾到那些基本上已有定评的名篇像吴伟业的《圆圆曲》、查慎行的《舟夜书所见》、赵翼的《论诗》、龚自珍的《己亥杂诗》“九州生气恃风雷”等等，也选入了不少其他选本所未及的，甚至可能有争议的篇章，像朱彝尊的《风怀二百韵》之类。希望读者通过这个小小的选本，能够尝鼎一脔，窥豹一斑，了解清诗的一个概貌。

本书所选作品，基本上依据作家的原集，但也有一些综合了多种不同版本，择善而从。而按照选本体例，书中对有关版本歧异未予出校，作品排列次序也根据行文需要做过某些调整，因此特别提醒读者在研究引用时予以注意。有关点评，仅代表个人的看法，读者完全可以有自己的理解和体会。限于条件和水平，本书各项内容难免存在错误不妥之处，请读者随时批评指正。

目 录

钱谦益（五首）

钱谦益（1582—1664），字受之，号牧斋，学者称虞山先生。江苏常熟人。明万历三十八年庚戌（1610）以探花中式进士，授翰林院编修。崇祯改元，擢升礼部右侍郎兼翰林院侍读学士。南明弘光朝，官礼部尚书。清兵南下，率先迎降，仕清为礼部右侍郎兼管秘书院事，充《明史》副总裁。不久托病辞归，晚年又秘密从事抗清复明活动。他论诗反对明代的前、后七子，对公安派和竟陵派也予以批判，主张抒写性情，求变求新，博采历代诗人之长，兼收并蓄，融会贯通，最终自成一家。创作上身体力行，才气横放，无所不有，诗风沉雄博丽。在明诗向清诗过渡的过程中，是一个关键性的领袖人物。此外在其家乡，还开创了虞山派。著有《牧斋初学集》《牧斋有学集》《牧斋杂著》等，又合为《钱牧斋全集》，其诗有族孙钱曾笺注。

西湖杂感①（二十首选一）

潋滟西湖水一方②，吴根越角两茫茫③。
孤山鹤去花如雪④，葛岭鹃啼月似霜⑤。
油壁轻车来北里⑥，梨园小部奏西厢⑦。
而今纵会空王法⑧，知是前尘也断肠⑨。

【注释】①本题诗歌正文之前原有一篇小序，因其文字过长，故此从略。②潋滟(liǎn yàn)：形容水光闪动、微波相连。苏轼《饮湖上初晴后雨》："水光潋滟晴方好。"③吴根越角：杭州春秋战国时为吴越两国争战接邻之地，故云。④孤山：位于西湖中，仅有白堤、西泠桥与陆地相连。北宋诗人林逋曾隐居孤山，养鹤种梅，人称"梅妻鹤子"。后人建有"放鹤亭"，亦为赏梅胜地。⑤葛岭：位于西湖北面。相传东晋时葛洪曾在此隐居炼丹，故名。⑥油壁轻车：古代妇女所乘之车，车壁涂有油漆。北里：指妓院。南齐钱塘(今杭州)歌伎苏小小，相传其墓地在西湖的西泠桥畔。古乐府《钱塘苏小歌》有云："妾乘油壁车，郎骑青骢马。"又罗隐《江南行》："西陵(泠)路边月悄悄，油壁轻车苏小小。"⑦梨园、小部：均指戏班。西厢：《西厢记》杂剧，元人王实甫所作，后曾被改编为南曲。这里泛指戏剧。⑧会：领悟。空王：佛家语，佛的尊称。⑨前尘：佛家语，泛指如烟往事。

【点评】本题为钱谦益顺治七年庚寅(1650)路经杭州时所作，此诗系其中第二首。诗歌中极言西湖旧日繁华景象，至末尾点破这一切都已经是往事如烟，即使能像佛家那样看破红尘，也不免要伤心断肠，由此反映出作者强烈的故国之思和亡国之痛。诚如组诗小序所云："想湖山之繁华，数都会之佳丽。旧梦依然，新吾安往？……嗟地是而人非，忍凭今而吊古！"

辛卯春尽歌者王郎北游告别戏题十四绝句以当折柳赠别之外杂有寄托谐谈无端谑谜间出览者可以一笑也[①](选一)

江南才子杜秋诗[②]，垂老心情故国思[③]。
金缕歌残休怅恨[④]，铜人泪下已多时[⑤]！

【注释】①辛卯：这里指顺治八年(1651)。王郎：指王稼，字紫稼，明末清初著名艺人，明慧善歌。折柳：古人有折柳赠别的习惯，借指赠别。谑

(yǐn)谜：谜语。间(jiàn)：间或、时不时。②杜秋：晚唐名妓。杜牧曾为之作《杜秋娘诗》。③垂老：近老、将老。《杜秋娘诗》小序："予过金陵，感其穷且老，为之赋诗。"④金缕：指《金缕衣》，乐府曲名，杜秋以善歌此曲而著名。《杜秋娘诗》："秋持白玉斝，与唱金缕衣。"⑤铜人泪下：据李贺《金铜仙人辞汉歌》小序，魏明帝曾派人西取汉武帝所铸捧露盘铜仙人，"仙人临载，乃潸然泪下"。诗句有云："空将汉月出宫门，忆君清泪如铅水。"

【点评】本题为赠别艺人而作，此诗系其中第十一首。诗歌从艺人将老、金缕歌残引发联想，由此翻进一层，感叹故国沦亡亦已多时。题目所谓"杂有寄托""谶谜间出"云云，即指此类；言"览者可以一笑"，实则只会痛哭。此借歌舞之人事抒写亡国之哀痛，为清初诗歌一大惯用手法。如钱谦益另一题《丙戌南还赠别故侯家伎人冬哥四绝句》，其一亦云："绣岭灰飞金谷残，内人红袖泪阑干。临觞莫恨青蛾老，两见仙人泣露盘。"并且两诗末句所用典故及其基本思路也完全相同，金铜仙人系汉朝物，暗指明朝汉族政权；魏国系北方政权，则关合清朝，因此可以互参。

后秋兴①(一百零四首选三)

杂虏横戈倒载斜②，依然南斗是中华③。
金银旧识秦淮气④，云汉新通博望槎⑤。
黑水游魂啼草地⑥，白山战鬼哭胡笳⑦。
十年老眼重磨洗⑧，坐看江豚蹴浪花⑨。

【注释】①后秋兴：杜甫有《秋兴八首》，钱谦益步其韵，凡十三叠一百零四首，总题"后秋兴"，并结为《投笔集》。组诗反映顺治末郑成功、张煌言率领南明水师进攻长江流域至康熙初永历帝被清兵杀害这一段史实。②杂虏：指清兵。横戈倒载斜：形容战败狼狈情形。③南斗(dǒu)：星名，与北斗相对。这里借指南方。④"金银"句：杜甫《题张氏隐居》："不贪夜识金银气。”秦淮：河名，在南京。相传秦始皇东巡，听说五百年后金陵（即南京）有天子气，于是开河断之，故称“秦淮”。⑤“云汉”句：传说西汉博望侯张骞乘槎寻找黄河源头，曾进入银河，这里借指张煌言水师溯长江西上。云汉：银河。槎（chá）：竹木筏。⑤黑水：指黑龙江。为满族发祥地。⑦白山：指长白山。胡笳：古代北方少数民族的一种管乐器。⑧“十年”句：钱谦益此前曾参与南明抗清活动，至此已经过十余年。磨洗：揩拭。杜牧《赤壁》：“折戟沉沙铁未销，自将磨洗认前朝。”⑨“坐看”句：许浑《金陵怀古》：“江豚吹浪夜还风。”江豚：一种鲸目海豚属哺乳动物，俗名江猪，产于长江等大河中，这里喻指郑成功水师。蹴（cù）：踏。

【点评】此诗系《后秋兴》第一叠第二首。本叠原题“金陵秋兴八首次草堂韵”，自注：“己亥七月初一日作。”这里“己亥”为顺治十六年（1659），当时郑成功、张煌言军队从海上进入长江，分头攻打南京一带，连战皆捷。诗歌即从各个角度歌颂南明水师的胜利，抒发喜悦心情。在清朝统治之下，能够如此大胆地直接描写南明政权抗击清兵的武装斗争，毫不掩饰地吐露心中的情怀，措辞激烈，用语直露，可谓极其罕见，无怪乎金鹤冲《钱牧斋先生年谱》“己亥”条说它“发抒指斥，一无鲠避，其志弥苦而其词弥切矣”。

由来国手算全棋①，数子抛残未足悲。
小挫我当严警候②，骤骄彼是灭亡时③。
中心莫为斜飞动④，坚壁休论后起迟⑤。
换步移形须着眼⑥，棋于误后转堪思。

【注释】①由来：从来。国手：国中艺能出众的高手。②严警：严加警惕与防范。③骤骄：骤胜而骄。《左传·宣公十二年》：“郑皇戌使如晋师，曰：‘……楚师骤胜而骄，其师老矣，而不设备，子击之，郑师为承，楚师必败。’”④斜飞：弈棋术语，出人意外地斜下一子。⑤坚壁：坚守壁垒，不与敌方作战。《史记·高祖本纪》：“项羽闻汉王在宛，果引兵南，汉坚壁不与战。”⑥换步移形：意本《三国志·蜀志·谯周传》：“智者不为小利移目，不为意似改步，时可而后动，意合而后居，故汤武之师，不再战而克。”着眼：指审时度势、抓住时机。眼，本指棋眼。

【点评】此诗系《后秋兴》第二叠第四首。本叠题注：“八月初二日闻警而作。”当时郑成功兵败南京，不听张煌言劝告退守镇江，以图东山再起，而直退入海，后去经营台湾，以致大陆人民抗清复明信心从此丧失殆尽。钱谦益也建议郑成功不要因小挫灰心，而应当从全局出发，在大陆坚持，稳住阵脚，旗鼓再振。诗歌以弈棋为喻，而切合战局，最具特色。类似这样的“棋”诗包括单句，《后秋兴》中几乎每一叠都有；此外如《观棋》《后观棋》《镇江观棋》《武林观棋》绝句各六首等等，则又多与亡国情事有关，由此构成了钱谦益诗歌中一个独特的系列。

海角崖山一线斜①，从今也不属中华。
更无鱼腹捐躯地②，况有龙涎泛海槎③？
望断关河非汉帜④，吹残日月是胡笳⑤。
嫦娥老大无归处⑥，独倚银轮哭桂花⑦。

【注释】①崖山：崖门山，位于广东新会南面的大海中。南宋最末一个皇帝被元兵追击，陆秀夫负之在此地跳海，宋朝遂亡。②鱼腹：《楚辞·渔父》：“宁赴湘流，葬于江鱼腹中。”元初诗人方回挽陆秀夫诗：“曾微一抔土，鱼腹瘗君臣。”③龙涎（xián）：香名，传说产于大海岛屿中，亦作岛屿名。④汉帜：《史记·淮阴侯列传》：“皆汉赤帜。”这里反用其意。汉喻指明朝。⑤日月：合成“明”字，指明朝。胡笳：我国古代少数民族乐器。这里喻指清朝。⑥嫦娥：月中女神。这里为诗人自比。⑦银轮：即明月，借喻明朝。桂花：暗喻南明永历皇帝，因其原封桂王。罗隐《咏月》：“嫦娥老大应惆怅，倚泣苍苍桂一轮。”

【点评】此诗系《后秋兴》第十三叠第二首。本叠题注：“自壬寅七月至癸卯五月，讹言繁兴，鼠忧泣血，感恸而作，犹冀其言之或诬也。”这里“壬寅”为康熙元年(1662),永历皇帝被清兵杀害,南明灭亡。钱谦益一方面不敢相信这是事实,另一方面沉痛地赋诗哀悼。诗歌连用“汉”“日月”“银轮”“桂花”等典故或字面关合明王朝及永历皇帝,形成了一系列特殊的意象,表达极为贴切巧妙。结合同题各诗来看,《后秋兴》在形式上连和杜甫《秋兴八首》诗韵至于十三叠,其难已极,而又能切合当时抗清复明之大事,关系国家民族之兴亡,沉郁苍凉,慷慨悲壮,古今确乎罕有其匹。陈寅恪先生曾说,就其特点而论,《后秋兴》“实为明清之诗史,较杜陵(杜甫)尤胜一筹,乃三百年来之绝大著作也”(《柳如是别传》第五章《复明运动》)。

江阴女子(一首)

无名氏。徐鼒《小腆纪传·阎应元传》记载,顺治二年乙酉(1645)清兵下江南,江苏江阴前后典史阎应元、陈明遇共同率领民众起兵抵抗,坚守城池八十一日,杀清兵七万五千余人。后城破,清兵屠城,尸满街巷池井。有女子不详姓氏,题诗城墙云云。

题城墙

雪胔白骨满疆场①,万死孤忠未肯降。
寄语行人休掩鼻,活人不及死人香!

【注释】①胔(zī):腐肉。

【点评】中国历史上,每当改朝换代,民族危难,贪生怕死、投降媚敌者固然有之,但也总有人坚持气节,奋起反抗,乃至以身殉之。在清朝征服中原的过程中，就有江阴守城这样可歌可泣的壮举。一个弹丸之地，坚守如此之久，杀敌如此之多。假如每个地方都能像江阴这样，历史何至如此！此诗出自一个无名女子之手，却使无数苟且偷生，甚至腼颜事敌的须眉丈夫羞愧至死。虽然有的文献将此诗记载为阎应元《题七里庙壁》，个别文字也有出入(参见民国《江阴县续志》卷二十六)，但至少精神是完全一致的。

项圣谟(一首)

项圣谟(1597—1658)，一名正谟，字孔彰，号易庵，又号胥山樵。浙江秀水(今嘉兴)人。著名画家，亦能诗。入清后坚守民族气节，以卖画为生。诗集可能已佚，但有不少画集流传。

题自画大树

风号大树中天立①，日薄西山四海孤②。
短策且随时旦暮③，不堪回首望菰蒲④。

【注释】①号(háo)：呼号、呼啸。②薄：接近、迫近。③策：拐杖。且：姑且。时旦暮：时间的早晚变化，比喻环境的变迁。④菰蒲：菰和蒲，均为浅水植物。

【点评】此诗是一首题画之作。画的中心是一棵参天大树，它不怕狂风呼啸，不怕日薄西山，不怕孤立无援，巍然耸立在天地之间。画面中还有一位老人，他携着拐杖，任由环境千变万化，依然走着自己的路。而在他眼中，那些随风披靡、经秋即凋的菰蒲之类，则只能愈加反衬出大树的伟大，简直令人不屑一顾。联系明清改朝换代的社会现实，以及许多人在恶劣的环境面前丧失气节、品格的卑劣行径，这里的大树象征着什么，诗画的读者都是一望即知的。同时代的遗民诗人杜濬，他的一首《古树》有云："用尽风霜力，难移草木心。"傅山曾经被清廷下到监狱中，但他也赋有这样一首《狱祠树》："狱中无乐意，鸟雀难一来。即此老椿树，亦如生铁材。高枝丽云日，瘦干能风霾。深夜鸣金石，坚贞似有侪。"而现代新文化运动的旗手鲁迅先生，曾经在1934年4月、1935年12月数次将上面这首《题自画大树》书写成条幅赠送给友人，则正是从中汲取了一种更加广义的坚韧不拔的精神。（参见《鲁迅全集·日记》有关注释。另其本人1935年所写《亥年残秋偶作》七律第五句"老归大泽菰蒲尽"云云，亦用此典，见《鲁迅全集·集外集拾遗》。）

朱之瑜（一首）

朱之瑜（1600—1682），一名之玙，字楚玙，又字鲁玙，号舜水。浙江余姚人，寄籍江苏松江（今属上海）。明末秀才。南明福王称帝、唐王监国时，曾屡受征辟，皆辞不就。但他曾数次往安南（今越南）、暹罗（今泰国）、日本等地乞师，积极投身抗清复明运动。最后因大势已去，遂定居日本，先在长崎，继迁江户（今东京），以授徒讲学为业。卒后私谥文恭。他是明清之际著名的政治家和思想家，在日本影响尤大。亦能诗。有《朱舜水集》。

避地日本感赋[1]（二首选一）

汉土西看白日昏[2]，伤心胡虏据中原[3]。
衣冠谁有先朝制[4]，东海翻然认故园[5]！

【注释】①避地：至外地避难。②汉土西看：即西看汉土，这里因平仄要求而倒装（“看”读阴平），意思是说从日本向西看中国。③胡虏：旧时对北方少数民族的蔑称，这里借指清朝政权。④衣冠：服饰，常代指礼数、文化。先朝：已经灭亡了的王朝，这里指明王朝。制：形制、风格。⑤东海：这里借指日本。翻然：反而。故园：故乡、故国。

【点评】本题作于诗人流亡日本期间，此诗系其中第一首。当明朝灭亡、清兵入关以后，清王朝实施残酷的民族统治，强迫各族人民改从满族服制，甚至有“留头不留发，留发不留头”的说法。朱之瑜避地日本，倒是那里由于曾受汉文化的影响，人们的服饰装扮还与明朝相近，并且日本友人还特地为朱之瑜制作明朝衣冠供其穿戴，乃至使人将真正的异国他乡反而当成了自己的故乡！诗歌感情沉痛，角度新颖。然而不无讽刺意味的是，清王朝如此推行民族统治，其最后的灭亡也正与民族革命有关；并且率先起来推翻清王朝的孙中山、章太炎等人，恰恰也都曾在日本长期从事革命活动，最终在更为伟大的意义上实现了朱之瑜隐藏在此诗背后的期待和愿望。而这首诗作于日本，则又可以见出清诗产生、流布的地域之广泛。近代“诗界革命”的旗手黄遵宪，在出使日本等国期间也写下了大量的域外诗，这从某种意义上来说同样是对朱之瑜的一个发展。

陈子龙(一首)

陈子龙(1608—1647),字卧子,号大樽。江苏华亭(今属上海)人。明崇祯十年丁丑(1637)进士。初授绍兴推官,举廉卓天下第一,擢升吏部主事,改兵科给事中。清兵入关后,秘密组织武装反抗。事泄被捕,于顺治四年丁亥(1647)五月在押解途中投水自尽,以身殉节。乾隆中,追谥忠裕。他是明清之际复社的主将、几社的创始人之一,论诗追随前、后"七子",提倡复古,为明末复古派的代表、云间派的开山。后人曾以之与明初高启相应,称为明诗殿军。但他在明亡以后,由于时代社会及个人经历的原因,诗风已发生显著的变化,形式主义的因素日渐减少而现实主义的成分迅猛增加,使其后期诗歌放射出更为灿烂的光辉。有《陈子龙诗集》等,又《陈子龙全集》。

秋日杂感(十首选一)

行吟坐啸独悲秋,海雾江云引暮愁。
不信有天常似醉①,最怜无地可埋忧②!
荒荒葵井多新鬼③,寂寂瓜田识故侯④。
见说五湖供饮马⑤,沧浪何处着渔舟⑥?

【注释】①"不信"句:张衡《西京赋》云,春秋时代秦穆公梦朝天帝,天帝醉了，遂以鹑首之地赐秦。②“最怜”句：仲长统《述志》诗：“寄愁天上，埋忧地下。”③葵井：长满野生葵菜的水井。何逊《行经范仆射故宅》：“旅葵应蔓井，荒葵已上扉。”④“寂寂”句：《史记·萧相国世家》记载，秦亡之后，东陵侯邵平在长安城外以种瓜为生。⑤五湖：这里指太湖。传说春秋战国时代范蠡复兴越国之后，功成身退，泛五湖而去，后世即借指隐居之地。供饮马：指被清兵占领。钱谦益《西湖杂感》二十首之九：“青山无复呼猿洞，绿水都为饮马池。”与此意同。⑥沧浪（láng）：水青色，泛指江湖。

【点评】本题约作于顺治三年丙戌（1646），自注称“客吴中作”，“吴中”指苏州一带。此诗系本题第二首，它一方面抒发了亡国的悲哀，另一方面更可贵的则是表达了抗清的信念。所谓“不信有天长似醉”，就是说诗人不相信清朝能够长期统治中原，总有一天要推翻它。同题之十“八厨旧侣谁奔走，三户遗民自往还”，借用《史记·项羽本纪》“楚虽三户，亡秦必楚”的典故。另《易水歌》：“庆卿成尘渐离死，他日还逢博浪沙！”《九日登一览楼》下截：“双飞日月驱神骏，半缺河山待女娲。学就屠龙空束手，剑锋腾踏绕霜花。”无一不是这种坚定信念的表现。叶矫然《龙性堂诗话初集》说陈子龙的诗歌“悲歌激烈，可泣鬼神”。朱庭珍《筱园诗话》卷二称其“雄丽有骨，国变后诗尤悲壮”，“壮”字最为难得。诗如其人，此种诗歌，只有陈子龙这样能够为国捐躯的诗人以及极个别的遗民诗人才写得出，因此可以代表清初诗歌中的一种类型。

金人瑞（二首）

金人瑞（1608—1661），原名采，字若采，又名喟，字圣叹，庠姓张。江苏吴县人。明末秀才。入清后，绝意仕进。顺治十八年（1661）因联合同县秀才百余人状告新任知县不法事，又一齐痛哭于文庙，被处以腰斩，世称“哭庙案”。生平擅长文学批评，曾评点《庄子》、《离骚》、《史记》、杜甫诗、《水浒传》、《西厢记》等，合称“六才子书”。诗歌创作取径杜甫，亦见功力。有《沉吟楼诗选》等，又《金圣叹全集》。

上巳日天畅晴甚觉兰亭天朗气清句为右军入化之笔昭明忽然出手岂谓年年有印板上巳耶诗以纪之（二首）①

三春却是暮秋天，逸少临文写现前②。
上巳若还如印板，至今何不永和年？

【注释】①上巳：原指农历三月上旬的巳日，古人到水边洗濯污垢，祭祀祖先，称为“修禊”。魏晋以后固定为三月初三，作为水边宴饮、郊外游春的节日。天畅晴甚：天气非常晴朗舒畅。《兰亭》：指王羲之《兰亭集序》。王羲之为东晋著名书法家，曾官右军将军。永和九年癸丑(353)上巳，他和许多名士共同修禊于浙江山阴（今绍兴）的兰亭，写下了《兰亭集序》这一名作，内有“是日也，天朗气清，惠风和畅”之句，金人瑞认为它是超神入化、极为精当的文辞。昭明：指南朝梁代昭明太子萧统。他曾经编纂《文选》一书，但其中不选《兰亭集序》。印板：原指古代刻印书籍的底板，借以比喻事物一成不变。昭明太子不选《兰亭集序》，大概是因为“天朗气清”通常是描写秋景的句子，同一般情况下的上巳天气不合。②逸少：王羲之字。临文：到了作文的时候。写现前：描写当前的真实情况。

【点评】金人瑞是一位著名的文艺批评家，看待文学现象往往具有锐利的眼光，能够发现事物的规律。此诗题目特别长，实际上就相当于一篇小小的文学论文。这第一首根据自己对眼前上巳日天气的具体观察，认为王羲之《兰亭集序》将它写成暮秋似的“天朗气清”，其实很符合实际；由此可以发现，文学作品中所写到的事物，不可能都是一成不变的，不然的话历史、年代也都不会改变了吧？

逸少临文总是愁，暮春写得似清秋。
少年太子无伤感，却把奇文一笔勾！

【点评】这第二首换了一个角度，也就是退一步说，即使王羲之当时所见的天气并非真的像暮秋那样，他也完全可以根据自身的感情体验，把它描写成“天朗气清”。从《兰亭集序》本身来看，它通篇弥漫着一种世事变迁、死生无常的感慨，这正是当时王羲之的真实感受，所以江南三月的大好风光，会被他看成萧条肃杀的秋景一般。而昭明太子由于没有这样的伤心感慨，因此体会不到作者的苦心，进而也就领略不到文章的妙处。这个道理，恰如人们所说的“情人眼里出西施”一样，在文艺创作与欣赏活动中则称为“移情”。联系金人瑞本人所处的时代，他显然是很容易理解王羲之的心情的。稍后龚鼎孳《上巳将过金陵》的“兴怀何限兰亭感”和王士祯《秦淮杂诗》的“浓春烟景似残秋”等等，在某种意义上也都可以印证金人瑞的这个观点，同时为我们阅读和理解清代诗歌提供启发和帮助。

吴伟业（十首）

吴伟业（1609—1672），字骏公，号梅村。江苏太仓人。明崇祯四年辛未（1631）举进士，会试第一，殿试第二（即榜眼）。授翰林院编修，充东宫讲读官，又迁南京国子监司业。南明弘光朝，任少詹事。入清以后，一度隐居家乡，以复社名宿的身分主持东南文社活动。顺治十年癸巳(1653),迫于征召,仕清为秘书院侍讲,迁国子监祭酒。不久以丁忧南还,从此不复出仕。其诗或抒情或叙事,都有鲜明特点。抒情之作主要是对自己的失节行为痛心忏悔,真诚感人,能够代表清初失节诗人共同的创作特征;叙事则大量取材于明清改朝换代之际的重大事件,多以七言歌行为之,兼学初唐四杰和中唐元稹、白居易,融合变化,自成"梅村体",对后世影响尤大。此外在其家乡,还开创了娄东派。当时与钱谦益齐名,并称"钱吴"。有《梅村家藏稿》等,又《吴梅村全集》。其诗歌,先后有程穆衡、靳荣藩、吴翌凤等多家笺注及补笺。

穿　山①

势削悬崖断,根移怒雨来。
洞深山转伏,石尽海方开。
废寺三盘磴②,孤云五尺台。
苍然飞动意,未肯卧蒿莱。

【注释】①穿山:山名,在江苏太仓境内。②磴(dèng):磴道,登山的石径。

【点评】历史上大凡与众不同、一生有所建树的人,总是从小就立下远大志向。以诗家而论,唐代诗圣杜甫现存最早的诗歌,是一首五律《望岳》,尾联云:"会当凌绝顶,一览众山小。"晚唐诗人李商隐,年轻时也写过一首七言绝句《初食笋呈座中》:"嫩箨香苞初出林,於陵论价重如金。皇都陆海应无数,忍剪凌云一片心?"吴伟业的一种编年诗集,开篇就是这首《穿山》。其山虽小,但出现在诗人笔下,却同样具有磅礴气势,蕴藏无穷佳趣；尤其是最末两句，说它“苍然飞动”，不甘沉埋，而期望着有朝一日，扶摇直上青天，这正是诗人少年壮志的写照。他早期的会试夺魁、晚年的复社主盟，特别是在诗歌创作上自成“梅村体”，开创娄东派，与钱谦益并称“钱吴”等等，显然都是同这种少年壮志以及为此做出的巨大努力分不开的。

琵琶行

去梅村一里①，为王太常烟客南园②。今春梅花盛开，予偶步到此，忽闻琵琶声出于短垣丛竹间。循墙侧听，当其妙处，不觉拊掌③。主人开门延客④，问向谁弹⑤，则通州白在湄子彧如⑥。父子善琵琶，好为新声⑦。须臾花下置酒⑧，白生为予朗弹一曲，乃先帝十七年以来事⑨。叙述乱离，豪嘈凄切⑩。坐客有旧中常侍姚公⑪，避地流落江南⑫，因言“先帝在玉熙宫中⑬，梨园子弟奏水嬉、过锦诸戏⑭，内才人于暖阁赍镂金曲柄琵琶弹清商杂调⑮；自河南寇乱⑯，天颜常惨然不悦，无复有此乐矣”⑰，相与哽咽者久之。于是作长句纪其事⑱，凡六百二言⑲，仍命之曰“琵琶行”⑳。

【注释】①此起为本诗小序，交代创作缘起及诗歌大意。去：离开、距离。梅村：吴伟业别墅，并据以为号，故址即在其家乡江苏太仓。②王太常烟客：指王时敏，烟客为其号，与吴伟业同乡，明末曾官太常寺少卿，为著名画家。南园：王时敏别墅。③拊(fǔ)掌：拍手、击掌。也作"抚掌"。④主人：指王时敏。延：邀请。客：这里是吴伟业自指。⑤向：此前、刚才。⑥通州：这里指南通州，即今江苏南通。白在湄子彧(yù)如：白在湄名文昌，白彧如名秉志，各以别号为称。父子两代都是琵琶高手，参见下文。⑦好(hào)：喜好。新声：流行乐曲。⑧须臾：极短的时间、一会儿。⑨"乃先帝"句：先帝：这里指明朝最末的崇祯皇帝，在位共十七年。全句意思是说白秉志所弹琵琶曲的内容是叙述崇祯皇帝在位年间的事情。⑩豪嘈：形容声音宏大、急骤、繁杂。⑪中常侍：皇宫中的官名，通常以太监担任，借指太监。姚公：当为崇祯时期的太监，姓姚，具体未详。⑫避地：因避灾祸而移居别处。⑬因：因而、于是。玉熙宫：明朝的一处宫苑。⑭梨园：原为唐代教授戏曲演员的地方，后即借指戏曲界。子弟：旧时多指戏曲演员。水嬉、过锦：均为古代的剧种名称，今已失传，具体可参高士奇《金鳌退食笔记》卷下"玉熙宫"条。⑮内才人：泛指宫廷中的艺人。暖阁：通常指大殿之内构建的更加避风的小房间，明朝乾清宫的后面曾建有暖阁。赍(jī)：抱着。清商：即商声，古代宫、商、角、徵、羽五音之一，也泛指乐曲。⑯河南寇乱：指崇祯十四年辛巳(1641)李自成、张献忠农民起义军攻破洛阳、进围开封等事。⑰高士奇《金鳌退食笔记》卷下"玉熙宫"条记载："玉熙宫在(北京)西安里门街北，金鳌玉蝀桥之西。……明愍帝(即崇祯皇帝)每宴玉熙宫，作过锦、水嬉之戏。一日，宴次报至，汴梁失守，亲藩被害，遂大恸而罢，自是不复幸玉熙宫矣。……今改为内厩，豢养御马。"⑱长句：指七个字一句的诗歌，相对于五个字一句的而言，亦即通常所说的七言诗。⑲凡：总计。言：这里指作品的字数。⑳仍命之曰《琵琶行》：唐代白居易曾有同题之作，故云。《琵琶行》的"行"以及后面《圆圆曲》的"曲"、《听女道士下玉京弹琴歌》的"歌"等等，都可以看成是古典诗歌的体裁名称。

琵琶急响多秦声[①]，对山慷慨称入神[②]。
同时渼陂亦第一[③]，两人失志遭迁谪[④]。

绝调王康并盛名，昆仑摩诘无颜色[5]。
百余年来操南风[6]，竹枝水调讴吴侬[7]。
里人度曲魏良辅[8]，高士填词梁伯龙[9]。
北调犹存止弦索[10]，朔管胡琴相间作[11]。
尽失传头误后生[12]，谁知却唱江南乐。
今春偶步城南斜，王家池馆弹琵琶。
悄听失声叫奇绝，主人招客同看花。
为问按歌人姓白[13]，家住通州好寻觅。
袴褶新更回鹘装[14]，虬须错认龟兹客[15]。
偶因同坐话先皇，手把檀槽泪数行[16]。
抱向人前诉遗事，其时月黑花茫茫。
初拨鹍弦秋雨滴[17]，刀剑相摩毂相击[18]。
惊沙拂面鼓沉沉，砉然一声飞霹雳[19]。
南山石裂黄河倾，马蹄迸散车徒行。
铁凤铜盘柱摧塌[20]，四条弦上烟尘生[21]。
忽焉摧藏若枯木[22]，寂寞空城乌啄肉。
辘轳夜半转咿哑[23]，呜咽无声贵人哭。
碎珮丛铃断续风，冰泉冻壑泻淙淙。
明珠瑟瑟抛残尽[24]，却在轻笼慢捻中[25]。
斜抹轻挑中一摘，漻慄飕飗憯肌骨[26]。
衔枚铁骑饮桑干[27]，白草黄沙夜吹笛。
可怜风雪满关山，乌鹊南飞行路难。
猿啸鼯啼山鬼语[28]，瞿塘千尺响鸣滩[29]。

坐中有客泪如霰[30]，先朝旧值乾清殿[31]。
穿宫近侍拜长秋[32]，咬春燕九陪游燕[33]。
先皇驾幸玉熙宫，凤纸佥名唤乐工[34]。
苑内水嬉金傀儡[35]，殿头过锦玉玲珑[36]。
一自中原盛豺虎[37]，暖阁才人撤歌舞。
插柳停挡素手筝[38]，烧灯罢击花奴鼓[39]。
我亦承明侍至尊[40]，止闻鼓乐奏云门[41]。
段师沦落延年死[42]，不见君王赐予恩。
一人劳悴深宫里[43]，贼骑西来趋易水[44]。
万岁山前鼙鼓鸣[45]，九龙池畔悲笳起[46]。
换羽移宫总断肠[47]，江村花落听霓裳[48]。
龟年哽咽歌长恨[49]，力士凄凉说上皇[50]。
前辈风流最堪羡，明时迁客犹嗟怨[51]。
即今相对若南冠[52]，升平乐事难重见。
白生尔尽一杯酒，繇来此伎推能手[53]。
岐王席散少陵穷[54]，五陵召客君知否[55]？
独有风尘潦倒人[56]，偶逢丝竹便沾巾[57]。
江湖满地南乡子[58]，铁笛哀歌何处寻！

【注释】①秦声：秦地之声。下文所述明代弘治至嘉靖年间的两位琵琶高手康海、王九思都是陕西人，陕西在春秋战国时代为秦国之地，故云。②对山：即康海，对山其号，陕西武功人。③渼陂(bēi)：指王九思，渼陂其号，陕西鄠县(今西安鄠邑区)人。他和康海都是明代著名诗文作家，同属“前七子”，又都作有杂剧、散曲，并擅长琵琶演奏。④“两人”句：康海、王九思都曾因刘瑾牵连，被劾谪官。迁谪：降职、贬官。⑤昆仑：这里指康昆仑。摩诘：即著名诗人王维，摩诘其字。两人都是唐代的琵琶高手，同时姓氏又恰与康海、王九思相同。无颜色：脸面无光、自惭形秽。⑥百余年来：指康海、王九思逝世以来。南风：南方曲调，这里指下文所说的昆曲。⑦竹枝、水调：这里泛指地方曲调。讴（ōu）：唱。吴侬：春秋战国时代吴国地区的人自称或称人多带有一个“侬”字，“吴侬”即借指吴地之人。⑧里人：同里之人，即同乡。度曲：作曲。魏良辅：明代昆曲的创始人。原籍江西南昌，寓居江苏太仓，故吴伟业称其为“里人”。⑨“高士”句：梁伯龙：名辰鱼，伯龙其字，他创作的传奇《浣纱记》是最早用昆曲演唱的作品。⑩北调：北方曲调。止：同“只”。弦索：各种弦乐器的总称。⑪朔管：泛指北方的管乐器。胡琴：通常泛指域外传入的各种弦乐器。相间（jiàn）：交替、间杂。⑫传头：一种传统的演奏技法。⑬按歌：按曲而歌，即唱歌，这里借指弹琴。⑭袴褶（kù xí）：“袴”同“裤”，“褶”为夹衣，“袴褶”泛指衣服。更（gēng）：更换。回鹘（hú）：即回纥，古代少数民族，主要活动于西域一带。⑮虬须：蜷曲的胡须。龟兹（qiū cí）：古代西域国名，在今新疆库车一带。⑯檀槽：檀木制作的弦乐器上的架弦槽格，通常借指琵琶。⑰鹍弦：鹍鸡筋制作的琵琶弦。秋雨滴：此起至“瞿塘千尺响鸣滩”，多借形象以形容琵琶声，同时暗寓明末史事。⑱毂（gǔ）：车轮的中心部分，有圆孔，用以安装车轴。⑲砉（huā）然：形容声音急速而响亮。⑳铁凤：旧时屋脊上的一种装饰物，铁制，形如凤凰，可随风转动。铜盘：即汉武帝所铸铜仙人手捧的承露盘。参前钱谦益《辛卯春尽歌者王郎北游告别戏题十四绝句以当折柳赠别之外杂有寄托谐谈无端谶谜间出览者可以一笑也》注⑤。㉑四条弦：古代琵琶为四根弦，与后世常见的六根弦不同。烟尘生：暗用白居易《长恨歌》：“九重城阙烟尘生，千骑万骑西南行。”㉒摧藏：形容极度哀伤。唐太宗李世民《琵琶》：“摧藏千里态，掩抑几重悲。”㉓辘轳（lù lú）：汲取井水的装置。咿哑（yī yā）：象声词。㉔瑟瑟：碧色宝石。㉕笼、捻：和下句的“抹”“挑”“摘”都是琵琶弹奏的指法。白居易《琵琶行》：“轻笼慢捻抹复挑。”㉖漻慄（liáo lì）：寒冷的样子。飕飗（sōu liú）：形容风声。憯（cǎn）：同“惨”。㉗衔枚：马口衔以横木，使之不能出声。桑干：桑干河，即今永定河的上游，发源于山西，流经河北、北京。㉘鼯（wú）：鼯鼠，外形像松鼠，前后肢之间有宽大的薄膜，善滑翔，生活在高山树林中。㉙瞿塘：瞿塘峡，为长江三峡之首，位于四川奉节（今属重庆）东十五公里。㉚客：这里指小序中所提及的姚公。霰（xiàn）：天空降落的小冰粒。㉛乾清殿：明朝北京皇宫中的一座大殿，为皇帝居住和处理政务的场所，也称乾清宫。㉜穿宫：出入宫禁。近侍：贴身侍从。长秋：古代宫中官名，原为皇后近侍，通常由太监担任，这里即泛指太监。㉝咬春：旧时北京一带立春日有吃春饼和生萝卜的习俗，称为"咬春"。燕（yān）九：北京（春秋战国时代属燕国）白云观相传为道人丘处机得道的地方，当地人常在正月十九日亦即丘处机的生日这一天去祭祀游玩，称为"燕九节"。游燕：游乐宴饮。"燕"通"宴"。㉞凤纸：绘有金凤的名纸。佥名：同"签名"。乐（yuè）工：泛指艺人。㉟金傀儡：指水嬉演出用的饰金的木偶。㊱玉玲珑：这里喻指美妙的乐声。白居易《筝》："甲鸣银玓瓅，柱触玉玲珑。"㊲"一自"句：指李自成、张献忠农民起义。㊳插柳：旧时寒食节人们往往在门上插上柳条以祈求吉利，这里即借指寒食节。搊（chōu）：弹奏乐器。素手：洁白的手。《古诗十九首》之九："纤纤擢素手，札札弄机杼。"㊴烧灯：指元宵节，旧俗往往在这一天张灯结彩，供人观赏。花奴鼓：唐玄宗时汝南王李琎小名花奴，善击羯鼓，后世即称羯鼓为"花奴鼓"。㊵"我亦"句：指吴伟业本人早年在明朝做官。承明：汉朝承明殿旁有承明庐，为侍臣值宿之所。至尊：这里指崇祯皇帝。㊶止：同"只"。云门：相传为黄帝时的乐舞，周代用以祭祀天神。㊷段师：原指唐代琵琶家僧善本，俗姓段，人称段师。延年：原指汉代音乐家李延年，武帝时曾官协律都尉。这里都是借指当时的宫廷艺人。㊸一人：指崇祯皇帝。㊹贼骑：同上文"豺虎"都是对农民起义军的诬称。易水：河名，发源于河北易县，具体有北、中、南三条，今所指为其中的北易水。㊺万岁山：即北京景山，位于明朝皇宫的后门，后来崇祯皇帝吊死在这里。鼙（pí）鼓：古代军中的战鼓。白居易《长恨歌》："渔阳鼙鼓动地来，惊破霓裳羽衣曲。"㊻九龙池：相传为明朝皇宫中的一个水池。悲笳：悲凉的号角声。"笳"即胡笳，在清代诗歌中往往暗喻清朝。㊼换羽移宫：羽、宫均为古代五音之一，此借音调变换比喻改朝换代。断肠：形容伤心之极。㊽"江村"

句:语本杜甫《江南逢李龟年》:“正是江南好风景,落花时节又逢君。”霓裳(cháng):即《霓裳羽衣曲》,唐代著名法曲,传自西域,曾经唐玄宗润色制词,这里借指白秉志所弹琵琶曲。㊾龟年:即李龟年,唐玄宗时著名歌唱家。据郑处诲《明皇杂录》卷下记载,“安史之乱”后,“龟年流落江南,每遇良辰胜赏,为人歌数阕,座中闻之,莫不掩泣罢酒”。这里喻指白秉志。长恨:白居易《长恨歌》描写唐玄宗与杨贵妃的爱情故事,同时写到“安史之乱”的祸害,这里取后一意,暗指明朝灭亡。㊿力士:指高力士,为唐玄宗时的太监,这里借指上文所说的姚公。上皇:“安史之乱”后唐玄宗失去皇位,被尊为太上皇,这里喻指崇祯皇帝。(51)“前辈”两句:白居易创作《琵琶行》,意在借以抒写他个人被贬谪江西九江的牢骚,而在吴伟业看来,这还是值得羡慕的。风流:这里指倜傥潇洒的风度标格。明时:指国家安定、政治清明的社会时期。迁客:被迁谪贬官的人。(52)相对若南冠:“南冠”字面意思是南方人的帽子。《左传·成公九年》提到一个“楚囚”,“南冠而縶”,后世即借指囚犯。又《世说新语·言语》记载,西晋灭亡后,南迁的士大夫聚会,每每想起故国,相视流泪,王导批评他们说:“当共戮力王室,克复神州,何至作楚囚相对!”(53)繇(yóu)来:向来。繇,同“由”,避明朝皇帝朱由检、朱由校讳改。伎:同“技”。(54)“岐王”句:岐王指李范,唐睿宗子、玄宗弟,生平好客,常能礼贤下士。少陵:原为地名,位于陕西西安东南。因杜甫曾在此居住,自称少陵野老,后世即多指杜甫。上及杜甫《江南逢李龟年》一诗有“岐王宅里寻常见”之句,此处反用其意。(55)“五陵”句:五陵为西汉长陵、安陵、阳陵、茂陵、平陵的合称,位于陕西渭水北岸咸阳附近,既是汉朝开头五个皇帝的陵墓所在,也是护陵贵族聚居的地方,通常即借指富豪权贵。召客:这里指传换艺人以供娱乐。白居易《琵琶行》有“五陵年少争缠头,一曲红绡不知数”诸句,吴伟业此句意在感叹昔日这种繁华的情景已经不复存在,略等于上文所说的“升平乐事难重见”。(56)风尘潦倒人:这里是吴伟业自指。(57)“偶逢”句:丝竹:弦乐和管乐,泛指音乐。《世说新语·言语》记载,谢安曾经慨叹:“中年伤于哀乐,与亲友别,辄作数日恶。”王羲之对他说:“年在桑榆,自然至此,正赖丝竹陶写。”此处反用其意。沾巾:指泪水沾湿巾袖。王勃《送杜少府之任蜀州》:“无为在歧路，儿女共沾巾。”又白居易《琵琶行》最末：“座中泣下谁最多？江州司马青衫湿。”㊽南乡子：这里指流落南方的人，即当时在座的众人。

【点评】唐代诗人白居易曾经写过一篇著名的《琵琶行》，吴伟业此诗在创作缘起、叙事体制、音乐描写乃至某些具体的典故运用上都明显受其影响。但是，白诗主题在于反映个人的迁谪失意，并且后人还怀疑它的整个故事都是虚构出来的，纯粹为了借以“摅写天涯沦落之恨尔”（洪迈《容斋五笔》卷七）；吴诗则完全出于真实，反映的又是故国沦亡、江山易代的历史沧桑，因而所感者大，而所痛者深。比较两诗开头，白居易开门见山，由江头送客很快引出琵琶女；吴伟业却迂回盘旋，从明代的琵琶高手、曲调变迁一路写来，由此一方面衬托出诗中琵琶艺人的高超技艺，另一方面又寄寓了对明朝故国的缅怀，关合全诗的主题，同时这种布局也避开了与白居易的雷同。即以中间对琵琶声的大段描绘而言，虽然吴伟业也像白居易一样用了许多的形象，然而这些形象的选择，绝大多数都与亡国密切相关，因而同样有助于深化诗歌的主题。此外在其他具体的艺术技巧上，白诗以白描取胜，吴诗以用典见长；白诗恪遵古体形式，吴诗结合近体声律，并且在韵脚安排上四句一换，平仄交替，于整齐中求变化，变化中又寓整齐。这些也都体现出各自的特点。从这两首同题之作，可以看出清代诗人在借鉴前代诗歌的时候并没有停留在单纯的模仿上，也可以发现同一题材在不同时代的诗人笔下往往会出现明显的差异。而在吴伟业，此诗与下面的《圆圆曲》《听女道士卞玉京弹琴歌》，依次反映明朝灭亡、清兵入关、江南失落，刚好构成一组明清改朝换代的历史长卷，同时也共同显示了“梅村体”的创作特征。

圆圆曲①

鼎湖当日弃人间②，破敌收京下玉关③。
恸哭六军俱缟素④，冲冠一怒为红颜⑤。
红颜流落非吾恋，逆贼天亡自荒宴⑥。

电扫黄巾定黑山[7]，哭罢君亲再相见[8]。
相见初经田窦家[9]，侯门歌舞出如花。
许将戚里箜篌伎[10]，等取将军油壁车[11]。
家本姑苏浣花里[12]，圆圆小字娇罗绮。
梦向夫差苑里游[13]，宫娥拥入君王起。
前身合是采莲人[14]，门前一片横塘水[15]。
横塘双桨去如飞，何处豪家强载归[16]？
此际岂知非薄命？此时只有泪沾衣。
熏天意气连宫掖[17]，明眸皓齿无人惜[18]。
夺归永巷闭良家[19]，教就新声倾坐客[20]。
坐客飞觞红日暮[21]，一曲哀弦向谁诉？
白皙通侯最少年[22]，拣取花枝屡回顾[23]。
早携娇鸟出樊笼，待得银河几时渡[24]。
恨杀军书抵死催[25]，苦留后约将人误。
相约恩深相见难，一朝蚁贼满长安[26]。
可怜思妇楼头柳[27]，认作天边粉絮看[28]。
遍索绿珠围内第[29]，强呼绛树出雕栏[30]。
若非壮士全师胜[31]，争得蛾眉匹马还[32]！
蛾眉马上传呼进，云鬟不整惊魂定。
蜡炬迎来在战场，啼妆满面残红印。
专征箫鼓向秦川[33]，金牛道上车千乘[34]。
斜谷云深起画楼[35]，散关月落开妆镜[36]。
传来消息满江乡，乌桕红经十度霜[37]。

教曲妓师怜尚在，浣纱女伴忆同行[38]。
旧巢共是衔泥燕，飞上枝头变凤凰。
长向尊前悲老大[39]，有人夫婿擅侯王[40]。
当时只受声名累，贵戚名豪竞延致[41]。
一斛明珠万斛愁[42]，关山飘泊腰支细[43]。
错怨狂风飏落花，无边春色来天地。
尝闻倾国与倾城[44]，翻使周郎受重名[45]。
妻子岂应关大计[46]？英雄无奈是多情。
全家白骨成灰土，一代红妆照汗青[47]！
君不见，
馆娃初起鸳鸯宿[48]，越女如花看不足[49]。
香径尘生鸟自啼[50]，屧廊人去苔空绿[51]。
换羽移宫万里愁[52]，珠歌翠舞古梁州[53]。
为君别唱吴宫曲[54]，汉水东南日夜流[55]。

【注释】①圆圆：即陈圆圆，名沅，圆圆其小字。明末清初名妓。后归吴三桂。②鼎湖：《史记·封禅书》言黄帝铸鼎于荆山下，鼎成，有龙垂胡须下迎黄帝，黄帝即乘龙而去。后世称其地为“鼎湖”，常用来比喻帝王去世。这里指崇祯皇帝自缢于煤山（景山）。③敌：指李自成军。玉关：即玉门关，此处借指山海关。此句说吴三桂引清兵入关，追击李自成。④缟素：白衣服，指丧服。⑤冲冠一怒：形容极其愤怒。典出《史记·廉颇蔺相如列传》。红颜：美女。指陈圆圆。⑥逆贼：对起义军的诬称。天亡：天意使之灭亡。荒宴：荒淫宴乐。⑦黄巾、黑山：即汉末农民起义军黄巾军、黑山军。借指李自成起义军。⑧君：指崇祯皇帝。亲：指吴三桂亲属。吴三桂开关降清之后，李自成杀了吴三桂父亲吴襄一家。⑨田窦：西汉外戚田蚡、窦婴。借指崇祯宠妃田氏的父亲田弘遇。⑩戚里：皇帝亲戚的住所。指田弘遇家。箜篌伎：弹箜篌的艺妓。指陈圆圆。⑪油壁车：见前钱谦益《西湖杂感》注⑥。⑫姑苏：即苏州。浣花里：唐代名妓薛涛居住浣花溪（在今四川成都）。这里借指陈圆圆在苏州的住处。⑬夫差：春秋战国之交吴国最末一个君王。⑭合：应该。采莲人：指西施。相传西施入吴宫之前曾在浙江绍兴的若耶溪采莲浣（洗）纱。⑮横塘：地名，位于苏州西南。⑯"何处"句：指陈圆圆被田弘遇买去载往北京。⑰熏天：形容气势之盛。宫掖：皇帝后宫。⑱明眸皓齿：形容女子美貌。此句说陈圆圆被田弘遇送入皇宫，但崇祯皇帝无心顾她。⑲永巷：深巷，也指古代幽禁妃嫔或宫女的处所。良家：指田弘遇家。⑳新声：流行乐曲。倾：使之倾倒。㉑飞觞（shāng）：一杯接一杯不停地喝酒。觞：酒杯。㉒白皙通侯：面色白净的侯王。指吴三桂，当时为宁远总兵，降清后封平西王。㉓花枝：喻指陈圆圆。㉔"待得"句：借用牛郎、织女七月七日渡过银河相会的传说，比喻陈圆圆什么时候能够嫁给吴三桂。㉕抵死：拼死、拼命。㉖蚁贼：对起义军的蔑称。长安：即西安，西汉都城。借指明朝首都北京。㉗思妇楼头柳：王昌龄《闺怨》："闺中少妇不知愁，春日凝妆上翠楼。忽见陌头杨柳色，悔教夫婿觅封侯。"这里指陈圆圆已经是吴三桂聘下待娶的女子。㉘粉絮：比喻妓女。㉙绿珠：晋朝石崇的爱妾。借指陈圆圆。内第：内宅，妇女居住的地方。㉚绛树：汉末著名舞妓。借指陈圆圆。此二句指陈圆圆被李自成部将刘宗敏所得。㉛壮士：指吴三桂。㉜争得：怎能够。蛾眉：像蚕蛾触须一样弯曲而细长的眉毛，通常形容女子的秀眉，也借指女子。这里指陈圆圆。㉝专征：指军事上可以自己掌握征伐大权，不必奉行皇帝的命令。秦川：陕西关中一带。㉞金牛道：从今陕西勉县进入四川的古栈道。乘（shèng）：辆。㉟斜（yé）谷：今陕西郿县西褒斜谷东口。㊱散关：大散关，在陕西宝鸡西南大散岭上。㊲乌桕（jiù）：树名，入秋叶色转红。红经十度霜：指经过了十年。㊳浣纱女伴："浣纱"用西施典故，参前注⑭。这里指陈圆圆早年在苏州做妓女时的同伴。㊴尊：酒杯。老大：年岁大。㊵有人：指陈圆圆。㊶延致：聘请。㊷斛（hú）：容量名，古代十斗为一斛。㊸腰支：同"腰肢"。细：指瘦损。㊹倾国、倾城：都形容极其美貌的女子。《汉书·孝武李夫人传》："北方有佳人，绝世而独立。一顾倾人城，再顾倾人国。"㊺翻：反而。周郎：指三国时期吴国名将周瑜，因娶美女小乔为妻而更加著名。㊻妻子：妻和子，这里侧重指妻。㊼汗青：史册。㊽馆娃：馆娃宫，位于苏州西郊灵岩山，吴王夫差为西施而筑。㊾越女：指西施，出生于越国。㊿香径：采香径，在灵岩山附近。(51)屧（xiè）廊：响屧廊，吴王夫差让西施穿木屐走过以发出音响来倾听、欣赏的一条走廊，在馆娃宫。(52)羽、宫：均为古代五音之一，也泛指音乐。这里借音调变化比喻人事变迁。(53)梁州：地名，指陕西南部至四川一带。这里指吴三桂当时所控制的西南地区。(54)吴宫曲：指吴王夫差时的歌曲。古乐府有云："梧宫秋，吴王愁。"(55)汉水：河名，发源于汉中，流入长江。李白《江上吟》："功名富贵如长在，汉水亦应西北流。"又陆游《归次汉中境上》："地连秦雍川原壮，水下荆扬日夜流。"

【点评】此诗以名妓陈圆圆的经历为线索，反映明朝灭亡与清兵入关的历史巨变，鞭挞吴三桂出卖国家与民族的卑劣行径，堪称绝唱。全诗从吴三桂开关降清，追击李自成这最关键的地方写起，先倒叙，再转为顺叙，最后从各个角度进行总括和抒情，中间又多借蝉联手法连接过渡，布局巧妙，浑然无迹。诗歌将陈圆圆、吴三桂与历史上的西施、吴王夫差暗中相连，预示吴三桂终究也不会有好下场，而必将同样遗臭万年，此种构思极有深意。诗中以陈圆圆自身的前后遭遇，与其早年同伴的凄凉晚景，与吴三桂父亲吴襄的全家被杀等等构成各种强烈鲜明的对照，也大大增强了作品的艺术感染力。此外如韵脚的变换、平仄的安排，以及色彩的运用，都体现了"梅村体"歌行的特色。胡薇元《梦痕馆诗话》卷四说："此诗用《春秋》笔法，作金石刻画，千古妙文。长庆诸老无此深微高妙。一字千金，情韵俱胜。"

听女道士卞玉京弹琴歌①

驾鹅逢天风②，北向惊飞鸣③。

飞鸣入夜急，侧听弹琴声。
借问弹者谁，云是当年卞玉京[4]。
玉京与我南中遇[5]，家近大功坊底路[6]。
小院青楼大道边[7]，对门却是中山住[8]。
中山有女娇无双，清眸皓齿垂明珰[9]。
曾因内宴直歌舞[10]，坐中瞥见涂鸦黄[11]。
问年十六尚未嫁，知音识曲弹清商[12]。
归来女伴洗红妆，枉将绝技矜平康[13]。
如此才足当侯王[14]！
万事仓皇在南渡[15]，大家几日能枝梧[16]？
诏书忽下选蛾眉[17]，细马轻车不知数。
中山好女光徘徊，一时粉黛无人顾[18]。
艳色知为天下传，高门愁被旁人妒。
尽道当前黄屋尊[19]，谁知转盼红颜误[20]。
南内方看起桂宫[21]，北兵早报临瓜步[22]。
闻道君王走玉骢[23]，犊车不用聘昭容[24]。
幸迟身入陈宫里[25]，却早名填代籍中[26]。
依稀记得祁与阮[27]，同时亦中三宫选[28]。
可怜俱未识君王，军府抄名被驱遣[29]。
漫咏临春琼树篇[30]，玉颜零落委花钿[31]。
当时错怨韩擒虎[32]，张孔承恩已十年[33]。
但教一日见天子，玉儿甘为东昏死[34]。
羊车望幸阿谁知[35]，青冢凄凉竟如此[36]！

我向花间拂素琴[37]，一弹三叹为伤心。
暗将别鹄离鸾引[38]，写入悲风怨雨吟。
昨夜城头吹筚篥[39]，教坊也被传呼急[40]。
碧玉班中怕点留，乐营门外卢家泣[41]。
私更装束出江边[42]，恰遇丹阳下渚船[43]。
剪就黄绝贪入道[44]，携来绿绮诉婵娟[45]。
此地由来盛歌舞[46]，子弟三班十番鼓[47]。
月明弦索更无声[48]，山塘寂寞遭兵苦[49]。
十年同伴两三人[50]，沙董朱颜尽黄土[51]。
贵戚深闺陌上尘[52]，吾辈飘零何足数[53]！
坐客闻言起叹嗟[54]，江山萧瑟隐悲笳。
莫将蔡女边头曲[55]，落尽吴王苑里花[56]。

【注释】①卞玉京：名赛，明末清初名妓。曾欲嫁吴伟业而未果。后出家做道士，自号玉京道人。②驾（jiā）鹅：野鹅，雁的一种。③北向：《礼记·月令》："季冬之月，……雁北向。"点明时序。④当年：《南史·张绪传》："此杨柳风流可爱，似张绪当年时。"这里暗寓赞美卞玉京之意。⑤南中：这里指南京。⑥大功坊：南京街巷名，明初开国功臣徐达赐第所在。⑦青楼：指妓院。⑧中山：中山王，徐达封爵。这里指其后裔。⑨清眸皓齿：即"明眸皓齿"，明亮清澈的眼睛和洁白的牙齿。明珰：珠玉制作的耳饰。⑩直：通"值"。⑪鸦黄：旧时女子涂在面额上的一种黄颜色。⑫清商：古代五音之一，这里借指乐曲。⑬枉：空、徒然。矜：炫耀自喜。平康：指妓院。⑭当（dàng）：配得上。⑮南渡：一般指王朝南迁，这里指南明弘光小朝廷建都南京。⑯大家：旧时宫廷内部对帝王的称呼。这里指弘光帝。枝梧：也作"支吾"，支撑、抵拒。⑰蛾眉：指女子。⑱粉黛：指女子。此句意本白居易《长恨歌》："回眸一笑百媚生，六宫粉黛无颜色。"⑲黄屋：

指帝王乘坐的车子，以黄缯饰盖。⑳转盼：转眼之间。红颜：一般指女子，这里指女子的容貌。㉑南内：指皇城。桂宫：南朝陈后主曾为宠妃张丽华建桂宫。这里泛指妃嫔所居宫室。㉒北兵：来自北方的军队。这里指清兵。瓜步：瓜步山名，位于长江北岸。㉓玉骢：指马。此句说弘光帝逃跑。㉔犊车：指宫女乘坐的小车。聘：聘娶。昭容：皇宫中的女官名。㉕陈宫：陈朝的皇宫。借喻弘光帝的皇宫。㉖代籍：典出《史记·外戚世家》。“代”为汉文帝早年封邑，“籍”是名册。这里借指弘光帝的选女名册。㉗祁：指浙江山阴祁彪佳族女。阮：指安徽怀宁阮大铖族女。㉘三宫：指妃嫔。㉙“军府”句：指中山女等选女都被清兵照名单掳掠北上。㉚临春琼树篇：《陈书·张贵妃传论》记载，陈后主命宫嫔狎客制曲，选优伶演唱，“其曲有《玉树后庭花》《临春乐》等，大指所归，皆美张贵妃、孔贵嫔之容色也”。㉛委：散落。花钿：金翠珠宝制作的花朵形首饰。白居易《长恨歌》：“花钿委地无人收，翠翘金雀玉搔头。”㉜韩擒虎：隋朝大将，曾率兵攻下南京，活捉陈后主及前注所举宠妃张、孔等人。㉝承恩：承受皇帝的恩泽。㉞玉儿：南齐东昏侯的潘淑妃小字。东昏：即东昏侯，因宠幸潘淑妃，荒淫暴戾而被废。㉟羊车：羊拉的车。古代皇帝坐羊车巡幸，宫女往往在门前洒上盐水以吸引羊车过来，即为“羊车望幸”。阿谁：谁。阿，语助词，无实义。㊱青冢（zhǒng）：汉代王昭君嫁给匈奴，死后墓地独长青草，称为“青冢”，在今内蒙古呼和浩特南部。这里借喻中山女等选女的命运归宿。㊲我：这里是卞玉京自指。㊳别鹄离鸾：语本陶渊明《拟古》：“上弦惊别鹤，下弦操孤鸾。”引：和下句“吟”都是古代乐曲名称。㊴笳箫：指清兵的号角。㊵教坊：和下文“碧玉班”“乐营”都指妓院。㊶卢家：卢家女，即莫愁。借指一般女子。㊷更（gēng）：更换、化装。㊸丹阳：地名，位于镇江附近，靠近长江。渚（zhǔ）：五渚，即五湖，为太湖别名。下渚船：这里指开往苏州的船只。㊹黄绝（shī）：指道士穿的黄裳。入道：即遁入道门做道士。㊺绿绮：琴名。婵娟：指女子。㊻此地：指苏州。㊼子弟：指艺人。十番鼓：一种传统吹打乐种。泛指歌舞。㊽弦索：管弦乐器。亦泛指歌舞。㊾山塘：地名。苏州虎丘一带。明末为游冶之地。可参张岱《陶庵梦忆》。㊿两三人：这里意为只剩下两三人。51沙董：指明末清初名妓沙才、沙嫩姐妹和董年、董小宛二人。㊷贵戚：皇室的亲戚。陌上尘：道路上的尘土。指到处飘零。㊸何足数(shǔ)：算得了什么。㊹坐客：听众。这里主要即指吴伟业本人。㊺蔡女边头曲：东汉蔡文姬嫁给南匈奴，作有《胡笳十八拍》。㊻吴王：指春秋战国时代吴国的君王，宫苑在苏州。

【点评】此诗反映清兵入关以后南明第一个政权弘光小朝廷的灭亡，是吴伟业在《琵琶行》《圆圆曲》之外所写题材最为重大的一首长篇叙事诗。诗歌亦以名妓卞玉京作为线索，通过她叙述中山女等选女的命运以及其自身的遭遇，从一个侧面揭示弘光君臣耽于荒淫宴乐，不思励精图治，最终导致灭亡的历史过程，同时也揭露了清兵掳掠女子，铁蹄践踏南京、苏州等江南大片土地的残暴罪行。全诗以弹琴作枢纽，贯穿整个故事情节，沟通众多女子命运，营造凄凉悲咽气氛，构思别具心裁。此外如用典精微，韵律流美，辞采华丽等等，也同《琵琶行》《圆圆曲》大抵相似。此种体裁，兼有初唐四杰和中唐元稹、白居易七言歌行的特点，综合变化，而又融会贯通，出蓝胜蓝，尤其适合于借社会底层的艺人经历反映国家民族的时代沧桑，由此形成"梅村体"的突出特征。《四库全书总目》卷一百七十三说它"格律本乎四杰而情韵为深，叙述类乎香山而风华为胜；韵协宫商，感均顽艳，一时尤称绝调"。

遇旧友

已过才追问，相看是故人①。
乱离何处见，消息苦难真②。
拭眼惊魂定，衔杯笑语频。
移家就吾住，白首两遗民③。

【注释】①故人：老朋友。②"乱离"两句：语本杜甫《遣忧》："乱离知又甚，消息苦难真。"③两遗民：指友人和吴伟业自己。作此诗时吴伟业尚未出仕清朝，故自称“遗民”。

【点评】此诗叙述诗人意外逢遇旧友一事，从侧面反映出清初战乱给广大人民带来的灾难。诗歌起首两句描写旧友久别重逢，乍信乍疑，不敢贸然相认的场面，情景逼真，刻画传神，与唐代诗人的名句“乍见翻疑梦，相悲各问年”（司空曙《云阳馆与韩绅宿别》），“问姓惊初见，称名忆旧容”（李益《喜见外弟又言别》）具有异曲同工之妙，极受后人称道（参见沈德潜等《清诗别裁集》卷一）。全诗按照故事发展的过程，结合文言虚辞的运用，一气呵成，绝无停滞，也有机地配合了诗人这种惊喜心情的传达。靳荣藩注评：“此诗一气贯注，直摩盛唐之垒。”

梅　村[①]

枳篱茅舍掩苍苔[②]，乞竹分花手自栽。
不好诣人贪客过[③]，惯迟作答爱书来[④]。
闲窗听雨摊诗卷，独树看云上啸台[⑤]。
桑落酒香卢橘美[⑥]，钓船斜系草堂开。

【注释】①梅村：吴伟业别墅。参前《琵琶行》小序注①。②枳（zhǐ）：多刺灌木，可栽作篱笆。③诣：拜访。④书：这里指书信。⑤啸台：阮籍善啸，常登台长啸。这里借写名士风流。⑥桑落酒：美酒名。卢橘：通常指枇杷。

【点评】此诗描写诗人的家居生活，其中最著名的是颔联“不好诣人”两句，传达出许多人所共有却又很难表达的一种矛盾心理，恰如袁枚《随园诗话》卷十二所说：“人人共有之意、共见之景，一经说出，便妙。”同时，这两句诗意最接近的来源是宋代范成大的《喜收知旧书复畏答二绝》，而造语又曲折倒置，本身也具有一般宋诗的突出特点，由此可以看到吴伟业这位以学习唐诗为主的诗人也带有宋诗的色彩，透露出清初诗风转变的某种消息，也就是沈德潜等辑《清诗别裁集》卷一所说的“渐入宋格矣”。但该处说此诗，意在“自写名士风流”，潇洒懒散；而假如此诗写于清代（不排除写于明代末年的可能），那么它的背后实际上蕴藏着吴伟业在明亡之后宁可闲居度日，不肯屈节仕清的思想，别有一种深意在焉。至于吴伟业后来还是被迫出仕清朝，则又另当别论。

阻 雪

关山虽胜路难堪，才上征鞍又解骖[①]。
十丈黄尘千尺雪，可知俱不似江南。

【注释】①征鞍：指旅行者所骑的马。解骖：解开马匹，即下马。

【点评】此诗写于吴伟业被迫北上仕清的途中，表面说是为风雪所阻，实际上却反映了他内心的徘徊和痛楚。所以，诗歌前面两句句句转折，后面两句对比更加强烈，正所谓五里一徘徊，一步三回头。同样的感情，也体现在其同时所作的另一首七言绝句《临清大雪》中：“白头风雪上长安，裋褐疲驴帽带宽。辜负故园梅树好，南枝开放北枝寒。”“临清”是山东的地名，但字面却令人望而生畏；诗中的“北枝”和“南枝”、“故园”和“梅树”，寓意也极其明显。诗人一而再，再而三地反复吟咏这个主题，可以想见当时许多失节人物曾经有过的矛盾痛苦心理。

悲歌赠吴季子[①]

人生千里与万里，黯然消魂别而已[②]，
君独何为至于此[③]：
山非山兮水非水，生非生兮死非死[④]！

十三学经并学史[5]，生在江南长纨绮[6]。
词赋翩翩众莫比[7]，白璧青蝇见排抵[8]。
一朝束缚去[9]，上书难自理[10]。
绝塞千山断行李[11]，
送吏泪不止[12]，流人复何倚[13]！
彼尚愁不归，我行定已矣。
八月龙沙雪花起[14]，橐驼垂腰马没耳[15]。
白骨皑皑经战垒[16]，黑河无船渡者几[17]？
前忧猛虎后苍兕[18]，土穴偷生若蝼蚁[19]。
大鱼如山不见尾[20]，张鬐为风沫为雨[21]。
日月倒行入海底，白昼相逢半人鬼。
噫嘻乎悲哉！
生男聪明慎勿喜，仓颉夜哭良有以[22]，
受患只从读书始[23]，君不见，吴季子！

【注释】①吴季子：原诗自注："松陵人，字汉槎。"松陵为江苏吴江别称。汉槎名兆骞，因其在兄弟中排行第四，故称"吴季子"。顺治十四年丁酉(1657)江南科场案发，吴兆骞全家被流放宁古塔(今属黑龙江)，吴伟业赋此诗赠之。参见后面吴兆骞小传。②"人生"两句：语本江淹《别赋》："黯然消魂者，惟别而已矣！"黯然：神情沮丧的样子。消魂：魂魄从形体中离去，形容爱恨之深。意思说在人生道路中，最令人伤痛的无非是远别故乡。③君：这里指吴兆骞，与下文的"君不见"的泛指不同。至于此：落到这般地步。④"山非"两句：山不像山水不像水，生不像生死不像死，意指流放极边地区。⑤十三：这里指年龄。经：经学，古代关于儒家经典的学问。⑥纨绮：纨和绮，都是精美丝织物，借指富贵人家。⑦翩翩：形容文采

优美。众莫比：众人都比不上。⑧白璧：白玉。青蝇：苍蝇。陈子昂《宴胡楚真禁所》："青蝇一相点，白璧遂成冤。"比喻正人君子被小人诬陷。见：被。排抵：排挤。⑨束缚：捆绑、拘捕。⑩上书：向上面申诉。自理：这里指分辩。⑪绝塞(sài)：极远的边塞。行李：原指使者，借指行客。"断行李"即行客所不到，极言流放地点之偏远。⑫送吏：押送的吏卒，即下文的"彼"。⑬流人：被流放的人，即下文的"我"。倚：倚靠。⑭龙沙：塞外沙漠，泛指极其荒凉寒冷之地。⑮橐(tuó)驼：即骆驼。垂：接近。⑯皑皑：形容白色。战垒：军事堡垒。⑰黑河：指黑龙江。⑱苍兕(sì)：水中猛兽，善奔突，能覆舟。⑲土穴：地窑。旧时北方严寒地区居民常以地窑为居所，以避寒冷。⑳大鱼：指鲸鱼。崔豹《古今注》卷中"鱼虫"类："鲸，海鱼也，大者长千里，小者数丈。……鼓浪成雷，喷沫成雨。"㉑鬐(qí)：鱼的背鳍。㉒仓颉(jié)：传说中最早创造文字的人。《淮南子·本经训》："昔者仓颉作书而天雨粟，鬼夜哭。"良有以：确实很有原因。㉓"受患"句：语本苏轼《石苍舒醉墨堂》："人生识字忧患始。"

【点评】顺治丁酉江南科场案，其实质完全是清王朝寻找借口，蓄意对江南知识分子进行打击。吴兆骞作为牺牲品之一，也格外受到人们的关注。在他流放遣送之际，无数认识和不认识的人都纷纷为他赋诗送行，一方面对他个人的悲惨遭遇寄予深切的同情，另一方面也借此表达对清王朝残酷统治的强烈不满和愤慨。而在当时这许许多多的赠行诗中，最有名的就是吴伟业的这首《悲歌赠吴季子》。它不但感情真挚，描写生动，而且全诗基本上句句用韵，同时有意选用深沉绵缈的上声韵，读起来既促迫又缠绵。假如以旧时流行的韵文吟诵法来读它，则更能收到如泣如诉、如怨如慕的艺术效果，也更加感人。徐釚《南州草堂集》卷二十九《孝廉汉槎吴君墓志铭》就说："太仓吴祭酒梅村为《悲歌行》以赠之，有'山非山兮水非水，生非生兮死非死'之句，送吏无不呜咽。"

过吴江有感①

落日松陵道②，堤长欲抱城③。

塔盘湖势动[④]，桥引月痕生[⑤]。

市静人逃赋，江宽客避兵。

廿年交旧散[⑥]，把酒叹浮名[⑦]。

【注释】①吴江：地名，当时为县位于江苏南部，西临太湖。②松陵：吴江在唐代为松陵镇，以后县治仍之，故以此为代称。③堤：指吴江的长堤，界于松江与太湖之间，长四十多公里。始建于北宋，明末重筑。④塔：指吴江东门外华严寺的方塔，共七层，北宋始建。⑤桥：指利往桥，亦即垂虹桥，俗称长桥，多至七十二孔，中间有垂虹亭。月痕：月影。⑥交旧：旧友。⑦把酒：拿着酒杯。浮名：空名。

【点评】此诗大约作于康熙初年吴伟业往游浙江湖州，中途经过吴江的时候。全诗以诗人的活动为线索逶迤写来，前半首侧重"过吴江"，抓住吴江最具特色的景物进行刻画；后半首侧重"有感"，抒写此时此地的内心感想。其感想的核心，则是尾联所透露的与吴江有关的种种人事变迁。例如前面《悲歌赠吴季子》所写的吴兆骞，他就是吴江人；另外如"惊隐诗社"的吴炎、潘柽章，两人因曾在湖州庄廷鑨的《明史》一书中列名参校，结果惨遭清廷杀害，他们也都是吴江人（参见后面顾炎武《汾州祭吴炎潘柽章二节士》）。这许多"交旧"的离散甚至惨死，不能不引起诗人的无限感慨。所谓"把酒叹浮名"，其实正是对清王朝的一种无声的控诉。较之南宋词人姜夔的著名绝句《过垂虹》"自作新词韵最娇，小红低唱我吹箫。曲终过尽松陵路，回首烟波十四桥"云云，吴伟业这首诗真不知要深刻多少倍！而吴伟业本人此前被迫失节仕清，从某种意义上来说也未尝不是"浮名"累人。至于这首诗在句法上体现的深厚功力，倒反而使人无心顾及了。

临终诗（四首选一）

忍死偷生廿载余[①]，而今罪孽怎消除？

受恩欠债须填补，纵比鸿毛也不如②！

【注释】①廿载余：从顺治元年甲申（1644）明朝灭亡、清兵入关算起，至康熙十年辛亥（1671）吴伟业逝世（忌日当年十二月二十四日，公元已入1672年），有二十余年。②“纵比”句：语本司马迁《报任少卿书》：“人固有一死，或重于泰山，或轻于鸿毛，用之所趋异也。”

【点评】本题写于诗人临终之际，此诗系其中第一首。诗歌对自己在明朝灭亡时没有以身殉国，后来又屈节仕清表示沉痛的忏悔，与其此前所写的另一首诗歌《过淮阴有感》“我本淮王旧鸡犬，不随仙去落人间”，词作《贺新郎·病中有感》“为当年、沉吟不断，草间偷活。……脱屣妻孥非易事，竟一钱不值何须说”，以及与此诗同时写就的散文《与子暻疏》“牵恋骨肉，逡巡失身，此吾万古惭愧，无面目以见烈皇帝及伯祥诸君子，而为后世儒者所笑也”等等，感情同样真挚恳切，诚如稍后邓汉仪《题息夫人庙》所云：“千古艰难惟一死，伤心岂独息夫人！”陈廷焯《白雨斋词话》卷三评《贺新郎·病中有感》，说它“悲感万端，自怨自艾。千载下读其词，思其人，悲其遇。固与牧斋（钱谦益）不同，亦与芝麓（龚鼎孳，详后）辈有别”。的确，吴伟业的这一类作品，勇于自我谴责，在清初失节诗人中无疑最为突出，也最具代表性，能够使后人窥知他们真实的心灵。

方文（四首）

方文（1612—1669），字尔止，又名一耒，字明农，号嵞山，安徽桐城人。明末秀才。入清后绝意仕进，以行医卖卜为生。生平喜好游历，交游遍天下。其诗歌主要取法杜甫、白居易，反映民生疾苦，表现民族气节，语言浅显平易，风格激楚苍凉，浑融流利，真率自然。陈维崧题其集二首之一有云：“句句精工费剪裁，篇篇陶冶极悲哀。”孙枝蔚题诗亦脱换王安石语云：“看似寻常最奇崛，成如容易却艰难。”（王安石原诗“艰难”作“艰辛”，末字不同，两人两首各自押韵。）方氏曾因陶渊明、杜甫、白居易和自己都是壬子年出生，请人画《四壬子图》，当时传为美谈。有《方盦山诗集》。

题酒家壁（四首选一）

问我来何数①，非关饮兴豪②。
风尘燕市里③，或恐有荆高④。

【注释】①数（shuò）：屡次、频繁。②饮兴：饮酒的兴致。③燕（yān）市：原指春秋战国时代燕国的都城，这里兼指下层社会。④荆高：荆轲、高渐离，都是战国时代著名的刺客，曾先后为燕太子丹去行刺秦王，失败被杀。据《史记·刺客列传》记载，“荆轲嗜酒”，入秦之前“日与狗屠及高渐离饮于燕市。酒酣以往，高渐离击筑，荆轲和而歌于市中……旁若无人者”，后来才被燕太子丹发现。

【点评】本题原来题写在酒家的墙壁上，此诗系其中第三首。诗人频频光顾酒家，并非由于他的饮兴特别高，而是心中藏有一个愿望，那就是在这种地方，或许可以发现荆轲、高渐离一类的特殊人才。联系“秦”在清初诗歌中往往借指清王朝的用法，不难想见此诗的寓意。短短四句，既含蓄又劲节。尤其是诗人把抗清复明的希望寄托于社会最底层，说明他在一定程度上看到了人民群众的力量，这在当时更是难能可贵。只是诗人期望太高，有时候反而会发出如下的感慨：“芦中贫士亦何愚，燕市来寻旧酒徒。漫说荆高零落尽，即令相见酒钱无。”（《都下竹枝词》二十首之十九）

归 里[①]

去年东归九日后[②]，今年西归九日前。
性情最是游不厌，富贵何如诗可传？
每到故园翻似客[③]，若论生计总由天。
疾妻愚子怀乡土，恨不能从范蠡船[④]。

【注释】①里：故乡。②九日：指农历九月九日，即重阳节。③翻：反而。④范蠡（lǐ）：春秋战国之际越国谋臣，传说助越灭吴之后携西施泛五湖而去。

【点评】此诗作于顺治五年戊子（1648）诗人漫游湖北归里之后。此前一年，他又曾经游历过江浙等地，并且回家也大约在重阳节的时候。诗歌开头两句不拘平仄，不避重复，正好传达出频繁反复的漫游生涯。而诗人频年东去西来，既开阔了眼界，陶冶了性情，又自然而然地取得了创作上的丰收，因此推出了"性情最是游不厌，富贵何如诗可传"这一饱含激情与哲理的名句。类似这样的名句，还一再出现在方文的另外许多作品中，例如："游似石田无刈获，贫唯诗卷足骄奢。"（《重阳后五日归里》）"世间臭腐唯荣禄，不及诗篇字字新。"（《赠祝一之》）"今古似惟诗不朽，朝昏长得酒何愁？"（《答妇问》）诗人正是拥有这样一种精神支柱，才能够直面人生，不惧贫穷。诚如吴伟业所说："自古富贵而名多澌灭，唯博闻绩学之士，垂论著以示来祀，虽残膏剩馥，与江山同其永久，而又复奚憾焉？"（《吴梅村全集》卷二十九《程昆仑文集序》）

谷 贱

频年苦旱今年稔[①]，百事支分尽在田[②]。

岂料秋成农更苦，一担新谷粜三钱。

【注释】①稔(rěn)：庄稼成熟，这里含有丰收之意。②支分：开支、应付。

【点评】农业丰收，农民收入反而更少，这是一个十分古老的话题。此诗叙述农民在连年苦于旱灾之后好不容易获得一次丰收，谁料谷价却大幅度下跌，原先各种各样的盘算全化为泡影，他们的实际生活反而更苦了。现代文学大师叶圣陶先生的名作《多收了三五斗》和王瑶先生的《十八担》等等，说的也就是这个道理。即使在我们今天，类似现象有时候也还难免会发生，需要我们的高度重视。

自题肖像

山人一耒字明农①，别号淮西又忍冬②。
年少才如不羁马③，老来心似后凋松④。
藏身自合医兼卜⑤，混世谁知鱼与龙⑥？
课板药囊君莫笑⑦，赋诗行酒尚从容。

【注释】①山人：旧时对隐士或从事卜卦、算命等职业者的一种称呼。耒(lěi)：古代的一种翻土工具。②淮西：历史上的淮南西路地区，大致相当于今安徽省的长江、淮河之间，这里关合诗人籍贯。忍冬：原义指金银花，遇冬不凋，故名。③"年少"句：语本司马迁《报任安书》："仆少负不羁之材，长无乡曲之誉。"不羁：不可羁绊。④后凋松：《论语·子罕》："岁寒，然后知松柏之后凋也。"⑤合：应当。卜：占卜，旧时预测吉凶的一种方法。⑥鱼与龙：喻指各色人等。⑦课板：指占卜的用具，"课"在这里即指占卜。

【点评】著名画家戴苍曾经为方文描绘过一幅肖像，后来临摹在《嵞山再续集》卷首。此诗题写其上，可以看成诗人对一生行迹的自我写照。他在入清之后一度改名“一耒”，并根据古代名与字相应的原则改字“明农”，这表明了诗人对明王朝的深切怀念以及对清王朝决绝的态度，故而又取别号为“忍冬”。为了维持生计，诗人只能去行医卖卜，混迹于下层社会之中。而结合前面的《题酒家壁》来看，他内心又何尝没有某种惊天动地的大志存在？诗歌颔联“年少才如不羁马，老来心似后凋松”两句，更是长期为人传诵不休（参见郑方坤《国朝名家诗钞小传》卷一《畬山诗钞小传》）。

周亮工（一首）

周亮工（1612—1672），字元亮，号栎园。原籍河南祥符（今开封），徙居江苏江宁（今南京）。明崇祯十三年庚辰（1640）进士。曾官浙江道监察御史。后投降清朝，累官至户部侍郎。其本人诗歌未足名家，但生平多才多艺，爱好风雅，尤喜扶掖人才，许多遗民诗人如吴嘉纪都曾经得到过他的多方提携和帮助。同时他自身也有不少作品情真韵远，清新可诵。有《赖古堂集》。

舟中与胡元润谈秦淮盛时事次韵四首[①]（选一）

红儿家近古青溪[②]，作意相寻路已迷[③]。
渡口桃花新燕语[④]，门前杨柳旧乌啼[⑤]。
画船人过湘帘缓[⑥]，翠幔歌轻纨扇低[⑦]。
明月欲随流水去，箫声只在板桥西[⑧]。

【注释】①胡元润：名玉昆，元润其字，江宁（今江苏南京）人。工诗善画，有《栗园集》。秦淮：秦淮河，为旧时南京繁华地带。也可借指南京。次韵：即和韵，依原唱韵脚做诗。②红儿：唐代诗人罗虬《比红儿诗》中写到的名妓杜红儿，这里借指明末秦淮名妓。青溪：原在南京东北，发源于钟山，北接玄武湖，南入秦淮河。今已湮没。③作意：特意。④渡口桃花：东晋王献之曾为其爱妾桃叶作《桃叶歌》以送行，有句云："桃叶复桃叶，渡江不用楫。"后该地即称"桃叶渡"，在秦淮河口。新燕语：暗用唐代刘禹锡《金陵五题·乌衣巷》诗意："朱雀桥边野草花，乌衣巷口夕阳斜。旧时王谢堂前燕，飞入寻常百姓家。"⑤"门前"句：语本古乐府《杨叛儿》："暂出白门前，杨柳可藏乌。"又李白《杨叛儿》："何许最关人？乌啼白门柳。"白门为南京别称。⑥湘帘：用湘竹亦即斑竹编成的帘子。⑦幔（màn）：帐幕。纨扇：罗纨亦即丝织物制作的扇子。⑧板桥：当指原来横跨在青溪之上的长板桥。详见后面王士祯《秦淮杂诗》"傅寿清歌沙嫩箫"首注③。

【点评】本题为怀念明末秦淮河一带繁盛时期的旧事而作，此诗系其中第一首。诗歌以寻旧的形式缅怀往日的繁华，惋惜眼前的衰败，在华美的语言背后蕴含着淡淡的哀思。虽然它不像前面钱谦益的《西湖杂感》那样明确抒写亡国之痛，但从第七句的"明月"在清初诗歌中往往双关明王朝这一点来看，也未尝没有借以凭吊故国的用意。而与稍后同样着眼于南京秦淮的蒋超《金陵旧院》、王士祯《秦淮杂诗》等类似名篇相比较，则可以见出此诗在风格上显得尤其委婉含蓄，仿佛仅仅是一篇普通的怀旧美文而已。无怪乎徐釚《本事诗》卷九论及此诗，也只是看到它的留连胜景——"读之几欲作《望江南》也"。

钱澄之（四首）

钱澄之（1612—1693），原名秉镫，字幼光，后改今名，字饮光，号田间。安徽桐城人。明末秀才。明亡以后，曾在两广、福建、云南等地从事抗清斗争。南明永历朝考选翰林院庶吉士，晋编修，知制诰。后一度削发为僧，法名西顽，字幻光。晚年归隐田园，终老于家。其诗取径陶渊明和杜甫，以反映南明抗清斗争，描写田园生活，表现民族气节为主，艺术上擅长白描。有《藏山阁诗存》《田间诗集》等，合为《钱澄之全集》。

南京六君咏①（六首选一）

传道城南乞②，蓬头发正多。
羞他中国变③，屡被市人呵④。
入夜语还泣，沿街骂且歌。
沟渠绝粒死⑤，此志是如何！

【注释】①本题及所选此首都有作者自注，详见点评。②传道：传说。乞：乞丐。③"羞他"句：以"中国变"为羞。"他"字在这里为虚指，无意义。④呵：呵斥。⑤绝粒：绝食。

【点评】顺治二年乙酉（1645）五月，南京被清兵攻陷，南明弘光小朝廷灭亡。本题歌咏南京陷落时的六位守节死义之士，此诗系其中第五首，所写为一个乞丐，诗末有自注："淳化关丐者。按丐者临死吟一诗云：'三百年来养士朝，而今文武尽皆逃。纲常留在卑田院，乞丐羞存命一条！'"所谓"卑田院"即旧时收容乞丐的地方，倒是那里出来的乞丐反而能够坚守纲常，杀身殉节，令人肃然起敬。也正因为如此，本题以之与前面四位身为明朝官员的义士相并列，并且特地加上一个题注说："南京陷，死者寥寥，得丐与卒而六焉，悲夫！然其死不愧四君，四君又岂不屑六也？故并'君'之。"

永安桥[①]

永安桥下水粼粼，永安桥上来往频。
有客赴水无名姓，江西不肯剃头人。

【注释】①此诗作于顺治三年丙戌（1646）作者奔走抗清途中，永安桥具体所在未详。

【点评】顺治二年乙酉（1645）六月，清兵渡江南下以后，清王朝颁布“薙（剃）发令”，强令江南各族人民按照满族风俗剃发（剃去前额部分）蓄辫，并且限在旬日之内尽行剃完，规避不遵者杀无赦，亦即所谓“留头不留发，留发不留头”。在这奇耻大辱面前，有人苟且偷生，有人武装反抗，有人索性剃去全部头发遁入空门，也有人以死表示抗争。例如钱澄之另外有一首《留发生》，称颂岭南一书生被关押一夜之后，在剃发与杀头二者之间最终仍然选择了后者。上面这首《永安桥》所写的“赴水”自尽之“客”，甚至连名姓也没有留下来，这与桥上频繁过往的众多行人之间，更是形成了鲜明的对照。此外钱澄之在《南海有女择配求完发者得宣城汤生归焉嘉其志为赋是诗》中写了一个有民族气节的女子，与此可以构成一个系列。

田园杂诗（十七首选一）

鸡鸣识夜旦[①]，鸟鸣识天时。
东皋人有声[②]，我起毋乃迟[③]。
揽衣出门早[④]，且复驱其儿[⑤]。
黄犊初教成[⑥]，我钽子则犁[⑦]。

犁锄岂不苦？衣食道在兹[8]。
道旁一老父[9]，颦蹙前致辞[10]。
言儿筋力薄，稼穑非我宜[11]。
诗书虽不尊[12]，犹是祖父遗[13]。
如何舍素业[14]，自甘辛苦为[15]？
多谢老父意，此意君未知。
呼儿且饭牛[16]，吾去烧东菑[17]。

【注释】①旦：早晨。②皋：水边的高地。③毋乃：疑问副词，岂不是、恐怕是。④揽衣：撩起衣服，打算出门的样子。⑤驱其儿：催促、带上自己的儿子。⑥黄犊：小黄牛。⑦锄(chú)：同“锄”。⑧衣食道在兹：衣食之道在于这里。⑨老父(fǔ)：老年男子。⑩颦蹙(pín cù)：皱眉。前：上前。致辞：这里泛指告语、说话。⑪稼穑(sè)：种植和收割，泛指农业劳动。⑫诗书：儒家经典《诗经》和《尚书》，泛指传统的知识学问。⑬祖父：祖和父，泛指前辈。⑭舍：舍弃。素业：向来所从事的事业。⑮为：语气助词，表示疑问。⑯且：姑且。饭牛：喂牛。⑰烧：这里指烧草开荒。菑(zī)：初耕的田地。

【点评】本题作于顺治十八年辛丑(1661)，描写诗人晚年家居时期的田园生活，内容相当丰富。所选此诗系其中第四首，着重表现诗人心甘情愿从事农业劳动的心情。这一方面确实反映出诗人对农业劳动的重视，认为“衣食道在兹”；另一方面也多少包含着他对封建统治阶级轻视知识文化的不满，亦即“诗书”不受尊重。同题之十四故意比较邻居两个不同的家庭：“东家事诗书，西舍勤稼穑。”结果“西舍”是“室丰”“大召客”“割鸡秋极肥，出酒浓如漆”，而“可怜东家子，终岁不饱食。夜愁儿女啼，昼愁租赋逼。天寒四壁空，相见无颜色”，其中意思就十分明显了。特别是在当时明清改朝换代之后，诗人舍弃“诗书”这个“素业”，恐怕还潜藏着他包括他的子孙后代不愿意再学好“诗书”去为清王朝服务的深意，从而曲折地透露出自己的民族气节，这就更加耐人寻味了。诗歌末尾对“老父”的话不作正面回答，即有意给读者留下想象的空间；倘一说破，则不仅内容会受到绝对的限制，而且艺术上的韵味也将荡然无存。

扬州访汪辰初①（二首选一）

关桥乍泊旋相访②，问遍扬州识者疏。
市井草深寻巷入③，江城花满闭门居。
僮惊客到饶蛮语④，箧付儿收只汉书⑤。
我过七旬君逾八⑥，笑啼同是再生余。

【注释】①汪辰初：名蛟，江苏扬州人，明末举人，曾与钱澄之共同抗清。②关桥：指码头。乍：刚刚。旋：随后、立即。③市井草深：既实写扬州经清兵大屠杀后破败荒凉，汪蛟居处幽僻，也兼用赵岐《三辅决录》典故：“张仲蔚……与同郡景卿俱隐居不仕，所居蓬蒿没人。”④饶：多。蛮语：旧指非本地方言。⑤箧（qiè）：箱子。汉书：东汉班彪、班固、班昭父子兄妹合力写成的一部反映西汉历史的著作。这里可能有借“汉”字暗喻明朝汉族政权之意。⑥七旬：七十岁。逾：超过。八：谓“八旬”，八十岁。

【点评】本题为康熙二十二年癸亥（1683）诗人至扬州访问汪蛟而作，此诗系其中第一首。诗歌不仅反映了两位抗清战友之间的深厚情谊，而且突出地表现了他们可贵的民族气节。全诗扣住一个“访”字，按时间顺序从寻找到见面，一路迤逦写来，次序井然，显示出一种内在的联系。同时在外部结构上，开头第一句，以“访”字勾联访问者自己和被访问者汪蛟；第二句一分为二，前四字“问遍扬州”写自己，后三字“识者疏”写汪蛟。中间四句依次分写二人：第三句“寻巷入”写自己，第四句“闭门居”写汪蛟；第五句承第三句写“客”自己，第六句承第四句写主人汪蛟。第七句前四字“我过七旬”写自己，后三字“君逾八”写汪蛟，重新合二而一；至末尾第八句，用一个“同”字收拢。全诗从合到分，又从分到合，构成一个首尾相应、完美无缺的艺术整体，由此体现出诗人的构思之妙。后来黄景仁有一首《十四夜京口舟次送别张大归扬州》（《两当轩集》卷十四），可以与此诗并读。

顾炎武（五首）

顾炎武（1613—1682），初名绛，字忠清，入清后改今名，字宁人，别署蒋山佣，学者称亭林先生。江苏昆山人。早年曾积极参加抗清斗争，失败后又遍游山东、河北、陕西、山西等地，仔细考察山川形胜，秘密联络遗民志士，图谋建立抗清根据地，等待时机，东山再起。康熙十八年己未（1679）清廷诏举博学鸿词，誓死相拒。他是明清之际的唯物主义思想家，也是著名的学者，主张博学多识、经世致用，强调“天下兴亡，匹夫有责”。其诗以表现民族气节最为突出，艺术上学习杜甫，风格悲壮苍凉、沉雄刚健。有《顾亭林诗文集》等，又《顾炎武全集》。其诗歌，有今人王蘧常先生《顾亭林诗集汇注》、王䶮民先生《顾亭林诗笺释》等。

精　卫[①]

万事有不平，尔何空自苦[②]：
长将一寸身，衔木到终古[③]？
我愿平东海[④]，身沉心不改。

大海无平期，我心无绝时！
呜呼！君不见：
西山衔木众鸟多，鹊来燕去自成窠[5]。

【注释】①精卫：古代神话中的鸟，相传为炎帝之女女娃所变。女娃游于东海，溺水而死，化为精卫，常衔西山之木石往填东海，以期报仇雪恨。见《山海经·北山经》。②尔：你。这里指精卫。③终古：永远。④我：精卫自指。⑤鹊、燕：比喻胸无大志、自私自利之辈。《史记·陈涉世家》："燕雀安知鸿鹄之志哉?"窠(kē)：窝巢。

【点评】此诗以"精卫填海"故事为题材，表达诗人坚定的抗清意志。诗歌在艺术上以拟人的手法设为问答，开头四句是问精卫，接下来四句是精卫答，至末尾宕开一笔，以众多苟苟营营、顾自成窠的燕鹊之类作对比，由此进一步反衬出精卫的伟大，也使作品的寓意变得更加深刻。

赠朱监纪四辅[1]

十载江南事已非[2]，与君辛苦各生归[3]。
愁看京口三军溃[4]，痛说扬州七日围[5]。
碧血未消今战垒[6]，白头相见旧征衣[7]。
东京朱祜年犹少[8]，莫向尊前叹式微[9]。

【注释】①朱监纪四辅：原诗自注："宝应人。"宝应为扬州属县。朱监纪名四辅，监纪其字，明末秀才，明亡后曾参与抗清活动。②"十载"句：此诗作于顺治十年癸巳(1653)，江南抗清斗争基本上已告失败。③生归：活着回来。④京口：江苏镇江的别称。三军溃：指顺治二年乙酉(1645)郑成功叔父郑鸿逵被清兵渡江偷袭，镇江失守。⑤扬州七日围：指清兵在攻占扬州之前实施的围困。⑥碧血：《庄子·外物篇》："苌弘死于蜀，藏其血，三年而化为碧。"战垒：军事堡垒。⑦征衣：远途行客或军队将士所穿的衣服。⑧东京：这里指东汉都城洛阳。朱祜(hù)：东汉光武帝刘秀的大将，曾为兴复汉室屡立奇功。这里"汉"字兼指明朝汉族政权，"朱"字关合朱四辅姓。⑨尊：酒杯。式微：语出《诗经·邶风·式微》："式微式微，胡不归?"原义为天将向暮，后世泛指事物由盛而衰。据《顾亭林诗集汇注》转引朱彬《白田风雅》卷二所录朱四辅《微子祠》诗，知其原来确有式微之叹。

【点评】此诗系顾炎武赠一位抗清同志所作。当时明朝灭亡已有十年之久，反清事业异常艰难，诗人回首往事，心情无比沉痛。但他并没有因此而消沉，相反地却鼓励对方来日方长，坚定信念。这种面对困难，百折不挠的精神，正是顾炎武最为可贵的地方，并且还贯穿在他的一生之中，参见下文。

又酬傅处士次韵(二首选一)①

愁听关塞遍吹笳②，不见中原有战车③。
三户已亡熊绎国④，一成犹启少康家⑤。
苍龙日暮还行雨，老树春深更着花。
待得汉廷明诏近⑥，五湖同觅钓鱼槎⑦。

【注释】①傅处士：这里指傅山，字青主，清初遗民，志节成就与顾炎武相似，山西阳曲人，著作有《霜红龛集》等。次韵：即和韵，依原唱韵脚作诗。②笳：即胡笳，指清兵的号角。③"不见"句：意思是说全国反清斗争已基本失败。④熊绎国：指楚国。熊绎为楚武王名。《史记·项羽本纪》："楚虽三户，亡秦必楚。"⑤"一成"句：原诗自注："《楚辞·离骚》：'及少康之未家兮。'"少康：夏朝中兴的国君，仅"有田一成，有众一旅"，而终能恢复夏朝。见《左传·哀公元年》。⑥汉廷：即汉朝，喻指明朝。明诏：英明的诏令，这里借字面双关指明朝的复国诏书。⑦“五湖”句：五湖：这里指太湖。槎：竹木筏。传说春秋战国时代范蠡复兴越国之后，功成身退，泛五湖而去。意指归隐。

【点评】本题为顾炎武酬和傅山《晤言宁人先生还村途中叹息有诗》之作，此诗系其中第二首。诗歌针对原唱流露的消沉情绪，反复强调反清事业虽已失败，但总有一天能够重振旗鼓，兴复汉室。颈联“苍龙”两句，尤其表达了诗人自身老当益壮、矢志抗清的决心和信念，历来为人传诵。类似诗句，在顾炎武的集子中比比皆是，如“贯日精诚久，回天事业新”（《赠钱行人邦寅》），“远路不须愁日暮，老年终自望河清”（《五十初度时在昌平》），“莫道河山今便改，国于天地镇长存”（《黄侍中祠》），以及上面《赠朱监纪四辅》“东京朱祐年犹少，莫向尊前叹式微”等等，凡此都可以同此诗相发明。

汾州祭吴炎潘柽章二节士①

露下空林百草残②，临风有恸奠椒兰③。
韭溪血化幽泉碧④，蒿里魂归白日寒⑤。
一代文章亡左马⑥，千秋仁义在吴潘⑦。
巫招虞殡俱零落⑧，欲访遗书远道难。

【注释】①汾州：旧府名，治所在今山西隰县东北。吴炎、潘柽章：均为江苏吴江人，系顾炎武好友，因庄廷钺“明史案”牵连而被清廷杀害。②“露下”句：原诗自注：“《楚辞·九辩》：‘白露既下百草兮，奄离披此梧楸。’”③椒兰：香草名。比喻敬爱之人。《荀子·议兵》：“民之……好我，芬若椒兰。”又《楚辞·九歌·东皇太一》：“蕙肴蒸兮兰藉，奠桂酒兮椒浆。”④韭溪：原诗自注：“二子所居。”其地在苏州。血化幽泉碧：《庄子·外物篇》：“苌弘死于蜀，藏其血，三年化而为碧。”⑤蒿里：旧称人死后魂魄聚居之处，亦为乐府篇名。崔豹《古今注》：“《薤露》《蒿里》，俱丧歌。出田横门人，谓人死魂魄归乎蒿里。”⑥左马：指左丘明、司马迁，均为古代著名历史学家。⑦“千秋”句：原诗自注：“《宋书·孝义传》：‘王韶之《赠潘综吴逵》诗：“仁义伊在，惟吴惟潘。心积纯孝，事著艰难。投死如归，淑问若兰。”’”⑧巫招虞殡：均指丧歌。《楚辞·招魂》：“帝告巫阳曰：‘有人在下，我欲辅之。魂魄离散，汝筮予之。’”又原诗自注：“《左传·哀公十一年》：‘公孙夏命其徒歌《虞殡》。’”《左传》杜预注：“《虞殡》，送葬歌曲。”

【点评】此诗为悼念吴炎、潘柽章而作。他们两个人都擅长史学，曾在庄廷钺主编的《明史》上列名参校。因书中有在清廷看来违碍的内容，被人告发，遂酿成文字狱，凡杀上百人，流放者更不计其数。诗歌凭吊吴炎、潘柽章，实际上揭露了清朝政府的残暴罪行。全诗几乎句句用典，既多且切。特别是颈联，以身世凄惨的著名历史学家左丘明、司马迁比喻吴炎、潘柽章，关合他们的学术造诣与悲惨遭遇；又借王韶之《赠潘综吴逵》诗颂扬吴炎、潘柽章的仁义道德，兼及二人的“投死如归”，并且连姓氏也恰好相同，真可谓精切之至。顾炎武以著名学者而兼诗人，其诗运用学问，大都类此。

友人来坐中口占二绝（选一）①

不材聊得保天年②，便可长栖一壑边。
寄语故人多自爱③，但辞青紫即神仙④。

【注释】①坐：通“座”。口占：当场口诵作诗。②“不材”句：《庄子·山木篇》：“山中之木，以不材得终其天年。”这里借以自喻。③寄语：转告。故人：老朋友。④但：只、只要。青紫：《汉书·夏侯胜传》王先谦注引叶梦得语：“汉丞相、太尉皆金印紫绶，御史大夫银印青绶，此皆三府之官之极崇者。”原指高官之服，亦借指高官。又杜甫《夏夜叹》：“青紫虽被体，不如早还乡。”

【点评】本题作于康熙十九年庚申(1680),此诗系其中第一首。此前康熙十八年己未(1679),清廷曾开设博学鸿词科,以荐举授官笼络汉族知名人士,顾炎武也在被荐之列。但他以死相拒,保全了自己的民族气节。如其《寄次耕时被荐在燕中》末云:“或有金马客,问余可共登?为言顾彦先,惟办刀与绳!”《陈生芳绩两尊人先后即世适皆以三月十九日追痛之作词旨哀恻依韵奉和》三首之二亦云:“人寰尚有遗民在,大节难随九鼎沦。”并且他还为旧日友人的屈节仕清深感痛心:“闻君将有适,念此令人老。”(《赠人》二首之二)慨叹能够坚持气节的人实在太少:“千官白服皆臣子,孰似苏武北海边?”(《千官》二首之一)而此处这首绝句,正是从正面劝告“故人多自爱”,不要被“青紫”亦即清廷的高官厚禄所诱惑,这同样表现了顾炎武令人敬佩的节操。

归庄(三首)

归庄(1613—1673),又名祚明,字玄恭,号恒轩。江苏昆山人。明代著名散文家归有光曾孙。明末秀才。明亡以后,积极从事抗清斗争。失败后,一度改换僧装,亡命江湖。最后隐居乡里,以卖书画为生。其人多才多艺,狂放好奇,入清后更加悲怆愤激,作品也充满磊落不平之气。生平与顾炎武最善,人称“归奇顾怪”。有《归庄集》。

落花诗(十二首选一)[①]

江南春老叹红稀[②],树底残英高下飞[③]。

燕蹴莺衔何太急④，溷多茵少竟安归⑤？
阑干晓露芳条冷⑥，池馆斜阳绿荫肥⑦。
静掩蓬门独惆怅⑧，从他江草自菲菲⑨。

【注释】①本题原有小序，意在说明“落花诗”的创作源流和自己的“借景抒情”，有感而作，今以文字过长而从略。②春老：春暮。红：借指花。③残英：即残花。④燕蹴(cù)：燕子踢。杜甫《城西陂泛舟》：“燕蹴飞花落舞筵。”⑤“溷(hùn)多”句：溷：粪坑。茵：座席。据《梁书·范缜传》记载，范缜反对佛教因果轮回之说，曾借落花为喻：“人之生，譬如一树花，同发一枝，俱开一蒂，随风而堕，自有拂帘幌坠于茵席之上，自有关篱墙落于溷粪之侧……贵贱虽复殊途，因果竟在何处？”这里以“溷多茵少”借指环境之恶劣。安归：归往何处。⑥阑干：这里同“栏杆”。芳条：指花枝。⑦绿荫：暗用杜牧《叹花》：“狂风落尽深红色，绿叶成阴子满枝。”⑧蓬门：蓬草编成的门，指代贫家。杜甫《客至》：“花径不曾缘客扫，蓬门今始为君开。”⑨从：任凭。菲菲：形容草木茂盛。

【点评】咏落花诗是古代一个传统的题目，但各人立意不尽相同。本题作于明朝灭亡之后，寓意格外深刻。这是因为花色红，“红”即“朱”，“朱”为明朝皇姓，所以“落花”往往被用来影指灭亡了的明王朝，从而形成了清代特别是清初诗歌中的一个特殊意象。例如屈大均的“落花有泪因风雨，啼鸟无情自古今”(《壬戌清明作》)，“六朝春草里，万井落花中”(《秣陵》)，“燕雀湖空芳草长，胭脂井满落花肥”(《旧京感怀》)等等，其内涵皆相当明显。最突出的是王夫之，他曾先后写有《正落花诗十首》《续落花诗三十首》《广落花诗三十首》《寄咏落花十首》《落花诨体十首》《补落花诗九首》，有九十九首之多，更可以想见其用意之所在。明乎此，则归庄本题共十二首，此外还有续作四首，从故国沦亡一直写到个人身世，在当时为何广为传诵，想读者也便不难索解了。

己丑元日四首(选一)[1]

四年绝域度新正[2],世事空将两目瞠[3]。
天下兴亡凭揲策[4],一身进退类悬旌[5]。
商君法令牛毛细[6],王莽征徭鱼尾赪[7]。
不信江南百万户,锄耰只向陇头耕[8]!

【注释】①己丑:这里指顺治六年(1649)。元日:农历正月初一,也称“元旦”。②四年:指顺治二年乙酉(1645)清兵南下,自己参加抗清以来。绝域:边远地区。新正(zhēng):新年的正月,这里具体指元旦。③瞠(chēng):瞠目,瞪着眼睛。④揲(dié)策:抽蓍草以算吉凶,即卜卦。⑤悬旌:悬挂的旗帜,比喻飘摇不定。⑥商君:指秦国的商鞅,曾主持变法。杜甫《述古》:“秦时任商鞅,法令如牛毛。”⑦“王莽”句:王莽:西汉末权臣,曾篡夺皇位,建立新朝。鱼尾赪(chēng):《诗经·周南·汝坟》:“鲂鱼赪尾,王室如毁。”赪即赤色,传说鱼劳则尾赤。比喻人民负担沉重、劳苦不堪。⑧锄耰(yōu):语出贾谊《过秦论》及《汉书·陈胜项籍传赞》,原为农具,秦末人民曾以之为武器。陇头:指田间。此二句是说广大人民必定会拿起劳动工具,反抗清朝的残暴统治。

【点评】本题写于诗人抗清流亡期间,此诗系其中第二首。诗人眼看时间在一年一年地过去,而反清大业却依然十分艰难,胜利难期,因此感到满腔激愤。但他坚信,清朝政府的残暴统治,迟早会激起广大劳动人民的强烈反抗,最终必将被推翻。诗歌所用典故,有意以秦朝和新朝暗指清朝,而与明朝汉族政权的象征汉朝相对举,这固然未脱清初同类诗歌的窠臼,但它能够在满汉民族之外,着重从统治阶级与被统治阶级的矛盾出发来强调这个问题,并且特别看到了劳动人民的力量,这一点却显然与众不同,由此显现出鲜明的特色。

观田家收获(三首选一)

稻香秫熟暮秋天[1],阡陌纵横万亩连。
五载输粮女真国[2],天全我志独无田。

【注释】① 秫(shú):粘高粱,也指粘稻。② 五载:指顺治二年乙酉(1645)清兵占领江南以来。输粮:交纳田赋。女真国:指清朝。女真族为满族祖先。

【点评】本题写于顺治六年己丑(1649),此诗系其中第一首。诗人看到劳动人民收割庄稼,首先想到的是他们连年被迫向清朝交纳田赋,不禁悲愤填膺。但他不从正面说,而是倒过来感谢老天爷成全自己的素志,使自己无田无地。同时,对于一般的人来说,没有田地常常要感叹自己的贫穷,而诗人却反而为此感到庆幸,这又是一种逆笔。正是如此颠倒反复,既见出诗歌用笔的曲折,更烘托出诗人誓不臣清的志节。联系同题第二首:“田父家家庆有年,书生土锉昼无烟。洛阳负郭何须问,要待天朝赐土田!”这种志节可以看得更清楚。

宋琬(七首)

宋琬(1614—1673),字玉叔,号荔裳。山东莱阳人。顺治四年丁亥(1647)举进士。初授户部主事。顺治七年庚寅(1650),曾被人诬告与山东于七起义有关,下狱一个多月。顺治十八年辛丑(1661)擢升浙江按察使,又再度以同一事件满门被逮,关押三年之久。此后流寓吴越等地，至康熙十一年壬子(1672)起补四川按察使。次年入京觐见，而适逢吴三桂“三藩”乱作，蜀中失守，全家陷落，遂忧愤而卒。他一生坎坷多难，历尽风波，因而其诗歌也以反映自身的不幸遭遇为最著，艺术上则广泛借鉴杜甫、韩愈、陆游诸家，风格雄浑豪宕。有《安雅堂全集》。

同欧阳令饮凤凰山下(二首选一)①

茅茨深处隔烟霞②，鸡犬寥寥有数家。
寄语武陵仙吏道③，莫将征税及桃花。

【注释】①欧阳：复姓。令：县令、知县。其人具体未详。凤凰山：这里指杭州的凤凰山，北近西湖，南临钱塘江。②茅茨(cí)：茅屋。③武陵：古地名，今湖南常德一带。陶渊明《桃花源记》写到武陵捕鱼人发现桃花源，此即借指世外桃源。道：说。

【点评】本题写于杭州凤凰山下，此诗系其中第二首。杭州虽为名胜之地，但诗人所见到的却只是寥落的几户人家、破败的茅草房子，这正是清朝赋税深重、搜刮残酷的一个见证。因此，他要奉劝那些基层的地方官，希望他们能够抑制剥削，减轻劳动人民的负担。诗歌前面两句，很容易使人联想起晚唐诗人杜荀鹤的《山中寡妇》：“任是深山更深处，也应无计避征徭。”而结合后面两句，则其景象又全与陶渊明描写的“世外桃源”相似。特别是末句“莫将征税及桃花”，既点出了清朝的赋税无处不到，又给人一种字面上的美好感受，从而收到了王夫之《姜斋诗话》卷上所说“以乐景写哀，以哀景写乐，一倍增其哀乐”的艺术效果，同时也比晚唐陆龟蒙《新沙》“蓬莱有路教人到，亦应年年税紫芝”，南宋范成大《四时田园杂兴六十首·夏日田园杂兴十二绝》之十一“无力种田聊种水，近来水面亦收租”云云更为含蓄蕴藉、耐人寻味。

渡黄河四首(选一)

倒泻银河事有无,掀天浊浪只须臾[①]。
人间更有风涛险,翻说黄河是畏途[②]!

【注释】①须臾:片刻。②翻:反而。

【点评】本题描写横渡黄河的感受,此诗系其中第一首。诗歌前面两句一方面极力刻画黄河水势之凶险,另一方面却说它并没有什么可怕,纵有"掀天浊浪"也不过眨眼的工夫,从而为后面两句铺垫蓄势。也就是说,人世间的"风涛"之险远远胜过黄河的"畏途"!正因为诗人一生中经历过无数的人间风涛,所以才能够写出如此富有哲理的诗句。而如明代唐寅的一首《题栈道图》:"栈道连云势欲倾,征人其奈旅魂惊。莫言此地崎岖甚,世上风波更不平。"虽然写的是同一个主题,但它后面两句平铺直叙,显然不及宋琬此诗具有激情与力度。

热甚驱蚊戏成绝句五首(选一)

喙无一寸却如锥[①],星火西流势渐衰[②]。
为报谗人看作例[③],须知利口有箝时。

【注释】①喙(huì):鸟兽的嘴。②星火西流:此"星火"指大火星,即心宿二。此星在中天时为仲夏,向西流表示渐近秋天。《尚书·尧典》:"日永星火,以正仲夏。"张华《励志诗》:"星火既夕,忽焉素秋。"③谗(chán)人:谗言小人,指专门以诽谤、挑拨、排挤为能事的人。

【点评】本题是驱赶蚊子时的所谓"戏"作,此诗系其中最末一首。诗人当此天气正热、蚊子不断侵扰之际,却已经看到了星火西流,那些害虫的气焰不可能再嚣张太久。他进而以此警告那些小人们，即使暂时阴谋得逞，也总有一天也会彻底失败的。联系宋琬一生反复被小人捉弄，然而最终还是获得昭雪的曲折经历，可以很明显地看出这首诗其实正是借题发挥，有感而作。

舟中见猎犬有感而作（五首选一）

秋水芦花一片明，难同鹰隼共功名①。
樯边饱饭垂头睡②，也似英雄髀肉生③。

【注释】①隼（sǔn）：即鹗，鹰类之最小者。②樯：桅杆。③髀（bì）肉生：髀指大腿。《三国志・蜀志・先主传》注引《九州春秋》："（刘）备住荆州数年，尝于（刘）表坐起如厕，见髀里肉生，慨然流涕。还坐，表怪问备。备曰：'吾常身不离鞍，髀肉皆消。今不复骑，髀里肉生。日月若驰，老将至矣，而功业不建，是以悲耳。'"后世因借喻久处安逸，壮志渐消，不能有所作为。

【点评】本题从舟中猎犬引发感想，此诗系其中第二首。诗人看到惯驰原野的猎犬被束缚在舟中，只能整天吃饱了饭垂头睡觉，而无法同鹰隼一起去建立功勋，恰似英雄无用武之地，由此产生出无穷的感慨。诗歌触景生情，借物抒怀，既表达了自己希图建功立业、有所作为的美好愿望，又批判了统治阶级扼杀人才的卑劣行径，寓意十分深刻。袁枚《随园诗话》卷十六仅从表面风格着眼，说此诗"读之令人欲笑"，这样理解未免肤浅了些。

舟中读书

久抛青简束行縢①，白鸟苍蝇甚可憎②。

身是蠹鱼酬夙债[3]，黄河浪里读书灯。

【注释】①青简：竹简，指书籍。幐（téng）：佩囊、口袋。行幐即行囊、行李。②白鸟：指蚊子。③蠹鱼：书蛀虫，借指读书人。酬：偿还。夙：同“素”，平素、向来。

【点评】此诗描写诗人在黄河舟中读书的情景。诗人长期被蚊子苍蝇似的小人迫害，经常在旅途奔波，如今坐在黄河舟中，倒反而有了读书的机会。诗歌末句以壮阔的黄河巨浪作背景，来映照一盏小小的读书灯，既显示出诗人藐视人生曲折的潇洒情怀，更在形象上构成强烈的反差，从而产生出一种壮美的艺术效果。

舟中闻蟋蟀

芦荻花飞似柳绵[1]，惊心又是授衣天[2]。
不知促织从何至[3]，载得秋声满画船。

【注释】①柳绵：柳絮。②授衣天：古代九月制备冬衣，称为授衣。《诗经·豳风·七月》：“七月流火，九月授衣。”这里指天气转凉。③促织：蟋蟀。

【点评】此诗和前面两题一样也写于“舟中”，但取材格外琐细，仅仅着眼于一只蟋蟀。然而蟋蟀虽小，却给诗人带来了意外的惊喜，使诗歌也因此充满了情趣。此与“黄河浪里读书灯”相比，一壮阔，一细微，显示出诗人创作风格的多样性。宋琬曾经说自己“愁中喜读晚唐诗”（《初秋即事》），从这首小诗正可以看到他在这方面的收益。

春日田家二首（选一）

野田黄雀自为群，山叟相过话旧闻[1]。

夜半饭牛呼妇起[②]，明朝种树是春分[③]。

【注释】①山叟：山村老人。②饭牛：喂牛。③明朝（zhāo）：明天。春分：农历二十四节气之一。古人认为此时正当春季九十日之半，寒暑均衡，万物萌生，是植树播种的好时候。

【点评】本题描写农家生活，此诗系其中第二首。诗歌抓住春分这个节候的特点，勾画出一幅不失时机、辛勤劳作的山乡催种图，读来亲切自然，散发着泥土的芳香。

龚鼎孳（二首）

龚鼎孳（1616—1673），字孝升，号芝麓。安徽合肥人。明崇祯七年甲戌（1634）进士。曾官湖北蕲水令、兵科给事中。李自成攻入北京后，授直指使，巡视北城。清兵入关，又投降清朝，历官刑、兵、礼三部尚书。卒谥端毅。他一生历仕三朝，气节受人诟病，但为官期间常能保护善类，扶掖人才，因此还是颇得人心。其诗以学习杜甫为主，好使才气，但内容相对比较贫乏。当时与钱谦益、吴伟业齐名，并称“江左三大家”，实际上成就及影响均较二人逊色。有《定山堂诗集》等。

上巳将过金陵（四首选一）[①]

倚槛春风玉树飘[②]，空江铁锁野烟销[③]。

兴怀何限兰亭感[4]，流水青山送六朝[5]。

【注释】①上巳：农历三月初三，参前金人瑞《上巳日天畅晴甚觉兰亭天朗气清句为右军入化之笔昭明忽然出手岂谓年年有印板上巳耶诗以纪之》题注①。金陵：南京别称。②槛（jiàn）：栏杆。玉树：南朝陈后主曾作《玉树后庭花》，有"玉树后庭花，花开不复久"之句，时人以为亡国之音。杜牧《泊秦淮》："商女不知亡国恨，隔江犹唱后庭花。"③"空江"句：晋朝大将王濬伐吴，吴国以铁锁截江。王濬以大炬烧断铁锁，攻入金陵。吴主投降，国遂亡。刘禹锡《西塞山怀古》："王濬楼船下益州，金陵王气黯然收。千寻铁锁沉江底，一片降幡出石头。"④"兴怀"句：王羲之曾在上巳日与友人修禊绍兴兰亭，并作《兰亭集序》，有云："向之所欣，俯仰之间，以为陈迹，犹不能不以之兴怀。"又云："后之视今，亦犹今之视昔，悲夫！……虽世殊事异，所以兴怀，其致一也。"其意均可引申至亡国。何限：无限、多少。⑤六朝：指三国时代的吴国，东晋，南朝的宋、齐、梁、陈，均建都金陵。

【点评】本题为诗人将过南京而作，此诗系其中第二首。南京是明初洪武、建文时期的国都，永乐北迁后仍设作陪都，南明弘光朝也建都在此。当清朝定鼎北京以后，南京便成了明王朝的一个象征。同时，历史上的南京，又是一个亡国惨剧发生最为频繁的地方，诗中提到的六朝、五代时期的南唐，乃至明朝的建文与弘光，沧桑变故，层见迭出。因此，清初诗人常常借咏南京来抒写故国之思和亡国之痛。此诗作者还没到南京，就已经未雨绸缪，更何况时逢上巳，本来就容易兴怀动感，所以很自然地联想起亡国的情事，曲折地吐露了内心的哀思。诗歌结句，以青山依旧、绿水长流，来反衬历史的消逝，在思想上富有哲理，在艺术上更富有韵致，向来为人称道。但和同时代其他诗人的同题材作品如钱澄之《金陵即事》五首之二"城郭人民迥未移，夕阳鼓角不胜悲"，屈大均《秣陵》"如何亡国恨，尽在大江东"之类相比，此诗格调无疑要平和许多，这也许正是由诗人的身份所决定的。

百嘉村见梅花(四首选一)①

天涯疏影伴黄昏②,玉笛高楼自掩门③。
梦醒忽惊身是客④,一船寒月到江村。

【注释】①百嘉村:位于江西万安境内的赣江北岸。也称“百家村”,方文有《百家村》一诗。②“天涯”句:化自林逋《山园小梅》:“疏影横斜水清浅,暗香浮动月黄昏。”③“玉笛”句:李白《与史郎中钦听黄鹤楼上吹笛》:“黄鹤楼中吹玉笛,江城五月落梅花。”“落梅花”指笛曲《梅花落》。④“梦醒”句:化自李煜《浪淘沙》:“梦里不知身是客,一晌贪欢。”

【点评】古代游子思乡,常借梅花托寄生发。如王维《杂诗》:“君自故乡来,应知故乡事。来日绮窗前,寒梅着花未?”这是从故乡梅花发问。宋之问《题大庾岭北驿》:“明朝望乡处,应见陇头梅。”则是就旅途梅花预想。龚鼎孳此诗系其本题第三首,他因见旅途梅花而生出乡国之思,乃至积想成梦,仿佛“玉笛高楼”幻化作旧日家乡的情景,然而一旦梦醒,却依然面对着旅途中的现实,只见得“一船寒月到江村”,反而更加深了对“旧时月色……梅边吹笛”的思念。全诗既是写梅,又是写人,物我交融,浑然一体。诗中以“疏影”“玉笛”“寒月”“江村”等意象以及梦境所组成的境界,更是一片空濛素淡,无怪乎沈德潜称赞它“清绝超绝”(《清诗别裁集》卷一)。

沈钦圻(一首)

沈钦圻(1616—1679),字得舆。江苏长洲(今苏州)人。明末秀才。著名诗人沈德潜祖父，身后以孙贵追赠内阁学士兼礼部侍郎。亦工诗，取径陶渊明、杜甫，能自抒胸臆。有《唔书堂诗稿》。

送杨曰补南还[①]

去年春尽同为客，此日君归又暮春。
最是客中偏送远，况堪更送故乡人？

【注释】①杨曰补：名补，曰补其字，一字无补。作者同乡。布衣。曾漫游京师，后隐居苏州邓尉山。有《怀古堂诗选》。钱谦益为撰墓志。

【点评】此诗叙述诗人暮春时节在外地送一位同乡回家，事情十分简单，理路却极为曲折，层层递进，愈转愈深，从而既反映了诗人与这位同乡的真挚友情，又抒发了自己浓烈的思乡情绪，而语言又纯出天然，丝毫不令人感觉做作。沈德潜等辑《明诗别裁集》卷十一、《清诗别裁集》卷七曾经同时选录沈钦圻的诗歌，后者中有评语："四层曲折，一气传写，又脱口而出，略不雕琢……"这的确符合客观实际，而并没有阿好祖先的意思。

邓汉仪（一首）

邓汉仪（1617—1689），字孝威。江苏泰州人。康熙十八年己未（1679）以布衣荐举博学鸿词，因年迈而授中书舍人，放归。生平擅长诗歌创作，而尤以选诗著称，辑有《诗观》三集，搜罗清初诗歌十分宏富，在当时影响很大。个人自著，则有《慎墨堂诗拾》等。

题息夫人庙[①]

楚宫慵扫黛眉新[②]，只自无言对暮春[③]。
千古艰难惟一死，伤心岂独息夫人！

【注释】①息夫人庙：息夫人即息妫，春秋时代息侯之妻。有人向楚王称赞息妫之美，楚王即兴兵灭息，将息妫俘入宫中，占为己有。旧湖北黄陂城东有桃花洞，上有桃花夫人祠，即为息夫人而建。②慵：懒。黛眉：旧时女子常以青黑色颜料描画眉毛，即特指女子之眉。左思《娇女诗》："明朝弄梳台，黛眉类扫迹。"③无言：据《左传·庄公十四年》记载，息妫入楚，虽为楚王生二子，但始终不说一句话。楚王问之，则答曰："吾一妇人而事二夫，纵弗能死，其又奚言！"

【点评】晚唐诗人杜牧有一首著名的《题桃花夫人庙》："细腰宫里露桃新，脉脉无言几度春。至竟息亡缘底事，可怜金谷坠楼人。"该诗以晋代绿珠的跳楼自杀，来反衬息夫人的苟且偷生，虽然见解深刻，却也不免过于刻薄。邓汉仪此诗用杜牧原韵，但观点截然相反，认为谈死其实并不那么容易，古往今来留恋生命的又何止息夫人一个！《红楼梦》最末一回写到花袭人下嫁蒋玉菡，就引用了此诗的后两句。而在诗人所处的明清改朝换代的历史关头，这种例子更是比比皆是。与此同时，从诗歌本身的立意来看，它既像婉转的批评与讽刺，又像诚挚的原谅和同情，这也使它给读者留下了更多的理解空间，在当时引起了许多人的共鸣，从而理所当然地成为家喻户晓的名篇。清末俞樾就说："'千古艰难'二句，至今脍炙人口。"（《春在堂随笔》卷十）

吴嘉纪（五首）

吴嘉纪（1618—1684），字宾贤，号野人。江苏泰州人。以布衣终。家居近海，曾从事烧盐劳动，也教过私塾。其诗主要反映劳动人民的苦难生活，广泛描写沿海地区的自然灾害，也揭露了清兵烧杀掳掠的残暴罪行，充满现实主义精神。艺术上擅长白描，感情真挚而语言质朴，风格幽峭苍劲，具有鲜明的特色，前人称其得陶渊明、杜甫之神髓。有《陋轩诗》，又今人杨积庆先生有《吴嘉纪诗笺校》。

海潮叹

飓风激潮潮怒来，高如云山声如雷。
沿海人家数千里，鸡犬草木同时死。
南场尸漂北场路[①]，一半先随落潮去。
产业荡尽水烟深，阴风飒飒鬼号哭。
堤边几人魂乍醒[②]，只愁征课促残生[③]。
敛钱堕泪送总催[④]，代往运司陈此情[⑤]。
总催醉饱入官舍[⑥]，身作难民泣阶下。
述异告灾谁见怜[⑦]？体肥反遭官长骂。

【注释】①场：这里指盐场。②乍：刚刚。③课：这里指赋税。促：催促。④敛钱：即凑钱。总催：指催收赋税的总管。⑤运司：盐运司，当时总管盐场事务的衙门。⑥官舍(shè)：即官衙。⑦述异：申述异常的自然现象，这里即指海潮之事。

【点评】康熙四年乙巳(1665)七月三日至六日，淮扬沿海一带飓风肆虐，海潮猛涨，淹死盐民数万人，漂没房屋不计其数。当时不少诗人都有作品涉及此事，而以吴嘉纪此诗尤为著名。诗歌不仅叙述了这场异乎寻常的自然灾害，而且同时揭露了清朝政府的残酷剥削，以及基层官吏的丑恶嘴脸，使作品主题更加深刻。至于其他着重或者纯粹描写自然灾害的诗歌，在吴嘉纪集内为数就更多了，比较典型的如《风潮行》，开头写顺治十八年(1661)"辛丑七月十六夜，夜半飓风声怒号。天地震动万物乱，大海吹起三丈潮"，末尾继云："海波忽促余生去，几千万人归九原。极目黯然烟火绝，啾啾妖鸟叫黄昏。"由此可以见出吴嘉纪诗歌在这方面的突出特点。

绝　句

白头灶户低草房[①]，六月煎盐烈火旁[②]。
走出门前炎日里，偷闲一刻是乘凉。

【注释】①灶户：烧灶煎盐的工人。②煎盐：将海水烧干以获取食盐。

【点评】此诗短短四句，题作"绝句"，恰似"无题"，描写的则是当地盐民的劳动生活，反映他们的悲惨景况：白发苍苍的老人，身处低矮狭小的草房，又时当盛夏酷暑，却对着烈火不停地煎盐，难得走出门外，头顶炎炎赤日，这短暂的偷闲居然成了一种乘凉的手段。诗歌既从正面描绘，更翻进一层从反面衬托，由此勾勒出一幅令人心酸的图画，诚如《陋轩诗》陆廷抡序所说："读《陋轩集》，则淮海之夫妇男女，辛苦垫隘、疲于奔命、不遑启处之状，虽百世而下，了然在目。"

内人生日①

潦倒丘园二十秋②，亲炊葵藿慰余愁③。
绝无暇日临青镜④，频过凶年到白头。
海气荒凉门有燕，溪光摇荡屋如舟。
不能沽酒持相祝⑤，依旧归来向尔谋⑥。

【注释】①内人：对别人谦称自己的妻子。②丘园：丘墟、园圃，这里指贫穷的家乡。③葵藿：冬葵和豆叶，借指粗陋的饭菜。④青镜：即青铜镜。⑤沽酒：买酒。⑥"依旧"句：化自苏轼《后赤壁赋》："归而谋诸妇。"

【点评】此诗为其妻子王睿生日而作。诗歌一反历来同类作品的俗调，不作丝毫儿女情态，而只是描写家庭的贫困，赞美妻子的勤劳，从而突出妻子"贫贱不能移"的高尚情操。"庄子所谓'有道妻子，皆得佚乐'，可以想其高风焉。"全诗没有半点的珠光宝气，也找不到任何秾艳的词藻，充其量不过一面寻常的"青镜"而已，却更见其真情洋溢。诚如前人评价所说："《陋轩诗》以性情胜，不须典实，而胸无渣滓，故语语真朴而越见空灵。"(以上引文均见沈德潜《清诗别裁集》卷六)

送贵客

晓寒送贵客，命我赋离别。
髭上生冰霜，歌声不得热。

【点评】据《陋轩诗》汪楫序，吴嘉纪平素"不与得意人往还"。此诗描写送"贵客"的情景，正可以见出诗人的高贵品格。"贵客"临走，想叫诗人赋诗赠别，但诗人觉得没有趋炎附势的心绪，即使写出来也是冷冰冰的。

诗歌结合“晓寒”天气，以“髭上生冰霜，歌声不得热”一语双关，巧妙地传达出对“贵客”的蔑视和讽刺。全诗以入声字押韵，也有力地配合了情感的表达。正是基于吴嘉纪诗歌的此种真气，前人将他与顾炎武相提并论，如洪亮吉《道中无事偶作论诗截句二十首》之一即云：“偶然落笔并天真，前有宁人后野人。金石气同姜桂气，始知天壤两遗民。”

赠歌者

战马悲笳秋飒然，边关调起绿樽前[①]。
一从此曲中原奏，老泪沾衣二十年。

【注释】①樽：本作“尊”，即酒杯。

【点评】此诗由歌者所唱的“边关调”而引发亡国之痛。像这样着眼于歌舞内容的变化，来反映国家民族的兴亡，在吴嘉纪的诗歌中并不多见，但它却是清初诗歌的普遍题材之一。如陈子龙《秋日杂感》十首之七：“苦忆教坊供奉伎，短箫铁笛谱龟兹。”钱澄之《金陵即事》五首之二：“酒楼遍唱关东调，谁听秦淮旧竹枝！”以及反过来如张煌言的《建夷宫词》十首之六所云：“十部梨园奏尚方，穹庐天子亦登场。缠头岂惜千金赏，学得吴歌进一觞。”这些都是从歌舞内容的变化见出王朝的更替，同吴嘉纪此诗正可并参。即如吴嘉纪本人《程圣瑞斋中听吕方旦弹琴》尾联“不须矜古调，时俗重琵琶”云云，也未尝不可以作此理解。乾隆年间吴嘉纪诗集曾被列入“应毁”书目，主要就是因为《赠歌者》一诗被看作“狂谬”。

施闰章（八首）

施闰章（1619—1683），字尚白，号愚山。安徽宣城人。顺治六年己丑(1649)进士。历官刑部主事、员外郎,提调山东学政,迁江西布政司参议,分守湖西道。康熙六年丁未(1667)以裁缺归里。十八年己未(1679)复举博学鸿词,授翰林院侍讲,充《明史》纂修官。二十二年癸亥(1683)转侍读,不久逝世。其诗以反映民生疾苦为最著,但立场常站在清朝统治阶级一边。艺术上取径明七子,一以汉魏盛唐为宗,淡素高雅,温柔敦厚,格调趋向平和,体现出清初诗风的某种转变。当时与宋琬齐名,并称"南施北宋",王士祯誉为"康熙已来诗人,无出'南施北宋'之右"(《带经堂诗话》卷九)。有《施愚山先生学余诗集》等,又《施愚山集》。

浮萍兔丝篇[①]

李将军言[②]:"部曲尝掠人妻[③]。既数年,携之南征。值其故夫[④],一见恸绝。问其夫,已纳新妇[⑤],则兵之故妻也。四人皆大哭,各反其妻而去[⑥]。"予为作《浮萍兔丝篇》[⑦]。

浮萍寄洪波,飘飘东复西。
兔丝罥乔柯[⑧],袅袅复离披[⑨]。
兔丝断有日,浮萍合有时。
浮萍语兔丝[⑩],离合安可知?
健儿东南征[⑪],马上倾城姿[⑫]。
轻罗作障面[⑬],顾盼生光仪[⑭]。
故夫从旁窥,拭目惊且疑。

长跪问健儿："毋乃贱子妻[15]？
贱子分已断[16]，买妇商山陲[17]。
但愿一相见，永诀从此辞。"
相见肝肠绝，健儿心乍悲[18]。
自言亦有妇[19]："商山生别离。
我戍十余载[20]，不知从阿谁[21]。
尔妇既我乡[22]，便可会路歧。"
宁知商山妇，复向健儿啼：
"本执君箕帚[23]，弃我忽如遗[24]。"
黄雀从乌飞，比翼长参差。
雄飞占新巢，雌伏思旧枝。
两雄相顾诧，各自还其雌。
雌雄一时合，双泪沾裳衣。

【注释】①兔丝：藤本植物，常缠绕于他种植物上，古代诗歌中多借喻女子对爱情的忠贞。②李将军：姓李的军官。具体不详。③部曲：这里指部属、士兵。尝：曾经。掠：掠夺、抢掠。④值：遇到。故夫：原来的丈夫。下文"故妻"类此。⑤纳：这里意思同"娶"。⑥反：同"返"，归还。⑦予：我，这里是诗人自指。⑧罥（juàn）：缠绕、挂结。乔柯：高枝。⑨离披：枝叶散布，形容茂盛。⑩语（yù）：告诉。⑪健儿：指士兵。⑫倾城：比喻女子美貌。参前吴伟业《圆圆曲》注㊹。⑬轻罗：质地轻薄的丝织品。障面：古代女子用以遮掩脸面的饰物。⑭顾盼：即左顾右盼。光仪：光彩、神采。⑮毋乃：岂不是、恐怕是。贱子：古代男子的谦称。此起五句为"故夫"所言。⑯分（fèn）：缘分。⑰商山：地名，一在山东桓台东南，一在陕西商县东，未能确指。陲（chuí）：边、附近。⑱乍：忽然、骤然。⑲自言：此下五句为"健儿"所言。⑳戍：从军、当兵。㉑阿谁：谁。"阿"为词头，无意义。㉒我乡：

这里指同乡。㉓“本执”句：此起两句为“商山妇”所言。“执箕帚”意为做妻子，语出《国语·吴语》。㉔遗：抛弃、扔掉。

【点评】此诗叙述清初战乱年代两对夫妻交叉离合的故事，离奇曲折，悲切感人。这样的千古奇事，在历代各种作品中极其罕见。冯梦龙《警世通言》第十二卷《范鳅儿双镜重圆》入话根据野史改编，描写到宋金之际两对夫妻的交叉离合，但毕竟属于小说。而此诗据其小序可知，所写完全是一件真事。并且《警世通言》中的故事主角均为普通百姓，而此诗中有一方本身就是参与战争掠夺的清朝士兵，竟然也不能保全妻子，由此更可以想见战乱所造成的灾难涉及面之广，也更能够显示此诗反映社会现实的典型性，可以看作兵荒马乱时代的一个缩影。全诗多用比兴手法，多用人物对话，多用乐府语词，风格古朴，叙事精炼，前后结构对称，也见出诗人的高超艺术。叶矫然《龙性堂诗话初集》称其“奇事奇情，古意翩跹，当与《孔雀东南飞》并传千古”。

鸡鸣曲

喔喔复喔喔，鸡鸣茅屋角。
客行千里无此声，倾耳听之惊客情。
踟蹰回劝主人翁[1]，勿留此鸡鸣屋中。
朔方健儿如云屯[2]，城中掠尽来山村。
山深茅屋隔松筠[3]，但闻鸡鸣知有人。
妻孥被掠鸡亦烹[4]，空庭破壁徒酸辛。
君不见，长夜漫漫夜相续，啾啾人鬼同时哭[5]！

【注释】①踟蹰（chí chú）：也作“踟躇”。徘徊不进、犹豫不决的样子。②朔方健儿：指来自北方的清兵。如云屯：像云一样聚集，形容多。③筠

(yún):竹子。④妻孥(nú):妻子和儿女。⑤啾(jiū)啾:象声词,通常形容许多小鸟一齐叫的声音,这里形容凄厉的哭叫声。

【点评】此诗叙述诗人在客途中意外听到鸡鸣声,于是好心奉劝主人将其杀掉,以免因此引来清兵的烧杀抢掠。由诗中"客行千里无此声,倾耳听之惊客情"这两句,可以想见清兵作恶、生灵涂炭在当时是多么普遍。至于下文诗人的劝语,则不过是对此所作的具体说明而已。它与《浮萍兔丝篇》一虚一实,恰好可以相互印证。

泊樵舍①

涨减水逾急②,秋阴未夕昏③。
乱山成野戍④,黄叶自江村。
带雨疏星见,回风绝岸喧⑤。
经过多战舰,茅屋几家存?

【注释】①樵舍:樵夫家。②涨:指上涨的洪水。减:减退。逾:通"愈",更加。③未夕昏:没到傍晚,天已昏暗。④野戍:野外驻扎军队的地方。⑤"回风"句:回旋的大风在江岸绝壁间呼啸。

【点评】施闰章诗歌创作就体裁而言,最擅长五言,尤其擅长五律。此诗同样是反映清初战乱以及自然灾害给广大人民带来的深重苦难,而在艺术上则着力于对旅途所见荒凉破败景象进行客观的描绘,寄情于景,并且不乏名句。类似这样的五律佳作在施闰章的诗歌中比比皆是,王士祯《带经堂诗话》卷十二曾经以"摘句图"的形式,一口气列举了八十二联施闰章五律中的名句,其中也包括了上面这首诗的颔联"乱山成野戍,黄叶自江村",由此可以窥豹一斑。

过湖北山家[1]

路回临石岸，树老出墙根。
野水合诸涧，桃花成一村。
呼鸡过篱栅，行酒命儿孙。
去矣吾将隐，前峰恰对门。

【注释】①湖：这里指江苏高淳境内的淳湖。

【点评】此诗意境与《泊樵舍》不同，描写的是一幅世外桃源的图像。诗人访问一处山居人家，感受到民风古朴、景色清幽，恰似陶渊明笔下的桃花源一般，不由得产生了在这里一起隐居的念头。而同样是其中的颔联两句，景物刻画既富诗意，又具野趣，风格极为自然。沈德潜等辑《清诗别裁集》卷三选录此诗，评语就说："'野水'十字，(赵)令穰、(蔡)松年亦不能画；唐人'时有落花至，远随流水香'，同一自然。"

燕子矶[1]

绝壁寒云外，孤亭落照间[2]。
六朝流水急[3]，终古白鸥闲。
树暗江城雨，天青吴楚山[4]。
矶头谁把钓，向夕未知还[5]？

【注释】①燕子矶：南京长江岸边的一块巨石，形如燕子，故名。②落照：落日的余辉。③六朝：南京曾为六朝国都，参前龚鼎孳《上巳将过金陵》注⑤。④吴楚：春秋战国时代，南京一带为吴楚两国接交之地。⑤向夕:趋向晚上,即傍晚。

【点评】此诗描写燕子矶空阔寂寥的江景,寄托历史的感慨。诗歌开头将时间背景设定在夕阳西下的傍晚时分,这就给人一种举目苍凉的感觉。中间两联写流水冲刷六朝,而白鸥却自在翱翔;吴楚皆成陈迹,而群山却依旧青翠,映衬出人世之沧桑与江山之永恒。而末尾以矶头垂钓之人作结,则更加起到画龙点睛的作用,寄意尤为含蓄深远。以此与后面龚贤的《晚出燕子矶东下》比较,不难发现施闰章这首诗的感慨要宏大得多,其中多少寄寓着故国沦亡、江山易主的感慨。只不过在同时代的诗人中,施闰章的总体诗风相对比较平和,所以他还没有明确写到明清易代上来。而施闰章在诗歌的各种体裁之中,向来以五言诗最为擅长,尤其工于五律,前及王士祯《带经堂诗话》卷十二在为施闰章的五律做"摘句图"的时候,曾经谈到"其章法之妙,如天衣无缝,如园客独茧",这从以上三首五律中想必也是可以体会得到的。

至南旺①

客倦南来路,河分向北流。
明朝望乡泪,流不到江头。

【注释】①南旺:地名,位于山东汶上西南运河边。该段运河旧设上下二闸,汶水行二闸之间,在此南北分流进入运河。

【点评】此诗作于诗人自南向北行至南旺之际。诗歌抓住汶水在南旺分流的地理特点,以从此河水不复流向家乡,因而失去了唯一的慰藉,来抒写、强化游子的思乡之情。全诗短短四句二十个字,构想巧妙,叙述真切,沈德潜称其"宛似唐人声口"(《清诗别裁集》卷三)。

得双鹤

知有云霄翮①,犹栖官树阴。

中宵发清唳，相对话归心[②]。

【注释】①翮(hé)：指鸟类的翅膀。②话：说。

【点评】此诗叙述诗人在官衙中得到双鹤，通过对双鹤的描写来抒发自己厌倦官场生活、希望归田隐居的思想感情。诗歌一方面扣住鹤本身喜好清高、酷爱自由的特性，与眼前的被困官衙构成对照；一方面又结合一双鹤相互之间的交往活动，想象他们深夜的对话，由此巧妙地传达作品的主题。尤其是末句的“相对”云云，表面上只是发生在鹤与鹤之间，实际上却同时包含人与鹤在内，这就给读者留下了丰富的联想余地，使全诗更加耐人寻味。

漆树叹[①]

斫取凝脂似泪珠[②]，青柯才好叶先枯[③]。
一生膏血供人尽，涓涓还留自润无[④]？

【注释】①漆树：落叶乔木，其汁可作漆。②斫(zhuó)：砍、削。凝脂：凝滑的油脂，这里比喻漆汁。③青柯：即青枝。④涓涓：水流细小貌。无：这里是疑问虚词，类似现代汉语的“吗”。

【点评】施闰章的诗歌以反映民生疾苦为最著，此诗也不例外。它表面写的是漆树的任人采割，实际象征的是劳动人民的受尽剥削，寓意极其深刻。虽然同样的主题在历代文学作品包括施闰章本人的其他诗作中有过无数的反映，但此诗纯以咏物的形式出现，因而具有更强的艺术性。

王夫之(二首)

王夫之(1619—1692),字而农,号姜斋。湖南衡阳人。明末举人。清兵南下,曾起兵抗击。南明永历朝任行人司行人。晚年归隐石船山,著述以终,学者称船山先生。他是明清之际著名的启蒙思想家,和顾炎武、黄宗羲鼎足而三。其诗歌创作重视“身之所历,目之所见”,强调“以意为主”,讲求“己情之所自发”(《姜斋诗话》卷下),题材与钱澄之相当近似,而在艺术上则特别注重比兴,往往采藻纷披、典故迭现、词旨隐晦、用意深刻,自成一种特色。有《王船山诗文集》等,又《船山全书》。

绝句(六首选一)

名花珍重试芳丛,白酒朱旗醉晓风。
近日园亭荒总尽,百钱买得一窠红[①]。

【注释】①窠:通“棵”。红:指花。

【点评】本题《绝句》六首见于王夫之《忆得》小集,此诗系本题第二首。诗歌作于顺治三年丙戌(1646),明是咏花,实为怀念朱明故国。诗人眼见得园亭荒尽,特意出钱去买上一株鲜花,这里的用心,可参前归庄《落花诗》及有关“点评”。即如同题第一首“千丝垂柳出红墙,带雨和风卸影长。何事向南吹不了,翠华天半隔潇湘”,这里的“红”乃至“南”,同样都是暗地关合明王朝，末句尤其点出了当时坚持在南方的明朝政权，两诗正可以互参。

绝句（六首选一）

半岁青青半岁荒①，高田草似下田黄。
埋心不死留春色，且忍罡风十日霜②。

【注释】①岁：年。②且：暂且。罡（gāng）风：也作“刚风”，道家称天空极高处的风，通常借指强烈的风。

【点评】本题《绝句》亦六首，见于王夫之《姜斋诗分体稿》卷四，此诗系本题最末一首。从诗歌第二句可以知道，它写的不是“名花”而是野“草”。这些草半年青绿半年荒芜，上下田野处处枯黄，然而它们的心却始终活着，忍过罡风，忍过霜雪，待到来年又将是一片春色。这从纯自然的角度来讲，便是白居易诗中的“离离原上草，一岁一枯荣。野火烧不尽，春风吹又生”，然而在王夫之的笔下，却无疑增加了一种积极抗争的精神，具有明显的人格化特征。这在王夫之当时固然是遗民志士的自我写照，但它的精神又何尝不能移用于后人？

龚贤（一首）

龚贤（1619—1689），一名岂贤，字半千，号野遗。江苏昆山人，隐居南京清凉山。生平以画家名世，为“金陵八家”之一。也工诗，尤喜取径中晚唐。有《草香堂集》等，今人王道云先生整理入《龚贤研究集》。

晚出燕子矶东下[1]

江天忽无际，一舸在中流[2]。
远岫已将没[3]，夕阳犹未收。
自怜为客惯[4]，转觉到家愁。
别酒初醒处[5]，苍烟下白鸥。

【注释】①燕子矶：在南京，参前施闰章《燕子矶》注①。②舸（gě）：大船。③岫（xiù）：山峦。④为客惯：习惯于在他乡作客。⑤别酒：离别时喝的酒。

【点评】龚贤是一位画家。此诗叙述诗人傍晚时分离开南京，经燕子矶沿江东下。开头即从景色写起，背景极其空阔。颔联两句借虚词运转，既有时间上的变化，又有空间上的迁移，仿佛画面色彩也随之呈现出不同的浓淡层次。颈联转入抒情，摹写某种微妙的游子心态，很能反映许多人共有的矛盾心理，与前面方文的《归里》所云"每到故园翻似客"可谓异曲而同工。由此过渡到尾联，别酒初醒，却又只见景物，既与开头相照应，也给读者留下想象的空间，一片余音袅袅，正所谓言有尽而意无穷。

申涵光（一首）

申涵光（1620—1677），字孚孟，号凫盟。河北永年人。明末秀才。以父死国难，入清后绝意仕进。虽曾碍于母命，屡试科场，但及至贡入太学，却托病不就。清廷征辟孝行及诏举山林隐逸，也先后力辞之，所谓“隐不违亲，贞不绝俗”。其诗以杜甫为宗而兼采盛唐乃至明代诸大家之长，功力深厚，风格多样。晚年究性理学，创作稍减。当时与众多遗民交游唱和，在北方影响很大，成为河朔诗派的开山。有《聪山诗选》。

泛舟明湖(六首选一)①

女墙倒影下寒空②，树杪飞桥渡远虹③。
历下人家十万户④，秋来都在雁声中⑤。

【注释】①明湖：即大明湖，为山东济南名胜。②女墙：城墙上的矮墙。③树杪(miǎo)：即树顶。杪，指树木的末梢。远虹：比喻桥。④历下：济南的别称。⑤雁声：《诗经·小雅·鸿雁》：“鸿雁于飞，哀鸣嗷嗷。”

【点评】本题为诗人游览济南大明湖所作，此诗系其中第三首。“大明湖”这个名字，对于经历过明清改朝换代的人来说，最容易想到的是明朝故国。本题第五首“茂苑荒台鹿自游，断垣衰草隐朱楼。宫中只有明湖水，依旧潺湲出御沟”，其间悼念亡国之意十分明显。但是，诗人并没有局限在对明朝故国的凭吊上，更没有沉浸留连在大明湖秀丽的风景之中，而是把目光投向了千百万在清朝统治之下的济南人民，用“秋来都在雁声中”来反映他们忍饥受冻、含辛茹苦的贫困生活，因此显得十分难能可贵。这也正是申涵光诗歌最突出的一个主题。而诗歌所运用的手法，看上去却只是纯粹地描写景色，这就使作品在反映民生疾苦的同时富有浓厚的艺术韵味。杨际昌《国朝诗话》卷一说申涵光“七言绝句中有不烦雕饰、天然如画者”，并例举到上面这首诗，即可以说明这个特点。

张煌言(一首)

张煌言(1620—1664),字玄箸,号苍水。浙江鄞县(今宁波)人。明末举人。清兵入关后,长期在南明诸政权从事抗清斗争,前后达二十年之久,累官至兵部尚书。特别是顺治十六年己亥(1659)同郑成功率军进攻长江流域,收复大批州县,江南半壁为之震动。后由于郑成功的战略失误而全局失败,反清复明大势已去,才被迫解散义军,隐蔽在浙东沿海的一个小岛上。最后被清兵俘获,就义于杭州。乾隆中,追谥忠烈。他不以诗人名世,但其作品反映艰难丰富的抗清经历,苍劲悲壮,感人至深。有《张苍水集》,又《张苍水全集》。

甲辰八月辞故里(二首选一)①

国亡家破欲何之②？西子湖头有我师③。
日月双悬于氏墓④,乾坤半壁岳家祠⑤。
惭将赤手分三席⑥,敢为丹心借一枝⑦。
他日素车东浙路⑧,怒涛岂必属鸱夷⑨！

【注释】①甲辰:这里指康熙三年(1664)。②欲何之:打算往那里去。《孔丛子·记问》:"天地如一兮欲何之?"③西子湖:即杭州西湖。师:老师、榜样。④于氏墓:"于氏"指于谦,明代英宗朝曾官兵部尚书,在蒙古瓦剌部入侵、英宗被俘之际率领军民奋起抗击，功绩卓著。后英宗复位，被诬遇害，其墓地在西湖西面的三台山。⑤岳家祠：岳飞的祠墓，位于西湖西北的栖霞岭下。⑥赤手：空手。⑦一枝：语出《庄子·逍遥游》："鷦鷯巢于深林，不过一枝。"借喻栖身之所。⑧素车：白车、灵车。⑨鸱(chī)夷：皮袋。《史记·伍子胥列传》记载，伍子胥被杀后，吴王将其尸体盛入鸱夷，浮于江中。又杜光庭《录异记》称其魂灵愤怒不平，驱水为钱塘江潮，常"乘素车白马，在潮头之中"。

【点评】张煌言被俘押解杭州，途经故乡鄞地，人民群众挥泪为之送行者数千人。他写了本题两首七言律诗，告别父老乡亲，此诗系其中第二首。诗歌表达了作者此去杭州，决心向岳飞、于谦学习，从容赴死，埋骨西湖的壮烈情怀，充分体现了这位抗清英雄忠于国家和民族、视死如归的节烈之概。他在七言绝句《忆西湖》中，也曾这样写道："梦里相逢西子湖，谁知梦醒却模糊。高坟武穆连忠肃，添得新祠一座无?"这里的"武穆"和"忠肃"，指的也是岳飞和于谦。在他牺牲之后，人们把他的遗体用重金赎出来，按照其遗愿，埋葬在西湖南面南屏山荔子(枝)峰下，刚好与岳飞、于谦的坟墓组成三足鼎立之态，从而实现了诗歌中的预言。尤其可贵的是，律诗尾联还进一步表达了死后精魂仍要继续抗清的豪情壮志，较之纯粹"留取丹心照汗青"似乎更高出一筹。至于诗歌运用"日月""赤""丹"之类特殊意象双关明王朝以及其他艺术上的特色，与其精神内涵相比已经算不得什么了。另外笔者近年在考察清代人物生卒年的过程中，无意中发现当初俘获并杀害张煌言的浙江总督赵廷臣，后来升任浙闽总督，五年后的康熙八年己酉(1669)从福建"巡海"北还，行至张煌言"故里"鄞县的南邻奉化，暴病而卒，令人不免产生种种遐想。

毛先舒(一首)

毛先舒(1620—1688)，字稚黄，一名骙，字驰黄。浙江仁和

（今杭州）人。明末秀才。入清后，绝意仕进。其诗歌受陈子龙影响颇深，主要取法盛唐，才情飙举，音节浏亮。后来逐渐扩展到晚唐诗，甚且不免"多染宋习"（朱庭珍《筱园诗话》卷二），体现出清初诗风的某种转移。生平与同里陆圻、丁澎、柴绍炳、吴百朋、陈廷会、孙治、张丹、沈谦、虞黄昊等人唱和最多，并称"西泠十子"。有《思古堂十四种书》等。

吴宫词

苏台月冷夜乌栖[①]，饮罢吴王醉似泥。
别有深恩酬不得，向君歌舞背君啼。

【注释】①苏台：即姑苏台，也称胥台，故址在今苏州西南的胥山上。相传台上有春宵宫，吴王夫差常在此与西施饮酒作乐。李白《乌栖曲》有云："姑苏台上乌栖时，吴王宫里醉西施。吴歌楚舞欢未毕，青山犹衔半边日。"

【点评】吴王夫差与西施的故事，在历代文学作品特别是诗歌中十分热门。此诗题咏西施，着眼于她的内心矛盾：一方面吴王确实对她真心宠爱，另一方面她又身负越国使命，受越国之恩更深，因此只能一边向着吴王歌舞，一边背着吴王啼哭。这个意思既从来"未经前人道过"（王士祯《渔洋诗话》卷上），又切合清初无数"身在曹营心在汉"的新朝臣民心理，在当时具有极其深刻与普遍的现实寓意，甚至还适用于其他更多的场合，因此成为该题材系列中的一支绝唱。令人奇怪的是，这样一首好诗，毛先舒自己的集子中却并未收入，赖他人选本与诗话而流传人间（最早而完整的出处似为王士祯辑《感旧集》卷十四），不知是否因其触犯时忌。

丁澎(一首)

丁澎(1622—1692),字飞涛,号药园。浙江仁和(今杭州)人。回族。明末举人。入清后于顺治十二年乙未(1655)中进士。曾官刑部主事、礼部郎中。十五年戊戌(1658)因上年充河南乡试副考官时的“疏忽”而被谪,遣戍辽东靖安(今辽宁开原一带),五年后赦归。卒于康熙三十一年壬申(1692)。他和毛先舒都是明清之际西泠派的重要作家,创作道路也基本相近,但涉及题材较广泛。在京师为官时,还曾与“南施北宋”以及张文光、赵宾、严沆、陈祚明等人结为诗社,并称“燕台七子”。有《扶荔堂诗集选》等,今人多洛肯先生辑入《丁澎文学家族诗集》。

听旧宫人弹筝①

银甲斜抛雁柱飞②,玉熙宫里尚依稀③。
不须弹到回波曲④,说着先皇泪满衣⑤。

【注释】①旧宫人:指原明朝的宫女。②银甲:银制的假指甲,用以弹古筝、琵琶等弦乐器,也称“拨”。雁柱:指古筝上的弦柱,因其斜列如雁阵,故名。③玉熙宫:明朝北京的一处宫苑,参前吴伟业《琵琶行》小序注⑬⑰。④回波曲:舞曲名,起于唐中宗李显的时代。其曲词为六言四句,每首均以“回波尔时”开头,故名。⑤先皇:指已故的明朝皇帝。

【点评】此诗借旧宫人弹筝，抒发对明朝故国的怀念之情，这是清初诗歌一个非常突出的主题。中唐诗人元稹有一首著名的《行宫》云："寥落古行宫，宫花寂寞红。白头宫女在，闲坐说玄宗。"该诗很有韵致，但与丁澎此诗相比，情感力度大有差别。如与前面吴伟业的《琵琶行》相比，则两诗一长一短，各具特色。又作为七言绝句，此诗的后二句"不须"与"说着"搭配，本来是一个常见的句式，而在清初，用来反映家国兴亡，更显沉痛。同时代吴兆骞《春夜闻弦索限琴字》："星转天街玉漏沉，何人中夜拨胡琴？不须更奏伊州曲，说着边关已湿襟。"即与此诗十分相近。另外丁澎本人《望天寿山》二首之二："高峰突兀散流霞，天外钟声一径斜。认道前朝功德寺，老僧还着旧袈裟。"与这首《听旧宫人弹筝》也很有共通之处，同样可以并参。

毛奇龄(一首)

毛奇龄(1623—1716)，一名甡，字大可，号初晴、秋晴、晚晴等，又以郡望称西河。浙江萧山人。明末秀才。早年曾参加抗清复明活动，失败后改名换姓，逃匿江湖间。康熙十八年己未(1679)荐举博学鸿词，授翰林院检讨，充《明史》纂修官。不久称疾归里，著述终生，享年九十四岁。他以著名学者而兼为诗人，于诗则始终恪遵唐音，相当保守。当时与毛先舒以及毛际可齐名，有所谓"浙中三毛，人中三豪"之语。平生著作极多，后人汇编为《西河合集》。

赠柳生(二首选一)[①]

流落人间柳敬亭,消除豪气鬓星星[②]。
江南多少前朝事,说与人间不忍听[③]。

【注释】①本题原有小序,兹以关系不大而从略。所选此诗系本题第一首,其文字具有版本差异,此据沈德潜等辑《清诗别裁集》卷十一。柳生:即柳敬亭,明末清初著名说书艺人。为人豪侠仗义,南明弘光时曾入明帅左良玉幕府,参加抗清斗争。失败后流落江湖,仍以说书终老。②消除豪气:《三国志·魏志·陈登传》称陈登"湖海之士,豪气不除",此处反用其意。鬓星星:鬓发斑白。谢灵运《游南亭》:"未厌青春好,已睹朱明移。戚戚感物叹,星星白发垂。"③"江南"两句:兼用杜甫《江南逢李龟年》:"正是江南好风景,落花时节又逢君。"李龟年原为宫廷艺人,身份与柳敬亭相似。"落花"在清初则往往借喻亡国,参前归庄《落花诗》。

【点评】明代中叶以来资本主义萌芽的产生,使民众思想空前解放,民间艺人的社会地位和他们自身的品位也都得到了相应的提高。明清改朝换代之际,许多男女艺人都能够坚持民族气节,或者牵涉军国大事,甚至直接投身抗清斗争,为某些士大夫所不及,令人不能不刮目相看。因此,清初文学特别是诗歌中借各色艺人抒写家国兴亡之感的作品,也如同雨后春笋,层出不穷,足以形成一个独特的系列。即以柳敬亭而言,仅吴伟业一人就曾经一而再、再而三地为他写下《楚两生行》《沁园春·赠柳敬亭》《柳敬亭传》《柳敬亭像赞》《为柳敬亭陈乞引》等文字;孔尚任的著名传奇《桃花扇》,也将柳敬亭塑造成英雄人物。而从这些作者的角度来看,不言而喻,他们都是借他人之酒杯,浇自己胸中之块垒。上面毛奇龄的这首诗歌,虽然只有短短四句,但它的抒情却更为直截了当,沉痛感人,和前面钱谦益、吴伟业、吴嘉纪以及丁澎等人的同类作品可以并读。

汪琬(二首)

汪琬(1624—1691),字苕文,号钝翁。江苏长洲(今苏州)人。顺治十二年乙未(1655)进士。曾官户部主事等。康熙九年庚戌(1670)因病辞官,隐居太湖尧峰山,闭门著述,学者称尧峰先生。至十八年己未(1679)复举博学鸿词,授翰林院编修,充《明史》纂修官。在史馆仅六十日,又以病免归,后终老于家。生平主要以散文名世,与侯方域、魏禧并称清初古文"三大家"。其诗歌则能够渐脱唐人习气,转而以宋诗为宗,尤其擅长论理,在当时宗宋派的作家中成就较高,并曾一度与稍后的王士祯齐名。有《钝翁类稿》《尧峰文钞》等,又今人李圣华先生《汪琬全集笺校》。

连遇大风舟行甚迟戏为二绝(选一)

怊怅篙师色似灰①,数重雪浪竞欢豗②。
老夫别有惊心处③,新自风波宦海回④。

【注释】①怊(chāo)怅:失意感伤的样子。篙师:船工、水手。②数重(chóng):好多层。欢豗(huī):喧闹。③老夫:老年男子的自称。④宦海:官场。

【点评】本题作于诗人从翰林院辞官回乡的途中,描写舟行遇风的感想，此诗系其中第二首。诗歌前两句极写江上风涛之险恶，以致连掌船的水手都吓得面如死灰；后两句却由此宕开，引出更加令人恐怖的一幕，那就是官场险恶，远甚于眼前的“大风”“雪浪”。很明显此诗的构思同前面宋琬的那首《渡黄河》极为相似，当中也包含着诗人的自身体验。但由于汪琬的仕宦生涯相对比较平淡，并没有像宋琬那样连续下狱受苦，因而此诗仅仅从侧面以“戏”笔出之，格调较为平和。不过也正因如此，这首诗读起来似乎更加耐人寻味一些。

月下演东坡语（二首选一）[①]

自入秋来景物新，拖筇放脚任天真[②]。
江山风月无常主，但是闲人即主人[③]。

【注释】①演：发挥。东坡语：苏轼号东坡，语见注③。②筇（qióng）：竹制拐杖。天真：未受世俗礼教影响的本性。《庄子·渔父篇》：“礼者，世俗之所为也；真者，所以受于天也，自然不可易也。故圣人法天贵真，不拘于俗。”③但：只要。苏轼《东坡志林》卷四“临皋闲题”条：“江山风月，本无常主，闲者便是主人。”又其《前赤壁赋》也说：“天地之间，物各有主；苟非吾之所有，虽一毫而莫取。惟江上之清风，与山间之明月，耳得之而为声，目遇之而成色，取之无禁，用之不竭。”

【点评】本题可以看作阅读《东坡志林》的体会，此诗系其中第一首。诗歌作于诗人晚年辞官家居以后，因而同样流露出对官场的厌恶和对封建礼教的蔑视。后面两句虽然从苏轼原文引申而来，但以诗歌的形式出之，整齐易诵；同时议论精警，富含理趣，本身也带有苏轼乃至通常所说宋诗的特点。即如开头“自入秋来”四字，是说自从入秋以来，“入秋”两字一般不宜分开，而这里按照诗歌正常的停顿习惯，读起来却不免有些拗口，这客观上也比较接近宋代的黄庭坚一路，从中同样可以见出汪琬诗歌艺术师法的特点。

蒋超（一首）

蒋超（1625—1673），字虎臣，号绥庵。江苏金坛人。顺治四年丁亥（1647）以探花中式进士。曾官翰林院修撰。生平耽心佛典，好游山水，足迹遍布名山大川。晚年告病，不归江南而入四川峨嵋，卒于山中。能诗。有《注鹦初刻》《绥庵诗稿》。

金陵旧院（二首选一）①

锦绣歌残翠黛尘②，楼台已尽曲池湮③。
荒园一种瓢儿菜④，独占秦淮旧日春⑤。

【注释】①金陵：即南京。旧院：明末南京著名的妓女聚居地。②翠黛：古代女子的眉饰，借指美女。③曲池：曲折缭绕的水池。湮（yān）：淤塞。④瓢儿菜：一种不等长大就采割食用的蔬菜。⑤秦淮：秦淮河，为旧时南京繁华地带。也借指南京。

【点评】本题描写南京妓院，此诗系其中第二首，也是人们最常征引传诵的名作。诗歌从一个妓院的变迁，反映南京遭清兵破坏之后的荒凉景象，曲折地抒发亡国之痛，可谓以小见大、寓意特深。又诗歌以旧日的繁华与眼前的衰败进行对比，辞采华丽，而情景凄凉，特别是后两句“瓢儿菜”云云，写来尤富情韵。钱谦益《丙申春就医秦淮寓丁家水阁浃两月，临行作绝句三十首留别留题不复论次》之三亦云：“舞榭歌台罗绮丛，都无人迹有春风。踏青无限伤心事，并入南朝落照中。”虽然题材、主题以及次句具体描写都与此诗相似，但显然要直露许多，不似蒋超纯以景语传情，更加含蓄蕴藉、余韵悠长。沈德潜评此诗："极浓丽地偏写得荒凉如许，感慨系之。"（《清诗别裁集》卷二）

许虬（一首）

许虬（1625—?），榜姓顾，字竹隐。江苏长洲（今苏州）人，昆山籍。顺治十五年戊戌（1658）进士。官至湖南永州知府。诗多拟古之作，几可乱真。有《万山楼诗集》。

折杨柳歌（十首选一）①

居辽四十年②，生儿十岁许③。
偶听故乡音，问爷此何语④。

【注释】①折杨柳歌：旧乐府曲名，多写边地风情。②辽：泛指辽东地区。③许：表示大约接近某数，相当于"约……左右"。④爷：对父亲的称呼。

【点评】本题属于旧题乐府，此诗系其中第六首。它所写的内容是关内汉人长期远居关外，以致儿子连老家的乡音都听不懂了。这么一个细节，与唐代贺知章的《回乡偶书》"少小离家老大回，乡音无改鬓毛衰。儿童相见不相识，笑问客从何处来"很有相通之处。但是，贺知章写"回乡"，诗中流露的是一种抑制不住的高兴；而许虬此诗则恰恰相反，其真正的用意在于通过这个细节抒写自己的思乡之情，艺术构思极为曲折。后人评价这首诗，往往称赞它风格古质、拟古神似，却忽略了其背后的现实寓意。尤其是在清初，有无数关内的汉人因为种种原因特别是流放而被迫久居关外，这种思乡之情就更加具有深广的社会意义。当然，即使撇开这种特定的时代背景不谈，此诗所描绘的现象本身也是颇具普遍性且富有人情味的。

陈维崧（三首）

陈维崧（1626—1682），字其年，号迦陵。江苏宜兴人。早年以秀才而游幕四方。康熙十八年己未（1679）荐举博学鸿词，授翰林院检讨，充《明史》纂修官，不数年即病卒。生平以骈文特别是填词著称于世，为阳羡词派创始人。其诗歌则受陈子龙、吴伟业影响较深，内容充实，才情横溢，亦足名家。有《湖海楼诗集》等，又《陈维崧集》。

米元章墓下作[1]

道逢山中樵[2]，指我米家墓。
青山四五重，桃花一千树。
语罢入前村，杳然不相顾[3]。

【注释】①米元章：即米芾，元章其字，北宋著名书画家。山西太原人，其墓在江苏镇江。②樵：砍柴人。③杳然：形容见不到踪影。李白《山中问答》："桃花流水杳然去，别有天地非人间。"

【点评】此诗作于康熙五年丙午(1666)，叙述诗人寻访米芾墓的经过。诗歌设为问答形式，既符合活动规律，又呈现故事情节，读来格外亲切。中间所答两句，看起来不着边际，实际上概括了米芾的一生，也就是借青山以比其品格之高，借桃花以状其书画之美；同时这两样事物都是千年不变、亘古长存的，进一步反映出米芾的光辉永在，可见用笔精练、寓意极深。末尾写樵夫掉头不顾，则又留下袅袅余音，令人回味无穷。

拙政园连理山茶歌①

拙政园中一株树，流莺飞上无朝暮②。
艳质全欺茂苑花，低枝半碍长洲路③。
路人指点说山茶，潋滟交枝映晚霞④。
此日却供游子折，当年曾属相公家⑤。
吴宫花草今萧瑟⑥，略记相公全盛日。
隐隐朱门夹道开⑦，娥娥翠幌当窗出⑧。
平津休沐自承恩⑨，炙手熏天那可论⑩。
买来大宅光延里⑪，占得名都独乐园⑫。
霍家博陆专权势⑬，石家卫尉耽声伎⑭。
烛下如山博进钱⑮，桥头似水鸣珂骑⑯。
政事堂西奏落梅⑰，黄扉恰对绣帘开⑱。
月底骑奴长戟尉⑲，花时丞相小车来⑳。
小车长戟春城度，内家复道工词赋㉑。
赋就新词易断肠㉒，银筝钿笛小秦王㉓。
镜前漱玉词三卷㉔，箧里簪花字几行㉕。

鸩鹊机忙春织锦[26]，鸳鸯瓦冷夜烧香[27]。
三月双栖青绮帐[28]，三春双宿郁金堂[29]。
双栖双宿何时已，从此花枝亦连理。
沼内争看比目鱼[30]，阶边赌摘相思子[31]。
花枝旁更发新条[32]，玉树联翩势欲高[33]。
自谓春人斗春节[34]，谁知花落在花朝[35]？
兴衰从古真如梦，名花转眼增悲痛。
女伎才将舞袖围，流官已报征车动[36]。
此地多年没县官[37]，我因官去暂徘徊[38]。
堆来马矢齐妆阁[39]，学得驴鸣倚画栏[40]。
辽阳小吏前时遇[41]，曾说经过相公墓[42]。
已知人去不如花，那得花开尚如故！
回首繁华又一时，白杨作柱不胜悲[43]。
只今唯有王珣宅[44]，古木千年叫子规[45]。

【注释】①拙政园：苏州城内一座著名园林，位于娄门与齐门之间，其名取潘岳《闲居赋》“拙者之为政”句意。连理：两棵树木或两杈树枝在中部连生在一起。山茶：著名观赏植物，为常绿灌木或乔木，冬春开花，花形大，有红白等色，品种多样。吴伟业《咏拙政园山茶花》小引：“内有宝珠山茶三四株，交柯合理，得势争高。每花时，巨丽鲜妍，纷披照瞩，为江南所仅见。”②无朝暮：不分早晨和晚上。③“艳质”两句：欺：压倒。茂苑：花木茂美的苑囿，亦为苏州的别称。长洲：原为苏州的一个苑名，后亦指苏州。左思《吴都赋》：“佩长洲之茂苑。”④潋（liàn）滟（yàn）：原指水波荡漾貌，这里是形容山茶的美丽。⑤“当年”句：相公：古代拜相者往往同时封为公，相公通常即指丞相或大致相当于丞相的高官。此诗中具体指清初拙政园的主人陈之遴，浙江海宁人，原为明朝旧臣，入清后官至户部尚书、弘文院大学士。后被流放盛京(今辽宁沈阳)，死于戍所，拙政园也被没收。⑥吴宫：这里泛指吴都亦即苏州的宫苑。⑦朱门：古代王侯贵族的住宅大门一般都漆成红色以示尊严，后即借指富贵人家。杜甫《自京赴奉先县咏怀五百字》："朱门酒肉臭，路有冻死骨。"⑧娥娥：美好的样子。幌(huǎng)：帷幔。当窗：对着窗子。⑨平津：汉朝丞相公孙弘曾被封为平津侯，这里借指陈之遴。休沐：休息沐浴，旧指官吏休假。承恩：承受皇恩。⑩炙手：炙手可热、气势逼人。杜甫《丽人行》："炙手可热势绝伦，慎莫近前丞相嗔。"熏天：亦形容气势之盛。⑪大宅：这里即指拙政园。光延里：光宅坊和延政坊的合称，均为唐朝东都洛阳的繁华街道，这里借指苏州。⑫独乐园：宋朝宰相司马光的别墅，故址亦在洛阳，这里借指拙政园。⑬"霍家"句：西汉霍光，曾以大司马大将军辅政，封博陆侯。族党满朝，权倾内外，死后以谋反罪名被灭族。⑭"石家"句：晋朝石崇，曾官卫尉，以豪侈奢靡著称，筑有金谷园，后被杀。耽：沉溺、入迷。声伎：古代宫廷及贵族官僚家中的歌舞伎。⑮博进钱：语出《汉书·陈遵传》，指赌博输赢的钱财。⑯鸣珂(kē)骑：古代贵族所骑之马以玉为饰，行即作响，称作"鸣珂"。⑰政事堂：唐宋时丞相处理政务的处所。落梅：指《落梅花》，古乐曲名。参前龚鼎孳《百嘉村见梅花》注③。⑱黄扉：同"黄阁"，指丞相官署。绣帘：借指华丽的妇女居室。⑲月底：月下。骑奴：泛指骑马的卫兵。⑳丞相小车：汉朝丞相田千秋因为年老，特许乘小车入宫，时称"车丞相"。㉑"内家"句：指陈之遴的妻子徐灿，为著名女词人，其词集初为陈之遴所订，即名"拙政园诗余"。复道：又说。㉒断肠：形容伤心之极。㉓钿(diàn)笛：嵌金为饰的笛子。小秦王：词牌名，也称"阳关曲"，则其词原为王维《送元二使安西》绝句："渭城朝雨浥轻尘，客舍青青柳色新。劝君更尽一杯酒，西出阳关无故人。"此与上文"断肠"以及其他有关典故，都暗示陈之遴后来被流放之事。㉔漱玉词：宋代著名女词人李清照的词集名。李清照丈夫赵明诚先她而逝，徐灿身世颇与之相似。㉕箧(qiè)：箱子。簪花：簪花格，一种书法的体式。㉖鸩(zhī)鹊机：样子像鸩鹊的织机。鸩鹊：鸟名，也叫松鸦，面有黑纹，通体多紫灰色，栖息山林中。㉗鸳鸯瓦：相互成对的瓦。此处暗用白居易《长恨歌》:"鸳鸯瓦冷霜华重,翡翠衾寒谁与共? 悠悠生死别经年,魂魄不曾来入梦。"烧香:焚香祝愿。㉘青绮帐:以青色华丽的丝织品制作的帐子。㉙郁金堂:以郁金之类香料和泥涂壁的华贵堂屋。此处暗用沈佺期《古意呈补阙乔知之》:"卢家少妇郁金堂,海燕双栖玳瑁梁。九月寒砧催木叶,十年征戍忆辽阳。"㉚沼(zhǎo):水池。比目鱼:古代传说中的一种鱼类,必须两条相并才能游行,常借以比喻形影不离。卢照邻《长安古意》:"得成比目何辞死,愿作鸳鸯不羡仙。"㉛相思子:即红豆,为相思木所结的子,状如豌豆,颜色鲜红或半红半黑,通常比喻男女相思。王维《相思》:"红豆生南国,春来发几枝? 愿君多采撷,此物最相思。"㉜旁:旁边。更:再。新条:新枝。㉝联翩:也作"连翩",形容连续不断。㉞斗:比赛、游戏。㉟"谁知"句:花朝(zhāo):古代习俗通常以农历二月十五日为百花生日,称为花朝节,简称花朝。吴伟业《赠辽左故人八首》之四:"雁去雁来空塞北,花开花落自江南。"该题亦为陈之遴而作。㊱流官:指管理流人的官员。征车:这里指押解流人的囚车。㊲没(mò):籍没、没收。㊳徘徊:这里作动词,在一个地方来回地走。㊴"堆来"句:马矢:马粪。"矢"通"屎"。吴伟业《咏拙政园山茶花》:"荆棘从填马矢高,斧斤勿剪莺簧喜。"㊵驴鸣:《世说新语·伤逝》记载,曹丕凭吊王粲逝世,说王粲生前喜欢学驴子的叫声,令"众人各作一声以送之,一时皆作"。㊶辽阳:旧府名,治所即在今辽宁辽阳。清王朝入关之前,曾经定都此地,后迁沈阳。这里泛指沈阳一带。㊷"曾说"句:陈之遴大约在康熙五年丙午(1666)病卒于沈阳北面的开原尚阳堡。另参下文注引白居易诗。㊸白杨作柱:古代丧葬习俗,天子坟上种松,诸侯种柏,卿大夫种杨,士种榆,以区别等第。这里"白杨"切合陈之遴身份。另"白杨作柱"形容时间已久,世事都非。白居易《和关盼盼燕子楼感事诗》:"今春有客洛阳回,曾到尚书墓上来。见说白杨堪作柱,争教红粉不成灰?"又吴伟业《鸳湖曲》:"白杨尚作他人树,红粉知非旧日楼。"㊹只今:现在。此处似兼用李白《苏台览古》:"旧苑荒台杨柳新,菱歌清唱不胜春。只今唯有西江月,曾照吴王宫里人。"王珣:西晋人,官至尚书右仆射,有别墅在苏州虎丘。㊺子规:鸟名,即杜鹃。相传其叫声像是说"不如归去",又有杜鹃啼血的传说。这里暗寓陈之遴的身世,同时关合山茶花的颜色。吴伟业《咏拙政园山茶花》:“江城作花颜色好,杜鹃啼血何斑斑!”

【点评】此诗作于康熙六年丁未(1667)。诗歌以拙政园连理山茶花为题,描写清初权臣陈之遴的盛衰荣替,其构思和主旨都很像吴伟业的名篇《咏拙政园山茶花》。但吴伟业同陈之遴系儿女亲家,他写作该诗时陈之遴还刚被流放不久而尚未逝世,因而其诗表达的主要是一种同情与惋惜,盛衰荣替的对比也还未到极限。而陈维崧此诗,作者纯粹站在旁观者的立场,同时又知道陈之遴最后卒于戍所,因此写来比较冷峻,并且未尝不带有某种讽刺,相较于吴伟业诗更具有震撼的力量。从这个意义上来说,此诗倒更像吴伟业另一首凭吊明末权臣吴昌时的名作《鸳湖曲》。这些作品的共同之处,是反映官场的险恶、世事的无常,对那些生前飞扬跋扈、专权弄势、贪得无厌的人们客观上起着一种教育作用,警示他们勿像这里面的主人公一样最终落得个身败名裂、为天下笑的下场。至于诗歌的艺术表现,则越是铺张典丽,感染力自然也就越强。

将去洛阳灯下感赋①

露幌风帘思不禁②,巡檐背手重沉吟③。
一城汉苑隋宫地④,几夜零砧断杵心⑤?
菊到将离分客瘦,天因临别酿秋阴。
偃师明发应回首⑥,洛水嵩云深更深⑦。

【注释】①去:离开。②幌(huǎng):帷幔。③巡檐:在屋檐下来回走。沉吟:为复杂疑难之事而迟疑不决,低声自语。④“一城”句:汉苑隋宫:汉朝的苑囿、隋朝的宫殿。洛阳曾是东汉的都城,隋唐时代称为东都。⑤“几夜”句:砧(zhēn):旧时捣衣用的垫石。杵(chǔ):一头粗一头细用于捣衣的短木棍。全句意思是,多少个夜晚,这稀稀落落、断断续续的捣衣声总是扣人心弦。李白《子夜吴歌》:“长安一片月,万户捣衣声。”⑥偃师:地名,位于洛阳东面。明发:即明日动身出发。⑦洛水嵩云:洛河之水、嵩山之云。洛河流经洛阳,嵩山也在洛阳东面,这里均借指洛阳。

【点评】此诗作于康熙十年辛亥(1671)。陈维崧曾经长期客居洛阳,虽然这里是他乡,但盘桓既久,还是不免对它产生深厚的感情。在这将要离别之际,诗人的内心泛起层层波澜,流露出无限留恋之意。特别是颈联两句,由于诗人自身的感情作用,仿佛自然界的菊花乃至整个气候都为他伤感,因之变化。这与前面金人瑞称王羲之“逸少临文总是愁,暮春写得似清秋”在实质上完全相同,而在角度上则刚好相反,直接从对象入手,将自然界的事物拟人化,从而变无情为有意,获得了艺术上的双倍效果。

叶燮(一首)

叶燮(1627—1703),字星期,号已畦。江苏吴江人,籍贯浙江嘉善。康熙九年庚戌(1670)进士。曾官江苏宝应知县。后隐居苏州横山,讲学授徒,学者称横山先生。生平擅长论诗,善于运用文学史家的眼光看待问题,认识到历代诗歌创作是一个不断发展的过程,不能人为割裂、厚此薄彼,同时标举“才、胆、识、力”,重视“理、事、情”,因而有助于纠正当时诗坛上分唐界宋的不良风气。其自身诗歌创作也颇有成就,王士祯称其能够“特立成家,绝无依傍”(见沈德潜《沈归愚自订年谱》康熙“四十二年癸未”条)。有《已畦诗文集》《原诗》等。

夜发苕溪①

客心如水水如愁，容易归帆趁疾流。
忽讶船窗送吴语②，故山月已挂船头。

【注释】①苕溪：发源于浙江北部，包括东苕溪、西苕溪，至湖州合流后注入太湖。②吴语：指吴地苏州一带的方言。作者家乡吴江旧为苏州属县，故此即指其家乡方言。

【点评】此诗描写诗人久客之后回归家乡的感受。当时诗人是夜间从浙江的湖州出发，湖州本来就与江苏吴江接壤，然而诗人的思乡之情还是非常强烈。因此当他踏上回乡之路的时候，心中感到抑制不住的高兴，唱出了“容易归帆趁疾流”的赞歌。然而路途再近、归帆再快，诗人却也没想到会这么快就抵达家乡，因此当船窗外飘来一阵家乡语言，他才猛然意识到已经到了家门口。诗歌着重刻画回乡的兴奋，这与通常大量从反面抒写思乡之情不同。特别是后面两句以乡音的率先入耳来表现故乡的近在眼前，这既符合生活逻辑，又别具艺术匠心，人情味与神韵俱足，向来为人称道。此外诗歌第三句原作“忽讶推篷吴语是”，后来诗人的学生沈德潜将它改成“忽讶船窗送吴语”，无论从哪个角度来看都确实比原文要好得多，唯一不足之处，大概就是“船”字与第四句在字面上不免重复。

高兆（一首）

高兆（1627—?），字云客，号固斋。福建侯官（今福州）人。

明末秀才。清初曾入福建巡抚幕。其《遗安草堂诗》等，现藏日本内阁文库。卓尔堪辑《明遗民诗》等总集，选有其零星诗篇。

荷兰使舶歌[1]

乙巳冬十月[2]，铃阁日清秘[3]。
抚军坐筹边[4]，颇及荷兰事。
幕下盛才贤[5]，共请窥其使[6]。
连骑出城隅[7]，江声来湔濞[8]。
横流蔽大舶[9]，望之若山坠。
千重列楼橹[10]，五色飘幡帜[11]。
飞庐环木偶[12]，层槛含火器[13]。
画革既弥缝[14]，丹漆还涂塈[15]。
叩舷同坚城[16]，连锁足驰骑[17]。
伫立望崇高[18]，真非东南利[19]！
某也亦宾客[20]，缒藤许登跂[21]。
番儿候雀室[22]，探首如鬼魅。
摄衣升及半[23]，火攻炫长技[24]。
烟雾横腰合，雷电交足至。
译使前致词[25]，此其事大义[26]。
其上容千人[27]，方车矧并辔[28]。
其人各垂手，周行若沉思[29]。
中央匽指南[30]，枢纽得天地[31]。

铁轴夹其间[32]，凌云百丈植[33]。
七帆恒并张[34]，八风无定吹[35]。
沓施如网罗[36]，坐卧引猿臂[37]。
下观空洞底[38]，委积于焉寄[39]。
悬釜炽饮食[40]，戴土滋种莳[41]。
但可叹博厚[42]，安能测深邃？
船师亦国臣[43]，逢迎慰临莅[44]。
坐我卧榻旁[45]，氍毹足明媚[46]。
雕棂障玻璃[47]，悬桁垂卣觯[48]。
发笥出葡萄[49]，洗盏注翡翠[50]。
高泻成贯珠，传饮劝沾醉。
银盘荐瓜蔬[51]，风味颇浸渍[52]。
岂欲倾其酿，因之穷审视。
明明簪笔边[53]，半卷有文字。
绘事江海迹[54]，水道可大备。
岛屿分微茫，山川入详委。
观图见包藏[55]，宁惟一骄恣？
上马大桥头，目送增忧惴[56]。
呜呼通王贡[57]，讵可忘觊伺[58]？
周防勿逡巡[59]，公其戒将吏[60]。
飏去势已形[61]，礼义不足饵[62]。

【注释】①此诗标题之下原有自注："代友人纪事。"使舶：外交使臣所坐的船只。②乙巳：这里指康熙四年（1665）。③铃阁：指官署。清秘：清静肃穆。④抚军：即巡抚，清代管理一省的最高长官。筹边：筹划边防事务。⑤幕：幕府，官署。盛才贤：人才很多。⑥使：外交使臣。⑦连骑：许多人接连骑马。⑧漰（pēng）濞（pì）：即滂濞，澎湃，水波相击发出的声音。⑨“横流”句：江面被大船遮蔽，形容船大。⑩千重：即千层，形容船高。⑪幡帜：旗帜。⑫飞庐：指船上的层楼。⑬层槛（jiàn）：一层层的栏杆。⑭画革：彩画的兽皮，借指船身的铁甲。⑮涂塈（jì）：涂饰。⑯叩：敲。⑰足驰骑：可以跑马。⑱伫立：长时间站立。崇高：指前面提及的大船。⑲“真非”句：意思是荷兰的这种先进对东南沿海实在是一种极大的威胁。⑳某：诗人自指。也：这里是语气助词，表示停顿。㉑缒（zhuì）藤：放下用藤索做的悬梯。登跂（qǐ）：这里指上船。㉒番儿：旧时对外国人的蔑称。雀室：古代指船顶的瞭望台，如同鸟雀之警戒，故名。㉓摄衣：用手撩起衣服。㉔火攻：这里指荷兰使船燃放礼炮。长技：擅长的技能。㉕译使：指荷兰使船的翻译官。㉖“此其”句：意思是说燃放礼炮只是一种表示欢迎的礼仪。㉗“其上”句：与下句都是形容船的甲板宽阔。㉘方车：两车并行。矧（shěn）：何况。并辔（pèi）：两马并行。㉙周行：这里指来回踱步。㉚匮（guì）：“柜”的本字，这里用作动词，指藏放、安装。指南：指南针。㉛枢纽：关键。得天地：指掌握航行的方位。㉜铁轴：指桅杆。㉝植：立。㉞恒：经常。㉟八风：八面来风。㊱沓施：重复布列。㊲引猿臂：伸着长手臂，指操纵。㊳空洞底：指船舱。㊴委积：积聚、收藏的东西。于焉：于此、在这里。㊵釜：锅、炊具。炽：煮、烧。㊶莳（shì）：移栽、种植。㊷博厚：丰富。㊸舶师：指船长。国臣：国家官员。㊹逢迎：周旋接待。临莅：即莅临，指客人的到来。㊺坐我：使我坐。㊻氍毹（qú shū）：毛织的地毯。㊼棂（líng）：窗格子。障：遮隔。㊽桁（héng）：横木。卣（yǒu）、觯（zhì）：都是古代酒器。㊾发笥（sì）：打开箱柜。葡萄：指葡萄酒。㊿注：灌、倒。翡翠：这里形容酒的颜色。51荐：进。52浸渍（zì）：这里指可口。53簪（zān）笔：古代类似秘书人员把笔插在发间以备记事，借指秘书。54绘事：绘画。这里作动词。55包藏：谓包藏祸心。56目送：这里指回头看。57通王贡：古代指小国向大国纳贡。58讵（jù）：岂。觊（jì）伺：为了非分的目的而窥伺。59

逡(qūn)巡：犹豫徘徊、迟疑不决。⑥公：尊称，指开头提到的巡抚。其：这里是语气助词，表示请求。戒：告诫。⑥飏去：飞走。《三国志·魏志·吕布传》："饥则为用，饱则飏去。"指只有功利之心。形：显露。⑥饵：诱惑、羁縻。

【点评】此诗叙述诗人观察荷兰使船的具体经过，描写了荷兰使船的先进装备，从而认为西方国家的船坚炮利对我国是一个极大的威胁，应当严加警惕和防范。诗歌作于清朝初年，距离鸦片战争爆发还有近两百年的时间，即已经敏锐地觉察到这种潜在的危机，的确难能可贵。可惜肉食者鄙，统治阶级并没有予以足够的重视，以致后来一直处于落后地位，只能被动挨打，割地赔款，丧权辱国。由此反过来更加证明了此诗所具有的积极意义。徐世昌《晚晴簃诗汇》卷十六"附诗话"说，此诗"作于通市百余年前，郑荔乡称其'见微知著，可作一篇筹边策读'，非虚谬也"（郑方坤号荔乡，引文实际系其《全闽诗话》卷九"高兆"条所引某人《销夏录》语）。稍有遗憾的是诗歌措辞造语、数典用事过于冷僻艰深，不免对读者的阅读理解造成障碍，与内容的先进性也不甚协调。此外同时期如屈大均《广东新语》卷十八"洋舶"条，不少记载与此诗相近，可以并参。

朱彝尊（十首）

朱彝尊（1629—1709），字锡鬯，号竹垞。浙江秀水（今嘉兴）人。早年曾经秘密参加抗清活动，失败后漫游四方。康熙十八年己未（1679）荐举博学鸿词，授翰林院检讨，充《明史》纂修官，又入值南书房。先后两次被劾谪官，于康熙三十一年壬申（1692）辞归乡里，优游卒岁。他从一个抗清志士变为清朝官僚，其一生诗歌也随之演化，内容从现实渐趋空廓，格调从激烈转向平和，同时艺术师法则从宗唐而转向学宋，因此典型地反映了清初诗风的演变趋势。此外，他以学者而兼诗人，开创了“学人之诗”与“诗人之诗”合而为一的风气，成为浙派诗的开山。又工填词，为浙西词派创始人，与陈维崧并称“朱陈”。有《曝书亭集》等，其《曝书亭集》内的诗歌，先后有江浩然、杨谦、孙银槎等多家笺注。

越江词①

山围江郭水平沙②，过雨轻舟泛若邪③。
一自西施采莲后④，越中生女尽如花。

【注释】①越：古国名。相传始祖为夏少康庶子无余，封于会稽（今浙江绍兴）。春秋战国之交越王勾践卧薪尝胆，兼以美人计灭吴称霸。后为楚所灭。②郭：外城、城郭。③若邪（yé）：即若邪溪，又名浣纱溪，在绍兴东南。④西施：越国美女。早年曾在若邪溪浣纱采莲，越王勾践将她进献吴王夫差，诱使夫差耽于声色，终致亡国。李白《采莲曲》：“若邪溪旁采莲女，笑隔荷花共人语。”

【点评】此诗以“竹枝词”的形式，描写诗人泛舟若邪溪的情趣，赞美当地女子的美丽。诗歌后两句由当前女子的美丽联想到古代的西施，又以西施的美丽来赞美当前的女子，回环往复，相映生辉，令人不知究竟何者是宾，何者是主，由此显示出作品的构思之巧妙。在清初诗歌中，像这样轻巧玲珑而又富有韵致的小诗并不多见，可谓别具一格。

马草行

阴风萧萧边马鸣①，健儿十万来空城②。

角声呜呜满街道[3]，县官张灯征马草[4]。
阶前野老七十余[5]，身上鞭扑无完肤[6]。
里胥扬扬出官署[7]，未明已到田家去。
横行叫骂呼盘飧[8]，阑牢四顾搜鸡豚[9]。
归来输官仍不足[10]，挥金夜就倡楼宿[11]。

【注释】①边马：边疆的战马。②健儿：这里指清兵。空城：指老百姓因为战乱或死或逃，整个城市空荡荡的。③角声：这里指清兵的号角声。④张灯：点着灯。⑤野老：乡野老人。⑥扑：击、打。⑦里胥：旧时乡里的基层官吏。扬扬：得意的样子。⑧盘飧（sūn）：盘中的食物，泛指饭菜。⑨阑牢：关养家禽、牲畜的栅栏。豚（tún）：猪。⑩输：缴纳。⑪倡楼：妓院。

【点评】此诗作于顺治四年丁亥（1647），揭露清兵向老百姓强征马草的罪行。当时清兵占领江南已经两年有余，他们大肆屠杀江南人民，却还要叫江南人民为他们输送马草，以供军需。同时代的诗人吴伟业等，也都曾经写过同题之作。后来张应昌编选清代前期反映社会现实的诗歌为《清诗铎》，其卷九就专辟“马草”一项，所收同类作品为数更多。由此可以想见征马草在当时的波及面之广以及为害之巨大。朱彝尊此诗在同类作品中篇幅并不算长，但它句句押韵，又两句换韵，同时平仄韵交替，风格十分劲峭有力。至于诗中所刻画的那帮爪牙帮凶的丑恶嘴脸，则与前面吴嘉纪的《海潮叹》颇多相似，反映出那个时代基层官吏的普遍面目。与此同时，朱彝尊还写有《捉人行》等诗，这些作品共同形成了他早期诗歌的现实主义基调。

梦中送祁六出关[1]

酌酒一杯歌一篇[2]，沙头落叶何纷然[3]！

朔方此去几时返[④],南浦送君真可怜[⑤]。
辽海月明霜满野[⑥],阴山风动草连天[⑦]。
红颜白发双愁汝[⑧],欲寄音书何处传[⑨]?

【注释】①祁六:指祁班孙,行六,浙江山阴(今绍兴)人。其父祁彪佳在明朝灭亡、南京陷落后,端坐水池中自杀而死。祁班孙继承父志,秘密从事抗清复明活动。不幸事泄,被清廷流放黑龙江宁古塔。“关”即指山海关。②酌酒:即斟酒。这里指梦中为祁班孙饯行。③沙头:沙滩边。庾信《春赋》:“树下流杯客,沙头渡水人。”④朔方:北方。⑤南浦:朝南的水边,旧时常借指送别之处。语出《楚辞·九歌·河伯》:“子交手兮东行,送美人兮南浦。”又江淹《别赋》:“送君南浦,伤如之何!”⑥辽海:泛指辽东一带。因其南临渤海,故称。⑦“阴山”句:阴山位于内蒙古中部,东向与辽西丘陵相接。北朝乐府《敕勒歌》云:“敕勒川,阴山下。天似穹庐,笼盖四野。天苍苍,野茫茫,风吹草低见牛羊。”⑧红颜:女子。白发:老年人。这里分别指祁班孙的妻子朱德蓉和母亲商景兰。愁汝:为你而哀愁。⑨“欲寄”句:语本李白《思边》:“玉关去此三千里,欲寄音书那可闻!”“音书”即音讯、书信。

【点评】此诗作于康熙二年癸卯(1663)初春。此前一年,朱彝尊曾经参与的山阴秘密反清团体因被无赖告发,其主要成员魏耕、钱缵曾等人被杀害,祁班孙被流放,他本人则于年底逃往永嘉(今浙江温州)。到达永嘉后不久,他就写下这样一首托言“梦中”所作的送行诗,反映出两位抗清战友之间的深厚情谊。诗歌表达对祁班孙不幸遭遇的同情,自然也隐含着对清王朝残酷统治的仇恨。该诗整体上应当属于七言律诗,但前半首平仄、对仗与一般的格律要求不符,这也许是因为诗人感情至上,不愿意为格律所束缚,又或者是有意造成一种拗峭的风格,以此显示诗人内心的不平。

云中至日[①]

去岁山川缙云岭[②]，今年雨雪白登台[③]。
可怜日至长为客[④]，何意天涯数举杯[⑤]？
城晚角声通雁塞[⑥]，关寒马色上龙堆[⑦]。
故园望断江村里，愁说梅花细细开[⑧]。

【注释】①云中：旧地名，即今山西大同一带。至日：农历夏至与冬至，这里指冬至。②缙云：县名，属浙江省。③白登台：又名白登山，在今大同市东。④日至：即至日，多指冬至日。杜甫《冬至》："年年至日长为客，忽忽穷愁泥杀人。"⑤何意：哪里想得到。数（shuò）：屡次。⑥角声：号角声。雁塞：雁门关，为长城著名关塞，在今山西代县西北。⑦马色：马的行色，骑马之意。龙堆：白龙堆，在今新疆罗布泊地区，泛指塞外荒僻之地。⑧"故园"两句：借梅花表达思乡之情，参前龚鼎孳《百嘉村见梅花》有关注评。又杜甫《江畔独步寻花七绝句》之七："不是爱花即欲死，只恐花尽老相催。繁枝容易纷纷落，嫩蕊商量细细开。"

【点评】此诗作于康熙三年甲辰（1664）。此前康熙元年壬寅（1662）至二年癸卯（1663），朱彝尊因为早年参加的山阴（今浙江绍兴）秘密反清团体被人告发，惧怕牵连，避祸至浙江温州以及缙云等地。并且早在顺治十四年丁酉（1657）前后，他还曾经远至广东联络抗清义士，往返整两年时间。从本年开始，他又辗转北上山西以及后来的北京、山东等地，踏上了更为漫长的游幕道路。此诗抒发诗人长年累月浪迹天涯的离愁别恨，这里面也交织着因为抗清斗争终告失败而产生的内心痛楚，所以写得如此深切感人。特别是诗歌前面四句，以"去岁""今年"递进重叠，又以"可怜""何意"贯通语意，迭宕流走，有力地配合了情感的传达，体现着劲健笔力。它与杜甫的"快诗"名作《闻官军收河南河北》，一以写喜，一以写悲，可谓异曲而同工，无怪乎沈德潜称它“学北地（李梦阳）高入杜陵（杜甫），通首一气，能以大力负之而趋”（《清诗别裁集》卷十二）。需要说明的是，朱彝尊在康熙元年壬寅（1662）至二年癸卯（1663）避祸温州期间，往返两次经过缙云，前者确实遇上冬至，而后者早于冬至约二十来天，也就是说该年的冬至他实际上是在家乡嘉兴度过的，因此这首诗开头的“去岁”严格说来应该是“前岁”（前年）。

来青轩①

天书稠叠此山亭②，往事犹传翠辇经③。
莫倚危栏频北望④，十三陵树几曾青⑤！

【注释】①来青轩：在北京西山原香山寺内，匾为明朝慈圣皇太后所书。②天书：指帝王后妃的墨迹。稠叠：形容多。除“来青轩”匾额外，亭中还有不少明朝皇帝的题词。③翠辇（niǎn）：帝王后妃所坐的车子，以翠羽为饰。④“莫倚”句：语本李商隐《北楼》：“此楼堪北望，轻命倚危栏。”⑤十三陵：明朝成祖以下十三个皇帝的陵墓，在北京昌平。

【点评】此诗作于康熙十年辛亥（1671），当时朱彝尊正客游北京。诗人从明朝帝王后妃的题词联想起故国的沦亡，不禁感慨万千，进而借“来青轩”的字面，感叹“十三陵树几曾青”，曲折地抒发亡国之痛，辞气极为激烈。这使人想起施闰章的一首同题五律《来青轩》，尾联云：“先朝游幸地，只有暮云飞。”虽然同样也有悼念亡国之意，但写来却非常平和委婉，与朱彝尊此诗形成风格上的对比。

泰安道中晓雾①

苦雾滴成雨，平林翳作峰②。

不知岩际寺③，恰送马头钟④。
汶水已争渡⑤，泰山犹未逢。
忽惊初日跃，远近碧芙蓉⑥。

【注释】①泰安：位于山东中部，为泰山所在。②“平林”句：平林因浓雾遮蔽，看过去好像山峰一般。③岩际：山岩边。④马头钟：从马头方向传来的钟声。⑤汶（wèn）水：即大汶河，发源于山东莱芜，流经泰安。⑥芙蓉：有木芙蓉与水芙蓉之分，通常多指后者，即莲花。

【点评】此诗作于康熙十一年壬子（1672），描写诗人行进在泰安道中所见的自然景象。诗中最精彩的当然是最末两句，而这两句之所以精彩，除了它本身写景的生动形象以外，恐怕更重要的还在于前面多层次的铺垫：一是结合诗人的行进过程，自远而近，逐步推出；二是按照时间气候的变化，由黎明前的浓雾逐渐写到早晨的晴天；三是基于诗人的内心期待，越是路远雾重，越希望尽快见到泰山；四是根据诗人的感觉特点，起先只能凭想象、听声音，到最后云开雾散，才猛然间看到旭日东升，眼前豁然开朗，处处山峦仿佛碧色的莲花一样。所有这一切，显然都绾合在第七句开头的一个“忽”字上。这与前面叶燮《客发苕溪》中的“忽”字，都可以说是所谓的“诗眼”。

鸳鸯湖棹歌一百首（选一）①

樯燕樯乌绕楫师②，树头树底挽船丝③。
村边处处围桑叶，水上家家养鸭儿④。

【注释】①鸳鸯湖：又名南湖，在浙江嘉兴。棹（zhào）歌：即船歌，是行船时所唱的一种民间歌谣。②樯：桅杆。楫师：划船的水手。③船丝：指系船的缆绳。④“水上”句：原诗自注：“乐府《阿子歌》注：‘嘉兴人养鸭儿，作此歌。'”

【点评】本题作于康熙十三年(1674)“甲寅岁暮”,此诗系其中第十首。据本题原有小序,当时朱彝尊为客京郊潞河(今通州境内),“言归未遂,爰忆土风,成绝句百首。……以其多言舟楫之事,题曰‘鸳鸯湖棹歌’,聊比《竹枝》《浪淘沙》之调”。由此可知,组诗的题旨,在于通过对故乡风物的回忆,寄托诗人的乡国之思。此诗描写嘉兴南湖的水乡风光,燕子依樯,乌鸦绕人,桑树成荫,鹅鸭戏水,一派生机盎然、活泼喜人的美好景象,透露出浓厚的乡土气息,令人生出无限的向往之情。朱彝尊的同乡亲戚好友谭吉璁以及后来的陆以湉、张燕昌、朱麟应等,都曾竞先属和,诗作五百余首,蔚为诗苑奇观。今有史念先生等人加以注释。

水　口①

岸阔滩平漾白沙,船人出险鼓停挝②。
为贪放溜风头坐③,不觉蜻蜓上桨牙④。

【注释】①水口:地名,位于福建福州西北古田附近,闽江中游。②船人:划船的水手。挝(zhuā):敲击、击打。③放溜(liù):不使人力,任船顺水漂行。④桨牙:即桨板。

【点评】此诗作于康熙三十七年戊寅(1698)。朱彝尊在辞官归田以后,和另一著名诗人查慎行同游福州。他们沿着历来以险绝著称的建溪坐船而下,到达水口,江流豁然开阔平缓起来,因此诗人写下了这样一首悠雅恬静、充满情趣的小诗。诗歌不去描写来路之险恶,偏来刻画眼前之悠闲,其实反而更能够使人见出来路之险恶,这正是经历过凶险的抗清斗争以及宦海风波的朱彝尊当时心境的真实写照。回头看他顺治二年乙酉(1645)所写的一首《夏墓荡》:“干戈静处见渔师,羡尔花源信所之。岂意叉鱼艇子集,杀机不异锐头儿!”原本令人羡慕的桃源渔父,却带着无异于兵丁的杀机,这正是清兵下江南时的战乱社会在诗歌中的一种反映。两诗对照，可以见出朱彝尊诗歌以及清初整体诗风发生变化的消息。

夏日杂兴二首[①]（选一）

五月新苗绿上衣[②]，农人占雨候荆扉[③]。
黑云合处斜光露，无赖蜻蜓千百飞[④]。

【注释】①杂兴（xīng）：不拘一格，随物兴怀。②绿上衣："上"在这里作动词。王维《书事》："坐看苍苔色，欲上人衣来。"③占：预测。荆扉：用灌木编织的门户，即柴门。④无赖：这里是有趣可爱的意思。

【点评】本题作于康熙四十五年丙戌（1706）。此时的朱彝尊已经七十八岁，家居日久，心境安宁，因此写下了许多闲适诗，常对一些小景进行细致入微的刻画，表现诗人的某种主观感受，反映日常琐屑的恬淡生活。此诗系本题第一首，即抓住傍晚时分"农人占雨"，夕阳斜露，千百蜻蜓盘旋飞舞的一个小镜头，描绘乡村生活的闲适情景，惹人喜爱。

风怀二百韵[①]

乐府传西曲[②]，佳人自北方[③]。
问年愁豕误[④]，降日叶蛇祥[⑤]。
巧笑元名寿[⑥]，妍娥合唤嫦[⑦]。
次三蒋侯妹[⑧]，第一汉宫嫱[⑨]。
铁拨娴诸调[⑩]，云璈按八琅[⑪]。
琴能师贺若[⑫]，字解辨凡将[⑬]。
若絮吟偏敏[⑭]，蛮笺擘最强[⑮]。

居连朱雀巷[16]，里是碧鸡坊[17]。
偶作新巢燕[18]，何心敝笱鲂[19]？

【注释】①风怀：男女爱慕的情怀，通常指夫妻以外的感情。此诗所述，即为朱彝尊的一场婚外恋。韵：这里是计算诗歌篇幅的单位。近体诗每两句为一韵，此诗共四百句。②“乐府”句：“乐府”原为汉代掌管音乐的机关，后指乐府机关采以配乐的诗歌，及其诗体。其中有“西曲歌”一种。③“佳人”句：《汉书·孝武李夫人传》：“北方有佳人，绝世而独立。一顾倾人城，再顾倾人国。不知倾城与倾国，佳人难再得。”这里“佳人”即指朱彝尊的恋人。④“问年”句：豕即猪，与地支及十二生肖对应，此指亥年出生。查朱彝尊生于明崇祯二年己巳（1629），其后崇祯八年为乙亥年（1635），故知恋人小于朱彝尊六岁。又“豕”与“亥”两字形体相近，容易混淆，向来有“鲁鱼亥豕”的说法，故云“愁豕误”。元代张雨《乙亥元日试笔》：“问年书亥字。”⑤“降日”句：此述恋人生日。蛇对应地支为巳，亦即恋人为某一个巳日所生。叶（xié）：通“协”，符合。又“蛇祥”有女子出生之意。《诗经·小雅·斯干》：“维虺维蛇，女子之祥。”⑥“巧笑”句：《后汉书·梁冀传》载梁妻孙寿“色美而善为妖态”，能做“啼妆”“堕马髻”“龋齿笑”等各种媚人的样式。元：通“原”，本来。又《诗经·卫风·硕人》：“巧笑倩兮，美目盼兮。”⑦“妍娥”句：妍娥：美好的样子。合：理当。传说中的月中仙女名叫“嫦娥”，故云。⑧“次三”句：次：这里指排行。按朱彝尊《嫁女词》有云：“大姑生儿仲姑嫁，小姑独处犹无郎。”语本古乐府《青溪小姑曲》：“小姑所居，独处无郎。”相传“青溪小姑”为南京蒋山（今钟山）之神蒋子文的三妹，杨炯《少室山少姨庙碑铭》：“蒋侯三妹，青溪之轨迹可寻。”后世有人认为朱彝尊的恋人系其妻妹，根据之一即为这个典故。⑨汉宫嫱：即汉元帝的宫人王昭君，名嫱，《西京杂记》卷二称其“貌为后宫第一”。⑩铁拨：弹琵琶之类弦乐器的一种用具。娴：娴熟、精通。⑪“云璈（áo）”句：语本《汉武帝内传》：“王母乃命诸侍女王子登弹八琅之璈。……（上元）夫人自弹云林之璈。”璈：一种乐器。琅（láng）：玉石。⑫“琴能”句：师：学习。贺若：指贺若弼，隋代著名乐师，也作琴曲名。苏轼《听武道士弹贺若》："琴里若能知贺若，诗中定合爱陶潜。"⑬解：懂得。凡将(jiāng)：《凡将篇》，古代字书，相传为司马相如著。⑭"若絮"句：《世说新语·言语》记载，东晋谢道韫，为谢安侄女。一日天下大雪，谢安问诸人"白雪纷纷何所似"，谢安侄子谢朗称"撒盐空中差可拟"，谢道韫则说"未若柳絮因风起"，谢安大悦，后世即将谢道韫视作才女的典型。⑮蛮笺：唐代对高丽纸的别称，也指四川地区所造的彩色花纸。擘(bò)：分开。这里指分纸题诗。⑯朱雀巷：也称朱雀航或朱雀桥，南京地名，这里借"朱"字隐指朱彝尊嘉兴的旧宅。⑰碧鸡坊：原为旧时成都地名，这里借字面隐指嘉兴的碧漪坊。据朱彝尊《亡妻冯孺人行述》，其岳家原先同在"碧漪坊，去先太傅文恪公第近止百步"。⑱"偶作"句：指恋人一度许配人家。杜甫《堂成》："暂止飞乌将数子，频来语燕定新巢。"⑲"何心"句：敝笱(gǒu)鲂(fáng)：典出《诗经·齐风·敝笱》："敝笱在梁，其鱼鲂鳏。齐子归止，其从如云。"敝笱，坏了的渔具。原诗意思是坏了的渔具不能控制大鱼，比喻鲁庄公不能阻止其夫人文姜偷情，所以文姜一到齐国，追求她的人总是很多。朱彝尊此句的意思，是说恋人无意于周围的追求者。以上九韵为第一小节，介绍恋人的年庚、名字、排行，才艺、里居、许配等基本情况。

连江驰羽檄①，尽室隐村舡②。
绾髻辞高阁③，推篷倚峭樯④。
蛾眉新出茧⑤，莺舌渐抽簧⑥。
慧比冯双礼⑦，娇同左蕙芳⑧。
欢悰翻震荡⑨，密坐益彷徨⑩。
板屋丛丛树，溪田稜稜姜⑪。
垂帘遮雁户⑫，下榻碍蜂房⑬。
痁鬼同时逐⑭，祆神各自禳⑮。

【注释】①“连江”句：指顺治二年乙酉(1645)清兵南下。羽檄(xí)：羽书、军书。②“尽室”句：全家躲藏到乡村的小船上。舶(dāng)：船、船底。按此年朱彝尊“年十七，为赘婿，避兵五儿子桥”(《村舍二首》小序)，恋人亦在同时避兵之列。③绾(wǎn)髻(jì)：将头发挽束在头顶上。朱彝尊《静志居琴趣》第一题《清平乐》上阕：“齐心耦意，下九同嬉戏。两翅蝉云梳未起，一十二三年纪。”④篷：指船篷。樯：桅杆。⑤蛾眉：像蚕蛾触须的秀眉。《诗经·卫风·硕人》：“螓首蛾眉。”又陆龟蒙《偶作》：“双眉初出茧，两鬓正藏鸦。”⑥“莺舌”句：形容说话的声音美妙动听，宛如莺啼。簧：乐器中有弹性的薄片，用以振动发声。班婕妤《捣素赋》：“燕姜含兰而未吐，赵女抽簧而绝声。”又欧阳修《奉酬长文舍人出城见示之句》：“清浮酒蚁醅初拨，暖入莺簧舌渐调。”⑦冯双礼：传说中的神仙。按朱彝尊的妻子姓冯，因此后世有人认为此句关合恋人的姓氏，盖如果是妻妹，则自然与夫人同姓。⑧“娇同”句：典出左思《娇女诗》：“其姊字蕙芳，面目灿如画。”⑨欢悰(cóng)：心情愉悦。翻：反而。震荡：不平静。⑩密坐：靠近而坐。益：更加。彷徨：徘徊不定。⑪稜(lèng)：田间土垄，也作为计算田亩的单位。⑫雁户：像大雁一样迁移不定的人家。⑬下榻(tà)：设床。蜂房：比喻拥挤狭小的房间。⑭痁(shān)鬼：迷信认为掌管疟疾的鬼。痁：疟疾。⑮祆(xiān)神：古代从西域传来的祆教所尊奉祭祀的神。禳(ráng)：祭祷消灾。以上八韵为第二小节，叙述朱彝尊在清兵南下之际的避难途中与刚刚十岁出头的恋人初次接触，共同游戏。

乱离无乐土[①]，漂转又横塘[②]。
皂散千条荚[③]，红飘一丈蔷[④]。
重关于盼盼[⑤]，虚牖李当当[⑥]。
凤子裙纤褶[⑦]，鸦头袜浅帮[⑧]。
倦犹停午睡，暇便踏春阳。
雨湿秋千索，泥融碌碡场[⑨]。

罥丝捎蠛蠓[10]，拒斧折螳螂[11]。
侧径循莎荐[12]，微行避麦不知疲倦䴬[13]。
浣纱宜在石[14]，挑菜每登甿[15]。

【注释】①乐土：安乐之地。《诗经·魏风·硕鼠》："誓将去汝，适彼乐土。"②横塘：地名，此处所指位于嘉兴南部，与苏州西南的横塘不同。③"皂散"句：皂荚树飘散许多果实。④蔷：蔷薇。⑤重关：重重关闭的门户。曹植《美女篇》："借问女安居，乃在城南端。青楼临大路，高门结重关。"于盼盼：元代名妓，善词曲。⑥虚牖（yǒu）：比喻人去楼空。牖，窗户。李当当：亦元代名妓，姿艺超出平辈，后悟道出家。按此二句用妓女典故，似与恋人身份不切，或许是介绍横塘的环境。⑦凤子裙：指样式或图案像蛱蝶的裙子，又古代有彩裙化蝶的传说。凤子：大的蛱蝶。褶（zhě）：褶子，衣服上经折叠而缝成的纹路。⑧鸦头袜：脚拇指与另外四指分开呈"丫"字形的袜子。李白《越女词》："屐上足如霜，不着鸦头袜。"帮：这里指袜子的上部。⑨碌碡（liù zhóu）：大石头制作的圆柱形农具，用以轧谷物或碾平场地。⑩罥（juàn）：缠绕。丝：这里指蜘蛛吐的丝。捎：粘捕。蠛（miè）蠓（měng）：一种小虫。⑪拒斧：螳螂的别名。⑫侧径：斜路。循：顺着。莎（suō）荐：莎草制成的垫子，这里喻指草地。莎，莎草，又名香附子。荐，垫子。⑬微行（háng）：小路。《诗经·豳风·七月》："遵彼微行，爰求柔桑。"䴬：大麦，其芒容易扎人。贺铸《宿芥塘佛祠》："青青䴬麦欲抽芒。"⑭"浣纱"句：相传西施早年曾在若耶溪浣纱。在石：旧时洗涤衣物，常在水边的石块上捶打。⑮挑（tiǎo）菜：这里指挖野菜。甿（gǎng）：田埂。这里可以读平声以押韵。以上九韵为第三小节，叙述朱彝尊迁至横塘以后，继续同恋人一起玩耍。

萝茑情方狎[①]，萑苻势忽猖[②]。
探丸搜保社[③]，结侣窜茅篁[④]。

庑改梁鸿赁[5]，机仍织女襄[6]。
疏棂安镜槛[7]，斜桷顿书仓[8]。
路岂三桥阻[9]，屏还六扇傏[10]。
弓弓听点屧[11]，了了见缝裳[12]。
夙拟韩童配[13]，新来卓女孀[14]。
缟衣添绰约[15]，星靥婉清扬[16]。
芸帙恒留箧[17]，兰膏惯射芒[18]。
长筵分泼散[19]，复帐捉迷藏[20]。
奁贮芙蓉粉[21]，萁煎豆蔻汤[22]。
洧盘潜浴宓[23]，邻壁暗窥匡[24]。
苑里艰由鹿[25]，藩边喻触羊[26]。
末因通叩叩[27]，只自觉伥伥[28]。

【注释】①萝茑(niǎo)：通常作"茑萝"，这里因平仄要求而倒装。"萝"和"茑"都是藤本植物，常缠绕于其他树木之上。《诗经·小雅·頍弁》："茑与女萝，施于松柏。"狎(xiá)：亲近、亲密。②"萑苻(huán fú)"句：萑苻：春秋时代郑国的强盗聚集之地，也借指强盗。据朱彝尊《静志居诗话》卷二"王镛"条记载："予年十七，避兵练浦。岁己丑，萑苻四起，乃移家梅会里。里在大彭、嘉会二都之间，市名王店。"这里"己丑"指顺治六年(1649)，朱彝尊移家嘉兴梅会里亦即王店，此后即定居此地。此时恋人已经十五岁。③探丸：《汉书·尹赏传》记载，西汉元延年间，长安恶少年结群袭击官吏，内部则以探丸(摸取弹丸)决定分工，犹如通常所说的抓阄。保社：保、社，均为古代基层行政单位，泛指村社。④"结侣"句：结侣：结伴。篁：竹子、竹林。朱彝尊《亡妻冯孺人行述》记其妻"少日遭乱，恒与予夜避丛篁密筱中"，恋人此时当亦随行。⑤"庑(wǔ)改"句：庑：廊屋。赁：佣工。《后汉书·梁鸿传》记载，梁鸿至吴，投靠皋伯通，起先住在庑下，为人赁舂，后皋伯通见梁鸿之妻给梁鸿送饭时举案齐眉，敬爱有加，心知梁鸿必非凡人，于是让他住到家中。朱彝尊此句的意思，即让恋人住到自己家里来。⑥“机仍”句：机：指织机。襄：反复、移动。《诗经·小雅·大东》：“跂彼织女，终日七襄。虽则七襄，不成报章。……维南有箕，不可以簸扬。维北有斗，不可以挹酒浆。”这里似暗喻此时的恋人仍然可望而不可及。⑦棂（líng）：窗棂，窗户上雕花的格子。镜槛（jiàn）：镜台。⑧斜桷（jué）：屋角斜柱，这里指房屋的角落。顿：安置。书仓：书柜。⑨“路岂”句：《逸史》记载，唐代郑还古曾经梦乘车过小三桥就婚，后来果然应验。这里反用其意。⑩“屏还”句：语本温庭筠《经旧游》：“珠箔金钩对彩桥，昔年于此见娇娆。香灯怅望飞琼鬓，凉月殷勤碧玉箫。屏倚故窗山六扇，柳垂寒砌露千条。”偒（táng）：通“搪”，阻挡。⑪弓弓：这里作象声词。点屐（jī）：脚步着地。屐，木屐，木底的鞋子。⑫了了：清楚的样子。⑬“夙拟”句：夙：素来、本来。韩童：《搜神记》卷十六记载，吴王夫差的小女紫玉，曾经爱上“童子韩重”。这里借指恋人曾经许配人家。⑭“新来”句：卓女：指卓文君，西汉富商卓王孙的女儿，寡居在家，后与司马相如私奔。孀：女子丧夫。这句说恋人的未婚夫去世。⑮缟衣：白衣服，指丧服。绰约：容态柔美。《庄子·逍遥游》：“绰约若处子。”⑯星靥（yè）：像星星一样的酒窝。婉清扬：语出《诗经·郑风·野有蔓草》：“有美一人，清扬婉兮。邂逅相遇，适我愿兮。……有美一人，婉如清扬。邂逅相遇，与子偕臧。”⑰芸帙：指书籍。古人常将芸香置于书籍中，以防蠹虫。恒：经常、总是。箧（qiè）：箱子，这里指书箱。⑱兰膏：用泽兰炼成的油，可以点灯，这里即借指灯。芒：光芒。⑲泼散：旧时江淮间年终家人宴集，称为“泼散”。韦应物《至西峰兰若受田妇馈》：“田妇有佳献，泼散新岁余。”⑳复帐：多重遮隔的布帘。捉迷藏：相传唐玄宗与杨贵妃经常做此游戏。㉑“奁贮”句：奁：盛放梳妆用品的器具。贮：存放。芙蓉粉：保养纸张的一种彩粉。这里意在说明恋人的高雅。㉒“萁煎”句：曹植《七步诗》：“煮豆燃豆萁，豆在釜中泣。本是同根生，相煎何太急。”豆蔻汤：用豆蔻煎的汤，古人用以熏衣或沐浴。豆蔻：一种草本植物，也喻指少女，这里双关。杜牧《赠别》：“娉娉袅袅十三余，豆蔻梢头二月初。”㉓“洧（wěi）盘”句：语本屈原《离骚》：“夕归次于穷石兮，朝濯发乎洧盘。”又：“吾令丰隆乘云兮，求宓妃之所在。”洧盘：神话传说中的水名。宓（fú）妃：传说中的洛水女神。潜：偷偷地。㉔“邻壁”句：窥：偷偷地看。匡：指西汉匡衡，勤学而家贫，每凿邻壁映灯光读书。这里借喻偷看。㉕由鹿：猎人用以诱捕其他鹿的饵鹿。唐代吕温有《由鹿赋》。㉖“藩边”句：藩：篱笆。《周易·大壮》：“羝羊触藩，不能进，不能遂。”比喻进退两难。㉗末因：无由。叩叩：殷勤恳切状。繁钦《定情诗》：“何以致叩叩，香囊悬肘后。”㉘伥（chāng）伥：无所适从。《礼记·仲尼燕居》：“譬犹瞽之无相与，伥伥乎其何之？”又韩偓《即目二首》之一：“倚道向人多脉脉，为情因酒易伥伥。”以上十四韵为第四小节，叙述朱彝尊移家梅会里之后，恋人同住在一起，但还未能一通心曲。

孟里经三徙①，樊楼又一厢②。
渐于牙尺近③，莫避灶觚炀④。
题笔银钩在⑤，当窗绣袂飏⑥。
有时还邂逅，何苦太周防？
令节矜元夕⑦，珍亭溢看场⑧。
闹蛾争入市⑨，响屧独循廊⑩。
枨触钗先溜⑪，檐昏烛未将⑫。
径思乘窘步⑬，梯已上初桄⑭。
莫绾同心结⑮，停斟冰齿浆⑯。
月难中夜堕⑰，罗枉北山张⑱。

【注释】①“孟里”句：刘向《列女传》记载，孟子的母亲为了给孟子寻找一个良好的学习环境，曾经多次移居。这里借指朱彝尊在梅会里一带的小范围迁移。②樊楼：原指北宋开封的一座著名酒楼，这里泛指楼房。厢：厢房，正屋两边的房子。又刘子翚《汴京纪事》：“忆得少年多乐事，夜深灯火上樊楼。”③牙尺：象牙或檀木制作的尺子，也借指人的模范。白居易《中和日谢恩赐尺状》：“以红牙为尺，白银为寸，美而有度，焕以相宜。”卢延让逸句：“细想仪型执牙尺。”④“莫避”句：灶觚(gū)：灶口平地突出的部分。炀(yáng)：烤火。《庄子·寓言篇》有“炀者避灶”之语，这里反用其意。⑤银钩：这里指草书。《晋书·索靖传》：“草书之为状也，婉若银钩，漂若惊鸾。”⑥当窗：对着窗子。袂(mèi)：衣袖。飏：飘扬。⑦令节：节日。矜(jīn)：崇尚。元夕：即元宵，农历正月十五日的夜晚。⑧珍亭：北宋皇宫中的一座亭子，这里借指元宵演戏的地方。溢：满。看场：观赏的场所。⑨闹蛾：古代妇女剪纸为飞蛾戴在头上的饰物，这里借指妇女。争入市：人们争先恐后地到集市去赏灯。⑩“响屧(xiè)”句：响屧廊，吴王夫差让西施穿木屐走过以发出音响来倾听、欣赏的一条走廊，故址在苏州灵岩山馆娃宫。参前吴伟业《圆圆曲》注㉛。这句意思说恋人独自一个人在家。⑪枨(chéng)触：触拨。陆龟蒙《蠹记》：“橘之蠹，大如小指……人或枨触之，辄奋角而怒。”⑫将：持、拿。⑬“径思”句：径：直接，索性。窘步：语出屈原《离骚》：“何桀、纣之昌披兮，夫唯捷径以窘步。”原意是贪图捷径，不由正道，结果反而不得前行。这里意思是不顾恋人是否愿意，打算勉强向她表白。⑭“梯已”句：原诗自注：“《大智度论》：‘譬如缘梯，从一初桄而上。’”桄(guāng)：梯子上的横木。全句意思是已经有了一个初步的开头。⑮“莫绾”句：意谓恋人还没有真正答应。绾：旋绕打结。同心结：两股彩绳绾成连环回文的形式。比喻男女爱情。梁武帝萧衍《有所思》：“腰中双绮带，梦为同心结。”⑯“停斟”句：斟：倒。冰齿浆：语本陆机《苦寒行》：“渴饮坚冰浆，饥待零露餐。离思固已矣，寤寐莫与言。”这句意思是虽然十分渴望，但还是克制住了。⑰“月难”句：比喻求爱不易。谢灵运《东阳溪中赠答二首》：“可怜谁家妇，缘流洗素足。明月在云间，迢迢不可得。”“可怜谁家郎，缘流乘素舸。但问情若为，月就云中堕。”中夜：半夜。曹植《美女篇》：“盛年处房室，中夜起长叹。”⑱“罗枉”句：相传战国时代宋康王欲得到韩凭的妻子何氏，何氏不依，赋《乌鹊歌》以见志：“南山有乌，北山张罗。乌自高飞，罗当奈何！”罗：罗网。枉：徒劳。张：指张网，打主意。以上十韵为第五小节，主要叙述朱彝尊在某年的元宵节借家中没有旁人的机会，首次向恋人作出表示，但恋人并未答理。

冰下人能语[1]，云中雀待翔[2]。
青绫催制被，黄竹唤成箱[3]。
玉诧何年种[4]，珠看满斛量[5]。
彩幡摇婀娜[6]，漆管韵清锵[7]。
白鹄来箫史[8]，斑骓驾陆郎[9]。
徒然随画舰[10]，不分上华堂[11]。
紫葛牵驼架[12]，青泥湿马枊[13]。
枇杷攒琐琐，榉柳荫牂牂[14]。
金屋深如此[15]，璇宫思未央[16]。

【注释】①"冰下"句：《晋书·索纨传》记载，孝廉令狐策梦立冰上，与冰下人相语，索纨解释这个梦，说令狐策将为人做媒。后世即称媒人为"冰人"。这里的意思是有人为恋人做媒，使她远嫁往外地。②"云中"句：语本古乐府《慕容家自鲁企由谷歌》："郎非黄鹞子，那得云中雀？"意思是眼看着恋人即将出嫁。③"黄竹"句：语本古乐府《黄竹子歌》："江边黄竹子，堪作女儿箱。"④"玉诧"句：《搜神记》卷十一记载，善人杨伯雍曾经种石得玉，又因玉得与好女结婚。后世即称两家通婚为种玉之缘。⑤"珠看"句：相传晋朝豪富石崇，曾以珍珠十斛买爱妾绿珠。斛（hú）：容量名，古代十斗为一斛。⑥彩幡：彩旗。婀娜：轻盈柔美的样子。《古诗为焦仲卿妻作》："四角龙子幡，婀娜随风转。"⑦漆管：泛指管乐器，这里借指迎亲的音乐。⑧"白鹄"句：箫史：也作"萧史"，传说为春秋时代人，善吹箫，能使白鹄等飞鸟为之吸引，下到庭院中。秦穆公将女儿弄玉嫁给他，后夫妇一同升天仙去。⑨"斑骓（zhuī）"句：语本古乐府《明下童曲》："陈孔骄赭白，陆郎乘斑骓。徘徊射堂头，望门不欲归。"又李商隐《对雪二首》之二："关河冻合东西路，肠断斑骓送陆郎。”斑骓：毛色混杂的马。陆郎：具体不详，这里同上句“箫史”均借指恋人的丈夫。⑩“徒然”句：画舰：这里指迎亲的画舫。当时朱彝尊曾参与送亲，故云。⑪“不分(fèn)”句：不分：没有资格。华堂：华丽的堂房，这里指恋人举行婚礼的场所。杜牧《兵部李尚书席上作》：“华堂今日绮筵开，谁唤分司御史来？”这里感叹自己不能做恋人的新郎。⑫紫葛：野葛，一种藤本植物，又名“胡蔓草”“断肠草”。牵：缠绕。驼架：拴骆驼的架子。⑬马枊(áng)：系马的柱子。又此二句化自金代周昂《翠屏口七首》之四：“野蔓捎驼架，轻泥溅马鞍。”⑭“枇杷”两句：语本杜甫《田舍》：“榉柳枝枝弱，枇杷树树香。”攒(cuán)：聚集。琐琐：细碎的样子。榉(jǔ)柳：也叫山毛榉，杨柳的一种。牂(zāng)牂：茂盛的样子。《诗经·陈风·东门之杨》：“东门之杨，其叶牂牂。”⑮金屋：《汉武故事》记载，汉武帝刘彻做太子时，听说长公主欲将女儿阿娇许配给他，不胜高兴，说：“若得阿娇作妇，当作金屋贮之。”后世有“金屋藏娇”的成语。深如此：意本范摅《云溪友议》卷一所载，唐代崔郊与其姑姑的侍婢相恋，后侍婢被卖给权贵，崔郊赋诗云：“侯门一入深如海，从此萧郎是路人！”⑯璇(xuán)宫：美玉装饰的宫室。这里同“金屋”都指恋人的住所。思未央：思念不已。央：已、尽。以上九韵为第六小节，叙述恋人出嫁。据朱彝尊有关作品考察，恋人出嫁在顺治十年癸巳(1653)秋天，朱彝尊赋有《嫁女词》《七夕咏牛女二首》《南湖即事》诸作，当时恋人十九岁。

朝霞凝远岫[①]，春渚得归艎[②]。
古渡迎桃叶[③]，长堤送窅娘[④]。
翠微晴历历[⑤]，绿涨远汪汪[⑥]。
日影中峰塔，潮音大士洋[⑦]。
寻幽虽约伴，过涉乃须卬[⑧]。
澹墨衫何薄[⑨]，轻纨扇屡障[⑩]。
心怜明艳绝[⑪]，目奈冶游狂[⑫]。

缆解青丝笮[13]，茵铺白篾簹[14]。
回波吟榜栧[15]，鸣橹入菰蒋[16]。
竹笋重重箨[17]，茶牙段段枪[18]。
甘蔗翻旧谱[19]，活火试头纲[20]。
榼易倾鹦鹉[21]，裘拚典鹔鹴[22]。
晓酲消芳蔗[23]，寒具析饫餭[24]。
已共吴船凭[25]，兼邀汉珮瓖[26]。
瘦应怜骨出，嫌勿避形相[27]。
楼下兜衾卧[28]，阑边拭泪妆[29]。
便思蛩负蟨[30]，窃拟凤求凰[31]。
两美诚难合[32]，单情不可详[33]。

【注释】①岫：山峦。②渚(zhǔ)：水边。艎(huáng)：船。③"古渡"句：古乐府有《桃叶歌》："桃叶复桃叶，渡江不用楫。但渡无所苦，我自迎接汝。"相传为东晋王献之所作，"桃叶"系其爱妾的名字。④"长堤"句：语本白居易《天津桥》："眉月晚生神女浦，脸波春傍窈娘堤。"窅(yǎo)娘：南唐后主李煜的宫嫔，以纤丽善舞著称。这里同上句"桃叶"均借指朱彝尊的恋人。⑤翠微：苍翠轻淡的山色。晴历历：语出崔颢《黄鹤楼》："晴川历历汉阳树，芳草萋萋鹦鹉洲。"⑥绿涨：这里作名词，指水。汪汪：深广的样子。⑦大士洋：原指浙江定海普陀山周围的洋面，但据朱彝尊有关作品推测，其恋人所嫁在苏州方向太湖附近，因此这里同上句"中峰塔"均借指苏州一带的名胜古迹。⑧"过涉"句：语本《诗经·邶风·匏有苦叶》："人涉卬否，卬须我友。"卬(áng)：我。须：等待。这里意思是渡水的时候就等着我。⑨澹：同"淡"。⑩轻纨扇：质地很轻的罗纨制作的扇子。障(zhāng)：遮挡。⑪怜：爱。⑫奈：奈何。冶游：通常指男女艳冶之游。古乐府《子夜四时歌·春歌》："冶游步春露，艳觅同心郎。"狂：颠狂、放荡，常指男女春心躁动。⑬“缆解”句:语本谢灵运《邻里相送方山》:“解缆及流潮,怀旧不能发。”又古乐府《上陵》:“桂树为君船,青丝为君笮。”笮(zuó):通“筰”,引船的绳索。⑭茵:席垫。篾(miè):成条的竹片。簜(táng):竹席。⑮“回波”句:孟棨《本事诗》“嘲戏”类记载,唐中宗李显惧怕韦后,有优人唱歌讽刺说:“回波尔时栲栳,怕妇也是大好。”回波:舞曲名,参前丁澎《听旧宫人弹筝》注④。栲栳(kǎo lǎo):用柳条或竹篾编成的笆斗之类的盛器。⑯鸣橹:船桨发出声音,即划船。菰蒋(gū jiāng):一种水生植物,这里借指水草茂密的地方。⑰箨(tuò):竹笋的衣壳。⑱“茶牙”句:茶叶的嫩芽挺立似枪,称为“茶枪”。“牙”通“芽”。欧阳修《蛤蟆碚》:“共约试春芽,枪旗几时绿?”⑲甘菹(zū):指竹笋切碎制成的酱末。梁简文帝萧纲《七励》:“澄琼浆之素色,杂金笋之甘菹。”翻旧谱:在旧的记载之外翻出新的花样。⑳活火:有火焰的炭火。赵璘《因话录》卷二记载:“李约性嗜茶,尝曰:‘茶须缓火炙,活火煎。’”苏轼《汲江煎茶》:“活水还须活火烹,自临钓石取深清。”头纲:一年中第一纲亦即首批运往京都的春茶。苏轼《七年九月自广陵召还复馆于浴室东堂八年六月乞会稽将去汶公乞诗乃复用前韵》:“上人问我迟留意,待赐头纲八饼茶。”自注:“尚书学士得赐头纲龙茶一斤八饼,今年纲到最迟。”这里借指当年最早采摘的嫩茶。㉑榼(kē):古代盛酒或贮水的器具。鹦鹉:这里指鹦鹉杯,用海螺琢磨而成的酒杯,其尖端好像鹦鹉嘴,故名。㉒“裘拚(pàn)”句:拚:豁出去。鹔鹴(sù shuāng):鸟名,雁的一种。这里指鹔鹴裘,即用鹔鹴羽毛织成的名贵衣服。《西京杂记》卷二记载,司马相如曾以所穿鹔鹴裘典当买酒,与卓文君为欢。㉓晓酲(chéng):早上宿酒未醒。芀(lè)蔗:甘蔗,相传其汁可以醒酒。㉔“寒具”句:寒具:这里指一种冷食,用糯米粉油煎而成,便于贮存。古代寒食节禁火,通常即用以代餐。又称“粔籹”。析:分。饧(zhāng)餭(huáng):饴糖之类。宋玉《招魂》:“粔籹蜜饵,有饧餭些。”㉕吴船:吴地的船只。凭:倚、靠。㉖“兼邀”句:邀:获得。汉珮纕(xiāng):传说周代郑交甫曾经在汉皋台下遇见两位女子,送给他玉佩。后世即以“汉皋佩”作为男女爱慕赠答的典故。珮,通“佩”。纕:佩带。屈原《离骚》:“解佩纕以结言兮,吾令蹇修以为理。”㉗嫌:嫌疑,这里指男女之防。勿:不。形相(xiāng):观察、端详。

温庭筠《南歌子》："偷眼暗形相，不如从嫁与，作鸳鸯。"㉘兜衾（qīn）：盖被。㉙阑：栏杆。拭泪妆：旧时妇女化妆的一种样式，以粉涂拭眼睛下面好像啼哭流泪的样子，即所谓"啼妆"。㉚蛩（qióng）负蟨（jué）：古代传说，蛩和蟨是两种相依为命的野兽，一旦蟨遇到危险，蛩就会背负着它一起逃走。这里双关男女情事。㉛窃：暗自、私下。凤求凰：语出司马相如《琴歌》："凤兮凤兮归故乡，遨游四海求其凰。"比喻男子向女子求爱。㉜"两美"句：语本屈原《离骚》："两美其必合兮，谁信修而慕之？"诚：确实。又王粲《杂诗》："人欲天不违，何惧不合并？"为后来"合并"埋下伏笔。㉝"单情"句：语本包明月《前溪歌》："忆我怀中侬，单情何时双？"又《诗经·鄘风·墙有茨》："中冓之言，不可详也。"详：详细地说，这里指表达。以上十八韵为第七小节，叙述朱彝尊在恋人出嫁之后探望接送，同游山水，其时约在顺治十一年甲午（1654）前后。

计程冲瘴疠①，回首限城隍②。
红豆凭谁寄③？瑶华暗自伤④。
家人卜归妹⑤，行子梦高唐⑥。
杜宇催归数⑦，刍尼送喜忙⑧。
同移三亩宅⑨，并载五湖航⑩。
院落虬檐月⑪，阶流兔杵霜⑫。
池清凋菡萏⑬，垣古缭筼筜⑭。
乍执掺掺手⑮，弥回寸寸肠⑯。
背人来冉冉⑰，唤坐走佯佯⑱。
啮臂盟言覆⑲，摇情漏刻长⑳。
已教除宝扣㉑，亲为解明珰㉒。
领爱蝤蛴滑㉓，肌嫌蜥蜴妨㉔。
梅阴虽结子㉕，瓜字尚含瓤㉖。

捉搦非无曲[27]，温柔信有乡[28]。
真成惊蛱蝶[29]，甘作野鸳鸯[30]。

【注释】①“计程”句：指朱彝尊顺治十三年丙申（1656）夏南游广东。瘴（zhàng）疠（lì）：南方温热地区流行的恶性疟疾之类的传染病。②限城隍：为城隍所遮隔。城隍：这里指城壕、城墙。③红豆：即相思子。参前陈维崧《拙政园连理山茶花》注㉛。④瑶华：传说中的仙花。屈原《九歌·大司命》：“折疏麻兮瑶华，将以遗兮离居。”⑤家人、归妹：均为《周易》中的卦名，这里用其字面意思。卜：卜卦、占卜。⑥行子：即游子。梦高唐：宋玉《高唐赋》序描写楚怀王游高唐，梦一神女，与之发生关系，临去时自称：“妾在巫山之阳、高唐之阻。旦为朝云，暮为行雨。朝朝暮暮，阳台之下。”后世即借指男女关系。⑦杜宇：即杜鹃鸟，相传其叫声像是“不如归去”。数（shuò）：屡次。按朱彝尊于顺治十五年戊戌（1658）秋回到家乡。⑧乌尼：佛家语，即喜鹊。⑨“同移”句：朱彝尊《亡妻冯孺人行述》：“予授徒不给，遂南渡岭。越二载归，则孺人徙西河村舍。是冬，复还梅里。”三亩宅：语本王维《送丘为落第归江东》：“五湖三亩宅，万里一归人。”⑩五湖：指太湖，也泛指江湖。相传范蠡灭吴之后，携西施泛五湖而去。航：指船。朱彝尊《鹊桥仙·十一月八日》上阕：“一箱书卷，一盘茶磨，移住早梅花下。全家刚上五湖舟，恰添了个人如画。”⑪虬（qiú）檐：状如虬龙的屋檐。⑫兔杵（chǔ）：传说月亮中玉兔捣药的棒槌，即借指月亮。⑬凋：凋落、凋谢。菡萏（hàn dàn）：即荷花。⑭垣：墙壁。缭：缠绕。筼筜（yún dāng）：竹子。⑮乍：初、刚。掺（chān）掺：纤细的样子。《诗经·魏风·葛屦》：“掺掺女手，可以缝裳。”⑯弥：更加。⑰背（bèi）人：瞒着别人。冉冉：缓慢的样子。⑱佯佯：故意、假装。⑲啮（niè）：咬。覆：颠倒、反复。⑳摇情：语本张若虚《春江花月夜》：“不知乘月几人归，落月摇情满江树。”漏刻：古代以漏壶滴水，读取刻数来计时，即借指时间。㉑教（jiāo）：同“叫”，让、允许。除：解开。宝扣：指扣子。㉒明珰：珠玉制作的耳饰。㉓领：这里指头颈。蝤蛴（qiú qí）：天牛的幼虫，洁白柔长，旧时常比喻女子的头颈。《诗经·卫风·

硕人》："领如蝤蛴。"㉔"肌嫌"句：意思说连最善于爬壁的壁虎都感到肌肤太滑。蜥蜴：一种爬行动物，俗称四脚蛇。其种类很多，通常即指壁虎。又壁虎也叫"守宫"，相传食以朱砂，然后捣碎，作染料点在女子身上，终生不灭，而如果发生男女关系就会自然消失。这里兼有暗示下文之意。㉕"梅阴"句：语本杜牧《叹花》："自是寻春去较迟，不须惆怅怨芳时。狂风落尽深红色，绿叶成阴子满枝。"㉖瓜字：古人将"瓜"字形体分成两个"八"字，即所谓"瓜字"，也称"破瓜"。通常指女子十六岁的年龄。这里取意于孙绰《情人碧玉歌》："碧玉破瓜时，郎为情颠倒。"㉗"捉搦(nuò)"句：南朝梁代乐府有《捉搦歌》凡四曲，内容均为男女戏谑之语。捉搦：戏弄、调情。㉘"温柔"句：典出伶玄《赵飞燕外传》："是夜进合德，帝大悦，以辅属体，无所不靡，谓为'温柔乡'。……曰：'吾老是乡矣！不能效武皇帝求白云乡也。'"信：的确。㉙惊蛱蝶：《北齐书·魏收传》记载，魏收为人风流，人称"惊蛱蝶"。㉚"甘作"句：语本杜甫《数陪李梓州泛江有女乐在诸舫戏为艳曲二首赠李》之二："使君自有妇，莫学野鸳鸯。"这里反用其意。以上十五韵为第八小节，叙述朱彝尊广东回乡以后，首次与恋人真正定情，时在顺治十五年戊戌(1658)冬。

暂别犹凝睇①，兼旬遽病尪②。
历头逢腊尽③，野外祝年穰④。
忽枉椒花颂⑤，来浮柏子觞⑥。
亮因微触会⑦，肯负好时光？
炉亟熏凫藻⑧，卮须引鹤吭⑨。
象梳收鬌堕⑩，犀角镇心恇⑪。
灭焰余残灺⑫，更衣挂短桁⑬。
簪挑金了鸟⑭，臼转木苍根⑮。
纳履氍毹底⑯，搴帱罽旁⑰。
绮衾容并覆⑱，皓腕或先攘⑲。

暮暮山行雨[20]，朝朝日照梁[21]。
含娇由半醉，唤起或三商[22]。
连理缘枝叶[23]，于飞任颉颃[24]。
烧灯看傀儡[25]，出队舞跳踉[26]。
但致千金笑[27]，何妨百戏偿[28]。
偶然闲院落，随意发缣缃[29]。
竹叶符教佩[30]，留藤酱与尝[31]。
砚明鹳鹆眼[32]，香靦鹧鸪肪[33]。
日以娑拖永[34]，时乘燕婉良[35]。
本来通碧汉[36]，原不限红墙[37]。

【注释】①"暂别"句：语本白居易《长恨歌》："含情凝睇谢君王，一别音容两渺茫。"凝睇(dì)：凝视。②兼旬：两旬，即二十天。遽(jù)：骤然。尪(wāng)：疾病。③历头：历日。腊：腊月。④年穰(ráng)：年成丰收。《诗经·周颂·烈祖》："自天降康，丰年穰穰。"⑤枉：屈就。椒花颂：《晋书·列女传》记载刘臻妻陈氏曾在正月一日献《椒花颂》，后世即以之作为新年祝贺的典故。⑥浮柏子觞(shāng)：即喝新年酒。古代风俗，因柏树经冬不凋，特取其叶浸酒，于元旦之日共饮，以祝长寿。戴叔伦《二灵寺守岁》："无人更献椒花颂，有客同参柏子禅。"觞：酒杯。⑦"亮因"句：亮：通"谅"，猜想。微：无。触会：接触相会。全句意思是从反面推想，恋人这次来贺年，实际上是为了获得相聚的机会。⑧亟(jí)：急忙。凫(fú)藻：这里指一种取暖的手炉。⑨"卮(zhī)须"句：古代酒器有"鹤飞盏"。卮：酒器。引吭：伸长头颈。⑩象梳：象牙制作的梳子。髢(dì)堕：指发髻。髢：装衬的假发。堕：古人发式有"堕马髻"。高允《罗敷行》："头作堕马髻，倒枕象牙梳。"⑪"犀角"句：古人认为犀角可以镇心壮胆。恇(kuāng)：胆怯。李贺《恼公》："犀株防胆怯，银液镇心忪。"⑫"灭焰"句：纪少瑜《咏残灯》："残灯犹未灭，将尽更扬辉。唯余一两焰，才得解罗衣。”残灺（xiè）：灯烛的灰烬。⑬短桁（háng）：衣架。古乐府《东门行》：“还视桁上无悬衣。”⑭“簪挑”句：了（lè）鸟：门窗的搭扣。李商隐《病中闻河东公乐营置酒》：“锁门金了鸟，展障玉鸦叉。”又朱彝尊《满庭芳·雨盖飘荷》：“金簪拔，暗挑了鸟，不用绕唐梯。”⑮臼：门窗安装转枢的窠穴。苍根（láng）：即“仓琅”，门上的铜饰，这里借指门。⑯履：鞋子。氍毹（qú shū）：毛织的地毯。⑰搴（qiān）：揭开。帱（chóu）：床帐。宋玉《神女赋》：“搴余帱而请御兮，愿尽心之惓惓。”麗㲰（lú sù）：原义形容下垂，这里借指帘子。⑱绮衾：华丽的被子。容：允许。⑲“皓腕”句：语出曹植《美女篇》：“攘袖见素手，皓腕约金环。”又《洛神赋》：“攘皓腕于神浒兮，采湍濑之玄芝。”皓腕：洁白的手臂。攘（ráng）：捋。⑳山行雨：暗指男女关系。参前第八小节注⑥。㉑日照梁：语出宋玉《神女赋》：“其始来也，耀乎若白日初出照屋梁。”又何逊《看伏郎新婚》：“雾夕莲出水，霞朝日照梁。”这里形容男女恋床，兼赞恋人美丽。㉒三商：古代以漏刻计时，叫做“商”，也叫“刻”，“三商”即三刻。《仪礼·士昏礼》郑玄注：“日入三商为昏。”这里泛言很迟的时间。㉓连理：两棵树木或两杈树枝在中部连生在一起，通常比喻男女互不分离。白居易《长恨歌》：“在天愿作比翼鸟，在地愿为连理枝。”缘枝叶：语本苏武诗：“骨肉缘枝叶，结交亦相因。”这里似暗言与恋人本来就具有亲戚关系。缘：由于。㉔“于飞”句：语本《诗经·邶风·燕燕》：“燕燕于飞，颉之颃之。”颉颃（xié háng）：鸟上下飞翔。㉕烧灯：燃灯。傀儡：木偶、木偶戏。㉖“出队”句：指戏曲演出。刘禹锡《平蔡州三首》之一：“四人归业闾里间，小儿跳踉健儿舞。”跳踉（liáng）：跳跃。㉗但：只、只要。致：达到。千金笑：即千金买笑之意。崔骃《七依》：“回顾百万，一笑千金。”又王僧孺《咏宠姬》：“再顾连城易，一笑千金买。”㉘百戏：泛指各种戏曲杂技。偿：酬报、报答。㉙发（fā）缣缃（jiān xiāng）：意思是打开自己收藏的东西。这里特指前面提及的从广东带回的收获。缣缃：浅黄色的细绢，通常指书册，这里借指读书人的行囊。㉚竹叶符：广东出产的一种符片，可以防止蠹虫。佩：佩带。㉛留藤酱：一种岭南特产，用扶留藤制成的酱。与：给。㉜鸜鹆（qú yù）眼：指砚石上的圆形斑点，外有色晕，具此者为砚中极品，多产自端州，即今广东肇庆。㉝黦(yuè):浸染。鹧鸪肪:指一种熏香,即鹧鸪斑香。范成大《桂海虞衡志·志香》:“鹧鸪斑香亦得之于海南沉水蓬莱及绝好笺香中,槎牙轻松,色褐黑而有白斑点点如鹧鸪臆上毛,气尤青婉似莲花。”㉞娑拖:形容女子体态轻盈,舒缓美好。古乐府《读曲歌》:“娑拖何处归,道逢播掿郎。口朱脱去尽,花钗复低昂。”永:长。㉟“时乘”句:语本苏武诗:“欢娱在今夕,燕婉及良时。”燕婉:和爱。㊱碧汉:银河。㊲限:隔、阻挡。此二句语出李商隐《代应》:“本来银汉是红墙。”这里反用其意。以上二十韵为第九小节,叙述恋人借贺年机会,与朱彝尊同居,时在顺治十六年己亥(1659)初。

天定从人欲,兵传迫海疆①。
为园依锦里②,相宅夹清漳③。
夺织机中素④,看舂石上粱⑤。
茗炉寒说饼⑥,芋火夜然糠⑦。
唐突邀行酒⑧,勾留信裹粮⑨。
比肩吴下陆⑩,偷嫁汝南王⑪。
画舫连晨夕,歌台杂雨旸⑫。
旋娟能妙舞⑬,謇姐本名倡⑭。
记曲由来擅⑮,催归且未遑⑯。

【注释】①“兵传”句:指顺治十六年己亥(1659)夏,张煌言、郑成功率领南明水师沿海北上,进攻长江流域。②“为园”句:语本杜甫《南邻》:“锦里先生乌角巾,园收芋栗未全贫。”又《将赴成都草堂途中有作先寄严郑公五首》之二:“雪山斥候无兵马,锦里逢迎有主人。”锦里:地名,位于四川成都,杜甫曾在此居住。这里指恋人来依附朱彝尊。③相(xiàng)宅:物色住房。夹清漳:“清漳”指清漳河,在今山西、河北交界地带。《南史·刘绘传》记载，刘绘和张融、周颙三人同为名士，居处相连，时人为之语曰："三人共宅夹清漳，张南周北刘中央。"这里指恋人与朱彝尊"共宅"。④"夺织"句：语本古诗《上山采蘼芜》："新人工织缣，故人工织素。"这里暗指恋人取代妻子。机：织机。素：白绢。⑤舂(chōng)：捣。石上粱：语出《后汉书·五行志》引京师童谣："石上慊慊舂黄粱。"⑥茗炉：茶炉。寒说饼：吴均《饼说》："仲秋御景，离蝉欲静。燮燮晓风，凄凄夜冷。臣当此景，惟能说饼。"⑦夜然糠：《南史·顾欢传》："欢独好学。……夕则然松节读书，或然糠自照。"然："燃"的本字。⑧唐突：冒犯、亵渎。《世说新语·轻诋》："何乃刻画无盐，以唐突西子也。"⑨勾留：停留。白居易《春题湖上》："未能抛得杭州去，一半勾留是此湖。"信：信从。裹粮：备办干粮，这里泛指备饭。⑩"比肩"句：相传三国时吴地陆东美夫妻恩爱，形影不离，时人誉之为"比肩人"，孙权封其里居为"比肩"。⑪"偷嫁"句：此用庾信《结客少年场行》成句："定知刘碧玉，偷嫁汝南王。"刘碧玉为南朝宋汝南王的爱妾。⑫"歌台"句：语本李商隐《杜工部蜀中离席》："座中醉客延醒客，江上晴云杂雨云。"旸(yáng)：晴。⑬"旋娟"句：《拾遗记》卷四记载，战国燕昭王二年，广延国献善舞者二人，其一名叫旋娟。⑭"謇(jiǎn)姐"句：语出繁钦《与魏太子书》："謇姐名倡。"倡：同"娼"。此与上句均指戏曲演员。⑮由来：从来、向来。⑯"催归"句：意思说恋人对观戏恋恋不舍。遑：闲暇。以上九韵为第十小节，叙述恋人因避顺治十六年己亥(1659)夏秋之际的长江兵祸，来投靠朱彝尊。

风占花信改[①]，暑待露华瀼[②]。
蓄意教丸药[③]，含辛为吮疮[④]。
赋情怜宋玉[⑤]，经义问毛苌[⑥]。
芍药将离草[⑦]，蘼芜赠远香[⑧]。
潮平江截苇，亭古岸多樟[⑨]。
镜水明于镜[⑩]，湘湖曲似湘[⑪]。

加餐稠叠语[12]，浓墨十三行[13]。
约指连环脱[14]，茸绵袙腹装[15]。
急如虫近火，躁甚蟹将糖[16]。

【注释】①“风占(zhān)”句：占：视、根据。江南自小寒至谷雨共八个节气一百二十日，每五日对应一种花期亦即花信，应花信而来的风称为“花信风”，自“梅花风”至“楝花风”计有二十四种。这里泛指时序迁移，季节变换。②瀼(ráng)：形容露水浓重。《诗经·小雅·蓼萧》：“蓼彼萧斯，零露瀼瀼。”③教丸药：《搜神记》卷一记载，仙女杜兰香曾教人“消摩可以愈疾”。“消摩”为药的别称。④为吮疮：《拾遗记》卷八记载，三国时吴国孙和，曾于月下舞水晶如意，误伤夫人颊，乃自舐其疮。⑤赋情：泛指创作诗词之类文学作品。怜：爱。宋玉：战国时代楚国人，相传为屈原弟子，以文采见称，后世多借指才子。⑥经义：经书的义理。朱彝尊著有《经义考》。问：请教。毛苌(cháng)：西汉著名经学家，曾注释《诗经》。这里与上句宋玉均为朱彝尊自喻。⑦“芍药”句：芍药：一种观赏植物，又名“将离”。《诗经·郑风·溱洧》：“维士与女，伊其相谑，赠之以芍药。”这里暗言朱彝尊将有浙江山阴(今绍兴)之行，与恋人离别。⑧“蘼芜”句：蘼芜：香草名。吴均《与柳恽相赠答六首》之六：“寄君蘼芜叶，插着丛台边。”⑨“亭古”句：杭州旧有浙江亭，一名樟亭。⑩镜水：指镜湖，即鉴湖，在浙江绍兴。⑪湘湖：在浙江萧山。湘：指湖南湘江。⑫“加餐”句：意为劝人保重身体。《古诗十九首》之一：“弃置勿复道，努力加餐饭。”又《后汉书·桓荣传》：“愿君慎疾加餐，重爱玉体。”稠叠：重叠反复，形容多。⑬十三行：东晋王献之所书曹植《洛神赋》真迹，后世仅存十三行。这里双关“洛神”字面。朱彝尊《好事近》词：“往事记山阴，风雪镜湖残腊。燕尾香缄小字，十三行封答。　中央四角百回看，三岁袖中纳。一自凌波去后，怅神光难合。”⑭约指：戒指。繁钦《定情诗》：“何以致殷勤，约指一双银。”连环：指玉镯。朱彝尊《古意二首》之一：“何用问遗君，约指于阗玉。上有龙子蟠，下有鸳鸯宿。缭以五色丝，青红与碧绿。愿君一分手，思我赠君时。潜渊与皎日，信誓终不移。”⑮袙(pà)腹：兜肚、背心。王筠《行路难》：“裲裆双心共一袜，袙腹两边作八撮。”朱彝尊《古意二首》之二：“何用问遗君，却月裁胸前。缝以七孔针，着以同功绵。青红与碧绿，五色丝相连。愿君一置腹，思我寄君情。”⑯“急如”二句：飞蛾扑火，螃蟹粘糖，均形容急躁之极。这里比喻离别相思。以上九韵为第十一小节，主要叙述顺治十七年庚子(1660)前后朱彝尊客游浙江绍兴，与恋人离别的情景。

理棹回青翰①，骖驹骤玉瓖②。
宁期共命鸟③，遽化逆毛鸧④？
寄恨遗卷发⑤，题缄属小臧⑥。
愤奚殊蔡琰⑦？嫁悔失王昌⑧。
作事逢张角⑨，无成种董蓈⑩。
流年憎禄命⑪，美疢中膀胱⑫。

【注释】①理棹(zhào)：打点行舟。棹：船桨。回：返。青翰：船名。刻有鸟形而涂以青色，故称。《说苑》记载鄂君子晳乘青翰之舟，与越女发生恋爱。②骖驹：指马。骤：奔驰。瓖(xiāng)：马的带饰。③宁期：哪里料想得到。共命鸟：佛教传说中一身两头的鸟，通常比喻夫妻。④“遽化”句：指恋人的丈夫逝世。遽：突然。逆毛鸧(cāng)：指鸧鸹，传说中的一种九尾怪鸟。⑤“寄恨”句：遗(wèi)：赠送。卷发：头发。朱彝尊《换巢鸾凤》词：“解道临行更开封，背人一缕香云剪。”⑥题缄：写寄书信。属(zhǔ)：通“嘱”，托付。臧：奴仆。⑦奚：何。殊：不同。蔡琰：即蔡文姬，东汉末年人，曾出嫁而夫死，作有《悲愤诗》。⑧王昌：三国时魏国有王昌，曾娶任城王曹彰女，早卒。后世诗歌中常用以代指丈夫。⑨张角：这里“张”和“角”均为二十八宿之一。古语有“五角六张”，意思说五日逢角宿，六日逢张宿，此两日作事多不成功。⑩董蓈(láng)：指禾粟之米生而无成者。⑪禄命：迷信所说人的命运。“禄”指盛衰兴废，“命”指富贵贫贱。祢衡《鹦鹉赋》：

“嗟禄命之衰薄，奚遭时之险巇？”⑫美疢(chèn)：这里指美人之病。中(zhòng)：伤及。膀胱：人体内储存尿的器官。这里是泛指。以上六韵为第十二小节，叙述康熙元年壬寅(1662)初朱彝尊从绍兴归里以后，得知恋人不幸丈夫逝世，她自己也为此病倒。

手自调羹臛①，衣还借裲裆②。
口脂匀面罢③，眉语背人刚④。
力弱横陈易⑤，行迟小胆慌。
留仙裙尽皱⑥，堕马鬓交鬤⑦。
不寐扉重闭⑧，巡檐户暗搪⑨。
风微翻蝙蝠，烛至歇蛩螿⑩。
雾渐迷三里⑪，星仍隔五潢⑫。

【注释】①羹臛(huò)：羹汤。②裲裆(liǎng dāng)：也作“两当”，即“半臂”，形似背心，前幅当胸，后幅当背，故名。③匀面：匀抹面部。④眉语：以眉目示意或传情。李白《上元夫人》：“眉语两目笑，忽然随风飘。”⑤横陈：横卧，即躺。宋玉《讽赋》：“主人之女又为臣歌曰：‘内怵惕兮徂玉床，横自陈兮君之旁。’”又李商隐《北齐二首》之一：“小怜玉体横陈夜，已报周师入晋阳。”⑥“留仙”句：伶玄《赵飞燕外传》记载，赵飞燕随汉成帝同游太液池，酒酣风起，几乎随风飞去。成帝命左右拽其裙，风止之后，裙为之皱。后来宫女制裙，故意仿效使生皱褶，称为“留仙裙”。这里双关男女情事。⑦堕马鬓：即“堕马髻”，古代妇女的一种发式。鬤(ráng)：鬓发散乱的样子。⑧扉：门扇。⑨巡檐：在屋檐下来回走。搪：挡。⑩蛩螿(jiāng)：蟋蟀之类。⑪“雾渐”句：《后汉书·张楷传》记载，关西异人裴优擅长道术，能作三里之雾。这里喻指两人相见机会日渐难得。⑫五潢：星名。《史记·天官书》：“西宫咸池曰天五潢。”又“天五潢”或理解作“天潢”，则为“天津”之别名，即通常所说的银河。以上七韵为第十三小节，叙述朱彝尊在恋人遭遇不幸、身体患病之后，予以照顾与体贴。

轻帆先下霅①，歧路误投杭②。
九日登高阁③，崇朝舍上庠④。
者回成偪侧⑤，此去太仓惶⑥。
乱水逾浮玉⑦，连峰度栝苍⑧。
恶溪憎诎屈⑨，盘屿苦低昂⑩。
地轴何能缩⑪，天台讵易望⑫？

【注释】①霅(zhà)：霅溪，又名霅川，在浙江湖州境内，也借指湖州。②杭：杭州。③九日：指农历九月九日，古人在这一天有登高的习俗。④"崇朝(zhāo)"句：崇朝：终朝，从天亮到吃早饭的这段时间，比喻时间短促。舍：止宿。上庠(xiáng)：古代的学校。按朱彝尊的岳父冯翁时官归安(今湖州)教谕，朱彝尊曾一往访之，当时恋人也在那里。⑤"者回"句：指康熙元年壬寅(1662)冬朱彝尊因早年抗清事泄，仓皇出逃。者回：这回、这次。偪侧(bī zè)：也作"逼仄"，为某种压力所迫。⑥"此去"句："仓惶"同"苍惶""仓皇"，匆忙、慌张。杜甫《送郑十八虔贬台州司户，伤其临老陷贼之故阙为面别情见于诗》："苍惶已就长途往，邂逅无端出饯迟。"又李煜《破阵子》："最是仓皇辞庙日，教坊犹奏别离歌。"⑦逾：过。浮玉：指碧浪湖，在浙江湖州。湖中巨石如积，称小浮玉山。⑧栝(kuò)苍：指括苍山，本名栝苍山，位于浙江东南部，主峰在仙居与临海交界处。⑨恶溪：这里指浙江缙云的好溪，原名恶溪。朱彝尊《缙云杂诗十首》之七即为《恶溪》。诎(qū)屈：屈曲、曲折。诎，通"屈"。⑩盘屿：盘屿山，在浙江乐清。⑪"地轴"句：传说东汉时有仙人会神术，能缩地轴千里，如在目前。又乐清有地轴山，这里双关。⑫"天台"句：天台为山名，在今浙江天台。又传说东汉时刘晨、阮肇入天台，与仙女成亲。这里双关。讵(jù)：岂。以上六韵为第十四小节，叙述朱彝尊为躲避清兵追捕，仓促逃往浙江温州等地，不得已又与恋人分别。

重过花贴胜[①]，相见纺停𫐐[②]。
射雉须登陇[③]，求鱼别有枋[④]。
笆篱六枳近[⑤]，练浦一舟荡[⑥]。
乌臼遮村屋[⑦]，青蘋冒野湟[⑧]。
洛灵潜拾翠[⑨]，蚕妾未登桑[⑩]。
骤喜佳期定，宁愁下女偿[⑪]？
繁英经夜合[⑫]，珍木入宵炕[⑬]。
启牖冰纱绿[⑭]，开奁粉拂黄[⑮]。
话才分款曲[⑯]，见乃道胜常[⑰]。

【注释】①“重过”句：康熙二年癸卯（1663）冬，朱彝尊因生父病危，从温州返回故里。次年正月，乃得与恋人重会。花贴胜：语本杜甫《人日二首》之二：“樽前柏叶休随酒，胜里金花巧耐寒。”胜：妇女首饰。②𫐐（kuáng）：用手摇的缫丝车。③“射雉”句：意为哄逗恋人发笑。《左传·昭公二十八年》记载，“昔贾大夫……娶妻而美，三年不言不笑”，后来带她到野外，“射雉获之，其妻始笑而言”。射雉：一种狩猎活动。陇：通“垄”，丘垄。④枋（fāng）：一种以木桩筑堤捕鱼的方法。⑤“笆篱”句：语本冯衍《显志赋》：“揵六枳而为篱兮，筑蕙若而为室。”枳（zhǐ）：一种木名，通常指枸杞，可作篱笆。⑥练浦：地名，在嘉兴东南，相传曾为吴王练兵之地。⑦乌臼：即“乌桕”，参前吴伟业《圆圆曲》注㊲。古乐府《西洲曲》：“西洲在何处？两桨桥头渡。日暮伯劳飞，风吹乌臼树。”朱彝尊《闲情八首》之八：“门前种树名乌臼，水上飞花尽碧桃。”⑧蘋（pín）：一种水中浮草，俗称“田字草”。湟（huáng）：低洼积水的地方。⑨洛灵：即洛神。潜：偷偷地。拾翠：语出曹植《洛神赋》：“或采明珠，或拾翠羽。”原义为捡拾翠鸟羽毛以为首饰，后世借指妇女春游。杜甫《秋兴八首》之八：“佳人拾翠春相问，仙侣同舟晚更移。”⑩“蚕妾”句：《左传·僖公二十三年》记载，晋公子重耳至齐，“齐桓公妻之，有马二十乘，公子安之。从者以为不可，将行，谋于桑下。蚕妾在其上，以告姜氏”。“蚕妾”原指养蚕的女奴，也泛指养蚕的妇女。此与上句均言朱彝尊同恋人悄悄乘舟而行。⑪宁（nìng）：岂、难道。下女：侍女。偿（dāng）：阻止。⑫繁英：即繁花。经夜合：整夜合着。又“夜合”为传说中的一种淫树，其叶昼开夜合，也称“有情树”，即通常所见的“合欢”，据说如分开来种则无花。这里双关。⑬“珍木”句：原诗自注：“《尔雅》：‘守宫槐，叶昼聂宵炕。’”入宵：即入夜。炕（hāng）：张开。⑭启牖：开启窗户。冰纱：鲜洁如冰的丝织品。⑮“开奁”句：语本古乐府《子夜歌》：“自从别欢来，奁器了不开。头乱不敢理，粉拂生黄衣。”⑯款曲：衷情。秦嘉《赠妇诗三首》之二：“念当远离别，思念叙款曲。”⑰胜常：旧时妇女见面时问好的用语。王建《宫词》：“新睡起来思旧梦，见人忘却道胜常。”这里字面双关。以上九韵为第十五小节，叙述朱彝尊从温州归里以后，同恋人重会。

即事怜聪慧，那教别慨慷[1]。
揭来要汉艾[2]，块独泛沙棠[3]。
送远歌三叠[4]，销魂赋一章[5]。
兜鞋投暗室[6]，卷箔指昏亢[7]。
命续同功缕[8]，杯余九节菖[9]。
截筒包益智[10]，消食饷槟榔[11]。
胶合粘鸾鸟[12]，丸坚抱蛣蜣[13]。
欢难今夜足，忧且暂时忘。
本拟成翁媪[14]，无端失比伉[15]。
睫边惟有泪，心上岂无盂[16]？
针管徐抽线[17]，阑灰浅湅巟[18]。

毫尖渲画笔[19]，肘后付香囊[20]。
诀决分沟水[21]，缠绵解佩璜[22]。
但思篙橹折[23]，莫系骣骢缰[24]。
帷帐辞秦溆[25]，音尘感谢庄[26]。
岂无同宿雁[27]？终类失群獐[28]。

【注释】①"那教"句：康熙三年甲辰(1664)五月，朱彝尊又将远行山西，再次与恋人分手。②朅(qiè)来：尔来，那以后的某个时候。要(yāo)："腰"的本字，这里作动词，谓腰上挂。汉艾：指汉水边生长的艾草。古人常在腰间插挂艾草，以避灾祛邪，后来演变为端午节的一种习俗。屈原《离骚》："户服艾以盈腰兮，谓幽兰其不可佩。"又庾肩吾佚句："汉艾凌波出，江风拂岸游。"③块独：孤凄的样子。宋玉《九辩》："块独守此无泽兮，仰浮云而永叹。"沙棠：木名，宜于造船，即借指船。④"送远"句：据《拾遗记》卷六、前及《赵飞燕外传》等有关记载，赵飞燕曾随汉成帝泛沙棠之舟，"歌舞归风送远之曲"。三叠：王维《送元二使安西》"劝君更尽一杯酒，西出阳关无故人"云云，可以重叠歌唱，称为"阳关三叠"。⑤销魂：江淹《别赋》："黯然销魂者，唯别而已矣！""销魂"也作"消魂"，这里双关男女情事。⑥兜鞋：原义为穿上鞋子，也径指鞋子。又相传寡妇再嫁，可以不通过媒人，而直接投鞋定亲。⑦卷箔：即卷帘。箔，竹条编的门帘，泛指帘。昏亢(gāng)：指仲夏五月。⑧"命续"句：旧俗农历五月五日即端午节以五彩丝线系臂，称为"续命缕"。又两蚕同作一茧，其丝叫作"同功绵"。杨方《合欢诗》："寝共织成被，絮用同功绵。"⑨"杯余"句：《荆楚岁时记》记载："端午节以菖蒲一寸九节者泛酒，以辟瘟气。"⑩截筒：截竹为筒。益智：一种植物，其子可以拌米做粽，称为"益智粽"。⑪"消食"句：槟榔可助消化，又往往谐音双关指情郎。⑫"胶合"句：相传鸾鸟之血作胶，可以粘合琴瑟之弦，借以比喻男女永不分离。⑬"丸坚"句：蛣(jié)蜣(qiāng)：又名蜣螂，即屎壳郎，喜取粪作丸，抱而转之，这里比喻略同上句。⑭"本拟"句：语本古乐府《捉搦歌》："天生男女共一处，愿得两个成翁妪。"即白头偕老之意。

⑮比伉(kàng):指配偶、情人。⑯衁(huāng):血。⑰徐:缓慢。此起四句写恋人为朱彝尊制作离别纪念之物。⑱"阑灰"句:阑:通"栏"。湅(liàn):煮丝绢使之软熟。巟(huāng):指巟氏,漂丝设色的工匠。《周礼·考工记·巟氏》:"巟氏……湅帛,以栏为灰。"⑲毫尖:毛笔的头。渲:渲染,绘画的一种方法。⑳"肘后"句:前引繁钦《定情诗》:"何以致叩叩,香囊悬肘后。"㉑"诀决"句:语出卓文君《白头吟》:"故来相诀决。……沟水东西流。"以沟水分流比喻男女分离。㉒解佩璜:解下佩璜,用以相赠。佩璜:玉佩之类。㉓"但思"句:语本古乐府《那呵滩》:"闻欢下扬州,相送江津湾。愿得篙橹折,交郎到头还。"意思是巴不得远行的人行舟不利,掉头返回。㉔莫系:无法拴住。驏(niè)骢:指征马。㉕"帷帐"句:典据徐淑《答夫秦嘉书》:"未奉光仪,则宝钗不列也;未侍帷帐,则芳香不发也。"㉖"音尘"句:谢庄《月赋》:"美人迈兮音尘阙,隔千里兮共明月。"㉗同宿雁:指自己的妻子。㉘类:似。獐:鹿的一种。以上十六韵为第十六小节,叙述朱彝尊在赴山西之前与恋人分别,这实际上也是两人最后的诀别。

卫瓢频开匧[1],秦衣忍用祥[2]?
炕蒸乡梦短,雪卷朔风雱[3]。
绝塞缘蠮螉[4],丛祠吊蚜蚄[5]。
刀环归未得[6],轨革兆难彰[7]。
客乍来金凤[8],书犹报白狼[9]。
百忧成结轖[10],一病在膏肓[11]。
峡里瑶姬远,风前少女殃[12]。
款冬殊紫蔓[13],厄闰等黄杨[14]。
定苦遭谣诼[15],凭谁解迭逿[16]?
榽先为檀斫[17],李果代桃僵[18]。
口似衔碑阙[19],肠同割剑铓[20]。

返魂无术士[21]，团土少娲皇[22]。
剪纸招南国[23]，输钱葬北邙[24]。

【注释】①卫鬒(zhěn)：鬒，同"鬒"，指乌黑稠美的头发。《诗经·鄘风·君子偕老》："鬒发如云。"又张衡《西京赋》："卫后兴于鬒发，飞燕宠于体轻。""卫后"指汉武帝的皇后卫子夫。"卫鬒"字面意思即卫后的鬒发，这里借指上文"寄恨遗卷发"所说恋人送给朱彝尊作纪念的头发。匼(qià)：通"帢"，这里指包藏头发的巾子。②秦衣：古乐府有《秦王卷衣曲》，内容写及"秦王卷衣以赠所欢"。这里借指恋人为朱彝尊缝制的衣服。忍用样(yáng)：意思是舍不得捶打洗涤。忍：岂忍。样：古代对棒槌之类的一种叫法。③"雪卷"句：语本《诗经·邶风·北风》："北风其凉，雨雪其雱。"雱(páng)：雨雪很盛的样子。④绝塞(sài)：极远的边塞。缘：沿着。蠮螉(yē wēng)：细腰蜂。这里指蠮螉塞，即居庸关，位于北京昌平西北。⑤"丛祠"句：吊：凭吊。虸蚄(zǐ fāng)：这里指虸蚄庙，位于山西汾州(今汾阳)。朱彝尊撰有《虸蚄庙碑》。⑥"刀环"句："刀环"以"环"字谐音"还"，暗示归返之意。杜颜《从军行》："夜闻汉使归，独向刀环泣。"⑦轨革：古代术士取人生年月日时成卦，以附会人事、预言吉凶的占卜术。兆：这里指归家的兆头。彰：显现。⑧乍：刚刚。金凤：指金凤井，五代后唐明宗时所造，故址在山西应州(今应县)，清代属大同府，这里即代指大同。⑨"书犹"句：沈佺期《古意呈补阙乔知之》有"白狼河北音书断"之句，这里反用其意，意思说恋人当时尚有书信捎来。白狼：白狼河，原指辽宁大凌河，这里借指山西。⑩结轖(sè)：轖为古代车旁的障蔽物，以皮革重叠缠缚而成，"结轖"即以轖相连结，比喻心中郁结不畅。枚乘《七发》："邪气袭逆，中若结轖。"⑪"一病"句：古代医学称心脏下部为"膏"，隔膜为"肓"(huāng)。《左传·成公十年》："公疾病，求医于秦。……医至，曰：'疾不可为也。在膏之上，肓之下，攻之不可，达之不及，药不至焉，不可为也！'"后世有成语"病入膏肓"，即形容严重到无法医治。⑫"峡里"两句：瑶姬即传说中的巫山女神，自称系"夏帝之少女"，这里借指恋人。⑬款冬：一种草本植物，花生水中，通常冬天冰雪中始开，故名。刘孝绰《谢东宫启》："且款冬而生，已凋柯叶；空伫德泽，无谢阳春。"殊：不同。⑭"厄闰"句：厄闰：厄于闰年。等：等同。旧传黄杨木很难成长，一年仅长一寸；如逢闰月即有闰之年，则倒长一寸。苏轼《监洞霄宫俞康直郎中所居四咏·退圃》："园中草木春无数，只有黄杨厄闰年。"又卫博《偶成杂意》："黄杨独咫尺，更说厄闰年！"按朱彝尊恋人病逝于康熙六年丁未（1667），该年闰四月，故云。⑮谣诼（zhuó）：谣言诽谤。屈原《离骚》："众女嫉余之蛾眉兮，谣诼谓余以善淫。"⑯解：解释。迭逷（dàng）：同"跌宕"，放荡不羁的样子。张衡《思玄赋》："烂漫丽靡，藐以迭逷。"⑰"榽（xī）先"句：榽为木名，其叶似檀。《尔雅·释木》引齐谚："上山斫檀，榽槛先殚。"⑱"李果"句：古乐府《鸡鸣桑树巅》有云："桃生露井上，李树生桃旁。虫来啮桃根，李树代桃僵。"后世作成语"李代桃僵"，通常比喻代人受过。果：这里意思是果然。此二句盖言恋人其实是代朱彝尊而受过。⑲"口似"句：语本古乐府《读曲歌》："奈何许！石阙生口中，衔碑不得语。""碑"谐音"悲"。⑳"肠同"句：语出柳宗元《与浩初上人同看山寄京华亲故》："海畔尖山似剑铓，秋来处处割愁肠。若为化得身千亿，散上峰头望故乡？"剑铓：剑锋。㉑"返魂"句：相传古代有方术之士能使死人返魂。如白居易《长恨歌》："临邛道士鸿都客，能以精诚致魂魄。"这里反用其意。㉒"团土"句：古代神话，女娲团土造人。团土：捏土。娲皇：即指女娲。㉓"剪纸"句：古人迷信，有剪纸招魂的做法。南国：南方，这里指南方的美女，即借指朱彝尊的恋人。曹植《杂诗七首》之四："南国有佳人，容华若桃李。"又鲍照《芜城赋》："东都妙姬，南国丽人，蕙心纨质，玉貌绛唇，莫不埋魂幽石，委骨穷尘，岂忆同舆之愉乐、离宫之苦辛哉？"㉔输钱：旧指出钱，送钱。北邙（máng）：北邙山，位于河南洛阳东北，为东汉时期王侯公卿比较集中的葬地。这里泛指墓地。以上十三韵为第十七小节，叙述朱彝尊在山西，恋人积思成病，不幸逝世，享年仅为三十三岁。

春秋鹏蛑换[①]，来往鸴鸠抢[②]。
油壁香车路[③]，红心宿草冈[④]。

崔徽风貌在[5]，苏小墓门荒[6]。
侧想营斋奠[7]，无聊检笥筐[8]。
方花余莞蒻[9]，文瓦失香姜[10]。
扇憾芳姿遣[11]，环悲柰女亡[12]。
玉箫迷处所[13]，锦瑟最凄凉[14]。
束竹攒心曲[15]，栖尘眯眼眶[16]。
转添词怅怅[17]，莫制泪浪浪[18]。
幔卷细空叠[19]，铃淋雨正铁[20]。
情深繁主簿[21]，痴绝顾长康[22]。
永逝文凄戾[23]，冥通事渺茫[24]。
感甄遗故物[25]，怕见合欢床[26]。

【注释】①“春秋”句：鹒（gēng）：仓鹒，即黄莺。蟀：蟋蟀。徐陵《司空徐州刺史侯安都德政碑》：“春鹒始啭，必具笼筐；秋蟀载吟，竞鸣机杼。”这里借指时间迁移。按朱彝尊后来于康熙八年己酉（1669）回到家乡，距恋人逝世已过二年。②鸴（xué）鸠：即斑鸠。《庄子·逍遥游》：“鸴鸠笑之曰：‘我决起而飞，抢榆枋。”抢（qiāng）：突、撞。③“油壁”句：油壁车：古代妇女所乘之车，车壁涂有油漆。古乐府《钱塘苏小歌》：“妾乘油壁车，郎骑青骢马。何处结同心？西陵松柏下。”④“红心”句：《异梦录》记载，唐人王炎梦见西施下葬，自己应教赋悼诗，有“满路红心草，三层碧玉阶。春风何处所，凄恨不胜怀”诸句。宿草：隔年的草。《礼记·檀弓上》：“朋友之墓，有宿草而不哭焉。”通常喻指墓地。⑤崔徽：唐代歌伎，与裴敬中相恋，别后曾寄画像给他。不久抱恨而卒，其画像则长期流传后世。元稹有《崔徽歌并序》，至苏轼还有《章质夫寄惠崔徽真》诗。⑥苏小：即苏小小，南齐钱塘（今浙江杭州）歌伎。其墓地朱彝尊认为在嘉兴，但今杭州西湖西泠桥畔亦有苏小小墓。（梁章钜《浪迹续谈》卷一“苏小小墓”条认为是两个人。)参前钱谦益《西湖杂感》注⑥。⑦侧想:从旁想,“想”的谦辞。营斋奠:营办奠祭之事。元稹《遣悲怀三首》之一:“今日俸钱过十万,与君营奠复营斋。”⑧“无聊”句:意思是想念得没办法的时候,便去整理恋人遗留的旧物。笥(sì):盛放物品的竹器。⑨方花:这里指席子上编制的花样。余:剩。莞蒻(guǎn ruò):蒲草,可用以编席,即借指席子。张衡《同声歌》:“尝思莞蒻席,在下避匡床。”朱彝尊《后庭花·古意》词:“红藤细织暹罗席,方花盈尺。”⑩“文瓦”句:“香姜”指香姜瓦,出自北齐高欢避暑宫的香姜阁,与曹操铜雀台瓦均为上等制砚材料。这里字面似双关鲁庄公的夫人“文姜”,参前第一小节注⑲。⑪“扇憾”句:东晋王珉与嫂婢谢芳姿相好,后其嫂拷打谢芳姿,谢芳姿赋《白团扇》二首:“白团扇,辛苦互流连,是郎眼所见。”“白团扇,憔悴非昔容,羞与郎相见。”全句即物在人亡之意。遣:打发离去。⑫环悲柰(nài)女:柰女为佛教传说中的人物,相传曾与萍莎王相好,临别时萍莎王脱手上金环给她,以当信物。⑬玉箫:这里是人名。原为女仆,与韦皋相好。分别之后,绝食而死。后又转世,得做韦皋之妾。唐代以来,小说戏曲多叙其事。⑭锦瑟:李商隐诗歌篇名。后人或以为是爱情诗,所说“锦瑟”乃某家侍女。诗歌正文云:“锦瑟无端五十弦,一弦一柱思华年。庄生晓梦迷蝴蝶,望帝春心托杜鹃。沧海月明珠有泪,蓝田玉暖日生烟。此情可待成追忆,只是当时已惘然。”⑮束竹:成束的竹子。亦指竹签。攒(cuán):聚集。⑯栖尘:眼睛中夹上灰尘,形容难过。⑰怅怅:失意、惆怅的样子。潘岳《哀永逝文》:“怅怅兮迟迟,遵吉路兮凶归。”⑱莫制:控制不住。浪(láng)浪:流的样子。屈原《离骚》:“揽茹蕙以掩涕兮,沾余襟之浪浪。”又曹植《洛神赋》:“恨人神之道殊兮,怨盛年之莫当。抗罗袂以掩涕兮,泪流襟之浪浪。悼良会之永绝兮,哀一逝而异乡。”⑲“幔卷”句:紬(chóu):粗绸,这里泛指丝绸制作的帷幔。又“幔卷紬”兼谐词牌《慢卷紬》,柳永该调有云:“闲窗烛暗,孤帏夜永,欹枕难成寐。细屈指寻思,旧事前欢,都来未尽,平生深意。……红茵翠被。当时事,一一堪垂泪。怎生得依前,似恁偎香倚暖,抱着日高犹睡?”⑳“铃淋”句:乐曲有《雨淋铃》,相传唐玄宗在杨贵妃既死之后,于栈道夜雨中闻铃声隔山相应,悲悼而作。鉠(yāng):铃声。张衡《东京赋》:“銮声哕哕,和铃鉠鉠。”㉑“情深”

句：汉末繁（pó）钦，曾官丞相主簿，有《定情诗》传世。㉒"痴绝"句：东晋画家顾恺之，字长康，人称其有"三绝"：才绝，艺绝，痴绝。㉓"永逝"句：潘岳有《哀永逝文》，内有"昔同途兮今异世，忆旧欢兮增新悲""归反哭兮殡宫，声有止兮哀无终"诸句。㉔冥通：迷信传说与阴间已死之人相通。陶弘景著有《周氏冥通记》一书。㉕"感甄"句：相传曹植曾追求嫂子甄后，后得甄后所遗旧物，于是作《感甄赋》，后人改称《洛神赋》。㉖合欢床：男女欢爱之床。关盼盼《燕子楼三首》之一："楼上残灯伴晓霜，独眠人起合欢床。相思一夜知多少？地角天涯未是长！"以上十三韵为最末第十八小节，全写哀悼悲惋之情。

【点评】此诗叙述朱彝尊本人早年的一场婚外恋，曲折详尽，缠绵悱恻。尽管诗中的女主人公还不能确切地知其为谁，但有一点却可以肯定，即朱彝尊对她确实抱有一片真情。观现存朱彝尊的作品，其中如《静志居琴趣》整卷的词，《闲情八首》《无题六首》《戏效香奁体二十六韵》等一系列的诗，都一而再，再而三地为她而作。即如这首《风怀》，朱彝尊在她既死之后，以长达二百韵的五言排律回顾两人的情爱历程，以此作为对恋人的深情纪念，这在自古以来的爱情诗中也是绝无仅有的。这较之于历代充斥甚至于盛传的某些假惺惺、逢场作戏的所谓"爱情"诗尤其是"爱情"词，其精神真不知要可贵多少倍！并且在诗歌写成之后，相传有"好心"的朋友曾经劝告朱彝尊不要将它收在集子中——因为根据朱彝尊在学术，特别是传统的经学上的成就，他身后完全有资格进入孔庙陪祀孔子；然而朱彝尊毅然予以拒绝，宣称宁可不食孔庙供奉的"冷猪肉"，也要将这首诗保存下来。后来思想比较进步的袁枚，同样不顾友人的劝告，坚持"不删集内缘情之作"，就一再地引朱彝尊作榜样（参见袁枚《题竹垞风怀诗后》《答蕺园论诗书》《答朱石君尚书》等）。陆继辂《杂题》十三首之三，更有句云："辛苦研经朱锡鬯，风怀一首冠平生。"遗憾的是由于各种各样的原因，尽管后世研究这首诗的学术论著出了不少，甚至还有人将它改编成《鸳水仙缘》小说，然而一般读者却很难读得到诗歌本身；市场上有关历代爱情诗的鉴赏辞典之类多如牛毛，然而也始终未见能够收及这首至少在篇幅上堪称历代爱情诗之最的《风怀》诗者。现在我们将它选在这里，使读者对它有一个认识了解的机会，至于诗歌中个别也许不算太健康的地方，相信读者自己会正确对待。

钱曾（一首）

钱曾（1629—1701），字遵王，号也是翁。江苏常熟人。钱谦益族孙。明末秀才。家富藏书，为著名版本目录学家，也能诗。其诗旧无完整刻本，今有美国格林纳尔学院谢正光先生《钱遵王诗集笺校》。

秋夜宿破山寺绝句十二首（选一）①

空庭月白树阴多，崖石巉岩似钵罗②。
莫取琉璃笼眼界，举头争忍见山河③！

【注释】①破山寺：位于常熟虞山东麓，又名兴福寺。②巉（chán）岩：形容山石高峻。钵罗：梵文“钵多罗”的缩语，指僧徒食器。③“莫取”两句：琉璃：一种近似玻璃的矿物材料，也借指玻璃。《楞严经》：“彼人当以琉璃笼眼，当见山河。”争：通“怎”。

【点评】本题作于顺治十三年丙申（1660），此诗系其中第四首。当时除广西一带还在南明政权控制之下外，全国已基本上为清兵所占有，因此诗人发出了“举头争忍见山河”的深沉慨叹。诗歌由破山寺这一座寺院联想起佛家“琉璃笼眼”的典故，进而反用其意，借以抒发强烈的亡国之痛，可谓别出心裁。这同唐代诗人常建的名作《题破山寺后禅院》留连于“曲径通幽处，禅房花木深”的境界，正自有天壤之别。当时钱谦益读到钱曾此诗，大为激赏，称它“取出世间妙义，写世间感慨，如忉利天宫殿楼观，影现琉璃地上”，并且由此产生了编纂同时代人诗歌选本的念头，特“钞此诗压卷，名曰‘吾炙集’。复戏题二绝句于后”，其一亦云：“笼眼琉璃映望奇，诗中心眼几人知？思公七尺屏风上，合写吾家断句诗。”

董以宁（一首）

董以宁（1629—1669），字文友，号宛斋。江苏武进（今常州）人。秀才。年轻时与陈维崧均为“毗陵四才子”之一，后以讲学授徒为生。工诗词，有《正谊堂诗集》等。

闺怨（二首选一）

流苏空系合欢床①，夫婿长征妾断肠②。
留得当时临别泪，经年不忍浣衣裳③。

【注释】①流苏：以五彩羽毛或丝线制成的穗子，通常用作车马、帷帐等的垂饰。合欢床：指夫妇的婚床。②长征：远行。妾：这里是古代女子对自己的谦称。③浣：洗涤。

【点评】“闺怨”是古典诗歌中一个常见的题目，大抵模仿女子的心理，抒写对丈夫的思念之情。唐代诗人王昌龄的“闺中少妇不知愁，春日凝妆上翠楼。忽见陌头杨柳色，悔教夫婿觅封侯”，就是这个题目中的名作。董以宁此诗系其本题第一首，后两句以不忍洗去旧衣裳上的泪痕，来表现女子对丈夫的深切怀念，这个角度则显得格外新颖。不过，明代诗人边贡《重赠吴国宾》曾经有云："休把客衣轻浣濯，此中犹有帝京尘。"后来龚自珍的《己亥杂诗》三百十五首之六亦云："欲浣春衣仍护惜，乾清门外露痕多。"他们的写法基本上也都是这个路子。然而边贡、龚自珍都以此表达对封建王朝的忠心，而董以宁偏偏用以描写夫妇感情，这反而更使人觉得可贵。

梁佩兰（二首）

梁佩兰（1630—1705），字芝五，号药亭。广东南海（今广州）人。顺治十四年丁酉（1657）举乡试第一。后屡应会试不第，至康熙二十七年戊辰（1688）始成进士，选翰林院庶吉士。不久假归，晚年大抵隐居乡里。其诗以才情取胜，也能反映社会现实，较之一般在清朝应举为官的诗人尤深一层家国兴亡之感。艺术上以七言古诗最为人称赏，同时兼工诸体，在当时颇具影响。有《六莹堂集》，又今人董就雄先生有《六莹堂集校注》。

粤曲（二首选一）

春风试上粤王台①，锦绣山河四面开②。
今古兴亡犹在眼，大江潮去复潮来。

【注释】①粤王台：也称"越王台"，故址在广州越秀山上，汉代南越王赵佗建，为上巳修禊及游憩之所。②“锦绣”句：杜甫《清明二首》之二：“秦城楼阁烟花里，汉主山河锦绣中。”

【点评】本题模拟粤地民歌而作，故称“粤曲”，此诗系其中第一首。诗人登临粤王台，看到锦绣山河四面展开，不禁联想起亡国的历史。然而诗人一方面感到不堪回首，另一方面却故作旷达，以“大江潮去复潮来”来排遣心中的苦痛，因此显得无比深沉，同时也具有深刻的哲理性。它与《三国演义》开篇引杨慎词所谓“青山依旧在，夕阳几度红”在艺术上有异曲同工之妙，而现实意义十分明显——观其次句所用杜诗典故“清明”以及“秦城”“汉主”，还有本题第二首“一声欸乃一声桨，共唱渔歌对月明”云云，虽似顺手拈来，略不经意，有着民歌情调，笔致轻松，实际上却显然都与思念凭吊已经灭亡的明朝故国有关。轻松的背后隐寓深沉，这正是此诗最突出的特色，也体现着一种艺术的辩证法。

阁　夜

百寻孤阁郡城东①，帘卷前山一角风。
哀壑有光星在底②，明河无影月凌空③。
群生静息鸿蒙里④，秋气森归耳目中⑤。
不是夜深能独醒，海门谁见日初红⑥？

【注释】①寻：古代长度单位，通常以八尺为一寻。郡城：旧时郡治或府治所在的城市。这里指广州。②哀壑：令人发怵的深谷。星在底：指星光倒映在深谷的江水中。③明河：即银河。④群生：各种生物。鸿蒙：旧指宇宙形成以前的混沌状态，也指混沌的大气。⑤森：阴森、森冷。⑥海门：泛指海口，即通海之处。

【点评】此诗描写秋夜登临高阁的所见所感。前面六句都是写景，境界阔大而格调森冷。后面两句则于景物变化之中寄寓人生哲理，造语灵动，而又富有积极的意义。只是联系清初诗歌有关特殊意象的使用，这里面的“明河无影月凌空”是否含有明朝灭亡、清兵南侵的意思，而“日初红”是否象征着反清复明事业渐有起色，这些都只能留给读者自己去猜想（参见后面夏完淳《即事》三首之一）。

屈大均（五首）

屈大均（1630—1696），字翁山。广东番禺（今广州）人。明末秀才。清兵南下广州前后，曾参加明师作战。失败后一度削发为僧，法名今种，字一灵。又北游吴、越、燕、齐、秦、晋诸地，广交顾炎武、朱彝尊等遗民志士，秘密从事抗清复明活动。在吴三桂反清之役中，他还曾为监军。后避祸江浙，隐居故里，赍志而殁。其诗以反映抗清斗争、表现民族气节为最著，艺术上则主要取法屈原和李白，既充满强烈的爱国精神，又富有浓厚的浪漫情调，在清初诗坛上独标一格，别具特色。其影响所及，当时就形成了翁山派，后来又一直沾溉到龚自珍。有《翁山诗外》等，又《屈大均全集》。今人陈永正等还合撰有《屈大均诗词编年校笺》。

鲁连台[1]

一笑无秦帝[2]，飘然向海东。
谁能排大难，不屑计奇功[3]？
古戍三秋雁[4]，高台万木风。

从来天下士，只在布衣中⑤。

【注释】①鲁连台："鲁连"即鲁仲连，战国时代齐国人，终生不仕。游赵国时，正值秦兵围赵。他力斥投降派的主张，表示自己宁死不尊秦国为帝，鼓励赵国下决心抗击秦兵。秦将得知后，退兵五十里。又因魏信陵君带兵救赵，秦兵遂撤围而去。赵平原君以贵爵重金酬谢，笑而不受，最后乃至逃隐于海上。后人为纪念他，在古聊城东筑鲁连台，高七丈。②无秦帝：使秦国不能成就帝业。"无"为使动用法，意思是使之成虚。③"谁能"两句：《史记·鲁仲连邹阳列传》："平原君欲封鲁连……以千金为鲁连寿，鲁连笑曰：'所贵于天下之士者，为人排患释难解纷乱而无取也；即有取者，是商贾之事也，而连不忍为也。'遂辞平原君而去，终身不复见。"④戍：军队驻扎地。⑤"从来"两句：《史记·鲁仲连邹阳列传》："于是新垣衍起，再拜谢曰：'始以先生为庸人，吾乃今日知先生为天下之士也。'"天下士：为天下人所共同推服的才德非凡之士。布衣：古代平民百姓所穿的衣服，即借指平民百姓。高适《咏史》："不知天下士，犹作布衣看。"

【点评】鲁仲连是古代既有作为，品格又高的布衣之士，历来为人仰慕。李白有一首《古风》即云："齐有倜傥生，鲁连特高妙。明月出海底，一朝开光曜。却秦振英声，后世仰末照。意轻千金赠，顾向平原笑。吾亦澹荡人，拂衣可同调。"屈大均诗学李白，同样也将鲁仲连引为"同调"。但此诗除了一般地对鲁仲连表示仰慕以外，实际上还反映了屈大均本身矢志抗清以及义不帝清的精神和气节，这是因为在清初诗歌中，"秦"往往指的就是"清"，读者很容易推想得到。特别是诗歌最后两句，诗人更是从鲁仲连的身上看到了普通群众的巨大力量和高尚品格，明确指出"从来天下士，只在布衣中"，这个观点尤其具有进步的意义。

读陈胜传①

闾左称雄日，渔阳谪戍人②。

王侯宁有种[3]，竿木足亡秦[4]。
大义呼豪杰，先声仗鬼神[5]。
驱除功第一，汉将可谁伦[6]？

【注释】①陈胜传：指《史记·陈涉世家》。陈涉名胜字涉，为秦末最早的起义领袖。②"闾左"两句：闾左：里巷的左侧，秦代为贫苦人所居。渔阳：旧地名，在今北京密云西南。谪戍：发配充军。《史记·陈涉世家》："（秦）二世元年七月，发闾左谪戍渔阳九百人，……陈胜……为屯长。"③宁：岂、难道。《史记·陈涉世家》："（陈胜）曰：'……壮士不死即已，死即举大名耳，王侯将相宁有种乎！'"④"竿木"句：贾谊《过秦论》："斩木为兵，揭竿为旗，天下云集响应，嬴粮而景从，山东豪俊遂并起而亡秦族矣。"⑤"先声"句：据《史记·陈涉世家》记载，陈胜起义时，曾利用鬼神迷信，预先制造"大楚兴，陈胜王"的舆论。⑥伦：比并。

【点评】此诗题咏陈胜，和《鲁连台》一样也是借古人来写自己，而立意重点则在于以灭"秦"兴"汉"暗寓抗清复明的积极思想。诗歌根据这样的原则，专门选取陈胜起义反秦、为后来的汉朝开创先声的有关事迹组织成文，以此突出作品的主题。同时全诗除最后两句略带议论之外，前面六句都是直接叙述，并且连首联也采用对偶句式，多取实词，造语坚劲，这同样有力地配合了情感的传达，实现了形式与内容的统一。从这两首咏古诗中，还可以看出屈大均擅长五言律诗，以及雄浑豪迈的艺术风格。

壬戌清明作[1]

朝作轻寒暮作阴，愁中不觉已春深。
落花有泪因风雨，啼鸟无情自古今[2]。
故国江山徒梦寐[3]，中华人物又销沉[4]。
龙蛇四海归无所，寒食年年怆客心[5]。

【注释】①壬戌：这里指康熙二十一年（1682）。清明：农历二十四节气之一，又称“三月节”，旧有扫墓踏青习俗。②“落花”两句：化用杜甫《春望》颔联“感时花溅泪，恨别鸟惊心”，兼寓首联“国破山河在，城春草木深”之意。③徒：空。④销沉：同“消沉”。⑤“龙蛇”两句：龙蛇：《周易·系辞·下》：“龙蛇之蛰，以存身也。”又《汉书·扬雄传》：“君子得时则大行，不得时则龙蛇。”比喻隐伏待时的志节之士。所：处所。寒食：旧节名。春秋时代介之推归隐，曾作《龙蛇歌》。晋文公放火烧山想逼他出来，结果竟被烧死。后人为了纪念他，定于这一天禁火寒食，时在清明前一或二日。怆（chuàng）：悲伤。

【点评】“清明”这个节日，其字面在清初很容易使人联想起明清的改朝换代。此诗写于康熙二十一年壬戌（1682），明朝政权灭亡已久，各种反清力量消亡殆尽，清朝统治基本稳固，抗清运动已经没有希望，因此诗人当此“清明”之时，心中不禁涌出亡国的悲哀。而作为一个曾经积极从事抗清复明活动的遗民志士，面对此时整个国家都是清朝天下的局面，连一个可以归隐的地方都不复存在，因此又不禁想起与“清明”紧挨在一起的“寒食”，借以抒发心中的无限感慨。全诗由“清明”生发，从故国的沦亡写到个人的身世，题旨宏大，辞气悲怆，与前代诗歌如晚唐杜牧《清明》所写的那种“借问酒家何处有，牧童遥指杏花村”的景象，完全是两种不同的境界。清代特别是清初诗歌的特点，由此可以窥见一斑。

民谣（十首选一）

白金乃人肉①，黄金乃人膏②。
使君非豺虎③，为政何腥臊④！

【注释】①白金：指银子。②膏：脂肪。③使君：汉代以后对州郡长官的尊称，借指地方官。④腥臊：血腥气。《国语·周语上》：“国之将亡，其君贪冒、辟邪、淫佚、荒怠、粗秽、暴虐，其政腥臊，馨香不登。”

【点评】本题模拟民间歌谣而作，此诗系其中第一首。诗歌揭露统治阶级的贪婪残酷，前面两句运用奇特的比喻，明确指出统治阶级的财富都是搜刮剥削得来的民脂民膏；后面两句先退一步假设，再进一步反问，痛斥那班统治者恰如豺虎一般，为政充满着血腥之气。全诗虽然只有短短的四句二十个字，却揭露得痛快淋漓，也敲响了统治阶级倘不廉政，必将灭亡的警钟。并且正如杜甫《避地》所谓"神尧旧天下，会见出腥臊"云云以"腥臊"喻指"胡人"安禄山而与"神尧旧天下"相对举一样，屈大均在这里显然也是具体针对清朝统治者的。

雷阳曲（九首选一）[1]

天脚遥遥起半虹[2]，涛声倏吼锦囊东[3]。
天教铁飓吹郎转[4]，愿得朝朝见破篷[5]。

【注释】①雷阳：地名，即广东雷山以南地区，雷州半岛南端。②天脚：指海平线上天空与海面相接之处。半虹：天空中形若半虹的霞晕。③倏(shū)：转眼之间，忽然。锦囊：原诗自注："地名。"④铁飓：特大的飓风。原诗自注："飓风大者无坚不摧，名铁飓。"⑤朝朝：天天。破篷：即"半虹"。原诗自注："雷州人每见天脚有晕若半虹，辄呼为'破篷'，为飓风将至之候。"

【点评】本题以民歌形式描写雷阳一带风土人情，故称"雷阳曲"，此诗系其中第二首。诗歌以女子的口吻，表达她对情郎的思念之意。而在表现手法上，则结合当地特定的自然环境和民间习俗，描写女主人公为了达到自己天天与情郎厮守在一起的目的，居然"居心不良"，巴不得天天看到"破篷"，天天刮起"铁飓"，以这种看似反常的心理活动来反映青年男女之间的真挚爱情，充满浓厚的乡土气息与浪漫情调，从一个侧面体现了屈大均诗歌的特色。同题第三首"花下欢闻白马嘶，郎来日日在南溪。莫如琼海潮相似，半月东流半月西"，以及乾隆时期叶肇梓的《横江词》"人道横江恶，侬道横江好。不是浪如山，郎船去已早”云云，或以当地琼海潮水设喻，或从女子“险恶用心”着笔，手法同上面这首诗各相近似，可以并参。

夏完淳（一首）

夏完淳（1631—1647），字存古。江苏华亭（今属上海）人。其父夏允彝因抗清失败，悲愤填膺，于顺治二年乙酉（1645）自沉于水，杀身成仁。夏完淳先后跟随父亲和老师陈子龙，在国难家仇、父志师教的激励下，始终坚持反抗清朝、拯救民族的武装斗争。顺治四年丁亥（1647）陈子龙捐躯后不久，夏完淳也不幸被捕，押解到南京。临难时严辞拒绝欺哄利诱，厉声痛骂降清“贰臣”，坚贞不屈，英勇就义，年仅十七岁。乾隆中，追谥节愍。他的诗歌一如其人，充满昂扬的战斗激情和壮烈的牺牲精神，慷慨悲歌，高唱入云，典型地体现了清初殉节诗人的创作特征。有《夏完淳集》，又今人白坚先生有《夏完淳集笺校》。

即事（三首选一）①

复楚情何极，亡秦气未平②。
雄风清角劲③，落日大旗明。
缟素酬家国④，戈船决死生⑤。
胡笳千古恨，一片月临城⑥。

【注释】①即事：就当前之事赋诗。②“复楚”两句：语本《史记·项羽本纪》：“楚虽三户，亡秦必楚。”③角：军中的号角。④缟素：白衣服，指丧服。酬家国：兼报家国之仇。⑤戈船：即战船。⑥“胡笳”两句：这里“胡笳”“月”均隐指清兵。

【点评】本题作于顺治三年丙戌（1646），此诗系其中第一首。当时夏完淳正在南明太湖水军中参谋军事，诗歌即结合军营战斗生活，抒发抗清复明的豪情壮志。全诗写景阔大，措辞激烈，用韵响亮，呈现出一种雄壮的气势，这正是一位少年抗清英雄的形象写照。这种昂扬的战斗精神，在夏完淳可说是终始不渝、贯穿一生。而他被捕经过故乡时所作的《别云间》，其尾联犹云：“毅魄归来日，灵旗空际看！”也就是说和张煌言一样，纵在身死之后，精魂还要坚持抗清。诚如梁启超所说，像夏完淳这样的少年英雄诗人，真是“千古罕有”（《饮冰室诗话》）。

陈恭尹（二首）

陈恭尹（1631—1700），字元孝，号独漉。广东顺德（今属佛山）人。南明秀才。其父陈邦彦为抗清将领，兵败后全家被杀。陈恭尹只身逃脱，幸免于难，以父荫授南明世袭锦衣卫指挥佥事。他继承父亲遗志，积极为反清复明事业而奔走，曾一度被捕入狱。后来见大势已去，事不可为，才隐居羊城，以诗文自娱。其作品主要抒写家国沦亡之慨，间亦表达反清复明之心，激昂盘郁，风格遒上。生平最工七律，怀古之作尤为突出。当时与屈大均以及梁佩兰齐名，并称为“岭南三大家”，隐然与“江左三大家”相抗衡。有《独漉堂集》，又今人陈荆鸿、陈永正、李永新三位先生合撰《陈恭尹诗笺校》。

崖门谒三忠祠[1]

山木萧萧风又吹，两崖波浪至今悲。
一声望帝啼荒殿[2]，十载愁人拜古祠[3]。
海水有门分上下，江山无地限华夷[4]。
停舟我亦艰难日，畏向苍苔读旧碑。

【注释】①崖门：即崖门山，在广东新会南面大海中。南宋最末一个皇帝赵昺被元兵追击至此，陆秀夫负之跳海，宋朝遂亡。参前钱谦益《后秋兴》第十三叠第二首有关注释。谒（yè）：拜谒、拜访。三忠祠：为纪念宋末民族英雄文天祥、陆秀夫、张世杰而建，位于陆秀夫投海处。②望帝：杜鹃鸟。相传为战国时蜀王杜宇所化，杜宇号望帝。这里“望帝”有字面上的双关。③愁人：作者自指。④限华夷：区分华、夷界线。古代称异族为“夷”。

【点评】崖门是宋末抗元的最后一个据点，最终也被元兵攻破。此诗借凭吊三忠祠，抒发诗人的亡国之痛。特别是颈联两句，感叹海水尚且有门可分上下，而江山却全被异族占领，竟然找不到一条界线，可谓沉痛至极。近代黄遵宪《由轮舟抵天津作》颔联“华夷万国无分土，人鬼浮生共转轮”，即由此脱化而来。钱仲联先生《清诗精华录》注引赵翼评语，称“此等雄骏句，虽李、杜、苏、陆，穷尽气力，一生不过数联；而独漉切定其地，不可移咏他处，尤难得”。就通首而论，则张维屏《听松庐诗话》说：“七律到此地步，所谓代无数人，人无数篇者也。”（《国朝诗人征略》卷五）

读秦纪[1]

谤声易弭怨难除[2]，秦法虽严亦甚疏[3]。

夜半桥边呼孺子，人间犹有未烧书[④]。

【注释】①秦纪：指《史记·秦始皇本纪》。②"谤声"句：谤声：指民众抨击暴政的舆论。弭（mǐ）：弭除、消除。《国语·周语上》记载周厉王以暴力"弭谤"，"国人莫敢言，道路以目"，然而"防民之口，甚于防川"，不久就被推翻了。秦始皇也有类似做法，参下文注释。③秦法：这里具体指秦王朝禁毁书籍的法令。据《史记·秦始皇本纪》记载："史官非秦记皆烧之。非博士官所职，天下敢有藏《诗》《书》百家语者，悉诣守、尉杂烧之。有敢偶语《诗》《书》者弃市。以古非今者族。吏见知不举者与同罪。令下三十日不烧，黥为城旦。"④"夜半"两句：孺子：小伙子，这里指汉朝张良。据《史记·留侯世家》，张良年轻时在下邳桥上遇一黄石变化的老人，认为张良"孺子可教"，夜间悄悄送给他一部《太公兵法》。后来张良辅佐刘邦推翻秦朝，建立汉朝，被封为留侯。

【点评】此诗可以看作《史记·秦始皇本纪》的读后感，具体则是就历史上著名的"焚书坑儒"事件而发。这个题材最早的名作当推晚唐章碣的《焚书坑》："竹帛烟销帝业墟，关河空锁祖龙居。坑灰未冷山东乱，刘项原来不读书。"自此而下，宋代如萧立之的《咏秦诗》"燔经初意欲民愚，民果俱愚国未墟。无奈有人愚不得，夜思黄石读兵书"，明代如袁宏道的《经下邳》"诸儒坑尽一身余，始觉秦家网目疏。枉把六经灰火底，桥边犹有未烧书"，清代则如陆次云的《咏史》（详下）等等，可以说是名篇代出，并且在手法上都是采用与秦始皇初衷相违背的个别事例，运用转折以进行讽刺，就连用韵都同属"鱼"部。但陈恭尹此诗结合清初诗歌习惯以"秦"喻清、以"汉"喻明的做法，以及清代"文字狱"盛行的实际，可知其并非泛泛的咏古之作，而具有十分深刻的现实意义，因此格外耐人寻味。

陆次云（二首）

陆次云（生卒年不详），字云士。浙江钱塘（今杭州）人。拔贡生。康熙十八年己未(1679)荐举博学鸿词,不遇而还。后递官河南郏县、江苏江阴知县,多有善政。生平工诗善词,爱好风雅。曾辑同时代人诗歌为《皇清诗选》,自著则有《澄江集》等。

咏史(三首选一)

儒冠儒服委丘墟①,文采风流化土苴②。
尚有陆生坑不尽,留他马上说诗书③。

【注释】①"儒冠"句:儒冠儒服:泛指读书人。委:委弃。据《史记·秦始皇本纪》记载,秦始皇颁布"焚书令"后,曾一次将儒生"犯禁者四百六十余人,皆坑之咸阳"。②土苴(jū):泥土和枯草,比喻极其微贱之物。③"尚有"两句:"陆生"这里指陆贾,汉高祖刘邦谋士。《史记·陆贾列传》记载他时时在刘邦面前称说儒家经典《诗经》和《尚书》,刘邦自以为汉朝天下是"居马上而得之,安事《诗》《书》",他回答:"居马上得之,宁可以马上治之乎?"意思是说国家政权可以凭武力来获得,但要想治理好却不能再只靠武力。

【点评】本题都咏秦始皇,此诗系其中第二首。和上面陈恭尹的《读秦纪》一样,此诗具体也是针对秦始皇的"焚书坑儒"而发。虽然两首诗歌都同时顾及"焚书"和"坑儒",但就造语而言,陈作重在"焚书",而陆作则重在"坑儒"。并且,陈作前两句明确以议论出之,辞气较为激烈,而陆作通首客观叙述,比较含蓄委婉,这显然与两位诗人不同的身份有关。此外还有一个有趣的现象,即陆次云所拈出的这个儒生,不再像陈恭尹以及前面提到的宋人萧立之、明人袁宏道诸作那样统一以张良为吟咏对象,而是换了一个和他本人同姓的陆贾,这不知是否纯出无心?至于诗中隐隐反映的以"诗书"治理天下的思想,则无论在哪个时代都明显具有积极的意义。

疑　冢[1]

疑冢累累漳水头，如山七十二高丘[2]。
正平只有坟三尺，千古高眠鹦鹉洲[3]。

【注释】①疑冢（zhǒng）：为迷惑他人、预防盗掘而造的假墓。②“疑冢”两句：漳水：即漳河，在今河北、河南交界地带。据陶宗仪《南村辍耕录》卷二十六记载，曹操有疑冢七十二座，在漳河上。③“正平”两句：指汉末祢衡，正平其字。《后汉书·祢衡传》记载他多才善辩，性格刚傲，从来瞧不起曹操。曹操想羞辱他，他却借机击鼓骂曹。后被曹操假手他人杀害，年仅二十六岁，葬于湖北汉阳西南长江中的一个沙洲上。因其生前曾在这里写有《鹦鹉赋》，人们即将该地称作“鹦鹉洲”。

【点评】此诗从曹操的疑冢生发，同时以祢衡的坟墓作比较，对作为一代奸雄的魏武帝曹操极尽讽刺之能事，而对祢衡这样有骨气的普通文士则予以高度的赞扬。它与历代同题材的戏曲、小说之类一样，反映了作者爱憎分明、蔑视权贵的精神，大为下层人物吐气。而联系上面的那首《咏史》，可以发现它们讽刺的对象都是封建最高统治者，无怪乎张维屏《听松庐诗话》称两诗最精彩的后二句“均十余字耳，能使秦皇、魏武为之短气”（《国朝诗人征略》卷十四）。不过，陆次云的这两首诗歌，又《咏史》组诗的另外两首：“锋镝都销燧火残，金人十二护金銮。孰知戍卒函关叫，只用南山老竹竿？”（其一）“刀笔何能具大猷？特崇掾吏废儒流。谓言此内无豪杰，偏有平阳共酂侯。”（其三）分别以“戍卒”陈胜、吴广揭竿而起和“掾吏”萧何、曹参辅佐刘邦，与秦始皇的初衷构成对比，从而达到讽刺的目的；这连同前述陈恭尹等人的同类诗歌一起，一而再，再而三，总体上全是一个套路，也未尝不存在缺陷。

吴兆骞(三首)

吴兆骞(1631—1684),字汉槎。江苏吴江人。从小天资卓异,才华超众,曾与陈维崧同被吴伟业誉为“江左三凤凰”之一。顺治十四年丁酉(1657)赴江南乡试,中式成举人。由于当时文社之间的矛盾,有人控告该场乡试存在舞弊现象。清王朝借此机会,蓄意镇压江南士子,于是在北京瀛台召集“复试”,最后将该场乡试考官全部判处死刑,吴兆骞则全家流放黑龙江宁古塔,酿成历史上有名的顺治丁酉江南科场案。他在塞外一直生活到康熙二十年辛酉(1681),后因纳兰性德等人营救才得赎回,不久也就去世了。然而几十年的塞外生涯,倒恰恰使吴兆骞写下了无数的东北边塞诗,成为清代整个边塞诗的著名代表。有《秋笳集》。

虎丘题壁二十绝句(选一)①

忆昔雕窗锁玉人②,盘龙明镜画眉新③。
如今流落关山道,红粉空娇塞上春④。

【注释】①虎丘题壁:本题据作者本集,盖托名南昌女子刘素素题写于苏州虎丘寺壁。诗歌正文之前原有小序,大意说该女子被清兵掳掠北上,“遂陷穹庐”。原文颇长,兹从略。②雕窗锁玉:形容富贵人家。③盘龙明镜:古代饰有盘龙的铜镜。④红粉:女子代称。塞(sài)上:即塞外,泛指北方边远地区。

【点评】本题在当时有许多不同的版本和传说,今以吴兆骞本集为据,所选此诗系其中第十六首。诗歌表面叙述的是一位江南女子被清兵掳掠的不幸遭遇,这在明清易代之际的社会动荡中的确是司空见惯的,例如前面吴伟业的《听女道士卞玉京弹琴歌》和施闰章的《浮萍兔丝篇》等诗就曾经从各个侧面反映这种惨酷的现实。然而此诗在吴兆骞,其实却是借以比拟自己的身世。诗歌前后各两句,一写旧日的尊荣富贵,一写眼前的屈辱悲伤,两相对照,这个手法并不复杂;而全诗包括整题诗歌托女写男,借红粉之飘零喻自身之遣戍,这在有关流放生活的作品中可以说是别出心裁、独具一格,因此也格外容易引起人们的注意和同情。同乡徐釚说吴兆骞"惊才绝艳,数奇沦落,万里投荒。驱车北上时,尝托名金陵女子王倩娘题诗驿壁,以自寓哀怨",又引另一位同乡计东《秋兴十二首》之三尾联云:"最是倩娘题壁句,吴郎绝塞不胜情。"(见《本事诗》卷十二)虽然有关细节颇多异辞,但所揭示的题旨却是完全相同的。

夜　行

惊沙莽莽飒风飙①,赤烧连天夜气遥②。
雪岭三更人尚猎,冰河四月冻初消。
客同属国思传雁③,地是阴山学射雕④。
忽忆吴趋歌吹地⑤,杨花楼阁玉骢骄⑥。

【注释】①惊沙:飞扬不定的风沙。《旧唐书·陆贽传》:"穷边之地,千里萧条,寒风裂肤,惊沙惨目。"飒风:飒飒作响的大风。《楚辞·九歌·山鬼》:"风飒飒兮木萧萧。"飙(biāo):形容狂风怒卷,滚滚不休。②赤烧(shào):指当地人民点燃的山火,用来烧掉野草,同时积作肥料,准备播种。③属国：指汉代的苏武。他出使匈奴十九年，归来以后曾担任典属国的职务。传雁：据《汉书·苏武传》记载，匈奴为了长期扣留苏武，谎说他已死；汉武帝则针锋相对，假称在上林苑射雁时，发现雁足上系有苏武捎来的书信，证明他还活着，以此向匈奴讨回。④阴山：地名，位于内蒙古中部，当地人民擅长骑射。这里借用。⑤吴趋：古乐府有《吴趋曲》，吴人以歌其地。后借指江南苏州一带，即春秋战国时吴地。歌吹(chuì)：泛指歌舞。⑥玉骢：指马。

【点评】此诗叙述诗人夜间行路时的所见所感，描写了东北塞外的自然环境和劳动习俗，更抒发了自己对江南家乡的思念。诗歌前半首集中写塞外，后半首特别是最末两句则侧重于思家乡，前者可以看成是为后者所作的铺垫，因此格外显得荒凉。从这个意义上说，此诗作为一首边塞诗，实际上颇有点“讽百颂一”的味道，而这恰恰是清代特别是清初边塞诗的一种普遍现象。这是因为清代特别是清初边塞诗的作者，基本上都是内地因流放而来到塞外的“囚犯”，他们虽然在长期的塞外生活中也会对那里的山川风物、风土人情产生感情，但毕竟是“身在曹营心在汉”，因此很难指望他们从正面写出多少歌颂边疆、积极向上的边塞之作。透过吴兆骞的这首诗，正可以看出清代边塞诗的一个特点。

黑　林[1]

黑林天险削难平，唐将曾传此驻兵[2]。
形胜万年雄北极[3]，勋名异代想东征[4]。
废营秋郁风云气[5]，大碛宵闻剑戟声[6]。
历历山川攻战地，只今旌甲偃边城[7]。

【注释】①黑林：地名，具体不详。据诗中有关描写推测，大致在今俄罗斯哈巴罗夫斯克附近。②“唐将”句：唐朝曾派将领在伯力即哈巴罗夫斯克驻过兵。全句以平仄缘故倒装，意思等于“曾传唐将此驻兵”。后面刘献廷《王昭君》“汉主曾闻杀画师”之类句式同此。③雄：这里用作动词，雄峙之意。北极：这里指边境最北的地区。④勋名：功勋、功名。东征：指东渡黑龙江征讨敌人。⑤废营：荒废的营垒。郁：聚集、盘结。⑥大碛(qì)：沙漠。⑦只今：现在。旌甲：战旗和盔甲，借指战事。偃(yǎn)：停止、停息。

【点评】此诗作于中俄《尼布楚条约》签订前夕，题咏黑林形胜之地，寄寓诗人对古代爱国将领的向慕之情。诗歌所写的地域，处在祖国极北地区，可以看到清代边塞诗的触角延伸之广远。诗歌所指的矛头，对准当时的沙俄帝国，又可以看出清代边塞诗的内涵意义之深刻。虽然诗歌最后描写的似乎已是“干戈化玉帛”的和平景象，但它还是能够唤起人们对外国侵略势力的警惕，隐约流露出一种深远的忧虑。

吴历(二首)

吴历(1632—1718)，字渔山，号墨井道人。江苏常熟人。曾于康熙二十年辛酉(1681)至澳门，稍后加入耶稣会，担任司铎。后返回家乡，在上海等地传教近三十年。生平多才多艺，尤其擅长绘画书法，也工诗。其中有关澳门以及天主教的作品，在清代诗歌中堪称境界独辟、生面别开，在今天看来也具有某种特殊的意义。有《墨井集》等，又今人章文钦先生《吴渔山集笺注》。

澳中杂咏(三十首选二)

少妇凝妆锦覆披[①]，那知虚髻画长眉[②]？

夫因重利常为客，每见潮生动别离。

【注释】①凝妆：即浓妆、盛妆。王昌龄《闺怨》："闺中少妇不知愁，春日凝妆上翠楼。"锦：锦缎，印有彩色花纹的丝织品。覆披：遮覆披盖。②虚髻（jì）：挽束在头顶的头发称"髻"，中间通常有空心。

【点评】本题是吴历居住澳门期间，集中描写当地风土人情的大型组诗。此诗系其中第八首，主要反映当时澳门妇女的生活，亦即自注所说："宅不树桑，妇不知蚕事，全身红紫花锦，尖顶覆施，微露眉目半面，有凶服者用皂色。"由此可以知道她们与内地妇女打扮不同，也不从事农桑劳动。而诗歌三、四两句则透露出，当地的男子通常以出海经商为业，这一现象在今天也还能够看到影子。诗歌扣住这个特点，以"每见潮生动别离"来表现夫妇惜别之情，既切合当地实际，又显出与一般"闺怨"诗的不同。

红荔枝头月又西，起看风露眼犹迷。
灯前此地非书馆①，但听钟声不听鸡②。

【注释】①书馆：指学校，旧时多以敲钟提示上下课。②但：只、仅。钟声：此指钟表之类发出的声音。

【点评】此诗系本题第十九首，旨在反映当时澳门的一样"高科技"事物——自鸣钟。诗人夜里起来，不知道时间，同时又听不到向来所熟悉的雄鸡报晓声，而自鸣钟便可以解决这个问题。诗人所住的地方并不是学校，却也能听得到这种由自鸣钟发出的声音，这就说明自鸣钟在当时的澳门使用已经相当普遍，正如诗歌自注所说"昏晓惟准自鸣钟声"。回想自鸣钟在内地诗人的笔下，虽然从明代以来即间有题咏，但直到清代中叶也仍然被当作稀奇之物，可知澳门在这方面确实比内地领先了一大截。同时代的广东诗人屈大均在《澳门》六首之六中还提到"窥船千里镜，定路一盘针"（指望远镜、罗盘针），可见类似的"高科技"事物在当时的澳门种类颇多，自鸣钟也不过是其中的一例而已。

恽格(一首)

恽格(1633—1690),初字寿平,后或以字行,改字正叔,号南田。江苏武进人。十余岁时曾随父参加抗清武装斗争,失败被俘,以计逃脱。后一直以卖画为生,又工诗歌、书法,时人誉为“三绝”。其诗有关家国兴亡之作多所散佚,现存作品主要以风格超逸为世所称。有《瓯香馆集》。

晓　起

连夜深山雨,春光应未多。
晓看洲上草①,绿到洞庭波②。

【注释】①洲:江河中的陆地。②洞庭:这里指太湖。因其有东、西洞庭山,故称。

【点评】此诗看题目不像是题画之作,但它描绘连绵春雨之后的清晨景色,却宛如画图一般。相传恽格绘画起先爱好山水,后来见同时代的王翚山水尤工,乃转而专攻花卉。然而即便从这首小诗推想,恽格的山水画又何尝不工?

宋荦(一首)

宋荦(1634—1713),字牧仲,号漫堂。河南商丘人。顺治四年丁亥(1647)以大臣子弟授任三等侍卫,后累官至吏部尚书。其诗歌创作专学苏轼,在清初宗法宋诗的诗人中比较突出。当时曾以某种原因得以同王士祯齐名,但实际成就相去甚远。有《西陂类稿》等,又《宋荦全集(附宋氏家集)》。

邯郸道上[①]

邯郸道上起秋声,古墓荒祠野潦清[②]。
多少往来名利客[③],满身尘土拜卢生[④]。

【注释】①邯郸:旧地名,故址在今河北邯郸西南,为古代交通要地、黄河北岸商业中心。②潦(lǎo):雨后地面的积水。③"多少"句:《史记·货殖列传》:"天下熙熙,皆为利来;天下攘攘,皆为利往。"④卢生:指唐代传奇名作沈既济《枕中记》的主人公。他在邯郸客店中感叹失意,道士吕翁给他一个磁枕让他睡觉。他在梦中享尽荣华富贵,待到梦醒却见店主人所蒸的黄粱饭都还没熟,由此彻悟人生。成语"黄粱美梦",即本于此。

【点评】此诗叙述诗人走在邯郸路上的所见所感。诗歌以发生在当地的卢生故事为构思基点,前面两句刻画凄清荒凉的自然景象,后面两句描写"熙熙攘攘"的人间俗态,借前者以反衬后者,而后者又必将归于前者,然而诗人并不予以点破,只留给世人自己去思考。其写法之巧妙、寓意之深刻、韵味之隽永，无不令人心折。

王士祯（十首）

王士祯（1634—1711），原名士禛，雍正时以避胤禛讳追改士正，乾隆中又以兄弟行取名部首相同而复改今名，最为通用，字贻上，号阮亭，别号渔洋山人，谥文简。山东新城（今桓台）人。顺治十二年乙未（1655）会试中式，十五年戊戌（1658）殿试成进士。初授扬州推官，累官至刑部尚书。他是清代著名的诗论家和大诗人，论诗倡导“神韵”说，要求主题朦胧含蓄，语言流畅清秀，风格冲淡清远，自然入妙，“神韵”具足；并在此理论指导下创作出大量“神韵”诗，开创“神韵派”，从而将清初诗坛激烈慷慨、“分唐界宋”的风气引上新的道路，代表了诗歌发展的主流，继钱谦益之后主持风雅数十年，因此被誉为“一代正宗”。当时与朱彝尊齐名，并称“南朱北王”；又与“南施北宋”一起，并称“国朝四大家”。著有《带经堂集》《带经堂诗话》等，又《王士禛全集》。其中诗歌以托名门人盛符升、曹和编选的《渔洋山人精华录》最为流行，先后有惠栋、金荣、伊应鼎诸家笺注，今有汇编排印本。

秋柳四首（选一）①

秋来何处最销魂②？残照西风白下门③。
他日差池春燕影④，只今憔悴晚烟痕⑤。

愁生陌上黄骢曲⑥，梦远江南乌夜村⑦。
莫听临风三弄笛，玉关哀怨总难论⑧。

【注释】①本题标题中的“秋柳”或带一“诗”字，一般予以省去。题下原有一篇小序，兹以文字过长而从略，大意可参见“点评”。②销魂：也作“消魂”，魂魄从形体中离去，形容爱恨之深。③残照西风：语本李白《忆秦娥》：“年年柳色，灞陵伤别。……西风残照，汉家陵阙。”白下门：即“白门”，故址在南京。李白《杨叛儿》：“何许最关人？乌啼白门柳。”又《金陵白下亭留别》：“驿亭三杨树，正当白下门。”古乐府《杨叛儿》亦有“暂出白门前，杨柳可藏乌”之句。④他日：这里意思是当日、当时。差（cī）池：参差不齐。《诗经·邶风·燕燕》：“燕燕于飞，差池其羽。”又沈约《江南弄·阳春曲》：“杨柳垂地燕差池。”⑤只今：如今。晚烟痕：意本李商隐《离亭赋得折杨柳》：“含烟惹雾每依依，万绪千条拂落晖。”⑥陌：道路。黄骢曲：乐府旧题，又名“黄骢叠”或“黄骢叠曲”。据段安节《乐府杂录》“黄骢叠（急曲子）”条记载，唐太宗所乘战马死于征辽途中，心中感伤，“乃命乐工撰此曲”。按“黄骢”本义指马，而前代诗词中多有系马垂杨的典故，例如王维《少年行》“系马高楼垂柳边”之类，故此可以关合杨柳。⑦乌夜村：据范成大《吴郡志》记载，江南确有地名叫“乌夜村”，为东晋穆帝皇后的故乡，传说在她诞生之时有群乌夜啼。这里可以看成是泛指，意在借用“乌”字这个字面。上引两首《杨叛儿》“乌啼白门柳”“杨柳可藏乌”云云，“乌”均同杨柳相联系。⑧“莫听”两句：王维《送元二使安西》：“渭城朝雨浥轻尘，客舍青青柳色新。劝君更尽一杯酒，西出阳关无故人。”后人传唱，称为“阳关三叠”。又王之涣《凉州词》：“羌笛何须怨杨柳，春风不度玉门关。”

【点评】本题是王士禛的成名作，作于顺治十四年丁酉（1657）秋天。据本题小序特别是王士禛的另一篇《菜根堂诗集序》，当时他和许多名士在济南大明湖聚会，见湖畔“杨柳十余株，披拂水际，绰约近人；叶始微黄，乍染秋色，若有摇落之态”，乃“怅然有感，赋诗四章”（文据《菜根堂诗集序》引）。诗歌题咏秋柳，典故精切，辞采华美，情调宛转，风韵动人，一时传遍大江南北，和者“数百家”，和作“几千首”，各种注释也数不胜数。但是，诗歌的背后究竟有无寓意，所寓何意，却向来众说纷纭，莫衷一是。即如所选此诗系其中第一首，有人说它是凭吊故国灭亡，也有人说它是感慨良辰易逝，又有人说它是叹息佳人沦落，还有人甚至说它关涉抗清斗争……然而其中任何一种说法，都很难真正坐实。而在王士祯，他恰恰是有意通过这种朦胧的表现方式，营造一种使读者可以产生多种想象的艺术效果，从而在社会的各个层面引起广泛的反响。

秦淮杂诗二十首（选三）①

年来肠断秣陵舟②，梦绕秦淮水上楼。
十日雨丝风片里③，浓春烟景似残秋。

【注释】①秦淮：秦淮河，为旧时南京繁华地带，也借指南京。②肠断：这里形容思念之极。秣陵：南京别称。③雨丝风片：即细雨微风。汤显祖《牡丹亭》第十出《惊梦》：“朝飞暮卷，云霞翠轩，雨丝风片，烟波画船。”

【点评】本题作于顺治十八年辛丑（1661）春天，此诗系其中第一首。当时王士祯正在扬州推官任上，以事首次到南京。诗歌表面上看起来，前两句是抒发诗人多年以来对南京的向往之情，后两句则是描写到达南京以后所见到的自然景象。然而读者不禁要问，既然诗人如此向往南京，眼前又是一片风光柔媚的“浓春烟景”，那么为什么感觉上却“似残秋”一般呢？联系南京曾经是明朝国都，又有太祖孝陵在此，因而清初诗人习惯将南京当作故国象征的做法，联系上面王士祯在济南“大明湖”所写的《秋柳四首》之一首联“秋来何处最销魂？残照西风白下门”云云，以及两诗共同化用的某些典故如李白的“年年柳色，灞陵伤别。……西风残照，汉家陵阙”（《忆秦娥》）乃至李商隐的“肠断灵和殿，先皇玉座空”（《垂柳》）等等，似乎诗人在借此抒写故国之思和亡国之痛。然而，这毕竟只是读者的一种猜想。如此似有似无、扑朔迷离、吞吐不尽、令人难以捉摸，正是“神韵”

诗在主题表现上的特点。而诗歌第三句将明代戏曲“辞采派”代表作家汤显祖《牡丹亭》传奇中的现成词句打并入诗，这同样典型地体现了“神韵”诗在语言艺术上的特色。

当年赐第有辉光①，开国中山异姓王②。
莫问万春园旧事③，朱门草没大功坊④。

【注释】①赐第：皇帝赐给臣下的住宅。这里具体指下文的大功坊，其故址在南京聚宝门内，东抵秦淮河。②“开国”句：明朝开国元勋徐达，太祖朱元璋曾赐给他大功坊，死后又追封为中山王。因其与皇帝不同姓氏，故称为“异姓王”。杜甫《承闻河北诸道节度入朝欢喜口号绝句十二首》之十二：“神灵汉代中兴主，功业汾阳异姓王。”③万春园：南京旧南朝宫城门东称为“万春”，这里似为泛指。④朱门：借指富贵人家。没：埋没。

【点评】此诗系本题第九首。诗歌凭吊明初开国元勋中山王徐达，在本题各首中主旨比较明确。但其中第四句的“朱门”，还是很容易使人联想到整个明王朝的灭亡，因为明朝皇室刚好姓“朱”。至于诗歌的基调，不消说更是同样充满沧桑感的。

傅寿清歌沙嫩箫①，红牙紫玉夜相邀②。
而今明月空如水，不见青溪长板桥③。

【注释】①傅寿、沙嫩：均为明末秦淮名妓。沙嫩名宛，字嫩儿，这里以其字略称。②红牙：指用以调节乐曲节拍的拍板，多用檀木制成，色红，故名。紫玉：这里即指箫，多用紫竹制作。③青溪：原流经南京城东的一条河流，发源于钟山，北接玄武湖，南入秦淮河，今已湮没。长板桥：明代青溪上的一座著名桥梁，今不存。王士祯《池北偶谈》卷二十二“煞风景”条：“予在江南时，目击煞风景者四事：……一、青溪长板桥，明末为葛礼部寅亮所毁。……”

【点评】此诗系本题第十二首。诗歌从“傅寿清歌沙嫩箫”着笔，描写南京旧日繁华的消歇，流露出一种淡淡的哀愁。就这一点来说，此诗同前面周亮工的《舟中与胡元润谈秦淮盛时事次韵四首》之一、蒋超的《金陵旧院》十分相似。而诗歌第三句的“明月”，在清初诗人笔下，和南京、汉朝乃至落花之类一样，常被用作指代朱明王朝的一个特殊意象。即如王夫之，其“连天朔雪悲明月，昨日西清忆落晖”(《又雪同欧子直》)，“旧恨冰轮消兔阙，故交雪涕吊渔湾”(《重过三座山与故人罗君遇赠之》)，“河山破碎银蟾影，文字凋零粉蠹痕”(《得安成刘救功书知举主黄门欧阳公已溘逝三年矣赋哀四首》之二)，这里的“明月”及其别称“冰轮”“兔阙”“银蟾”等等，显然都是喻指明朝故国。因此，“而今明月空如水”云云，空明的意境背后，同样存在着悼念故国沦亡的“嫌疑”。然而，这也同样无法坐实。似此朦胧含蓄的作品，在当时的读者中完全可以见仁见智，各取所需，故而明朝遗老可兴家国之感，清朝新贵也未尝不能欣赏接受，因此具有极大的社会影响，成为清初诗歌发展的一个方向。

冶春绝句二十首(选一)①

三月韶光画不成②，寻春步屧可怜生③。
青芜不见隋宫殿④，一种垂杨万古情。

【注释】①冶春：春日冶游，即游春。王士禛任扬州推官时曾于城北红桥一带筑冶春园。本诗题下原有小序，大意说作者当时同许多名士一起修禊扬州红桥，以本题相唱和，兹从略。②韶光：美好的时光，通常即指春光。③“寻春”句：步屧(xiè)：“屧”指木屐，“步屧”即步行、漫步。可怜：这里用本义，意思是可爱。生：词尾，无意义。《南史·袁粲传》：“尝步屧白杨郊野间。”又杜甫《遭田父泥饮美严中丞》：“步屧随春风，村村自花柳。”④青芜：青草丛生的地方。隋宫殿：隋炀帝下扬州时所筑的宫殿。

【点评】本题作于康熙三年甲辰(1664)清明,此诗系其中第七首。诗人当此暮春时节,一方面热情讴歌扬州的美丽风光,另一方面又情不自禁地感慨隋炀帝的遗迹。这同前述《秦淮杂诗》等作一样,仿佛形成了王士祯此类诗歌创作的定势,当然也同样博得了世人的普遍喜爱。徐钪《本事诗》卷十引同时代人诗即云:"两行小史艳神仙,争写君侯断肠句。"(陈维崧)"五日东风十日雨,江楼齐唱冶春词。"(宗元鼎)

再过露筋祠①

翠羽明珰尚俨然②,湖云祠树碧于烟。
行人系缆月初堕③,门外野风开白莲。

【注释】①露筋祠:位于江苏扬州以北、高邮以南。传闻异辞,此诗本于如下传说:古代有女子偕嫂夜过此地,其嫂借宿田家,该女子惧有失节之嫌,宁可独宿草莽,竟至被蚊子叮死,筋露于外,当地人为之建祠立祀。②翠羽:用翡翠鸟羽毛制作的饰物。明珰:珠玉制作的耳饰。俨然:这里指宛然如生。③系(jì)缆:系船缆,即泊船之意。

【点评】此诗叙述诗人再度瞻仰露筋祠,意在赞颂祠主人这位贞节女子的高尚情操。然而通读全诗,读者看不到一句直接从正面进行歌颂的话语;出现在我们面前的,只是一派月晓风清、莲花盛放的自然景象。诗歌正是通过这种外景的描写,来展现祠主人的庄严形象。特别是最末的"白莲",既切合此地遍植白莲的实际,又象征着祠主人清白贞洁的品格,手法尤为巧妙。沈德潜评此诗,说它"以'题外着意法'行之"(《清诗别裁集》卷四),就是这个意思。甚至陆以湉根据米芾露筋祠碑的有关记载,称祠主人本来就"姓萧名荷花",这样"白莲"云云又多了一层内涵,更显得诗歌"不即不离,天然入妙",无怪乎"后来作者,皆莫之及"(《冷庐杂识》卷一)。朱庭珍则将此诗同下面的《蟂矶灵泽夫人祠》诸作相联系,称其"皆以神韵制胜,意味深长,含蓄不露,阮亭集中最上乘也"(《筱园诗话》卷四)。

真州绝句六首[①](选二)

江干多是钓人居[②],柳陌菱塘一带疏[③]。
好是日斜风定后,半江红树卖鲈鱼[④]。

【注释】①真州:旧地名,即今江苏仪征。②江干:江边。钓人:指渔民。③陌:道路。④鲈鱼:江南名贵鱼种,嘴大鳞细,味道鲜美。《晋书·张翰传》称张翰"因见秋风起,乃思吴中菰菜、莼羹、鲈鱼脍",竟至弃官不做,"命驾而归"。

【点评】本题描写仪征一带风土人情,此诗系其中第四首。诗歌描绘长江沿岸傍晚时分的旖旎风光,仿佛一幅动人的风景画。特别是后面两句,历来为人传诵不休。如宗元鼎《读阮亭先生真州绝句漫作》即云:"板桥山色晚秋初,楚泽真州画不如。我爱新城诗句好,半江红树卖鲈鱼。"据王士祯自己回忆说,这两句诗以及他在另一首《浣溪沙》词中所写的名句"绿杨城郭是扬州"等等,当时"江淮间多写为画图"(《带经堂诗话》卷八)。这如同王士祯一向推崇的唐代著名诗人王维一样,真是所谓"诗中有画,画中有诗"。

江乡春事最堪怜,寒食清明欲禁烟[①]。
残月晓风仙掌路,何人为吊柳屯田[②]?

【注释】①寒食、清明、禁烟:参前屈大均《壬戌清明作》有关注释。②"残月"两句:原诗自注:"柳耆卿墓在城西仙人掌。"柳耆卿即北宋著名词人柳永,耆卿其字,行七,曾官屯田员外郎。其《雨霖铃》词有名句云:"今宵酒醒何处?杨柳岸、晓风残月。"

【点评】此诗系本题第五首,中心是凭吊北宋著名词人柳永。诗歌开头从泛泛的江乡春事，写到具体的寒食清明；再由寒食清明的风俗习惯，联想到曾经写过“晓风残月”之名句的柳永，他的坟墓相传就在这里，因此最后发出有谁来为他扫墓祭祀的询问。如此层层推进，到最后又以设问的形式作结，使作品显得韵味无穷。冯梦龙《喻世名言》第十二卷《众名姬春风吊柳七》曾写到一大批妓女在清明时节相约祭扫柳永坟墓，而当时过往的许多士大夫却竟然连柳永是何许人都不知道，由此赞美妓女的爱才，而讽刺那班士大夫的凡庸。这似乎可以作为此诗最后之问的答案之一，然而又显然无法涵盖诗歌设问的全部或者说真正的含义，更不可能达到诗歌余音袅袅，给读者留下广阔想象空间的艺术效果。赵翼论王士祯《秦淮杂诗》若干作品以及《真州绝句》中的这首诗歌，就盛赞其“酝藉含蓄，实是千古绝调”(《瓯北诗话》卷十)。

江上二首(选一)

吴头楚尾路如何①？烟雨秋深暗白波。
晚趁寒潮渡江去，满林黄叶雁声多。

【注释】①吴头楚尾：指春秋战国时吴、楚两国接邻之地，泛指长江下游一带地区。

【点评】本题同样描写江上风光，此诗系其中第二首。诗歌写景艺术，可与前面《真州绝句》“江干多是钓人居”云云互参，唯色调较为暗淡，略显凄清。清代中叶著名诗人洪亮吉《蟂矶夫人像为方廉使昂赋》七言绝句六首之五“吴头楚尾路迢迢，家国多年恨未销。咫尺望夫山上石，一般心事付江潮”云云，其首句即明显脱胎于王士祯这首诗，整体上则更俨然是王士祯后面一首《蟂矶灵泽夫人祠》的翻版(详下)。举此一例，可以见出王士祯的诗歌对当代及后世诗人的具体影响。

蟂矶灵泽夫人祠二首(选一)①

霸气江东久寂寥,永安宫殿莽萧萧②。
都将家国无穷恨,分付浔阳上下潮③。

【注释】①蟂(xiāo)矶:水边突出的岩石称"矶"。蟂矶位于安徽芜湖长江岸边,其形似蟂(古书上说的一种类似水獭的动物)。灵泽夫人祠:灵泽夫人相传为三国时代刘备的妻子、孙权的妹妹孙尚香,因吴、蜀不和,在此自杀,后人为之建祠立祀。②永安宫:蜀汉行宫,在四川奉节(今属重庆)白帝城,刘备病殁于此。③分付:同"吩咐",这里意思是托付。浔阳:古郡名,治所在今江西九江。

【点评】本题作于康熙二十四年乙丑(1685)诗人祭告南海北归途中,此诗系其中第二首。诗歌刻画处在吴、蜀夹缝之中的悲剧人物孙尚香的矛盾心理,反面以吴、蜀两国的久已灭亡,正面以长江潮水的奔腾不息,一齐来烘托孙尚香其"恨"之"无穷",构思极其巧妙。诗歌前面两句分写吴、蜀,第三句以"家""国"两字绾合,第四句再宕开一笔,以潮水之上下回过头来照应上游之蜀汉与下游之孙吴,其结构也十分精巧。同时,这里所写的孙吴原来定都在南京,蜀汉则更是被人认作汉朝的正统,因而此诗是否也蕴藏着诗人自己的某种"家国"之"恨"?这同样给人留下了与前述"神韵"诗仿佛的那种疑惑。但是,此诗的艺术风格,却明显与一般的"神韵"诗不同。例如其选词用字,即并不那么流畅清秀,更没有打磨得圆润光滑,而且像今天所说的"后鼻音"也就是所谓"响字"使用得特别多,因此全诗既沉郁,又豪宕,总体上偏于阳刚。施闰章《贻上济南书至得盐亭见怀及使蜀诸诗》三首之二有云:"往日篇章清似水,年来才力重如山。"这正可以帮助我们认识王士祯诗歌的多样风格。

李良年(一首)

李良年(1635—1694),曾冒姓虞,初名法远,又名兆潢,最后改今名,字武曾,号秋锦。浙江秀水(今嘉兴)人。秀才。家贫游幕四方,足迹几遍天下。康熙十八年己未(1679)曾荐举博学鸿词,不遇而归。生平擅长诗词创作,受同里朱彝尊熏染较多,风格也比较接近,为清代浙派诗和浙西词派的重要作家。有《秋锦山房集》。

寄耕客(四首选一)①

牂牁秋绿晚萋萋②,五十邮亭到越溪③。
不敢更嗟乡国远④,有人还在万峰西。

【注释】①耕客:李良年弟李符,原名符远,字分虎,耕客其号。亦工诗词,与兄绳远、良年并称“三李”。②牂牁(zāng kē):古郡名,汉朝时辖境包括今贵州大部以及云南东境、广西北境的一部分地区。据本题第四首次句“经年不寄宛温诗”推测,当时李符在“宛温”,即今云南文山。萋萋:形容草木茂盛。③邮亭:古代设在沿途,供送文书的人和旅客歇宿的旅舍。越溪:这里指湖南西南与贵州东部的辰溪一带,旧称五溪,为进入贵州的门户,汉朝时属于南越,故称。④更:再。嗟:嗟叹、叹息。乡国:故乡。

【点评】本题作于康熙十一年壬子(1672),此诗系其中第一首。当时李良年正背井离乡，在贵州巡抚那里做幕僚。然而他的弟弟李符，却更是远客云南文山。并且据本题第四首首句“昨日才题岭南札”自注“时伯兄客岭南”云云，他的哥哥李绳远也在广东漂泊。因此，此诗综合兄弟行迹，着眼于地理关系，用推进一层的写法，既曲折流露了自己的思乡之情，更直接表达了对弟弟以及哥哥的深切怀念。作为一首怀人之作，此诗明显具有突出的特点。而如果撇开兄弟这个特定的对象，以末句的“有人”泛指其他，那么此诗的内涵还将更广。至于它的构思，则很可能受到过明代徐熥《寄弟》的启发：“春风送客翻愁客，客路逢春不当春。寄语莺声休便老，天涯犹有未归人。”

赵俞（一首）

赵俞（1635—1713），字文饶，号蒙泉。江苏嘉定（今属上海）人。康熙二十七年戊辰（1688）进士，曾官山东定陶知县。其间因为他人牵累，曾多年逃亡外地。工诗。有《绀寒亭集》。

闻鹧鸪①

月照霜华石磴危②，钩辀苦怨客归迟③。
故乡亦是惊魂地，只恐山禽尚未知④。

【注释】①鹧鸪：鸟名，通常认为其叫声像是“行不得也，哥哥”。②磴（dèng）：石头砌的台阶、山路。③钩辀（zhōu）：形容鹧鸪的叫声。④山禽：这里即指鹧鸪。

【点评】鹧鸪在古代诗词中是一个经常出现的“灵物”，关于它的叫声有“行不得也，哥哥”“快快归家”等一系列的说法，因此人们往往借题发挥，用“闻鹧鸪”这样的题目来抒写游子思乡的情绪。然而上面这首诗却采用“翻案”法，告诉人们故乡其实也是一个令人心悸的地方，这就使诗歌具有了新意。联系诗人曾经长期逃亡外地的经历，显然这种新意并不是他有意在玩弄艺术技巧，而确实来自于自身的真实感受。换句话说，也正是因为诗人有着这样的生活基础，所以此诗才能够在历代无数同题之作中翻出新意，独具一格。

王慧（一首）

王慧（1639—?），字兰韫，一作兰韵。江苏太仓人。王士祯同年、湖北督学道王发祥之女，仲弟王吉武亦中康熙十五年丙辰科（1676）进士。嫁常熟秀才朱云集。工诗词，尤其擅长写景，王士祯赞其“极多佳句”（《池北偶谈》卷十七）。有《凝翠楼集》。

冷泉亭[①]

泉声檐槛外[②]，林壑杳然深[③]。
人世热何处？我来清到心。
青松凝石气，白日碍峰阴[④]。
一自乐天记[⑤]，山光寒至今。

【注释】①冷泉亭：位于杭州灵隐寺前、飞来峰下，始建于唐代，原在溪中，后移岸上，历朝文人多有题咏，为著名景点之一，今尚存。②槛(jiàn)：栏杆。③林壑：长满树木的山谷。杳然：这里形容幽深。④“白日”句：谓太阳被山峰阻挡，照不到北面的溪谷。沈德潜等辑《清诗别裁集》卷三十一连同上句改为：“松林藏日色，潭底卧峰阴。”但“松林”之“林”与前面“林壑”之“林”字面犯重，至少欠妥。⑤自：从。乐天：指唐代诗人白居易，乐天其号。他在官杭州刺史期间，曾写有一篇《冷泉亭记》。又相传“冷泉”二字，原先即为白居易所书。

【点评】此诗题咏杭州名胜冷泉亭，扣住它命名的缘由——当然也是景物的特色——据说亭下溪水即称“冷泉”，着力刻画“泉”，尤其突出“冷”，而又上下古今，从物到我，写来浑然一体，境界清幽，令人神往。在历代描写冷泉亭的作品之中，此诗不愧为名篇。兹附录后来以描绘杭州自然风光称著的当地诗人厉鹗的一首同题之作于下，以资比较：“众壑孤亭合，泉声出翠微。静闻兼远梵，独立悟清晖。木落残僧定，山寒归鸟稀。迟迟松外月，为我照田衣。”

吴雯(二首)

吴雯(1644—1704)，字天章，号莲洋。山西蒲州(今永济)人。清初秀才。康熙十八年己未(1679)荐征博学鸿词，落举罢归。平生踪迹，大半在江湖中。后以母丧哀毁，病卒于家。其诗清挺新秀，极得王士祯、朱彝尊等人称赏。有《莲洋集》，又《吴雯集》。

明　妃①

不把黄金买画工，进身羞与自媒同②。
始知绝代佳人意，即有千秋国士风③。
环珮几曾归夜月？琵琶惟许托宾鸿④。
天心特为留青冢，春草年年似汉宫⑤。

【注释】①明妃：即汉元帝宫人王嫱，字昭君。晋代为避司马昭讳，改称明君，故后世又称明妃。②“不把”两句：相传汉元帝曾叫画工画宫人像进呈，明妃因为没有向画工行贿，画工故意把她画丑了，以致误被元帝遣嫁匈奴。自媒：自我炫耀推荐，以求悦于人。③国士：一国之中特别出众的人士。④“环珮”两句：意本杜甫《咏怀古迹五首》之三，详见点评。宾鸿：即鸿雁。《礼记·月令》：“鸿雁来宾。”因鸿雁为候鸟，南北迁徙，故云。“托宾鸿”意为将思乡之情寄托南飞的鸿雁。⑤“天心”两句：明妃墓在今内蒙古呼和浩特南面。相传塞外草白，独明妃墓地草色常青，称为“青冢”。

【点评】历代题咏明妃的作品，最普遍的一个主题是明妃因为没有贿赂画工而误被汉元帝远嫁匈奴，对她的不幸遭遇寄予同情。杜甫《咏怀古迹五首》之三，就是这方面的代表作：“群山万壑赴荆门，生长明妃尚有村。一去紫台连朔漠，独留青冢向黄昏。画图省识春风面，环珮空归月夜魂。千载琵琶作胡语，分明怨恨曲中论。”吴雯此诗的第三联，明显受到过杜甫的影响；但它的基本主题，却转向了对明妃人格的歌颂，称赞她有意“不把黄金买画工，进身羞与自媒同”，并且还将这种“绝代佳人意”，誉为“千秋国士风”，从而在明妃这个题材上翻出了新意，同时也间接反映了诗人自身耿介正直的品格以及重视妇女的精神，因此显得十分可贵。

次青县题壁[1]

去年九月长安来[2]，鲤鱼风起船旗开[3]。
今年三月旧山去[4]，马上绿杨掠飞絮。
旧山风景复何如？昨日家人有报书[5]。
当门万里昆仑水[6]，千点桃花尺半鱼。

【注释】①次：停留。青县：今属河北，位于大运河上。题壁：题诗墙壁间。②长安：即今陕西西安，历代多为建都之地，这里借指北京。③鲤鱼风：九月的风。④旧山：指故乡原来隐居之地。⑤报书：回信。⑥昆仑水：即黄河水。古人习惯上将昆仑山视为黄河发源地。

【点评】此诗大约作于康熙十八年己未(1679)诗人博学鸿词报罢之际。诗歌前面两联分别描写当时赴试与如今即将归去的不同景况，对比之中隐隐流露出一种失意的情绪。但这种情绪并不浓厚，转瞬之间就被马上又要看到"旧山风景"的兴奋所代替，因此情不自禁地写出了"当门万里昆仑水，千点桃花尺半鱼"这样气势磅礴、韵味无穷，同时又切合诗人家乡特定地理环境的名句。全诗借换韵以变换情景，又借重字以贯连语气，娓娓叙述，迤逦而下，至末尾推出"旧山风景"的壮丽景象，顿显豁然开朗、奇异生新。当时许多著名诗人在读到吴雯此诗之后，都竟相以认识诗歌作者为幸；王士祯在他的各种诗话著作中，更是反复称赞吴雯此诗特别是最末的名句；就连吴雯自己，也忍不住在不同的诗歌作品中一再化用它。由此也可以看到，像此诗七言八句，仿佛七律而实为古诗，但并不妨碍它成为名篇杰作；诗之工拙与否，主要并不在于格律。

洪昇(一首)

洪昇(1645—1704),字昉思,号稗畦。浙江钱塘(今杭州)人。国子监生。康熙二十八年己巳(1689)因在所谓国丧期间上演所作《长生殿》传奇,被劾下狱,并革去学籍。逾二年南归。后以酒醉乘船,堕水而卒。他和吴雯同为王士祯得意门生,其卒也同年。诗歌受王士祯影响较大,清整可喜,也颇富韵味。有《洪昇集》。

答友人

君问西泠陆讲山[1],飘然一钵竟忘还[2]。
乘云或化孤飞鹤,来往天台雁宕间[3]。

【注释】①西泠:杭州别称,也作"西陵"。陆讲山:陆圻,字丽京,讲山其号,亦钱塘人。为清初遗民,"西泠十子"领袖,曾参加抗清活动。后以庄廷钺"明史案"牵连受祸,又侥幸获免。因耻于苟全,于康熙六年丁未(1667)弃家出走。传闻异辞,不知所终。②钵:钵盂,即"钵罗",参前钱曾《秋夜宿破山寺绝句十二首》注②。③天台:天台山,位于浙江天台北面,为佛教和旅游胜地。雁宕:即雁荡,雁荡山,位于浙江乐清北面,以山水闻名。

【点评】洪昇的思想与创作都曾受到过同乡前辈陆圻的积极影响。此诗为回答友人询问而作，恰如诗歌中所描写的陆圻行踪一样，迷离恍惚，闪烁飞动；飘然欲仙，无迹可求；透彻玲珑，不可凑泊，充满韵外之致、味外之旨，极得王士祯“神韵”之三昧。至于“神韵”诗那样可能蕴藏在背后的某种深意，则留待读者自己结合陆圻的身世与传说去猜测寻绎——只怕它早已经被诗歌的美感所掩盖了。

沈绍姬（一首）

沈绍姬（1645—?），字香严，号寒石。浙江钱塘（今杭州）人。秀才。家本富庶，遘难落魄。中年以后长期寓居江苏淮安，垂老不归。诗好苦吟，人称“吟痴”。有《寒石诗钞》。

寄家人二首（选一）

归来偕隐计犹虚①，垂老他乡叹索居②。
别久乍疑前劫事③，路岐才得去年书④。
梦如柳絮飞无定⑤，愁似芭蕉卷未舒⑥。
记得小园亲手植，一栏红药近何如⑦？

【注释】①偕隐：指夫妇一起隐居。计犹虚：计划还没有实现。②垂老：近老、将老。索居：孤身独处。③乍：忽然、猛然。前劫：佛家语，指前世。④岐：同“歧”，岔开、分叉。书：书信。⑤“梦如”句：古代诗词中常将梦魂同柳絮并提，如冯延巳《鹊踏枝·几日行云何处去》：“撩乱春愁如柳絮，悠悠梦里无寻处。”苏轼《水龙吟·次韵章质夫杨花词》：“梦随风万里，寻郎去处，又还被、莺呼起。”元人胡天游《杨花吟》：“梦魂不识天涯路，愿作杨花片片飞。”⑥“愁似”句：语本李商隐七言《代赠二首》之一：“芭蕉不展丁香结，同向春风各自愁。”⑦红药：即芍药。

【点评】本题描写诗人长期流寓外地，思念家乡和亲人的心情，此诗系其中第一首。诗歌感情真挚，但题材常见。然而诗的最末一联，对故园万般思念，偏只拈出“一栏红药”，手法极其高明，向来为人称道。明代著名散文家归有光的名作《项脊轩志》，借项脊轩为纽带抒写对亲人的怀念，其最末也是以这样一段文字作结：“庭有枇杷树，吾妻死之年所手植也，今已亭亭如盖矣。”二者可以互参。

刘献廷（一首）

刘献廷（1648—1695），字君贤，号继庄。直隶大兴（今北京）人。后挈家南移，寓居江苏吴江。又游历燕、楚等地，一生以布衣终。他是清初著名学者，也能诗。有《广阳诗集》。

王昭君（二首选一）①

汉主曾闻杀画师②，画师何足定妍媸③？
宫中多少如花女，不嫁单于君不知④！

【注释】①王昭君：即明妃，见前吴雯《明妃》有关注释。②“汉主”句：相传汉元帝因为画师把昭君画丑了，以致误以为昭君是丑女而将她遣嫁匈奴，事后追悔，乃杀画师解恨。画师：即画工，指毛延寿。③妍媸：美与丑。宋人徐钧《王昭君》诗："画工虽巧岂堪凭，妍丑何如一见真？"④单（chán）于：古代匈奴王的称号。昭君原嫁呼韩邪单于。

【点评】本题题咏王昭君，此诗系其中第二首。诗歌从昭君之所以会被汉元帝误遣出塞的原因入手，对向来普遍归咎于画师的观点提出了质疑，这与北宋王安石的名作《明妃曲二首》之一"意态由来画不成，当时枉杀毛延寿"云云可谓异代同心。而此诗的可贵之处，在于后面两句从实质上揭示了它的深层原因，直接将矛头指向了最高的封建统治者。那就是汉元帝平时不做调查研究以了解情况，等到昭君"入辞，光彩射人，悚动左右，天子方……悔恨不及"（吴兢《乐府古题要解》卷上"王昭君"条）；并且更为可悲的是，宫中那么多还没有走的"如花女"，如果"不嫁单于"，君王仍然是永远不会知道她们"光彩射人，悚动左右"的！这里面的深刻含义，已经是不言自明了。

孔尚任（一首）

孔尚任（1648—1718），字聘之，号东塘。山东曲阜人。孔子第六十四代孙。康熙二十三年甲子（1684）以在御前讲经受皇帝赏识，由监生破格授任国子监博士。曾至淮扬治河，历官户部主事、员外郎。康熙三十九年庚辰（1700）被罢，不久归里，后病卒于家。生平以传奇《桃花扇》与洪昇齐名，并称"南洪北孔"。也能诗，有《孔尚任诗文集》，又今人徐振贵先生主编《孔尚任全集辑校注评》。

北固山看大江[①]

孤城铁瓮四山围[②]，绝顶高秋坐落晖[③]。
眼见长江趋大海，青天却似向西飞。

【注释】①北固山：在江苏镇江东北，俯临长江。大江：这里即指长江。②铁瓮：铁瓮城，原为镇江子城，亦借称镇江。③绝顶：即最高顶。落晖：夕阳。

【点评】北固山是历代才人俊士登眺吟咏之地，留下过无数名篇佳构。但其大旨，通常都是从它险固的地理特征和频繁的争战出发，抒写沧桑变故以及人生感慨。孔尚任此诗，则透过北固山去描写大江景色，角度较新。特别是后面两句，依据物体相对运动的原理，以头上的“青天”之“西飞”，来反衬脚下的“大江”之“东去”，较之单纯的“唯见长江天际流”（李白《黄鹤楼送孟浩然之广陵》），“不尽长江滚滚流”（辛弃疾《南乡子·登京口北固亭有怀》），“一江春水向东流”（李煜《虞美人》）等等，尤见超乎寻常。全诗虽短，却构思新颖，动感强烈，气势雄伟，境界宏阔，洵为“北固山看大江”的不朽之作。

查慎行（八首）

查慎行（1650—1727），原名嗣琏，字夏重，后改今名，字悔余，号初白。浙江海宁人。早年曾从军西南，参与平定吴三桂叛乱之役。稍后游学四方，就读国子监。康熙二十八年己巳

(1689)因在所谓国丧期间观演洪昇《长生殿》传奇，被革去太学生籍，遂更名改字。四十一年壬午(1702)蒙康熙皇帝召见赏识，乃特赐进士出身，选翰林院庶吉士，晋编修，入值南书房。至五十二年癸巳(1713)辞官归里。雍正四年丙午(1726)以其弟查嗣庭"文字狱"之故全家被逮北上，次年赦归，病卒于家。他是黄宗羲的学生、朱彝尊的表弟，又是王士祯的门人，并向钱澄之学过诗法，诗歌创作主要取径宋代的苏轼和陆游，气势宏放，辞意畅达，擅长白描，时见理趣，为清初宗宋派诗人最突出的代表。赵翼以之与吴伟业相提并论，认为可与唐宋李、杜、苏、陆诸大家颉颃。

初入小河

鱼米由来富楚乡①，入秋饱啖只寻常②。
如今米价偏腾贵，贱买河鱼不忍尝。

【注释】①由来：从来。楚乡：这里指湖北、湖南一带，春秋战国时代属于楚地。②啖(dàn)：吃。

【点评】此诗作于康熙十八年己未(1679)诗人前往贵州，途经湖北之际。当时那一带正闹旱灾，粮食歉收，河流池塘中的鱼也因为水位下降甚至彻底干涸而不得不提前捕捞，结果导致米价飞涨，而河鱼却只能贱卖。诗人目睹此景，不禁对这个"鱼米之乡"的人民生出无限的同情，以致"贱买河鱼"却反而"不忍尝"。后来他在康熙三十五年丙子(1696)路经江苏高邮时写有一首律诗《秦邮道中即目》，尾联亦云："贱买河鱼还废箸，此中多少未招魂。"可见诗人不顾前后作品字句雷同的嫌疑，一再地倾吐对民生疾苦的关怀。

三间祠[①]

平远江山极目回[②]，古祠漠漠背城开[③]。
莫嫌举世无知己[④]，未有庸人不忌才[⑤]。
放逐肯消亡国恨[⑥]？岁时犹动楚人哀[⑦]。
湘兰沅芷年年绿[⑧]，想见吟魂自去来[⑨]。

【注释】①三闾祠：位于湖南汨罗，为纪念屈原而建。屈原曾官三闾大夫，故名。②极目：纵目远眺，尽目力所及。王粲《登楼赋》："平原远而极目兮，蔽荆山之高岑。"③漠漠：这里形容荒凉寂寞。④"莫嫌"句：屈原《离骚》："国无人莫我知兮，又何怀乎故都！既莫足与为美政兮，吾将从彭咸之所居。"⑤"未有"句：屈原当时曾为上官大夫、令尹子兰等小人所妒忌。《离骚》："世溷浊而不分兮，好蔽美而嫉妒。"又："世溷浊而嫉贤兮，好蔽美而称恶。"⑥放逐：屈原曾经被流放。亡国恨：楚国灭亡在屈原逝世以后，但在屈原生前，楚国郢都就已经被秦兵攻破，屈原作有《哀郢》。⑦"岁时"句：岁时：一年中的节令。《礼记·哀公问》："岁时以敬祭祀。"楚人：即居住在楚地的人。据《荆楚岁时记》记载，楚人为了纪念屈原，每年端午节都要举行龙舟竞渡之类的活动，一直相沿至今。⑧湘兰沅芷："湘""沅"均为水名，在今湖南。"兰""芷"均为芳草名，屈原常用以比喻正人君子及自比。《楚辞·九歌·湘夫人》："沅有芷兮澧有兰，思公子兮未敢言。"⑨吟魂：诗人的灵魂，这里指屈原。

【点评】此诗作于康熙十九年庚申(1680)，诗人经过湖南汨罗，便道瞻仰屈原祠。诗歌从屈原祠的广阔背景写起，进而结合屈原的生平遭遇，同情他的悲惨命运，赞美他的爱国精神，最后以兰芷常绿、吟魂往来象征屈原之志永世不灭，"虽与日月争光可也"(《史记·屈原贾生列传》)。其中颔联"莫嫌举世无知己，未有庸人不忌才"两句，虽从同情屈原的角度出发,实则这一情形在古今中外具有极大的普遍性,因此最富哲理。至于第五句的“放逐肯消亡国恨”,虽然结合清初诗歌经常使用“楚虽三户,亡秦必楚”典故的习惯来看,似乎仍然含有一定程度的家国兴亡之感,但在整首作品中显然已经不那么突出了。

初入黔境土人皆居悬崖峭壁间缘梯上下与猿猱无异睹之心恻而作是诗①

巢居风俗故依然②,石穴高当万木颠③。
几地流移还有伴④? 旧时井灶断无烟⑤。
余生兵革逃难稳⑥,绝塞田畴瘠可怜⑦。
好报长官蠲赋敛⑧,猕猿家室久如悬⑨。

【注释】①黔(qián):贵州简称。土人:当地土著居民。缘:攀援。②巢居:巢居穴处,即居住在树顶上或洞穴中,为原始时代风俗。③当:相当。颠:顶。④流移:流离迁徙。⑤井灶:泛指居室。断:原诗自注读“去声”,即这里用作虚辞,意为绝对。⑥余生:战乱之后侥幸活下来。兵革:指战争。⑦绝塞(sài):指边远荒僻地区。瘠:贫瘠。⑧蠲(juān):减免。⑨猕(mí)猿:比喻巢居穴处的人民。家室久如悬:家里久已一无所有。《左传·僖公二十六年》:“室如悬罄(磬),野无青草,何恃而不恐?”

【点评】此诗为康熙十九年庚申(1680)诗人初到贵州时所作,主要描述当地少数民族的悲惨生活。诗歌从他们原始人般的巢居穴处“风俗”写起,进而揭示了清初战乱给当地人民造成的灾难,并且最末两句还从背面告诉读者,即使是如此贫困的地区,也仍然受到政府赋税的侵扰,由此反映出诗人对少数民族的同情以及对民生疾苦的关心。

鱼苗船

几片红旗报贩鲜[①]，鱼苗百斛楚人船[②]。
怜他性命如针细[③]，也与官家办税钱。

【注释】①贩鲜：指贩卖水产。②斛(hú)：容量名，古代十斗为一斛。楚人：见前《三闾祠》注⑦。③他：指鱼苗。

【点评】此诗为诗人康熙三十一年壬申(1692)客居九江时所作。诗歌以小小鱼苗也要交税，来揭露清王朝的苛捐杂税之多。在表现手法上，后面这两句明显受到了晚唐诗人杜荀鹤《山中寡妇》"任是深山更深处，也应无计避征徭"的影响，只不过一写"山中"，一写水上。而就水上来说，则南宋范成大的《四时田园杂兴六十首·夏日田园杂兴十二绝》之十一"无力买田聊种水，近来湖面亦收租"云云，同样为这两句诗歌提供了学习的榜样。但如果再进一步比较，就可以发现查慎行此诗扣住"鱼苗"的特征，突出了它的"如针"之"细"，因而更能够切合苛捐杂税的特点，从这里也就更能够见出其构思之巧妙。只是这一组名句，都直接采用议论的方法，与前面宋琬的《同欧阳令饮凤凰山下》二首之二所云"莫将征税及桃花"显然大不一样，可谓各具千秋。

舟夜书所见[①]

月黑见渔灯，孤光一点萤。
微微风簇浪[②]，散作满河星。

【注释】①书：写。②簇(cù)：聚集、积聚。

【点评】此诗描写坐船的夜晚所见到的自然景色。诗歌从黑夜中出现的一盏渔灯着眼，写它原来只像是“孤光一点萤”，然而待到微风吹起细浪，通过光的反射作用，居然幻化作满河的星星。全诗先抑后扬，设喻巧妙，从小到大，从少变多，既符合逻辑、体物细微、措辞精确，又反差强烈、波澜起伏、摇曳生姿，因而使一首短短二十个字的小诗，成为人人传诵的名作。尽管查慎行类似这样描写舟夜与灯光的作品很多，并且也不乏佳句，例如《汉江舟夜》：“楚天微雨萧萧夜，渔火分光到检书。”《七月十五夜泊埂程》：“隔岸闻钟知有寺，满川风浪放河灯。”《东湖舟夜》：“树气船船露，灯光寺寺楼。”《淮岸夜泊纪所见三首》之二：“苇岸吐孤灯，澄波千尺练。”但就整体而言都不如上面这首小诗出色，此中精义是很值得揣摩的。

望蒙山同定隅德尹作①

叠翠浮岚不记重②，群山络绎走苍龙③。
若论举眼人人识④，只有知名一两峰。

【注释】①蒙山：指东蒙山，在山东的蒙阴南面。定隅：姓严，名曾槷，定隅其字，浙江余杭（今属杭州）人。德尹：查慎行弟，名嗣瑮，德尹其字。②叠翠：指重叠的山峰。浮岚（lán）：山林中漂浮的雾气。③络绎：前后相接貌。走苍龙：形容山势绵延不断。④举眼：抬眼观看。

【点评】此诗作于康熙三十二年癸酉（1693）入京途中。诗歌叙述眺望山东蒙山的情景感受，后面两句蕴含着深刻的哲理。这使人很自然地想起查慎行的师法对象之一苏轼，他的名作《题西林壁》描写庐山景色云：“横看成岭侧成峰，远近高低各不同。不识庐山真面目，只缘身在此山中。”查慎行此诗虽然所反映的道理与之相异，但手法正自相同。

邺下杂咏四首①（选一）

一赋何当敌两京②，也知土木费经营③。

浊漳确是无情物[4]，流尽繁华只此声。

【注释】①邺(yè)下：指邺都，三国时代曹魏都城。晋朝为避愍帝司马邺讳改名临漳，故址在今河北临漳附近。②一赋：指西晋左思《三都赋》中的《魏都赋》。两京：指此前东汉张衡的《两京赋》，所写为西汉都城长安和东汉都城洛阳。③“也知”句：《魏都赋》中曾详细描写宫殿建筑的情况。④浊漳：指漳河，在今河北、河南交界地带。漳河有清漳河、浊漳河之分，清漳河汇入浊漳河，流经邺都。

【点评】本题作于康熙四十七年戊子(1708)，此诗系其中第二首。诗歌从魏都繁华的消逝，感慨历史的无情，充满凝重的沧桑感。“浊漳”两句，犹如“滚滚长江东逝水，浪花淘尽英雄”，哲理深刻，目光冷峻，最见精警。一个“确”字，明显带有议论的色彩。这虽然不如前面梁佩兰《粤曲》二首之一“今古兴亡犹在眼，大江潮去复潮来”来得含蓄，但正可以见出查慎行诗歌取法宋诗的特点。又结合清初诗歌悼念明朝灭亡的普遍主题来看，此诗显然已经离开现实很远，而几乎可以看作一首纯粹的咏古之作，恰如查慎行写于康熙五十四年乙未(1715)的《铅山道中》所云：“渐觉先朝余泽远，耕牛犁到费家山。”从这里，不难看出清初诗歌的某种嬗变之迹。

晓过鸳湖[1]

晓风催我挂帆行，绿涨春芜岸欲平[2]。
长水塘南三日雨[3]，菜花香过秀州城[4]。

【注释】①鸳湖：即鸳鸯湖，浙江嘉兴南湖。参前朱彝尊《鸳鸯湖棹歌一百首》注①。②春芜：春天草木繁茂的原野。③长水塘：嘉兴城南的主要河道，发源于浙江海宁一带，注入鸳湖。④秀州：即嘉兴，五代时为秀州治所。

【点评】此诗作于康熙五十三年甲午(1714)春天。诗人侵晓从家乡海宁坐船出发,沿着长水塘一路穿过嘉兴的鸳湖,不禁为两岸美丽的自然风光所吸引,因而写下了这样一首优美的纪行写景之作。诗歌最精彩的就是最后一句,选用江南春天处处盛开、灿烂夺目而又似乎不为一般诗人所重视的油菜花作为描写的核心,以其"香过"伴随船过与人过,虚实相生,化俗为雅,从而生动地反映出江南鱼米之乡的特色,散发着泥土的芳香,读来格外富有情韵。

先著(一首)

先著(1651—?),字渭求,号蠲斋,又号迁夫、之溪老生等。四川泸州人,寓居江苏江宁(今南京)。擅长书画,尤工诗词,多与遗民往还。有《之溪老生集》。

后病起九截句(选一)①

移植甘蕉为绿阴②,经年长大已成林。
天寒霜落休轻剪,恐有秋来未死心。

【注释】①截句:即绝句。有人认为绝句形式系从律诗截取四句而成,故名。②甘蕉:即芭蕉。

【点评】本题作于康熙三十四年乙亥(1695)。同年此前诗人有《病起用文虎次茶山送春韵》一诗,所以本题添一"后"字。此诗系其中第三首,托写芭蕉以抒怀。芭蕉是多年生宿根植物,喜热畏冷,秋冬之际地表以上的茎叶都会枯死，因此人们通常都要剪去叶子乃至茎干，只保留地底的根部。此诗劝人们包括诗人自己不要轻易去剪，生怕在那层层卷裹的茎干中，仍然存在着未死的部分。联系诗歌的题目“病起”，这显然是诗人大病初愈之后的一种感受，流露出对生命的珍惜。而如果结合明朝灭亡以后许多人丧失气节、投靠新朝的社会现实，则此诗也可能是借以“自写逸民身分”（沈德潜等《清诗别裁集》卷二十五评语），同前面王夫之《姜斋诗分体稿》卷四的《绝句》六首之六“埋心不死留春色，且忍罡风十日霜”近似。此外我们还可以联想到，这里面是否更广泛地包含着对人才等世间一切美好与积极向上的事物的呵护，在一定程度上如同前引李商隐《初食笋呈座中》“皇都陆海应无数，忍剪凌云一片心”句一样？

刘廷玑（一首）

刘廷玑（1653—?），字玉衡，号在园、葛庄。镶红旗汉军人。荫生。曾官处州知府、江西按察使等，在任多有善政。其诗歌自写性情，间亦涉及民生疾苦，文辞清浅，意味隽永，尤以近体见长，为王士祯、孔尚任以及后来的袁枚等人所称赏。有《葛庄分体诗钞》《葛庄编年诗》等。

劝农行[①]

劝农劝农使君行[②]，从者如云拥出城。
未闻一语及民生，但言桥圮路不平[③]。
未知何以惠编氓[④]，却怪壶浆不远迎[⑤]。

东村淡薄胥吏争[⑥]，西村更贫难支撑。
使君已博劝农名，唯愿及早回双旌[⑦]。
不来劝农农亦耕，勿劳再劝鸡犬惊。

【注释】①劝农：旧时地方官在播种时节巡行乡里，名曰“劝农”。②使君：汉代称刺史为使君，后来即作为对州郡长官的尊称。③圮（pǐ）：毁坏、倒塌。④编氓（méng）：编入户籍的平民，泛指普通百姓。⑤壶浆：指酒浆。因其盛放壶中，故称“壶浆”。《孟子·梁惠王下》：“箪食壶浆以迎王师。”⑥“东村”句：意思是说该村农民负担不起，无法招待。⑦双旌：两面旌旗。古代州郡长官出门，常以五马双旌作为仪仗。

【点评】此诗描写地方官下乡巡视，名义上称“劝农”，实际上是扰民。他们的目的，无非是装装形式而已，甚至于还要趁机索取老百姓的招待。诗歌的作者本身也是一位曾经做过知府乃至按察使的官员，因此他对这种官场腐败的现象肯定是深有体会的。这种情况，正可以为稍后赵执信的《道旁碑》做注脚。

纳兰性德（一首）

纳兰性德（1655—1685），原名成德，以避废太子嫌名而改今名，字容若，号楞伽山人。正黄旗满洲人。大学士明珠子。康熙十二年癸丑（1673）会试中式，十五年丙辰（1676）殿试成进士。初授三等侍卫，后晋升为一等。曾多次跟随康熙皇帝出巡南北，又广泛结交当代文人才士，深受汉文化影响，为清初满族文学家的突出代表。惜年仅三十二，即以疾逝世。生平最擅长填词，也能诗，有《通志堂集》等。其诗词有今人所作笺注多种。

秣陵怀古[①]

山色江声共寂寥[②]，十三陵树晚萧萧[③]。
中原事业如江左[④]，芳草何须怨六朝[⑤]？

【注释】①秣陵：南京别称。②“山色”句：明朝初年的洪武、建文以及后来南明的弘光朝均曾定都南京，此句意思是南京的帝王功业已经消歇。③“十三”句：十三陵为明朝成祖以下十三个皇帝的陵墓，在北京昌平。此句意思是说，迁都北京的明朝政权同样也已经成为历史的陈迹。④中原：原指北方黄河中下游地区。江左：即江东。这里分别借指北京和南京的明朝政权。⑤六朝：指三国时代的吴国，东晋，南朝的宋、齐、梁、陈，均建都南京。

【点评】清初诗歌最普遍的一个主题，就是抒写明清改朝换代带来的亡国之痛，而抒写这种亡国之痛，最容易涉及的地方就是南京。前面如龚鼎孳的《上巳将过金陵》、蒋超的《金陵旧院》、王士祯的《秦淮杂诗》，以及点评中附带提到的钱谦益、钱澄之、屈大均等各家有关作品，无一例外地印证了这个问题。像朱彝尊的《来青轩》那样取材于北京故事的，相对少见。而纳兰性德此诗，则从北京的明朝政权也同样已经灭亡这一点出发，对人们普遍只着眼于南京的做法提出了质疑，因而具有新意。并且单纯从末句来看，它似乎对人们普遍抒写亡国之痛的这个现象也颇不以为然，换言之也就是肯定以清代明的客观现实，这在清初诗歌中更几乎是一个特例，因此尤见新奇。咏古诗贵在出新意，此诗可贵之处正在于此。至于个中原因，则显然与诗人的民族归属有关，这实际上也反映了文学创作中的一种规律。

吴永和(一首)

吴永和(1655—?),字文璧。江苏元和(今苏州)人。江西布政使吴旸孙女。丈夫董之璜,字玉苍,江苏武进(今常州)人。她本人也工诗赋,有《苔窗拾稿》。

虞　姬[1]

大王真英雄[2],姬亦奇女子。
惜哉太史公,不纪美人死[3]!

【注释】①虞姬:项羽宠姬。据《史记·项羽本纪》记载,项羽兵败被围垓下,四面楚歌,"有美人名虞,常幸从;骏马名骓,常骑之。于是项王乃悲歌慷慨,自为诗曰:'力拔山兮气盖世,时不利兮骓不逝。骓不逝兮可奈何,虞兮虞兮奈若何!'歌数阕,美人和之"。②大(dài)王:这里即指项羽。③"惜哉"两句:太史公:司马迁曾继其父官为太史令,其《史记》原名即称"太史公书"。纪:同"记",记载。关于虞姬后来的下落,《史记》中没有交代。后人传说她在和歌之后即毅然自杀,墓在今安徽定远东。

【点评】本题系组诗《咏古四首》之一,个别文字经过沈德潜的润色。虞姬也像前述灵泽夫人一样是一个经常见于吟咏的女性历史人物,但前人通常都着眼于她的悲剧色彩。吴永和这首诗,却一改同情为歌颂,赞赏虞姬也是一个"奇女子",而可惜《史记》对她着墨不多,没有记载她最后像项羽自刎乌江那样的壮烈举动。诗歌角度新颖,风格雄壮,而又出自女诗人之笔，这确乎难能可贵。它较之南宋女词人李清照的《夏日绝句》“生当作人杰，死亦为鬼雄。至今思项羽，不肯过江东”以项羽为说，显然更多了一层特殊的意义。这在某种程度上，正反映出清代妇女自主意识的觉醒。

赵执信（八首）

赵执信（1662—1744），字伸符，号秋谷。山东益都（今淄博）人。康熙十八年己未（1679）刚十八岁，即登进士第，选庶吉士，后迁右春坊右赞善兼翰林院检讨。二十八年己巳（1689）因曾协助洪昇作《长生殿》传奇并参与国丧期间的观演，被牵连革职。但他没有像同案查慎行一样更名改字，后来又跻身仕途，而是从此放废江湖，真正“执信”以终。他是王士祯的甥婿，但论诗与之不同。其诗歌充满愤世嫉俗之慨，思致刻露，风格清真，往往发微抉隐，出人意表；痛快淋漓，不求含蓄。在清初严格意义上的“国朝”诗人中，与“南施北宋”“南朱北王”这“四大家”以及查慎行齐名，并称为“六大家”。有《饴山诗集》《谈龙录》等，又《赵执信全集》。

登州杂诗十首（选一）①

天桥潮满进船多，夜傍红楼磷火过②。
小海舟人晓相语，当年脂水涨鲸波③。

【注释】①登州：旧地名，清代府治在今山东蓬莱。②磷火：磷化氢燃烧时的白色带蓝绿色的火焰，通常为人和动物尸体腐烂时分解产生，夜间在野地里有时可以看到，俗称“鬼火”。过：经过。③“小海”两句：舟人：即船工、水手。晓：早晨。脂水：漂浮着胭脂的水。鲸波：鲸鱼掀起的波浪，借指江海巨浪。原诗自注：“小海在水城内，胜国时夹岸歌楼，最称繁艳，今间有址存。”

【点评】本题作于康熙三十四年乙亥(1695)，主要描写山东蓬莱一带的风景名胜。此诗系其中第八首，具体描绘“小海”这个地方旧日繁华的消歇。诗歌主旨与前面蒋超的《金陵旧院》、王士祯《秦淮杂诗》“傅寿清歌沙嫩箫”云云颇为相似，但它在表现技巧上却明显具有自己的特点。蒋、王诸作描写旧日的繁华，只是一种客观平实的叙述，写到繁华销歇之后的景象，至多也只是“荒园一种瓢儿菜”“不见青溪长板桥”，而此诗却以“脂水涨鲸波”夸张形容“当年”，又以“磷火”这阴森恐怖的意象着意刻画眼前，前者浓艳至极，后者充满鬼趣，反差既大，对照便更加强烈鲜明。同时，蒋、王诸作都是作者本人的直叙，而此诗却通过“舟人”的对话从侧面进行反映，看似冷静，其实更加委婉曲折。全诗四句，从“夜”到“晓”，从“潮”到“波”，又从“船”到“舟人”，从“红楼”到“脂水”，前后接榫，绾合紧密，亦可见出诗人的艺术匠心。

金陵杂感六绝句(选一)[①]

深宫燕子弄歌喉，粉墨尚书作部头[②]。
瞥眼君臣成院本[③]，输他叔宝最风流[④]。

【注释】①金陵：即南京。②“深宫”两句：南明弘光小朝廷定都南京，君臣荒淫，不思抗清。兵部尚书阮大铖曾亲撰《燕子笺》传奇进呈，并在宫中排演。这里“燕子”即双关《燕子笺》，“粉墨”即粉墨登场，指演出。部头：菊部头，旧时对戏班领头的一种称呼。③“瞥眼”句：瞥眼：一转眼、眨眼间。院本:金代行院演剧的脚本,也借以泛指传奇等其他戏剧。清初孔尚任的著名传奇《桃花扇》,即以弘光小朝廷的兴亡作题材。④输:比不上。叔宝:陈叔宝,即南朝陈后主,为历史上以荒淫而亡国的典型。

【点评】南京是历史上亡国悲剧最为频发的地方,若干王朝在这里走马灯似地宣告灭亡,给历代多情的诗人留下了无尽的感伤。此诗系本题第五首,题咏的是南明弘光小朝廷的历史。它针对弘光君臣的荒淫亡国,结合同时代孔尚任的传奇名作《桃花扇》,同时联系历史上的南朝陈后主,对他们进行了辛辣的讽刺和挖苦。全诗只有短短四句,但就其所揭示的主旨而言,却可以同前面吴伟业的长篇歌行《听女道士卞玉京弹琴歌》乃至整部《桃花扇》传奇等量齐观。而它的讽刺手法,则同上面《登州杂诗》用"磷火"之类的意象一样,体现出赵执信诗歌的一种鲜明特征。

氓入城行①

村氓终岁不入城②,入城怕逢县令行③。
行逢县令犹自可④,莫见当衙据案坐⑤。
但闻坐处已惊魂⑥,何事喧轰来向村⑦?
锒铛杻械从青盖⑧,狼顾狐嗥怖杀人⑨!
鞭笞榜掠惨不止⑩,老幼家家血相视。
官私计尽生路无⑪,不如却就城中死⑫!
一呼万应齐挥拳,胥隶奔散如飞烟⑬。
可怜县令窜何处?眼望高城不敢前。
城中大官临广堂⑭,颇知县令出赈荒⑮。
门外氓声忽鼎沸⑯,急传温语无张皇⑰。
城中酒浓馎饦好⑱,人人给钱买醉饱。

醉饱争趋县令衙，撤扉毁阁如风扫[19]。
县令深宵匍匐归[20]，奴颜囚首销凶威[21]。
诘朝氓去城中定[22]，大官咨嗟顾县令[23]。

【注释】①氓(méng)：原作"甿"，指乡下农民。行：这里指歌行，为古典诗歌的一种体裁。②终岁：长年。③县令：县官、知县。④犹自：还。⑤当衙据案坐：在衙门里靠着案桌坐着。⑥但：只。⑦何事：为什么。喧轰：喧哗轰动、沸沸扬扬。⑧锒铛：锁系犯人的铁链。杻(chǒu)械：手铐脚镣。从：跟随。青盖：这里指县官的座车。⑨顾：回看。嗥：吼叫。怖杀：吓煞。⑩鞭笞(chī)、榜掠：均指拷打。⑪官私计尽：从公和私两方面都已经想不出办法。⑫却：倒过来。⑬胥吏：衙役、走卒。⑭城中大官：这里指县令的上一级长官。⑮赈(zhèn)荒：救济灾民。⑯鼎沸：形容人声嘈杂，如同锅中热水在沸腾。⑰温语：好话。无：通"毋"，不要。张皇：这里指喧闹。⑱馎饦(bó tuō)：饼类食物。⑲扉：门扇。阁：楼阁。⑳深宵：深夜。匍匐(pú fú)：伏地而行。㉑奴颜囚首：形容垂头丧气、狼狈不堪，像奴仆和囚犯的样子。㉒诘朝(jié zhāo)：次日早晨。㉓咨嗟：叹息。

【点评】此诗作于康熙六十年辛丑(1721)，当时诗人正客居苏州。诗歌叙述苏州郊区的一次农民暴动，揭示了许多深刻的道理。乡下的农民原来终年不敢入城，害怕遇见县官，甚至连听到县官坐堂都要惊恐万分；然而当县官带领爪牙下乡催租、拷打百姓的时候，他们却忍无可忍，被迫起来反抗，一直打进了城市，这就是通常所说的"官逼民反"。而县官平日里耀武扬威，凶恶可怖，打着"赈荒"的幌子欺压百姓，然而待到农民真正起来反抗，他就只能落荒而逃，趁夜潜归，一下子变得"奴颜囚首"，露出了"纸老虎"的面目。诗人在清朝统治几近八十年的时候，敢于写出正面歌颂农民抗暴斗争的作品，并且最后以乡下农民的胜利为结局，这实在是难能可贵的。

御沟怨[①]

水自御沟出，流将何处分？
人间每呜咽[②]，天上讵知闻[③]！

【注释】①御沟：流经皇宫御苑的河沟。②呜咽：这里双关若断若续的流水声和民间百姓的哭泣声。③讵（jù）：岂。

【点评】此诗为传统题目，但立意很新。诗歌从御沟水生发，运用形象的比喻，指出民间社会的种种苦难，高居“天上”的封建统治者是不可能知道的。这从赵执信的《感事二首》中，可以得到比较具体的说明。其一云：“蜀锦元从女手成，却教江水擅光明。天家只识随年贡，肠断当时机杼声！”这是说统治阶级只懂得奢侈享受，却不知道劳动人民的血泪艰辛。其二云：“莫恨蛾眉解误身，追思旧宠岂无因？乞哀有路翻愁绝，多少吞声泽畔人！”这是说社会底层的无数冤屈，统治阶级也照样不知道。由此可见，赵执信的这首《御沟怨》，一改向来偏重抒写宫女怨恨的主题，而把同情的眼光投向整个的下层社会，同时又把批判的矛头指向了最高的封建统治者，其进步意义是不言而喻的。后来如黄景仁的《送春三首》之三“侧闻天上朝星辰，谁知人间茹冰炭”云云，其精神实质与赵执信此诗颇为相似，亦可并参。

道旁碑[①]

道旁碑石何累累，十里五里行相追[②]。
细观文字未磨灭，其词如出一手为[③]。
盛称长吏有惠政[④]，遗爱想像千秋垂[⑤]。

就中行事极琐细[⑥]，龃龉不顾识者嗤[⑦]。
征输早毕盗终获[⑧]，黉宫既葺城堞随[⑨]。
先圣且为要名具[⑩]，下此黎庶吁可悲[⑪]。
居人遇者聊借问[⑫]，姓名恍惚云不知[⑬]。
往时于我本无恩，去后遣我如何思[⑭]？
去者不思来者怒[⑮]，后车恐蹈前车危[⑯]。
深山凿石秋雨滑，耕时牛力劳挽推[⑰]。
里社合钱乞作记[⑱]，兔园老叟颐指挥[⑲]。
请看碑石俱砖甃[⑳]，身及妻子无完衣。
但愿太行山上石，化为滹沱水中泥[㉑]。
不然道旁隙地正无限[㉒]，那免年年常立碑！

【注释】①道旁碑：封建时代为去职离任的地方官立碑颂德，表示怀念，称为“颂德碑”“去思碑”或“遗爱碑”。②相追：相随。③一手为：同一个人所写，意思是千篇一律，如出一辙。④长(zhǎng)吏：官长、官吏。惠政：仁政、德政。⑤遗爱：指去职官吏遗留下来的德政。《晋书·乐广传》：“广所在为政，无当时功誉，然每去职，遗爱为人所思。”⑥行事：指碑文所述官吏的事迹。⑦龃龉(jǔ yǔ)：牙齿上下不齐，形容互相矛盾。嗤：嗤笑、讥笑。⑧征输：征收赋税，往上输送。毕：完结、完成。盗：盗贼。获：捕获。⑨黉(hóng)宫：学宫、学校。葺(qì)：修葺、修理。城堞(dié)：城墙上面呈凹凸形的矮墙，也泛指城墙。⑩“先圣”句：先圣：这里指孔子，古代学校中都供有其像。要(yāo)：这里同“邀”。全句说孔子尚且被当作邀取名誉的工具(指上文的假意修葺学校)。⑪黎庶：老百姓。吁：叹息声。⑫居人：居住在当地的人。聊：姑且。⑬恍惚：模糊不清。云：说。⑭遣我：叫我、让我。⑮去者：指已去职者。来者：指新来任者。⑯“后车”句：语本刘向《说苑·善说》引《周书》语：“前车覆，后车戒。”此句交代上句“来者怒”

的原因，意思是说新官害怕自己将来去职之后一样会被老百姓冷落忘记，因此他会感到愤怒，同时坚持要为自己立碑。⑰“耕时”句：谓农忙季节还要动用牛力来运送石料。⑱里社：乡里。合钱：凑钱。乞作记：请人撰写碑文。⑲兔园老叟：喻指学识浅陋的人。唐代杜嗣先曾编纂一种启蒙读物，以汉代梁孝王的兔园为名，称“兔园策”（“策”也作“册”），向来为士大夫所轻视。颐指挥：嘴不讲话，只用脸颊示意，形容态度傲慢、自以为是。⑳甃（zhòu）：用砖石砌物。㉑“但愿”两句：意思说石头如果化作泥，那就做不了碑了。滹沱（hū tuó）：滹沱河，发源于山西，流经河北，后由天津入海。㉒隙地：空地。

【点评】此诗就封建时代地方官离任之后立“颂德碑”一事，对统治阶级的虚伪行径进行了无情的揭露，予以辛辣的讽刺。联系诗人在另一首《两使君》中所描写的“侬家使君已二年，班班治绩惟金钱。可怜泪与髓俱尽，万姓吞声暗望天”，可以更清楚地看到统治阶级的真实面目。而在赵执信之前，明代诗人陈第也曾写过一首著名的《官路旁》；在赵执信写作此诗的康熙二十三年甲子（1684）之后，则谢重辉、赵希璜、王培荀等人又写有同题《道旁碑》，与此可以构成一个专门的系列。

题别西园竹树二绝句①（选一）

古香老柏小楼隈②，闲看红桃续白梅③。
黄叶林前碧梧畔，木香开后木樨开。

【注释】①西园：赵执信侨寓苏州时的住所。②隈（wēi）：弯曲处、角落。③续：接。

【点评】本题作于康熙六十年辛丑（1721）。这年春天，诗人借居苏州西园，曾作《门人李定洛为余僦得陈氏西园兼具器用遂移居之颇有池亭竹树》一诗。冬天诗人因寓所被盗而迁居别处，又写下本题两首绝句以告别西园，此诗系其中第二首。诗歌即抓住西园竹树繁茂的特点，以植物作对象，来表达对旧居的依恋之情。全诗短短二十八个字，却接连排比了“古香老柏”“红桃”“白梅”“黄叶”“碧梧”“木香”“木樨”等一系列的花木名物，不忌堆垛，也不避重复，反而显得十分真切自然、一片天真浪漫，在历来留别留题的作品中，可以说是独具一格、别开生面。

归舟

望齐门外望青州①，一室欢声入棹讴②。
十幅风帆半城月，最难图画是归舟③。

【注释】①望齐门：简称“齐门”，为苏州旧城门之一。据《吴越春秋》记载，春秋时代吴王阖闾曾为太子娶齐国之女，“女少思齐，日夜号泣，因乃为病。阖闾乃起北门，名曰‘望齐门’，令女往游其上”，以慰乡思。青州：这里指赵执信家乡山东益都，曾为青州治所，又恰为齐国之地。②棹讴(zhào ōu)：即棹歌，船歌。③图画：这里作动词，即描绘之意。

【点评】此诗作于雍正二年甲辰(1724)。这年夏天，诗人携全家离开久居的苏州，登上了开往故乡的船只。一家人多年的愿望，眼见得就要变成现实，因而满船欢声笑语，与船家的歌声融为一片。此时此刻、此景此情，纵然是再高明的画手也无法描绘。所以，诗歌结以这样一个极富哲理意味的名句——“最难图画是归舟”。

得仲生书及江南亲友消息(二首选一)①

怀人三月意黯黯②，雪送深杯欲半酣③。
接得报书翻不喜④，重牵离绪到江南。

【注释】①仲生：仲昰保，字羹梅。江苏常熟人。曾拜赵执信为师，有《翰村诗稿》。书：书信。②怀：思念。黯黯：形容心境黯淡、意绪不佳。③酣(hān)：饮酒尽兴。④报书：这里指汇报情况的来信。翻：反而。

【点评】本题作于雍正五年丁未(1727)，此诗系其中第一首。此前不久，仲昰保刚从山东回江南，赵执信曾有《送仲生南归六十韵》《仲生临发再送之》诸作。此时他在家中本来就思念着离去的仲昰保和其他江南的亲友，偏偏又接到仲昰保的来信，信中的内容进一步把他的思绪引向江南的亲朋好友和那里的风景草木。对于赵执信来说，江南特别是苏州他先后去过多次，又生活过多年，已将那里当作自己的第二故乡，因此怀有这种思念心情是很容易理解的。这与前面《归舟》所描写的居江南而思山东，正是人情的两个方面，看似矛盾而实相统一。诗歌后面两句也同“最难图画是归舟”一样，采用直接叙述、明白议论的写法，虽然不像王士祯的“神韵”诗那样含蓄蕴藉，但更能够准确地传达出人人所共有的思想感情，因此同样获得了读者的喜爱。

翁格(一首)

翁格(生卒年不详)，字去非。江苏吴县人。秀才。《清诗别裁集》卷二十九选录其《暮春》诗。

暮　春①

莫怨春归早，花余几点红②。
留将根蒂在，岁岁有东风。

【注释】①暮春：农历春天的第三个月。②余：剩余。

【点评】惜花怨春，是古代骚人墨客最爱吟咏的主题之一，但大体都偏于消沉，甚或近于病态。翁格此诗，一上来就冲破了千百年的俗套，从正面提出了不同的观点："莫怨春归早，花余几点红。"为什么呢？下面即进一步根据自然界的规律，唱出了如此蕴含无穷哲理的警句："留将根蒂在，岁岁有东风。"虽然单纯就这两句诗本身来看，前人也曾经有过"野火烧不尽，春风吹又生""留得青山在，不怕没柴烧"之类的近似说法，但联系全诗可以知道，诗人完全改变了历代怨春之作的传统格局，反映了一种健康积极的人生态度，较之于个别、孤立的一两个名句无疑要有意义得多。至于它的背后，是否像前面王夫之《姜斋诗分体稿》卷四《绝句》六首之六"埋心不死留春色，且忍罡风十日霜"那样藏有某种现实的背景，这已经不必去深究了。

徐兰（一首）

徐兰（1664—？），字芬若，一字芝仙。江苏常熟人。国子监生。长期流寓北方，最后卒于天津。康熙三十五年丙子（1696）曾随清宗室安郡王玛尔浑出塞，由居庸关至归化城。其诗歌亦以边塞之作最为出色，并且不乏名篇，有《出塞诗》等。

出　关①

凭山俯海古边州，旆影风翻见戍楼②。
马后桃花马前雪，出关争得不回头③？

【注释】①此诗徐兰《出塞诗》原题“出居庸关”。居庸关位于北京昌平西北。②旆(pèi):旗帜边缘的饰条,也泛指旌旗。戍楼:边防驻军的瞭望所。此二句《出塞诗》原作:“将军此去必封侯,士卒何心肯逗留?”今本属于沈德潜等《清诗别裁集》改笔,虽然“俯海”之说与居庸关情形不合,但适用面更广,笔力也更为雄健。③争:通“怎”。

【点评】此诗描写征人出关的复杂心理,最著名的就是后面两句。诗歌抽取塞外与内地具有代表性的两样事物,以“马后”的“桃花”与“马前”的“雪”进行对比:一鲜红,一雪白;一温暖,一寒冷;一充满生机,一满目死寂……由此推出末尾的结论——“出关争得不回头?”这使我们回想起前面吴兆骞的《夜行》,那是一首七言律诗,其中前六句描写塞外的荒凉景象,后两句回忆江南的美丽风光,同样可以看成是运用对比手法来表达征人的思乡之情。但两诗比较,不难发现一首八句五十六个字的内容,被浓缩进了一句七个字之中,由此可以更好地领略徐兰此诗的高超艺术。同样,诗歌最末用“回头”这样的微小动作,来反映征人复杂的内心,其所收到的艺术效果也远过于从正面进行表述,更加耐人寻味。沈德潜说:“眼前语便是奇绝语,几于万口流传,此唐人边塞诗未曾写到者。”(《清诗别裁集》卷二十五)

岳端(一首)

岳端(1671—1704),也作蕴端、袁端,字正子,一字兼山,号红兰室主人,又号玉池生。清宗室,玛尔浑弟。十五岁受封多罗勤郡王,越六年降为固山贝子,最后被削爵。生平多才多艺,喜与汉族文士交游,其被削爵即与此有关。诗学李商隐及“西昆体”，颇为王士祯欣赏。有《玉池生稿》。

题闺秀朱柔则寄外沈用济画卷[①]

柳下柴门傍水隈[②]，夭桃树树又花开[③]。
应怜夫婿无归计[④]，翻画家山远寄来[⑤]。

【注释】①闺秀：女子。朱柔则：字顺成，号道珠。浙江钱塘（今杭州）人，嫁同里沈用济。工诗善画，著有《嗣音轩诗钞》。外：这里是妻子对丈夫的一种称呼，与丈夫称妻子为“内”相对。沈用济：字方舟，国子监生，亦工诗，有《荆花集》。②隈（wēi）：山、水等弯曲的地方。③夭桃：繁盛艳丽的桃花。《诗经·周南·桃夭》：“桃之夭夭，灼灼其华。”④怜：怜惜。归计：回家的打算。⑤翻：反而、反过来。家山：指故乡山水。

【点评】清初杭州女诗人朱柔则、丈夫沈用济乃至婆婆柴静仪诸人都擅长诗歌，一门风雅，为世所称。当沈用济久客北京岳端家时，朱柔则特地画了一幅家山风景图，不远千里，托人寄给沈用济；沈用济揣知画意，当即辞别主人，回归杭州。这件事在当时传为美谈，许多文献都有记载。岳端此诗，刚好说的就是这个意思，因此同样随事流传，成为名作。

汪绎（一首）

汪绎（1671—1706），字玉轮，号东山。江苏常熟人。康熙三十九年庚辰（1700）殿试第一，授翰林院修撰。三年后乞假归里，不久即病逝。他是钱曾的外孙，也工诗。风格蕴藉含蓄，颇似王士祯。有《秋影楼诗集》。

柳枝词(四首选一)①

一种风流得自持,水村天与好腰支②。
月残风晓无穷意③,说与桃花总不知。

【注释】①柳枝词:形式似"竹枝词",通常为七言绝句,多具民歌色彩,或直接题咏杨柳。②与:给。腰支:同"腰肢",这里形容婀娜的柳条。③"月残"句:意本北宋词人柳永《雨霖铃》下阕:"多情自古伤离别,更那堪、冷落清秋节!今宵酒醒何处?杨柳岸,晓风残月。此去经年,应是良辰美景虚设。便纵有千种风情,更与何人说?"

【点评】古人有折柳赠别的习惯,这是因为"柳"的读音同"留"相近,意思是希望客人不要离开。因此在古典诗词中,杨柳比桃花便多了一种特殊的内涵,仿佛更具有灵性,通晓人情。此诗系本题第二首,写的是杨柳,将它同桃花联系在一起进行比较,表层意思应该就在这里。但诗歌既然将桃花和杨柳放在同一个层面上进行拟人化,那么站在杨柳的立场,它的"无穷意"想说给桃花,而桃花却不理解,其间便可能含有知音难觅的社会性寓意。此外诗歌背后是否还有某种更深或者更具体的寄托,读者也就像这里的"桃花"一样"总不知"了。然而正因为读者的"总不知",而诗歌本身又采用"柳枝词"的形式,写来如此轻巧,便具有了一种"神韵",这也是它之所以耐读的原因。

沈德潜(一首)

沈德潜(1673—1769),字确士,号归愚。江苏长洲(今苏州)

人。早年科场困顿，长期以授徒为生。乾隆三年戊午(1738)始中举人，次年成进士，时已六十七岁。此后以诗受知于乾隆皇帝，官至礼部侍郎。十四年己巳(1749)辞归里第，加赠礼部尚书及太子太傅衔。卒年九十又七，又追赠太子太师，赐祭葬，谥文悫。其高寿隆遇，为"从古诗人所未有"(袁枚《随园诗话》卷九)。他是叶燮的学生，论诗则倡导"格调"说，主张以唐诗为宗，强调"温柔敦厚""中正和平"，实为明"七子""诗必盛唐"说及传统"诗教"的翻版，在清诗发展的道路上形成了一股倒退的潮流，当时称为格调派。其偕弟子所选唐、明、清三朝诗《别裁集》，流传十分广泛，其中尤以《清诗别裁集》对研究清诗多有帮助。个人自著，有《归愚诗钞》《说诗晬语》等，又《沈德潜诗文集》《沈德潜全集》。

过许州①

到处陂塘决决流②，垂杨百里罨平畴③。
行人便觉须眉绿，一路蝉声过许州。

【注释】①许州：旧地名，治所在今河南许昌。②陂(bēi)塘：池塘。决决：流水声。卢纶《山店》："登登山路行时尽，决决溪泉到处闻。"③罨(yǎn)：遮掩、覆盖。平畴(chóu)：平整的田野。

【点评】在我国的古典文学作品特别是诗词中，"绿"字是一个很受人喜爱也很容易形成名句的好字。拿它作动词用的如王安石的"春风又绿江南岸"，作名词用的如李清照的"绿肥红瘦"，都是作者自负，读者也一向称道的典范。就算依旧拿它作形容词用，也同样可以创作出优美的句子。散文如张岱《西湖梦寻》卷二"集庆寺"条描写杭州九里松的景色："苍翠夹道，藤萝冒途，走其下者，人面皆绿。”诗歌则如查慎行的《青溪口号八首》之七：“牛背渡溪人，须眉绿如画。”不一而足。沈德潜的诗歌，通常人们都批评它“平正而乏精警，有规矩法度而少真气，袭盛唐之面目，绝无出奇生新、略加变化处”（朱庭珍《筱园诗话》卷二），但上面这首《过许州》却写得相当“精警”，可谓“出奇生新”，充满“真气”，其关键也正在于第三句用了一个“绿”字，借助它高度提炼出初夏大自然的精华，生动形象地展现百里垂杨、万亩平野的可喜景象，伴随着一路蝉声，给行人也包括读者带来无穷的快意。

华岩（一首）

华岩（1682—1756），字德嵩，一字秋岳，号新罗上人、离垢居士等，福建上杭人，寓居浙江杭州。后又在江苏扬州卖画，为“扬州八怪”之一。亦工诗，风格古质清峭，神致悠远。有《离垢集》《离垢集补钞》等。

晓　景

晓月淡长空，新岚浮远树①。
数峰青不齐，乱插云深处。

【注释】①岚（lán）：山林中的雾气。

【点评】此诗是否题画之作不得而知，但它描绘清晨景色，却像前面恽格的《晓起》一样，充满着画意。但恽格重在写水，此诗则重在写山。前两句只是背景，后两句才是画面的主体，是核心。背景淡月浮岚，柔软妩媚，正为主体山峰的挺峭孤拔蓄势。同时这山峰为数不多，又参差不齐，更显得灵动变化，富有韵致。它和《晓起》都是五言小诗，但整个画面又都十分开阔，正见出画家缩万里之势于尺幅之中的笔力。

高凤翰（一首）

高凤翰（1683—1749），字西园，号南村。山东胶州人。雍正初以荐得官，历任安徽歙县县丞、绩溪知县等。后被诬罢免，寓居扬州一带，为“扬州八怪”之一。生平擅长书画篆刻，也能诗。有《南阜山人诗集类稿》，又今人孙龙骅先生《高凤翰诗集笺注》。

石梁飞瀑①

悬溜曾看走玉虹②，香炉峰下驾天风③。
到今心眼留余响，才一开图耳欲聋。

【注释】①石梁：这里指浙江天台山的石梁，以瀑布闻名。②悬溜（liù）：悬空而下的水流。玉虹：形容垂挂的瀑布。③香炉峰：这里指天台山的香炉峰，石梁瀑布即从此峰泻下。

【点评】此诗系题画之作，但写法十分奇特。诗歌前面三句，都是描写当初实地观赏石梁瀑布的情景，乃至一直保留至今的深刻印象，至末句“开图”才拉到眼前的题画上来。全诗以真实的生活来题写虚拟的图画，有意从他处落墨，不即不离，从而产生了一种特殊的艺术效果。至于图画本身所表现出的石梁飞瀑的雄壮气势，则自然已在其中。

黄任（五首）

黄任（1684—1768），字于莘，一字莘田，号十砚老人。福建永福（今永泰）人。康熙四十一年壬午（1702）举人，曾官广东四会知县，兼摄高要县事。后以“纵情诗酒”“懒嫚不亲政”为嫉妒者所劾，罢官归里。其诗以七言绝句最有特色，取径晚唐，接近李商隐、温庭筠一路，思致镵刻，语言华美，在当时就广泛为人传诵，以致沈德潜误把他当作已经去世的前辈编入《清诗别裁集》。所著《秋江集》，一名“香草斋诗钞”，先后有陈应魁、王元麟为之作笺注。

杨　花

行人莫折柳青青，看取杨花可暂停。
到底不知离别苦，后身还去作浮萍①。

【注释】①“后身”句：苏轼《水龙吟·次韵章质夫杨花词》：“晓来雨过，遗踪何在？一池萍碎。”自注：“杨花落水为浮萍，验之信然。”

【点评】此诗为咏物诗，也是黄任的成名作。古代人们常有折柳赠别的习惯，借“柳”与“留”谐音，表达惜别的感情。此诗从行人所折的柳条联想到柳絮也就是杨花，进而借杨花的“不知离别苦”来劝慰惜别的行人，暗地里却更见得人之有情，这是整篇作品的构思。而写杨花的“不知离别苦”，诗歌又根据现成的传说，以推进一层的手法，说它前身已经是以象征离别而著称的，后身居然还要去做同样象征离别的浮萍，这是后面两句的构思，也最能体现黄任诗歌思致镵刻的特点，为一般人所想不到，也道不出。正是因此，黄任在当时就获得了一个“黄杨花”的美名。

彭城道中（六首选一）[①]

天子依然归故乡，大风歌罢转苍茫[②]。
当时何不怜功狗，留取韩彭守四方[③]？

【注释】①彭城：楚汉战争中项羽的都城，即今江苏徐州。刘邦故乡沛县丰邑，即今江苏丰县，与彭城邻近。②“天子”两句：《史记·高祖本纪》记载，刘邦统一天下以后，曾回到故乡，作《大风歌》云：“大风起兮云飞扬，威加海内兮归故乡，安得猛士兮守四方！”③“当时”两句：功狗：刘邦封功臣时曾说：“夫猎，追杀兽兔者，狗也；而发踪指示兽处者，人也。今诸君徒能得走兽耳，功狗也。”见《史记·萧相国世家》。这里借字面指有功之臣。韩、彭：指淮阴侯韩信、梁王彭越。他们都是刘邦的功臣，但后来都被刘邦借故杀掉。韩信被逮时曾说：“果若人言：‘狡兔死，良狗烹；高鸟尽，良弓藏；敌国破，谋臣亡。’天下已定，我固当烹！”见《史记·淮阴侯列传》。

【点评】本题为诗人行进在彭城道中所作，此诗系其中第一首。诗歌从高祖还乡一事生发，认为他的《大风歌》看似气概雄阔，其实却蕴含着一种四顾苍茫的凄凉和感慨，既然如此，那么当初为什么要大杀功臣，不把他们留着捍卫国家和政权呢？这里的揭露、谴责、讽刺，以及诗人自身由此而产生的感慨，种种寓意，十分深刻。沈德潜说：“泗上亭长（刘邦）何词以答？”（《清诗别裁集》卷十九）

纸鸢(二首选一)①

整翮梳翎动隔年②,剪裁又是一番鲜。
何人不荷吹嘘力③?滞汝多应骨格坚④。
好手飞扬矜跋扈⑤,出身轻薄转翩跹⑥。
架鹰笼鹤看惆怅,束缚无由送上天⑦。

【注释】①纸鸢(yuān):即风筝。②翮(hé):鸟类的羽根,也借指翅膀。翎(líng):羽毛。动隔年:意为纸鸢一年拿出来整理一回。③“何人”句:王元麟注引《稗史汇编》:“侯元功年三十一,始得乡贡。有轻薄子画其形于纸鸢上,放之。侯笑题一词于上,曰:‘未遇行藏谁肯信?如今方表名踪。无端良匠画形容。当风轻借力,一举入高空。才得吹嘘身渐稳,即疑远赴蟾宫。’”荷(hè):借助、依靠。④滞:停滞、妨碍。汝:这里指纸鸢。⑤飞扬、跋扈:通常连用,指意气举动恣肆横暴。矜:自以为有本领。⑥翩跹:形容轻扬飘逸。⑦“架鹰”两句:意本徐寅《溪隐》:“鸾鹤久从笼槛闭,春风却放纸为鸢。”又杜甫《赠献纳使起居田舍人澄》:“扬雄更有河东赋,唯待吹嘘送上天。”

【点评】本题题咏纸鸢,此诗系其中第二首。诗歌结合纸鸢的特点,揭示了许多深刻的人生哲理,也触及到社会的黑暗。这里面既有“何人不荷吹嘘力”这样具有规律性的概括,也有“滞汝多应骨格坚”这样对正直人格的赞美,而更主要的则是从反面对那些“飞扬跋扈”的“好手”和“出身轻薄”却反而得意“翩跹”的小人进行讽刺,对“架鹰笼鹤”的被“束缚”感到不平。同时如其一颈联“万里前程悬掌握,霎时翻手即泥涂”云云,讽刺意味也非常明显。稍后袁枚有一首著名的《纸鸢》绝句:“纸鸢风骨假稜嶒,蹑惯云霄自觉能。一旦风停落泥滓,低飞还不及苍蝇。”其构思立意乃至表现手法与此颇多相似,而主题更为集中,可以并参。

西湖杂诗十四首(选一)

画罗纨扇总如云①,细草新泥簇蝶裙②。
孤愤何关儿女事③? 踏青争上岳王坟④!

【注释】①画罗:带有花纹图案的罗衣。纨扇:罗纨亦即丝织物制作的扇子。如云:形容人多。《诗经·郑风·出其东门》:"出其东门,有女如云。"②细草新泥:岑参《首春渭西郊行呈蓝田张二主簿》:"回风度雨渭城西,细草新花踏作泥。"又白居易《钱塘湖春行》:"几处早莺争暖树,谁家新燕啄春泥? 乱花渐欲迷人眼,浅草才能没马蹄。"簇蝶裙:带有蝴蝶彩样或形似蝴蝶的裙子。③儿女:这里指青年男女、游客。④踏青:即游春。岳王坟:即岳坟。参前张煌言《甲辰八月辞故里》注⑤。

【点评】本题杂咏杭州西湖有关名胜古迹,此诗系其中第九首。诗歌前面两句描写西湖游人之多、游春之盛,后面两句则需要连起来理解,可有正反两种不同的解释:从正面来说,就是虽然岳飞抗金报国之事同游人并不相干,或者说游人虽然不懂得岳飞抗金报国之事,但是仍然争先恐后地来祭扫岳飞的坟墓,由此反映出岳飞的精神之感人;而从反面来看,则是说那些游人其实并不懂得岳飞抗金报国的心迹,他们来岳坟踏青并不是为了凭吊岳飞,而纯粹是为了游玩,由此反映出世人的耽于安乐、不思救国。两相比较,后者更接近当时反清意识消磨已尽的社会现实,也更符合诗人关心社会、感慨世风的原意。也就是说,诗歌后面两句,实际上正是诗人的愤激语,只不过并不明白说出罢了。李家瑞评此诗就说:"诗有不议论之议论,较议论为高者,此类是也。"(《停云阁诗话》卷三)此外这首诗的辞采十分华丽,诸如"画罗""纨扇""细草""新泥"等等,堆叠罗列,不一而足,这也比较典型地体现了黄任诗歌的语言特色。其前黄任的一位福建同乡林垄,明末崇祯十六年(1643)所作《癸未春三月自平湖归至武林梦一丈夫甚伟对予大唱曰吾得一好句野莺渐叫岳坟青予应之以吾有山色渐青来越地梅花连白到吴门盖平湖舟中作也客复曰好好醒欲续其语三月不能得聊尔成篇因以记事云耳》二首之二云："野莺渐叫岳坟青，响句千年破晓扃。游女何知幽愤事？年年车马柳边轻。"黄任很可能受到过它的启发，同时又做了新的发展。

戏示寮友[①]

常参班里说归休[②]，都作寒暄好话头。
恰似朱门歌舞地[③]，屏风偏画白蘋洲[④]。

【注释】①戏：开玩笑。示：给……看。寮（liáo）：通"僚"，同官、同僚。②常参：指有资格经常参见皇帝的高级中央官员。归休：辞官归田。这里"休"兼可作语气词，意为算了。③朱门：借指富贵人家，参前陈维崧《拙政园连理山茶歌》注⑦。④白蘋（pín）洲：白蘋为一种水中浮草，即"田字草"。旧浙江吴兴（今湖州）有白蘋洲，意本南朝柳恽《江南曲》："汀洲采白蘋，日暖江南春。"这里借指山水隐居之地。

【点评】此诗题目，意思是说以开玩笑的形式写给同僚朋友看。其实，诗歌在玩笑的背后，含有深刻的讽刺。多少士大夫，他们内心热衷于仕宦名利，对人却满口说归，形成一种虚假可厌的庸俗习气。这正如那些官僚富贵之家，一方面红紫炫目，另一方面却偏偏要装出一副向慕自然、希冀隐居的样子，屏风上画的尽是"白蘋洲"。徐祚永说此诗"婉而多风，胜过唐人'逢人尽说休官好，林下何曾有一人'"（《闽游诗话》卷中），正道出了它的讽刺意义与艺术特点。丘炜萲则说："亦惟有此翁气岸，才说得响。"（《五百石洞天挥麈》卷二）而即使撇开此诗具体的讽刺意义不谈，光从它所反映的哲理本身来看，也是极具普遍性的。

金农(四首)

金农(1687—1763),字寿门,号冬心。浙江钱塘(今杭州)人。性喜游历,不屑仕进。乾隆元年丙辰(1736)荐举博学鸿词,入京不就试而返。生平以书画擅长,又久寓扬州,为“扬州八怪”之一。其诗多抒写个人怀抱,表现孤傲性格,具有一种奇逸之气。有《冬心先生集》,又《金农诗文集》。

自题画马

龙池三浴岁骎骎①,长抱驰驱报主心②。
牵向朱门问高价③,何人一顾值千金④?

【注释】①龙池:相传唐玄宗登帝位之前,其旧宅内有井化而为池,常生云气,有黄龙出没其中,即称“龙池”,世人以为做天子的预兆。故址在今陕西西安。骎(qīn)骎:骏马疾驰貌,亦喻时光流逝。贺铸《伴云来》词:“骎骎岁华行暮。”②报主:报效主人。③朱门:通常借指富贵人家,这里引申为有可能真正出得起价钱的人。参前陈维崧《拙政园连理山茶歌》注⑦。④顾:回看、过问。值千金:《战国策·燕策》记载,郭隗以马为喻,劝说燕昭王招揽人才,说古代君王悬赏千金买千里马,三年后仅得到一匹千里马的骨头,但仍然用五百金买下它,结果各地的马主人闻风而至,不到一年就得到数匹真正的千里马。

【点评】金农写有多首自题画马的诗歌,大都收在《冬心先生画马题记》中。这些诗歌名为咏马，实际上都是借以“抒写其胸中俊发之气”（方熏《山静居诗话》），表现个人的抱负或品格。例如“古战场边数箭瘢，悲凉老马渡桑乾。而今衰草斜阳里，只作牛羊一例看”，这是比喻人才因为老去而被人遗弃；“扑面风沙行路难，昔年曾蹑五云端。红鞯今敝雕鞍损，不与人骑更好看”，这可以看成被遗弃后的孤傲，显示出人格的尊严；而上面所选的这一首，则刚好与“老马”相反，反映的是一种人才初就、期待明主的心理，体现出积极向上的用世精神，因此最有意义。

感春口号[①]

春光门外半惊过，杏靥桃绯可奈何[②]？
莫怪撩衣懒轻出[③]，满山荆棘较花多[④]！

【注释】①口号（hào）：古典诗歌习用题名，指随口吟成，与“口占”相似。②靥（yè）：人脸上的酒窝，发笑时特别明显。这里比喻花朵的盛开。绯：红色。奈何：如之何，拿它怎么办。③撩衣：撩起衣服，打算出门的样子。这里倒装，按意思与“轻出”之“出”搭配。④较：比。

【点评】此诗为春日有感而作。诗人忽然间惊奇地发现，门外的大好春光，已经过去了一半。那迷人的杏花春雨、绿柳红桃，自己竟然没有能够好好地去欣赏。这到底是为什么呢？原来是诗人自身懒得随便撩衣出门，因为他深深地感到，外面的荆棘实际上远比鲜花要多！此中微意，读者是不难领会的。

秋　来

纨扇生衣捐已无[①]，掩书不读闭精庐[②]。
故人笑比中庭树[③]，一日秋风一日疏。

【注释】①纨扇：罗纨制作的扇子。生衣：夏天穿的衣服，通常也都以丝绸制作，取其凉快。捐：舍弃。②掩书：合上书本。精庐：也称“精舍”，精雅的讲读之舍，也泛指学舍或道士、僧人及其他高隐之士修行居住的地方。③故人：老朋友。中庭：即庭中，庭院之中。

【点评】唐代诗人孟浩然《岁暮归终南山》一诗有句云：“不才明主弃，多病故人疏。”这里面包含着对统治阶级的不满和对朋友势利的讥刺，情感沉重，表达也相当直露。金农这首诗，虽然讲的还是朋友日渐稀少而不止是疏远的问题，但它一路从季节的转换、气候的变迁说来，以秋风吹落叶的自然现象作为比喻，这就显得格外生动别致。而诗人对待这种情况，却又偏偏付之一“笑”，由此更加显示出一种豁达与大度，同时也反映了诗人本来就不愿意与社会同流合污的孤高品格。这种品格从某种意义上来说，正是“扬州八怪”之“怪”的一个表现。稍后的袁枚说他特别“爱诵”金农此诗的后两句（参见《随园诗话》卷九），原因恐怕是多方面的。

岁暮复寓吴兴姚大世钰莲花庄之寒鉴楼杂书五首（选一）①

鸥波亭外水濛濛②，记得今秋携钓筒③。
消受白莲花世界④，风来四面卧当中。

【注释】①吴兴：即今浙江湖州。姚大世钰：姚世钰，字玉裁，号薏田，归安（今湖州）人。秀才。著作有《孱守斋遗集》。因其在兄弟中排行第一，故称“姚大”。莲花庄：位于湖州东南，原为元代赵孟頫别墅，姚家至世钰已四代居此。姚世钰曾撰《莲花庄图记》。寒鉴楼：姚世钰室名。书：写。②鸥波亭：位于湖州江子汇上，旧为赵孟頫游憩之所。濛濛：空濛迷茫的样子。③钓筒:一种筒状渔具,鱼入之即不能逃出。④消受:即享受。

【点评】本题作于雍正十年壬子(1732)岁末,此诗系其中第四首。这年秋天,诗人曾至湖州,与姚世钰兄弟等人盘桓,赋有《秋夜鲍明府钞携酒就刘郎泊小酌同姚世钟同过》诸作。如今再次寓居莲花庄,诗人禁不住又回忆起当时的种种情景。而最令人陶醉的,就是这首诗所描绘的去"鸥波亭外"捕鱼捉蟹,在那里"消受白莲花世界,风来四面卧当中"。这一画面高雅奇特,诗人则舒适惬意,恍如置身人间仙境。显然,这也是诗人人格的一种写照和象征。此外,全诗以次句的"记得"一词作为挈领,来关合前后对往事的追忆,这一写法也相当别致。

厉鹗(六首)

厉鹗(1692—1752),字太鸿,号樊榭。浙江钱塘(今杭州)人。康熙五十九年庚子(1720)举人,次年试进士不第,乾隆元年丙辰(1736)荐举博学鸿词,以答卷规格不符而被黜。后曾依例待选县令,应铨入都,行至天津又中途折返,终生未仕。生平酷爱山水,又精研宋代文化,因而其诗以模山范水、描写风景见长,尤以刻画杭州自然景色为最著。艺术上则专学宋代诗人且所学尽是小家,好用宋代典故,又多为饾饤僻典,从而在宗宋的道路上发展到了极端。就总体而言,厉鹗诗歌格局较小,但境界幽远,特别是它既重学问,又主空灵,将写景与宗宋有机结合并推向高峰,由此形成了狭义的"浙派",在当时和后世都产生了很大的影响。他个人与金农齐名,并称"髯金瘦厉"。也工于填词,为浙西词派在清中叶的中坚。著有《樊榭山房集》,又《厉鹗全集》,

前者诗歌有道光年间董兆熊笺注。

蒙　阴[①]

冲风苦爱帽檐斜，历尾无多感岁华[②]。
却向东蒙看霁雪[③]，青天乱插玉莲花[④]。

【注释】①蒙阴：地名，在今山东。②历尾：年历的末尾，即年尾。岁华：岁时、岁月。③东蒙：东蒙山，即山东的蒙山。参前查慎行《望蒙山同定隅德尹作》注①。霁(jì)雪：下停了的雪。④“青天”句：玉莲花：这里比喻积雪的山峰。参见李白《望庐山五老峰》：“青天削出金芙蓉。”

【点评】此诗作于康熙五十九年庚子(1720)冬天赴京应试途中。诗人在这岁尾年末，顶着凛冽的寒风北上去考进士，心中却有许多说不出的滋味。因此，他转脸去看东蒙的雪景，只见一座座雪白的山峰，宛如一朵朵盛绽的玉莲花，无序地倒插在青天之上。这种顾左右而言他的做法，给读者留下了不尽的猜测和想象。而它对自然景色的生动描绘，更加令人叹为观止，以致无暇再去寻思诗中到底含有什么深意。从这首诗和上面金农的《岁暮复寓吴兴姚大世钰莲花庄之寒鉴楼杂书五首》之四以及前面王士祯的《再过露筋祠》等等，似乎可以总结出“白莲”“白莲花”“玉莲花”云云乃至其他类似意象在古典诗歌中的妙用。

春　寒

漫脱春衣浣酒红[①]，江南三月最多风。
梨花雪后酴醾雪[②]，人在重帘浅梦中[③]。

【注释】①漫：随便、聊且。浣：洗。酒红：指酒痕。②酴醿（tú mí）：一种落叶灌木，春末夏初开花，白色。③重帘：一层又一层的帘幕。

【点评】此诗描写春寒料峭的情景。暮春三月，江南多风，寒意犹存，因此人们每要借酒取温。室外的春景，只见得梨花、酴醿相继开放，那雪白的繁花又给人带来了一种冷色调。人们身处重帘之中，无聊拥被，而又依然睡梦不稳，由此更见出春寒捉弄人之甚。诗歌就是这样通过人的有关活动和自然界的特殊现象，从各个侧面反复刻画淡淡的春寒，用笔曲折细腻，造景形象生动，读来十分富有韵味。特别是第三句的“梨花雪后酴醿雪”，以“雪”喻白，又等于以“白”作动词，写法格外考究；第四句的“人在重帘浅梦中”，本身就是一幅绝好的图画，而又为图画所无力表现，实中含虚，更使人回味无穷。

湖楼题壁[①]

水落山寒处，盈盈记踏春[②]。
朱阑今已朽[③]，何况倚阑人！

【注释】①湖楼：指西湖边的某处楼阁。②盈盈：这里意为轻盈美好的样子。《古诗十九首》之二：“盈盈楼上女，皎皎当窗牖。”踏春：即春游、踏青。③朱阑：红色的栏杆。“阑”即“阑干”，同“栏杆”。

【点评】此诗为悼念诗人的亡妾朱满娘而作。满娘字月上，浙江乌程（今湖州）人，于雍正十三年乙卯（1735）中秋归厉鹗，至乾隆七年壬戌（1742）正月病逝，年仅二十四岁。厉鹗曾为她写下许多长歌当哭之作，而尤以这首短诗为最著。诗人在湖畔触景生情，回想起当年踏春偕游的历历往事，不禁感恸万分，因此发出了无限深沉的慨叹：“朱阑今已朽，何况倚阑人！”这里的“朱”字，刚好切合满娘的姓氏。而两句的取义，原本苏轼的《法惠寺横翠阁》诗：“雕阑能得几时好，不独凭阑人易老。”但它采用推进一层的写法，较之苏轼的原句更见沉痛，也更富哲理。后来袁枚写《松下作》："小住仓山畔，悠悠三十春。苍松都已老，何况种松人！"即明显受厉鹗此诗影响。至于袁枚《随园诗话》卷十四提到的中唐诗人欧阳詹《初发太原途中寄太原所思》五言古诗中"高城已不见，况复城中人"之句，则因其体裁限制，不是很突出。

归舟江行望燕子矶作①

石势浑如掠水飞②，渔罾绝壁挂清晖③。
俯江亭上何人坐④，看我扁舟望翠微⑤？

【注释】①燕子矶：南京长江岸边的一块巨石，形如燕子，故名。②浑：这里意为简直。③渔罾(zēng)：即罾，一种用竿支架，垂入水中片刻再扳起来的渔网。清晖：清秋的阳光。④俯江亭：燕子矶上的亭子。⑤翠微：苍翠轻淡的山色，借指青山。这里即燕子矶和俯江亭所在。

【点评】此诗作于乾隆八年癸亥(1743)秋天诗人客游南京之际。诗歌描写归舟沿长江而行，从舟中眺望燕子矶的情景。其中最精彩的就是后面两句，根据双方对视，视线去来的道理，运用大句子套小句子的语法模式，刻意构成好几层——实质是无穷层的曲折，也就是什么人坐在俯江亭上看我坐在舟中看他看我看他……陈衍《石遗室诗话》卷十五欣赏此诗，即称："十四字中，作四转折。质言之，为'看他在那里看我在这里看他看我'也。"同时，这两句诗连在一起以设问的形式作结，一方面显得空灵摇荡，另一方面也刚好在它的前面暗托出一个共同的发问主语"我"，由此等于又多增加了字面上的一层曲折。其构思的新奇、用笔的巧妙，的确非一般人所能办。吴应和说："过燕子矶，率多巨制；此则略不经意，二十八字竟成绝唱。"(《浙西六家诗钞》卷一)至于南宋杨万里《苦热登多稼亭》二首之二颈联"偶见行人回首却，亦看老子立亭间"，主要因为其夹在一首律诗的中间，所以收不到同样的艺术效果。现当代著名白话诗人卞之琳先生的名作《断章》"你站在桥上看风景，看风景人在楼上看你"云云，不知是否受到过厉鹗的启发。

二月十四夜同周少穆胡又乾施竹田吴敦复汪旭瞻施北亭西湖泛月共赋四绝句（选一）①

月下看花不肯红，沿堤花影压孤篷②。
春烟夜半生波面，仿佛青山似梦中。

【注释】①周少穆：此起至“施北亭”及下面《六月十二日同栾城谷林集湖上》之“栾城”“谷林”等等均为厉鹗友人，为避繁琐，不一一注明。读者如有兴趣，可参阅厉鹗本集董兆熊注本。②篷：船篷，也借指船。

【点评】本题为月夜泛舟西湖所作，此诗系其中第四首。诗歌的核心与特点，也就是描绘西湖月夜的朦胧景象。无论是看花不见花的颜色、寻花不见花的枝条，还是夜半波面的春烟、梦中青山的倩影，无不烘托出朦胧的意境。如此西湖，扁舟独泛，其情其景，在历代描写西湖的诗歌中的确不易领略得到。

六月十二日同栾城谷林集湖上①

风翻十里绿云斜②，隔断孤山处士家③。
坐爱片云无住着④，频移凉影过荷花。

【注释】①湖上：即西湖上，也特指杭州西湖。②绿云：这里喻指柳丝。③孤山：位于西湖中。处士：这里指北宋诗人林逋，曾长期隐居孤山，养鹤种梅，人称“梅妻鹤子”。参前钱谦益《西湖杂感》注④。④住着（zhuó）：停留、倚靠。

【点评】此诗也是描写游湖之作，但它更侧重表现一种出世的境界。柳荫遮隔的孤山处士——“梅妻鹤子”林逋的踪迹，即唤起人们对世外高隐生活的企慕。正当这一时刻，本来就以无心而出岫为特征的“片云”，偏又频频地移过西湖，移过荷花，更令人心旷神怡，万虑俱消，仿佛自身也幻化作飞云仙鹤，脱离了尘世的羁绊，进入了物我两忘的超然世界。诗歌写景的悠淡、意境的高远，都很能体现厉鹗其人其诗的特点。

郑燮（四首）

郑燮（1693—1766），字克柔，号板桥。江苏兴化人。康熙年间秀才，雍正年间举人，乾隆元年丙辰（1736）进士。曾官山东范县（今属河南）、潍县知事。晚年寓居扬州城内，以作书卖画为生，是“扬州八怪”的代表人物。他的思想相当解放，论诗也主张“自写性情，不拘一格”，强调个性，推崇创新，既不模仿“古人”，更不依附“今人”（参见《随猎诗草·花间堂诗草跋》），为稍后袁枚和性灵派的先驱。其诗歌创作能够关心民生疾苦，尤其注重反映诗人自己的性格品质，体裁上则以题画之作最为擅长，自然真率，意趣高深。有《板桥诗钞》等，又《郑板桥全集》。

绍　兴①

丞相纷纷诏敕多②，绍兴天子只酣歌③。
金人欲送徽钦返④，其奈中原不要何⑤！

【注释】①绍兴：这里指宋高宗赵构的年号。②丞相：指秦桧，曾为高宗朝宰相。诏敕(chì)：即诏书，正常应当由皇帝颁发。③绍兴天子：即指赵构。酣歌：沉湎于歌舞宴乐。《尚书·伊训》："敢有恒舞于宫，酣歌于室，时谓巫风。……邦君有一于身，国必亡。"④徽钦：宋徽宗赵佶，系赵构之父。钦宗赵桓，系赵构之兄。此前都被金兵俘虏，关押在北方。⑤其：语助词，表示强调。奈……何：拿……怎么办。中原：中国，这里指南宋政权。

【点评】此诗讽刺宋高宗赵构。他在北宋末年徽、钦二帝被金兵俘虏之后，逃到江南做南宋的第一个皇帝。但他不思恢复中原，整日醉生梦死，朝政大权都交给奸臣秦桧。因此诗歌尖锐地指出，金人本来倒是要把徽、钦二帝还给宋朝的，可是宋朝却偏偏不要——假如他们回来，那么高宗也就做不了皇帝了！这也就是说，南宋小朝廷之所以甘心偏安江南，之所以会让秦桧那样的奸臣存在，之所以会杀害岳飞等等，最根本的原因其实就在高宗本人。这比起其他许多题咏南宋史事的诗歌来，无疑要深刻千百倍。而且不仅南宋，即使在别的时代，各种事情不也是如此吗？

潍县署中画竹呈年伯包大中丞括[①]

衙斋卧听萧萧竹[②]，疑是民间疾苦声。
些小吾曹州县吏[③]，一枝一叶总关情[④]。

【注释】①署：官署。年伯：科举制度下，同榜登科者称"同年"，同年的父辈或父亲的同年尊称为"年伯"。包大中丞括：包括，浙江钱塘(今杭州)人，曾官山东布政使，署理巡抚。"中丞"在明清时期为巡抚的别称。"大"表示尊敬。②衙斋：官衙中的书斋。萧萧：形容风吹竹叶的声音。③些小：微小，这里形容官职低微。吾曹：我辈、我们。④关情：关心、在意。

【点评】郑燮曾经画过一幅《风竹图》呈送给他的上司包括，此诗即为题画之作。他通过这幅画要表达一种什么思想呢？诗歌即做了解说。诗人从风吹竹叶的萧萧声中，仿佛听出了民间百姓的疾苦和呻吟；而作为一个基层州县的父母官，他对这风中竹子的每一枝每一叶，都寄寓着深切的关心。联系他同时另外所作的一组《潍县竹枝词四十首》，其中颇多涉及所谓乾隆“盛世”之下潍县农民群众的各种苦难，就可以很好地证明这一点。并且在《潍县署中与舍弟第五书》中，他还批评过某些前代的著名作家：“试看其平生诗文，可曾一句道着民间痛痒！”一个封建社会中的官僚，能够具有这样的一种思想，的确令人肃然起敬。他将这样的诗和画呈送给自己的上司，其寄意也是不言而喻的。

竹　石

咬定青山不放松，立根原在破岩中。
千磨万击还坚劲，任尔东西南北风[①]！

【注释】①任：任凭。尔：你，这里是“东西南北风”的同义复指。

【点评】郑燮画有多幅《竹石图》，此诗是其中的一首题画之作。诗歌以竹子为主，说它“咬定青山”“立根”“破岩”，经过无数次的打击考验反而更加挺拔“坚劲”，无论东西南北何处来风！回想诗人曾经在灾荒年头为民请命，力争赈粮救济，竟因此得罪上官；但他并不畏惧，更不屈服，毅然挂冠辞职，拂袖而归，这首诗及画岂不正是诗人人格的写照？它与元代王冕的《墨梅》，明代于谦的《咏石灰》《咏煤炭》诸作，精神实质息息相通，可谓前后合辙，后先辉映。

出纸一竿[①]

画工何事好离奇[②]，一干掀天去不知[③]？

若使循循墙下立④，拂云擎日待何时！

【注释】①出纸一竿：指所画竹子看上去好像伸出纸外。②何事：为什么。好(hào)：喜爱。③“一干(gàn)”句：即“出纸一竿”之意。干：指主干。④循循：规规矩矩的样子。

【点评】此诗也是题写画竹之作，但着眼点在于绘画的布局构思技巧。画中的竹子，居然有一竿俨然超出于画幅之外。这“打破框框”、违背常规的意外之笔，难道是画家故意去追求离奇吗？诗歌后面两句说得很清楚：假如都让竹子老老实实地依附在墙根之下，那么到什么时候才能够“拂云擎日”，立地顶天呢？这画意和诗意，寄寓了作者对后辈、对人才的多少殷切期望！这对于社会上做长辈、做领导，特别是从事教育工作的人来说，实在是太具有启发意义了。而从上面这一系列有关竹子的题画诗中，不难看到郑燮在传统的与竹有关的美德之外做了极大的拓展，从各个侧面体现了作者的创新精神。人称郑燮有诗、书、画“三绝”，而这“三绝”又包含着“三真”，也就是“真气”“真意”“真趣”(张维屏《国朝诗人征略》卷二十八引《松轩随笔》)，观上面若干作品，未尝不可以窥其大略。

严遂成(一首)

严遂成(1694—?)，字崧瞻，一作松占，号海珊。浙江乌程(今湖州)人。雍正二年甲辰(1724)进士。乾隆元年丙辰(1736)荐举博学鸿词，以母忧未与试。后官山西临汾、长垣知县，云南嵩明、镇雄知州，卒于任。其诗歌题材广泛，尤以咏史之作最负盛名；艺术上功力深至，风格多样，瘦硬雄奇与自然清秀兼具，而以七言律诗为特工。有《海珊诗钞》,又今人杨德辉、杨镜如父子两位先生合撰《海珊诗钞注》。

宿许天植见山楼[①]

绿树疏灯落烬迟[②],梦醒如中薄寒时[③]。
风通花气全归枕,月转楼阴倒入池。
如此夜深犹有笛,可因春尽竟无诗?
开门便赴寻山约,酒熟茶香短簿祠[④]。

【注释】①许天植:作者友人,具体未详。见山楼:此指友人许天植家的一处楼阁。②烬(jìn):物体燃烧后剩下的东西,这里指灯芯的灰烬。③中(zhòng)薄寒:稍染风寒。④短簿祠:在虎丘东山浜,祭祀西晋王珣,因其曾官主簿,又身材矮小,时人有"短主簿"之称,故名。

【点评】此诗从夜宿友人"见山楼"说起,描绘暮春时节的迷人景色,抒写对春天的珍爱与感受。诗歌最精彩的部分,在于中间的两联:上一联实写刻画,下一联虚拟想象,二者相映成趣;上一联除"全"字外都用实词客观叙述,下一联则借助大量虚辞曲折设问,句式变化,韵味深长;同时两联四句,习见的复音词极少,基本上都以单音节的词汇组织而成,细密灵巧,意蕴丰富,颇经得起读者的寻绎品味。联系严遂成另一首七律名作《桃花》的中间四句"息国不言偏结子,文君中酒乍当垆。怪他去后花如许,记得来时路也无",未尝不可以体会律诗的写作技巧。

马曰璐(一首)

马曰璐(1695—?),字佩兮,号半槎。安徽歙县人,寓居江苏扬州。国子监生,候选知州。乾隆元年丙辰(1736)荐举博学鸿词,不赴。与兄马曰琯并以盐业成巨富,又兼有诗才,爱好风雅。所居小玲珑山馆,藏书无数,同时代许多诗人、学者都曾在此长住,稽学探古,切磋文艺,俨然东南文化一大中心。其本人诗歌多山水纪游、题图酬唱之作,笔调清刻,颇亦可观。有《南斋集》。

半山看桃花①

山光焰焰映明霞②,燕子低飞掠酒家。
红影倒溪流不去③,始知春水恋桃花。

【注释】①半山:在杭州艮山门外东北郊,旧时为赏桃胜地。②焰焰:形容火苗初起,这里借喻桃花盛开的色泽。明霞:明丽的云霞。③红影:指桃花的倒影。王安石《移桃花示俞秀老》:"晴沟涨春绿周遭,俯视红影移渔舠。"

【点评】此诗描写杭州半山桃花盛开的景色。前两句写远景,写空中,境界阔大,动静相宜,但还只是一种铺垫。后两句是诗歌的精华所在,主要以构思奇特见长:漫山遍野的桃花倒影映照在溪水之中,始终流不去,春天的溪水也留恋着桃花。这里不仅把溪水以及桃花都作了拟人化,赋无情之物以情，想象自然界的各种事物都有相互沟通的灵性，而且诗人自己包括其他所有游客的“恋桃花”，也从中婉转地反映出来，较之于直述更加富有韵味。至于桃花本身的可爱，更是从它的倒影被溪水所“恋”、被游人所“恋”中获得了充分的表现。诗歌以倒影写桃花，又以溪水写桃花，进而以溪水写游人，最终仍然落实到桃花本身，真可谓曲折之至。

胡天游（五首）

胡天游（1696—1758），字云持，一字稚威。浙江山阴（今绍兴）人。雍正七年己酉（1729）副榜贡生。乾隆元年丙辰（1736）荐举博学鸿词，丁忧不赴。次年补考，因病罢试。又次年中顺天副榜，考授州同衔，但迄未选官。十余年后应举经学，又为忌者中伤而废。终生落拓，最后客死太原。其诗常有一种抑郁不平、愤世疾俗之慨，艺术上则取径中唐韩愈、孟郊，同时变本加厉，形成雄奇拗涩的风格特征，在当时的诗坛上独树一帜，对稍后的舒位、王昙等人颇多影响。也工骈文。有《石笥山房集》。

晓　行

梦阑莺唤穆陵西①，驿吏催时雨拂衣②。
行客落花心事别，无端俱趁晓风飞③。

【注释】①阑：残、将尽。穆陵：穆陵关，在今山东临朐东南大岘山上，地势险峻，素有“齐南天险”之称。②驿吏：掌管驿站的官吏。③无端：无故。

【点评】此诗刻画行客早起赶路的情景，而妙处在于后面两句。诗人突发奇想，道路上的落花，它们的“心事”与行客不同，为什么却和行客一起都趁着晓风翻飞呢？这行客眼中看不到他物而只见落花，也许是因为起得太早，道路上本来就没有他物；又可能是因为这行客有感于自己的身世飘零，所以由情及景，于世间万物中偏只看到落花……总之，行客有情，落花无情，两者却走到了一起，正见出诗人的构想之奇特；而行客与落花尽管“心事”有别，却毕竟各有“心事”，两者的“心事”到底各是些什么，这又给读者留下了不尽的想象空间，使得诗歌充满了无穷的韵味。

杂书（四首选一）①

古来驾驭非无势②，后辈因依亦借妍③。
名誉即须官并贵，英雄未信语堪传。

【注释】①书：写。②驾驭：这里指控制、把持文坛评论。③因依：依附、投靠。借妍：指借以出名、沾光。

【点评】本题杂写各种内容，此诗系其中第一首。它的主题，在于抨击那种利用官位权势招揽名誉的不良习气，为那些丰才而啬遇，由于地位低下而被人忽略的“英雄”鸣不平。诗歌的第三句最富哲理，而第四句则是愤激语。此前的朱彝尊，在罢官以后所写的诗歌中，也曾一再慨叹“近来论诗专序爵”（《近来二首》之二），论文“但取官显烁”（《答徐舍人永宁上舍永宣五十韵》）；稍后的袁枚，则在《偶然作》十三首之五中，亦对历史上的这一现象进行了总结：“颜回无宣尼，一瓢何足算？宰相三十年，虽庸有列传。君子爱其名，名权非我擅。但看十七史，逊我者大半。”由此可见，胡天游这首诗，实际上正反映了一种规律性的东西。

有忆绝句

雪花飞断夜阑干[①]，拥尽青绫玉篆盘[②]。
各自半窗残烛外，禁城春梦度春寒[③]。

【注释】①阑干：这里同“阑珊”，指夜将尽。②篆：这里指盘香的烟缕，因其盘旋缭绕如同古代的篆书，故称。③禁城：宫城，也泛指京城。

【点评】朱彝尊曾赋有一首小词《桂殿秋》：“思往事，度江干，青蛾低映越山看。共眠一舸听秋雨，小簟轻衾各自寒。”这是描写他与情人初恋时候的情景，虽然同睡在一条船上，但碍于旁人，只能默默地相互惦念。后来的著名词学家况周颐，将该词誉为有清一代最佳的词人最佳的词（参见《蕙风词话》卷五）。而其之所以“佳”，恐怕即在于末句的“各自”二字，字面既通俗明白，格调又含蓄高雅。胡天游的这首绝句，其所“忆”为何人不得而知，但它以“各自”二字传达出两人相互思念的情愫，则正与朱彝尊词相仿佛，或许他正是受了朱彝尊的启发。

西湖杂题（五首选一）

江声千里带潮还[①]，不动西湖水一湾。
欲卷波涛归大海，却愁遮断凤凰山[②]。

【注释】①“江声”句：这里的“江”指钱塘江，素以潮水巨大著称。②凤凰山：杭州凤凰山，位于西湖与钱塘江之间。参前宋琬《同欧阳令饮凤凰山下》注①。

【点评】本题杂咏杭州西湖，此诗系其中第三首。根据史料记载，杭州西湖原本是一处海湾，后来钱塘江冲刷下来的泥沙淤积成现今的市区，这里也就成了一个湖。胡天游的这首诗，无意之中刚好写出了西湖的这段历史。而与此相应，历代描写西湖的诗歌大都风光旖旎，偏于阴柔，这首诗却从钱塘江落笔，写出了西湖的不甘寂寞、思归大海，带有一种难得的阳刚之气，因而在同题材的作品中明显别具一格。这在某种程度上，也正体现了胡天游诗歌的基本特征。

烈女李三行[①]

大海何漫漫[②]，千年不能移。
太山自言高[③]，精卫衔石飞[④]。
朝见精卫飞，暮见精卫飞。
吐血填作坻[⑤]，一旦成路蹊[⑥]。
岂惟成路蹊，崔嵬复崔嵬[⑦]。

【注释】①烈女：刚烈有志节的女子。李三：河南鹿邑人，真名不详，“三”当是以姊妹排行称。行：这里是诗歌体裁的名称，泛指歌行。另作者《石笥山房文集》卷六附有一篇《烈女李三传》，具体介绍李三的事迹，可以视为此诗的小序。有关情节详见下文。②何：多么。漫(mán)漫：这里是广阔无边的意思。③太山：同“泰山”。④精卫衔石：古代报仇雪恨的典故，参前顾炎武《精卫》及有关注释。⑤坻(ōu)：沙堆。⑥一旦：这里意为一日，有那么一天。路蹊(xī)：道路。蹊：小路。⑦“岂惟”两句：哪里只形成道路，甚至还高得不得了。崔嵬：高耸的样子。复：又。此诗篇幅很长，以上十句为第一小节，即开头部分，借精卫填海的神话传说起兴，引出李三为父报仇的故事。

女面洁如玉，女身濯如脂[①]。

十四颇有余，十五十六时[②]。
婀娜怀春风[③]，明月初徘徊[④]。
门中姊与姑，邻舍杂姥嫠[⑤]。
人笑女无声，人欢女长啼。
昔昔重昔昔[⑥]，皴痛不得治[⑦]。
有似食大鲠[⑧]，祸喉连胁脐[⑨]。
阿母唤不应，步出中间闺。
女身亦非狂[⑩]，女心亦非痴。
向母问阿爷[⑪]，阿爷谁所尸[⑫]？
昨日门前望，裂眼宁忍窥[⑬]！
爷仇意妍妍[⑭]，走马东西街。
我无白杨刃[⑮]，锻作双虹霓[⑯]。
磨我削葵刀，三寸久在怀。
一心愿与仇，血肉相齑虀[⑰]。
仇人何陆梁[⑱]，挟队健如犛[⑲]。
前者为饥狼，后者为怒豺。
小雀抵黄鹞，徒恐哺作糜[⑳]。

【注释】①"女面"两句：描写李三的美丽。"女"在此诗中均指李三。濯（zhuó）：光洁。脂：油膏。《诗经·卫风·硕人》："肤如凝脂。"②"十四"两句：介绍李三的年龄。③婀娜：轻盈柔美的样子。④"明月"句：形容李三美丽，明月也为之徘徊，不愿离去。⑤姥（mǔ）：老妇。嫠（lí）：寡妇。⑥昔昔：夜夜。"昔"通"夕"。重（chóng）：反复。⑦皴（cūn）痛：像皮肤开裂一样疼痛。皴：皮肤因受冻而裂开。⑧鲠（gěng）：鱼骨、鱼刺。⑨祸喉：祸及喉咙。胁：身体两侧从腋下到腰上的部位。脐：肚脐。⑩狂：这里指放荡。⑪阿爷：旧称父亲。⑫尸：这里作动词，杀害。⑬裂眼：瞪大眼睛。⑭爷仇：父亲的仇人。妍妍：这里是洋洋自得的意思。⑮白杨刃：薄如杨叶的刀子。左延年《秦女休行》："左执白杨刃，右据宛鲁矛。"⑯双虹霓：虹有时两条同出，古人认为其中颜色鲜艳者为雄，即通常所说的"虹"；颜色暗淡者为雌，称为"霓"，即通常所说的"副虹"。这里喻指雌雄宝剑。⑰"一心"两句：意思是盼望与仇人同归于尽。齑（jī）臡（ní）：肉酱。⑱陆梁：嚣张、猖獗。⑲挟队：结队。犛（lí）：牦牛。⑳徒：徒然、白白地。哺：咀嚼。糜：这里意思是肉末。以上三十六句为第二小节，从李三叙述到她的杀父仇人，说明她有强烈的复仇意愿，却又无法硬拼。

大声呼县官，县官正聋蚩[①]。
宛转太守府[②]，再三中丞司[③]。
堂皇信威严[④]，隶卒森柴崖[⑤]。
安知坐中间，一一梗与泥[⑥]。
何由腐地骨，骨笑回牙欸[⑦]？
孤小不识事，闻人说京师。
京师多贵官，列坐省与台[⑧]。
头上铁柱冠[⑨]，獬豸当胸栖[⑩]。
獬豸角岳岳[⑪]，多望能矜哀[⑫]。
局我头上发[⑬]，缝我当躬衣[⑭]。
手中何所将[⑮]？ 血帛斑烂丝[⑯]。
帛上何所书？ 繁霜惨濛埋[⑰]。
细躯诚艰难[⑱]，要当自防支[⑲]。
女弱母所怜，请母毋攀持[⑳]。

今便辞母去，出门去如遗[21]。

【注释】①蚩（chī）：痴、愚蠢。②宛转：这里意思是辗转。太守：旧官名，原为一郡之最高长官，清代借指府一级的最高长官，即知府。③中丞：御史中丞，旧官名。清代借称一省之最高长官巡抚，盖巡抚多同时兼有右副都御史之类的职衔。④堂皇：官吏办事的大厅。室无四壁称为“皇”。信：确实。⑤柴崖：狗欲咬时露齿的样子，形容凶恶。⑥梗：这里指土梗，即土人。泥：这里指泥塑。⑦“何由”两句：意思是说有什么办法能报父仇，使父亲含笑于地下。腐地骨：尸骨。回：扭转、改变。牙欸（āi）：语出扬雄《法言·渊骞》，“牙”意思是用牙齿咬，“欸”表感叹语气，这里似借指原先含恨的情状。⑧省、台：唐代有尚书省、门下省、中书省，分别称中台、东台、西台，统称“台省”，这里泛指中央一级的官署。⑨铁柱冠：冠名，旧为御史所戴。⑩獬豸（xiè zhì）：传说中的猛兽，能辨是非，如见人相斗，即以角触理亏者。清代御史等官服饰前后均绣有獬豸图案，象征英明正直。⑪岳岳：挺立的样子。⑫矜哀：怜悯。⑬局：弯曲。这里作动词，意思是卷起。⑭当躬衣：贴身的衣服。⑮将：持、拿。⑯血帛：血书，这里指用血写在帛上的状纸。斑烂：同“斑斓”，形容色彩富丽。⑰繁霜：浓霜，这里借指白色的帛，亦双关冤屈。濛埋：同“濛昧”，模糊不清。⑱细躯：瘦弱的身体。⑲防支：防范。⑳攀持：牵拉，形容依依不舍。㉑遗：抛弃、扔掉。以上三十句为第三小节，叙述李三依次向县、府、省三级官府告状，但都没有得到结果；听说中央一级也许有希望，于是毅然决定上北京。

是月仲冬节[1]，杀气争骄排[2]。
层冰塞黄河，急霰穿毛锥[3]。
大风簸天翻，行人色成灰。
灰里不见掌，深林抱枯枝。
三更叫鸲鹆[4]，四更嗥狐狸。

五更道上行，踯躅增羸饥[⑤]。
举头望长安[⑥]，盘盘凤皇陴[⑦]。
下著十二门[⑧]，通洞纵横开。
持我帛上书，鬻我囊中袿[⑨]。
跪伏御史府[⑩]，廷尉三重墀[⑪]。
尚书几峨峨[⑫]，峨峨唱驺归[⑬]。
头上铁柱冠，獬豸当胸栖。
獬豸即无角[⑭]，岂与群羊齐[⑮]！
李女倚柱啸[⑯]，白日凋精辉[⑰]。
结怨弥中霄[⑱]，中霄盛辛悲。
有地何抟抟[⑲]，有天何垂垂[⑳]。
高城不为崩[㉑]，高陵不为阤[㉒]。

【注释】①仲冬：冬天的第二个月，即农历十一月。②杀气：这里指肃杀的寒气。骄排：骄纵放任。③霰（xiàn）：雪子。毛锥：形容毛孔细如锥尖。④䴘（gē）鹅：同“驾鹅”，野鹅。⑤踯躅（zhí zhú）：徘徊不进，这里形容行走艰难迟缓。羸（léi）：衰弱。⑥长安：即陕西西安，汉唐时代曾长期作为首都，这里借指北京。⑦盘盘：曲折回环的样子。凤皇：同“凤凰”。相传秦穆公之女弄玉，吹箫引凤，凤凰降于京城，后世即称京城为凤凰城。陴（pí）：城墙上的矮墙，即所谓女墙。⑧著：“着”的本字，这里意思是布置。十二门：长安旧有十二个城门，后世同样用以借指京城。⑨袿（guī）：女子的上衣。⑩御史：官名，清代的都察院设有都御史，主管监察等事。⑪廷尉：旧官名，清代借称大理寺的长官。三重（chóng）：很多层。墀（chí）：台阶。⑫尚书：官名，清代各个部的最高长官。这里具体指刑部。刑部、都察院、大理寺合称“三法司”。峨峨：形容仪态端庄、威严。⑬唱驺（zōu）：古代官员出行，驺卒在前喝道开路，称为“唱驺”。驺：骑马的侍从。⑭即：

这里意思是假如。⑮岂：这里相当于“岂不”。齐：相等。⑯倚柱啸：靠着柱子大声呼叫。春秋时代曾有鲁国漆室女因忧虑国事，倚柱悲歌的故事，见刘向《列女传》。⑰白日：这里指太阳。凋精辉：失去光辉。⑱结怨：郁结在胸中的怨气。弥：弥漫、充满。中霄：半空。⑲抟（tuán）抟：圆的样子。⑳垂垂：高远的样子。㉑“高城”句：用孟姜女哭长城事，参见下文“杞梁妻”注释。这里反用其意。㉒阤（zhì）：崩塌。以上三十四句为第四小节，叙述李三历经千难万险上北京告状，然而还是不被受理。

为遣明府来[①]，明府来何迟。
长跪向明府，泪落江东驰。
女今千里还[②]，女忧终身罹[③]。
女诚不敢绐[④]，愿官无见疑。
父冤信沉沉[⑤]，沉沉痛无期。
一日但能尔[⑥]，井底生朝曦[⑦]。
死父地下笑，生仇市中刲[⑧]。
顾此弱贱躯[⑨]，甘从釜鬵炊。
语中难成声，声如系庖麋[⑩]。
明府大嗟叹，嗟叹仍嘘唏[⑪]。
翻翻洞庭波，洞庭非渊洄[⑫]。
崭崭邛崃坂，九折无险巇[⑬]。
我今为汝尸[⑭]，汝去行得知[⑮]。
爷仇意妍妍，举家忽惊摧。
势似宿疹发[⑯]，骤剧无由医[⑰]。
同时恶少年，驱至如连鸡[⑱]。
锒铛押领头[⑲]，毕命填牢狴[⑳]。

有马空马鞍，永别街西馗[21]。
叩首谢明府，搦骨难相贻[22]。
昔为羝乳儿[23]，今为箭还韔[24]。

【注释】①“为遣”句：遣：派。明府：唐代称县令为“明府”，取其贤明之义，清代即借指知县。据《烈女李三传》记载，这位新任知县相当正直能干，李三在京中闻知，即刻返乡向他申诉。②“女今”句：此起至“甘从釜鬵炊”十二句，为李三申诉之词。③罹（lí）：罹忧，遭遇祸难。④绐（dài）：欺骗。⑤信：确实。沉沉：很深的样子。⑥尔：这样，这里指报仇雪恨。⑦“井底”句：井底生出太阳，意思是太难得了。朝曦：早晨的阳光。⑧生仇：活在世上的仇人。刲（kuī）：割。⑨顾：回看。弱贱躯：弱小卑贱的身体，这里是李三自指。⑩系庖（páo）麋：拴在厨房里等人宰杀的麋鹿。庖：厨房。⑪仍：更。嘘唏：哽咽、抽噎。⑫“翻翻”两句：渊洄：深渊之水回旋曲折。此起六句为明府所说的话，表示再难也要为李三报仇。⑬“崭崭”两句：崭崭：高峻的样子。邛（qióng）崃坂：四川邛崃山，有九折坂，以山路曲折艰险著称。险巇（xī）：道路艰险。⑭为汝尸：为你做主。尸，执掌、主持。《诗·召南·采蘋》：“谁其尸之，有齐季女”。⑮行：将。⑯宿疹：旧病。⑰骤剧：迅猛厉害。⑱连鸡：绑成一串的鸡。⑲锒铛：锁系犯人的铁链。领头：这里意思是头颈。⑳“毕命”句：毕命：结束生命。牢陛（bì）：牢狱。《烈女李三传》：“豪（李三的仇人）死牢户中。”㉑馗（kuí）：同“逵”，道路。㉒“搦（nuò）骨”句：意思说难以报答明府的大恩。搦：持、拿。贻（yí）：赠。㉓羝（dī）乳：公羊产乳，比喻不可能的事情。《汉书·苏武传》：“乃徙武北海上无人处，使牧羝，羝乳乃得归。”羝：公羊。㉔箭还韔（chāi）：把箭放回箭袋，通常比喻理所当然、顺理成章的事情，这里兼有大仇既报，回归乡里的意思。韔，箭袋。以上四十句为第五小节，叙述李三得到新任知县的同情，最终报了杀父之仇。

遥遥望我里，我屋荒毗莱[1]。

寡母倚门唏[②]，唏女杞梁妻[③]。
女去母啖柏[④]，啖柏今成饴[⑤]。
虽则今成饴，母悲转难裁[⑥]。
女颜昔如玉，女发何祁祁[⑦]。
女口含朱丹，女手垂春荑[⑧]。
哭泣亲尘沙，面目余瘢劙[⑨]。
宛宛闺中存，黧疾疑病罴[⑩]。
姑姊看女来，簪笄不及施[⑪]。
邻姥看女来，左右相呼携。
各各自流涕，一尺纷涟洏[⑫]。
邻姥少别去，媒媪从容来[⑬]。
三请得见女，殷勤致言辞。
公子县南居，端正无匹侪[⑭]。
金银列两厢，纤纨不胜披。
身当作官人，华荣炳房帏[⑮]。
颇欲得贤女，贤女胜姜姬[⑯]。
回面答媒媪，身实寒且微。
无弟无长兄，老母心偎依。
所愿事力作[⑰]，涩指缝裙鞋[⑱]。
安得随他人，乖违母恩慈[⑲]！
母年风中灯，女命霜中葵。
须臾母大病[⑳]，死父相寻追。
棺椁安当中[㉑]，起坟遂成堆[㉒]。

【注释】①蓖(pí)莱：蒿莱、野草。②倚门：靠在门口等待眺望，形容父母殷切盼望子女归来的神情。《战国策·齐策》："母曰：'女朝出而晚来，则吾倚门而望；女暮出而不还，则吾倚闾而望。'"唏：感叹。③杞梁妻：刘向《列女传》记载春秋时代齐国的大夫杞梁殖战死莒国城下，其妻痛哭十日然后自杀，城墙为之崩塌，后来即演变为孟姜女哭长城的故事。④啖(dàn)柏：即吃苦。啖：吃。柏：柏树，相传其果实味苦。⑤饴(yí)：饴糖，用米和麦芽为原料制成的糖。⑥裁：消除。⑦发(fà)：头发。祁祁：盛密的样子。⑧"女手"句：语本《诗经·卫风·硕人》："手如柔荑。"荑(tí)：茅草的嫩芽。⑨瘢劙(lí)：刀痕。⑩"宛宛"两句：意思是说李三历经磨难而回到闺房，整个人面目全非，黑瘦得不像样。宛宛：回旋曲折的样子。黧(lí)：黑。罴(pí)：熊的一种，俗称马熊。⑪"簪笄(jī)"句：形容迫不及待。笄：簪子。⑫一尺：形容垂涕之长。王褒《僮约》："鼻涕长一尺。"涟洏(ér)：涕泪交流的样子。⑬媒媪：媒婆。⑭匹侪(chái)：匹配、比并。⑮炳：照耀。⑯姜姬：即姬姜。周朝王室姓姬，齐国姓姜，互通婚姻，后世借指贵族妇女。《左传·成公九年》："虽有姬姜，无弃蕉萃。"⑰力作：这里指亲身劳作。⑱涩指：笨拙的手指。⑲乖违：违背。⑳须臾：极短的时间。㉑棺椁(guǒ)：泛指棺材。椁：古代套在棺材外面的大棺材。㉒以上四十八句为第六小节，叙述李三回到家中的情景以及媒婆说媒、母亲亡故等事。

一一营事讫[①]，姑姊可前来。
为我唤长老[②]，长老升堂阶。
为我召乡邻，乡邻麇如围。
十岁随爷娘，幼小惟痴孩。
十五衔沉冤，灌鼻承醇醯[③]。
二十行报仇，报仇苦且危。
三年走大梁[④]，赵北燕南陲[⑤]。

女行本无伴，女止亦有规[6]。
皎皎月光明，不堕浊水湄。
斑斑锦翼儿[7]，耿死安能翳[8]！
自此旋入房[9]，重阖双双扉[10]。
朱绳八九尺，挂向梁间颓。
鲜鲜桂华树[11]，华好叶何奇。
葳蕤扬芳馨[12]，生在空山隈[13]。
烈火烧昆冈[14]，三日焰未衰。
大石屋言言[15]，小石当连峞[16]。
萧芝泣蕙草[17]，万族合一煤[18]。
烧出白玉姿，皎雪寒皑皑。
玉以为女坟，将桂坟上栽。
夜有大星辰，其光何离离[19]。
错落桂树下，千年照容徽[20]。

【注释】①营：营办、操办。讫：完毕。②长（zhǎng）老：年纪大的人，这里指宗族中的前辈。③"灌鼻"句：比喻辛酸痛苦。承：承受。醇醯（xī）：酒和醋。④大梁：战国时魏国的都城，即今开封，清代为河南省会。⑤"赵北"句：语出《后汉书·公孙瓒传》："燕南陲，赵北际。"燕、赵均为战国时国名，这里泛指河北、北京一带。陲（chuí）：边地。⑥止：止宿、停留。规：规矩、礼法。⑦锦翼儿：指雉。李白《雉子斑》："扇锦翼，雄风生。"⑧"耿死"句：耿死：据潘岳《射雉赋》及《昭明文选》六臣注，雉为耿介专心之鸟。翳（yì）：指可以隐蔽猎人的狩猎工具，这里作动词。全句意思是，宁死也要坚守节操，不肯入他人的罗网。⑨旋：随后、立即。⑩阖（hé）：关闭。扉：门扇。⑪桂华：桂花。"华"同"花"。⑫葳蕤（wēi ruí）：枝叶茂盛的样子。⑬

隈(wēi)：山水弯曲的地方。⑭“烈火”句：用《尚书·胤征》典：“火炎昆冈，玉石俱焚。”昆冈：昆仑山。⑮屋言言：像房屋那样高大。言言：高大的样子。《诗经·大雅·皇矣》：“崇墉言言。”⑯连差(chái)：连车，连绵而行的车。⑰“萧芝”句：萧：萧艾，臭草名。芝：香草名。“萧芝”比喻美与恶。梁元帝萧绎《讨侯景檄》：“孟诸焚燎，芝艾俱尽。”这里指李三自焚，等于与仇人同归于尽。泣蕙草：使蕙草为之苦泣。蕙草：亦香草名。陆机《叹逝赋》：“嗟芝焚而蕙叹。”⑱万族：万物。合一煤：都化成了烟煤。⑲离离：这里形容明亮。⑳容徽：仪容风采。以上四十二句为第七小节，叙述李三在父仇既报、母亲亡故之后，毅然上吊并举火自焚。

【点评】烈女李三为父报仇的故事，发生在清初康熙年间。大约“五十载”以后的乾隆三年戊午(1738)，胡天游在北京听人讲述，“感当世无能文章扬洗昭暴之，使家说户唱，相有惩劝，乃撰述其事，歌而系之”(《烈女李三传》)。诗歌长达二百四十句，一方面淋漓尽致地歌颂了李三的壮烈事迹，另一方面也冷峻客观地揭露了清朝官吏的腐败。虽然李三的冤案最后还是在“明府”的手中得到昭雪，但此前从地方到中央的那许多官府、要员，却始终没有“肯白其事者”，以致李三愤怒地说：“此曹虽官人，实盗吏耳。徒知搜金钱，取醉饱，何能为直冤痛者乎！”(同上)诗歌在艺术上有意学习汉代古诗的写法，风格十分古朴本色，后人每将它同《孔雀东南飞》相提并论。朱庭珍《筱园诗话》卷三列举《孔雀东南飞》以下的历代“五言长篇”名作，即特别提到胡天游的这首诗，称赞它“淋漓沉郁，神骨色泽、气味意旨，皆逼古人”。袁枚《仿元遗山论诗》三十八首之十七专论胡天游，亦云：“骑鲸跋浪是平生，要与云龙韩孟争。绝好东南飞孔雀，一篇烈女李三行。”现代的读者看到李三的故事，想必会联想起民国时期的“杨三姐告状”，只不过“杨三姐告状”距离今天时间较近，又经过戏曲影视的广泛宣传，因此倒是真正的“家说户唱”，而李三尽管其结局比杨三姐更加悲壮，在如今却又已湮没无闻了。即就此诗本身而言，由于它过于追求古朴本色，其中的典故和冷僻字很多，这在客观上无疑也限制了它的流传，未尝不是一件憾事。

杭世骏（一首）

杭世骏（1696—1772），字大宗，号堇浦。浙江仁和（今杭州）人。雍正二年甲辰（1724）举人。乾隆元年丙辰（1736）荐举博学鸿词，授翰林院编修，后改御史。八年癸亥（1743），因上书建议“朝廷用人，宜泯满、汉之见”，触及清王朝民族统治劣根，被交刑部讯治，初议死，后逐还。罢官以后，曾主讲广州粤秀书院、扬州安定书院。学识渊博，著述宏富，也擅长诗歌。自小与同里厉鹗等人结社吟诗，风格路数也相当接近，同为狭义“浙派”诗的重要作家，齐名并称，后人在杭州西溪建有“厉杭二公祠”。但由于个人阅历的不同，其诗歌题材较厉鹗广泛，格局也要大得多，晚年粤游之作尤见沉雄博丽，为世所称。有《道古堂集》，又《杭世骏集》。

出国门作四首[①]（选一）

尘涨都亭失翠微[②]，一行风柳扑人飞。
蝶将晒午先垂翅[③]，荷为延秋早褪衣[④]。
七载旧游程可按[⑤]，卅年壮志事全违[⑥]。
穷檐肯负名山业[⑦]？史稿还堪证昔非。

【注释】①国门：即都门，这里指北京。②都亭：即首都的街亭，泛指京城。翠微：苍翠轻淡的山色，也借指青山。③晒午：在午后的太阳中照晒。④延秋：延续秋天的生命。褪衣：这里比喻荷花的脱落。⑤“七载”句：作者自入翰林至罢官出都，前后共为七年时间。参见小传。程：历程。按：检查、盘点。⑥“卅年”句：指青年以来近三十年的志愿全部未能实现。⑦肯：岂肯。负：辜负。名山业：指著述。《史记·太史公自序》：“成一家之言……藏之名山，副在京师，俟后世圣人君子。”

【点评】本题为诗人罢官出都时所作，此诗系其中第二首。诗人自小家境贫寒，苦学成材。立朝之后，很希望能够有所建树。当清朝入关几近百年之际，他目睹统治阶级的民族压迫始终不减，因此冒死上书，希图改变。然而他的建议非但没有被采纳，自己还差一点被杀头，最终罢职回乡。所以他在这首诗中，发出了深沉而又无奈的慨叹。诗歌最后用《史记·太史公自序》的典故，一方面固然是表明自己“立功”不成，将退而“立言”，亦即潜心于学术研究；另一方面也是暗借司马迁生前的不幸遭遇，委婉地表达对清朝最高统治者的不满。典故背后的“俟后世圣人君子”一语，其含义是十分微妙的。

倪瑞璿（一首）

倪瑞璿（1702—1731），字玉英。江苏宿迁马陵山（今属新沂）人。父秀才倪绍瓒，早卒。随母依舅氏樊正锡，从学诗文。嫁宜兴秀才徐起泰，年仅三十而卒。卒时曾自焚诗草，赖徐起泰收拾残余，后人募刻为《箧存诗稿》，今人程芳银、程薇父女两位先生合撰有《箧存诗校笺》。其作品能够反映重大社会题材，在女诗人中相当少见。沈德潜曾说她“独能发潜阐幽，诛奸斥佞，巾帼中易有其人耶？每一披读，悚然起敬”（《清诗别裁集》卷三十一)。王豫《获汀录》也说:“巾帼中人,多吟风弄月语,不足尚也。宿迁倪瑞璿诗,识见英卓,关系伦理……为本朝名媛之冠。”(《江苏诗征》卷一百六十四引)

闻　蛙

草绿清池水面宽,终朝阁阁叫平安[①]。
无人能脱征徭累[②],只有蛙声不属官。

【注释】①终朝:整天。阁阁:青蛙的叫声。②征徭:赋税和徭役。杜荀鹤《山中寡妇》:“任是深山更深处,也应无计避征徭。”

【点评】此诗由听到青蛙的叫声,联想到清王朝的赋役剥削之残酷。后两句以人与青蛙进行对照,揭露得痛快淋漓、入木三分。这与前面宋琬的《同欧阳令饮凤凰山下》“寄语武陵仙吏道,莫将征税及桃花”云云,正有异曲同工之妙。而它出自一位闺中女子的手笔,更加令人“悚然起敬”。

姚范(一首)

姚范(1702—1771),字南菁,号姜坞。安徽桐城人,为桐城派创始人姚鼐的伯父。乾隆七年壬戌(1742)进士,选翰林院庶吉士。散馆授编修,充三礼馆等处纂修官。后乞假归,卒于家。生平兼工诗文,亦擅长考据。有《援鹑堂集》。

山　行

百道飞泉喷雨珠，春风窈窕绿蘼芜[①]。
山田水满秧针出[②]，一路斜阳听鹧鸪。

【注释】①窈窕：美好的样子。绿：这里作动词用。王安石《泊船瓜洲》："春风又绿江南岸。"蘼芜：一种香草。②秧针：秧苗刚刚长出来不久，其细如针，称秧针。

【点评】此诗描写行进在山间所见的自然景色，春意盎然，充满野趣。对于长期生活在城市中特别是置身在官场中的人来说，尤其具有一种强劲的吸引力，能够带来清新的气息。同样如姚范的侄子姚鼐，他也写有好几首以《山行》为题的诗歌，其中一首七言绝句云："布谷飞飞劝早耕，春锄扑扑趁春晴。千层石树通行路，一带山田放水声。"两诗比较，可以看出此类作品的某些共性。

王又曾（六首）

王又曾（1706—1762），一名右曾，字受铭，号谷原。浙江秀水（今嘉兴）人。乾隆十六年辛未（1751）皇帝南巡，召试举人，授内阁中书。十九年甲戌（1754）成进士，官礼部主事，改刑部。不久以病辞归，笔耕自给。其为人性格豪放，诗歌多题咏景物、酬赠友朋之作，艺术上取法广泛而能融会变化，自成一家，情感深至，语言清新，时见警策，为秀水派重要诗人。有《丁辛老屋集》，又《王又曾集》。

过湖上风甚不果泛舟沿钱塘门至钱王祠望湖中桃花四首(选二)[1]

今年东风太早计[2],正月已催黄鸟鸣[3]。
红得桃花遽如许[4],更将底物作清明[5]?

【注释】①湖上:指杭州西湖。不果:没能实现。钱塘门:杭州旧城门之一,故址在西湖东北。钱王祠:为纪念五代时吴越王钱镠而建的祠庙,亦称表忠观,在西湖东。②东风:春风。早计:早做安排。③黄鸟:指黄莺,也叫“仓庚”。根据《礼记·月令》,“桃始华,仓庚鸣”通常应在“仲春之月”亦即农历二月。④遽(jù):骤然。如许:如此。⑤底物:什么东西。清明:农历二十四节气之一,也称“三月节”,通常为春光最浓的时候。

【点评】本题描写春游杭州西湖的情景,此诗系其中第一首。从诗歌内部可以得知,当时距离春光最浓的清明还有相当一段时间,然而西湖的桃花却已经开得十分烂漫,以致诗人感叹这一年的春天来得太早,甚至担心到清明的时候什么都会没有了。不过,这里的感叹、这里的担心,实际上都是诗人的反话,他的真正用意正在于赞美眼前这满湖盛开的桃花。唯其如此,诗歌才显示出构思的奇巧、思路的拗峭、力度的非凡。全诗四句,连用“太”“已”“遽”“更”四个虚词,语气步步进逼,感情色彩非常强烈,这在写景诗中也是极为少见的。至于它在写景之外是否还寓有某种自然乃至人生的哲理,那就看读者自己的理解了。

柳边花下马轻跑,瞥地红梢更绿梢[1]。
可惜湖船风太急,不然摇到晚钟敲。

【注释】①瞥地：眼光匆匆掠过。红梢：指开满桃花的树梢。绿梢：指杨柳。

【点评】此诗系本题第二首。诗人本来打算泛舟西湖，由于当天风太大，所以只能骑马沿湖岸浏览。脚下的西湖之滨、望中的湖内三岛，到处是红桃绿柳，连绵交错，令人目不暇接。如此美丽的西湖春景，诗人却只能走马观花，因此禁不住发出了无限的慨叹：可惜风太急，不然定要坐上船，游玩到晚钟敲响。诗人的无限慨叹、诗意的层层转折，都更加有力地反衬出西湖的春景之美丽。这后面两句，纯是口语，却余音袅袅、韵味无尽，可见好诗真不在语言之艰深。

临平道中观白荷花同朱冰壑陈渔所二首①

船窗六扇拓银纱②，倚桨风前正落霞。
依约前滩凉月晒③，但闻花气不看花。

【注释】①临平：位于杭州东北，历史上为浙西重镇。朱冰壑：名令昭，字次公，冰壑其号，山东历城（今济南）人。贡生。擅长书画篆刻，也工诗。有《冰壑集》。陈渔所：名谅，初名梁，渔所其字，号凫栈，浙江嘉兴人。秀才。有《凫栈诗钞》。②拓（tuò）：以手推物，这里指打开银纱装饰的船窗。③依约：隐约。白居易《答苏庶子》："蓬山闲气味，依约似龙楼。"

【点评】日常生活以及古典诗歌中所见到的荷花，通常都是红颜色的，所谓"映日荷花别样红"是也。然而本题所写，却是连片的白荷花。此诗四句，除了第二句的"落霞"为红色以外，其他都与"白"字有关。因为白，所以仿佛是一片"凉月"照洒在大地上；也因为白，所以看过去不见有花，而只闻到花的香气。即使是诗人乘坐的小船，也以"银纱"作为装饰，融化在白色的海洋之中。这在炎炎夏日，为人们营造了一个冰凉的世界。联系前面金农《岁暮复寓吴兴姚大世钰莲花庄之寒鉴楼杂书五首》之四“消受白莲花世界，风来四面卧当中”云云，的确能够使人领略白荷花的魅力。

皋亭来往省年时[①]，香饮莲筒醉不辞[②]。
莫怪花容浑似雪[③]，看花人亦鬓成丝。

【注释】①皋亭：皋亭山，位于杭州城与临平之间。省（xǐng）：记忆。年时：往年的这个时候。②莲筒：夏天用荷叶制作的酒器。据段成式《酉阳杂俎》卷七“酒食”篇记载，三国时曾有人制作“碧筒杯”：“取大莲叶置砚格上，盛酒二升，以簪刺叶，令与柄通，屈茎上轮菌如象鼻，传吸之，名为‘碧筒杯’。历下学之，言酒味杂莲气，香冷胜于水。”③花容：这里意为白荷花的容貌。浑：全、都。

【点评】此诗继续从“白”字生发，由写景而转向抒情。诗人看到这雪白的荷花，联想到自己的满头银发，不禁感叹人生之短暂、光阴之易逝。这种触景生情特别是感念衰老之情，在同时代的其他许多诗人那里也经常可以见到。例如袁枚《湖上杂诗》二十一首之十云：“葛岭花开二月天，游人来往说神仙。老夫心与游人异，不羡神仙羡少年。”赵翼《野步》云：“峭寒催换木棉裘，倚杖郊原作近游。最是秋风管闲事，红他枫叶白人头。”这两首诗的题旨显然都同王又曾此诗相似。不过相比较而言，王又曾的表达方式更加曲折沉挚，因此也更能够感染读者。袁枚称赞王又曾的诗歌“工于游览”，为人“传诵一时”，就是从本题两首绝句说起的（见《随园诗话》卷十）。

江行杂诗七首（选一）[①]

江上丈人空复期[②]，芦花如雪覆芦漪[③]。
江波流尽千年恨，明月白鸥都不知。

【注释】①江：通常指长江。②“江上”句：据《吕氏春秋·异宝》《史记·伍子胥列传》等有关记载，春秋时代，伍子胥父兄都被楚平王杀害，他只身逃往吴国。在江上，一个撑船的老人让他先躲在芦苇中，然后用船渡他过江。后来他在吴国和孙武一起辅佐吴王阖闾，五战而攻入楚国郢都，掘平王墓，鞭尸三百，终报父兄之仇。丈人：老年人。期：等待。“空复期”即白白地等待，意思是伍子胥这样的人已经不再有了。③芦漪(yī)：指芦塘岸边。《吴越春秋·王僚使公子光传》记载，伍子胥求渡的时候，撑船老人唱歌相约：“日月昭昭乎侵已驰，与子期乎芦之漪。”

【点评】此诗系本题第五首，描写江行的感受。诗人从江上老人慷慨救助伍子胥的历史故事，联想到英雄人物的不复可期、一去不返。当年隐藏过伍子胥的江岸，如今只覆盖着如雪的芦花。江波流尽了几千年的哀怨，然而江上的明月和白鸥却都全然不知晓。诗歌吟咏的仿佛是一个壮烈的故事，但具体写来却是一片雪白素淡的景象。历史上无尽的哀怨，出之以森冷的笔墨，这正是此诗咏古的特点。联系前面梁佩兰的《粤曲》二首之一“今古兴亡犹在眼，大江潮去复潮来”，以及查慎行的《邺下杂咏四首》之二“浊漳确是无情物，流尽繁华只此声”等等，可以看出此时的这一类作品非但在内容上已经没有了清初诗歌悼念明朝灭亡的那种现实因素，而且在艺术上也已经失去了清初诗歌激昂悲壮的那一种棱角，而完全变成纯粹“发思古之悠情”的怀古之作了。

汉上逢诸亲故累邀泥饮[1]

明灯高馆拍声催[2]，大阮招邀小陆陪[3]。
难得异乡逢密戚[4]，可能良夜不深杯[5]？
江连清汉分还合[6]，人过中年乐亦哀[7]。
珍重天涯老兄弟，淮南米贱好归来[8]。

【注释】①汉上：泛指湖北武汉地区。参见下文注⑥。累邀：反复邀请。泥（nì）饮：这里指强留饮酒。②拍声：奏乐拍板的声音。③大阮：魏末晋初文学家阮籍，与其侄阮咸并称“大小阮”，后世即以“大小阮”指叔侄。小陆：西晋文学家陆云，与其兄陆机并称“二陆”，后世常借喻兄弟。这里“大阮”和“小陆”互文见义，意思是叔侄兄弟递相招邀作陪。④密戚：关系密切的亲戚朋友，即题目中的“亲故”。⑤可能：相当于“怎能”。深杯：指满杯痛饮。⑥江：指长江。清：指湖北的清江，源出利川，至宜都汇入长江。汉：即汉水，系长江上游最大支流，至武汉入江。⑦“人过”句：《晋书·王羲之传》引东晋谢安语：“中年以来，伤于哀乐。”⑧淮南米贱：杜甫《解闷十二首》之二：“为问淮南米贵贱，老夫乘兴欲东游。”淮南在汉上以东，这里取东归之意。

【点评】此诗叙述诗人漫游武汉之际遇到许多亲朋故友竞相邀请款待的动人情事。诗歌从大家聚会宴饮的场面写起，继而抒发心中种种复杂的感想，最后希望他们早日落叶归根、回乡团聚。全诗层层推进，佳句迭出，虽题材平凡，却洋溢着一片人间至性，读来令人感念不已。

钱载（四首）

钱载（1708—1793），字坤一，号萚石，浙江秀水（今嘉兴）人。乾隆十七年壬申（1752）进士，选翰林院庶吉士，晋编修，累官至礼部左侍郎。出仕前后，曾多次跟随乾隆皇帝出巡，足迹达于塞外。四十八年癸卯（1783）辞官归里，家居以卖画为生。他作为一个文学侍从之臣，诗歌内容比较空泛，甚至为清王朝歌功颂德，粉饰太平，但也有不少作品抒写个人内心情感，真挚可取。

特别是在艺术上，取径中唐韩愈和北宋黄庭坚，刻意从句法上求变化，尤其是在实词的排列组合上下功夫，以此翻旧为新，自成面目；拗折险怪，瘦硬生新，体现出高深的造诣，在当时的诗坛上独标一格，生面别开。他是秀水派的代表诗人，对近代的宋诗运动和清末民初的"同光体"诗人都有很大的影响。有《萚石斋诗集》等。

石　阻

石阻溪回雪激湍①，一重滩作两重滩。
可怜碧玉潇潇响②，才下滩门上便难。

【注释】①"石阻"句：溪水为巨石所阻，盘旋回还，激起阵阵浪花。湍(tuān)：湍流，急流。②碧玉：这里喻指碧绿的溪水。

【点评】古代交通，多走水路。因此在古典诗歌中，有关急流险滩的作品也出现得特别多。这些作品既有纯粹描写旅程险恶的，也有从中引发某种思考，寄寓丰富哲理的。清初如查慎行的《青溪口号》八首之四："来船桅杆高，去船橹声好。上水厌滩多，下水惜滩少。"这里就包含着深刻的哲理，只是表达得太直露了些。而钱载的这首诗，其第四句"才下滩门上便难"，表面上还是描写旅行本身，实际上却蕴藏着人生的体验，读起来更加耐人寻味。

看采橘

叶绿红藏颗，枝繁重压桠①。
头头笼匀满②，面面磴高斜③。

妇女携还立，儿童拾又哗。
东西山两岸，客舫正依沙④。

【注释】①桠(yā)：枝桠，树枝的分杈。②笼(lǒng)：原诗自注“上声”，指箱笼。③磴(dèng)：石头砌的台阶。④客舫：这里指外地来收购橘子的商船。

【点评】古代诗歌的作者通常都是封建官僚或者纯粹的读书人，因此除了钱澄之这样的个别诗人以外，他们的作品很少描写农民劳动的生活。钱载虽然官至礼部侍郎，却写有不少这方面的诗作，只可惜最后往往归结到歌功颂德上来，所谓“野老何知蒙帝力，春光最好属田家”便是(见《朝晴》)。上面这首诗，倒不见有这样的倾向。尽管诗人还是站在旁观者的角度，但它确实反映出了农家橘子丰收的可喜景象。特别是诗歌的第三联，写妇女和儿童的种种表现，摹写逼真，神情毕肖，充满生活的情趣，这是连绘画也难以办到的。

到家作四首(选一)

久失东墙绿萼梅，西墙双桂一风摧。
儿时我母教儿地，母若知儿望母来。
三十四年何限罪①？百千万念不如灰②！
曝檐破袄犹藏箧③，明日焚黄只益哀④。

【注释】①三十四年：指作者母亲去世以来的时间。何限：这里意为多少。②灰：这里作动词，意为死灭。③曝(pù)：晒。檐：屋檐。箧(qiè)：箱子。④焚黄：在坟上焚烧黄纸，为传统祭祀习俗。益：增加。

【点评】本题为诗人长期宦游，暂时假归，抵达家门时所作，此诗系其中第二首。诗歌侧重悼念亡故多年的母亲，抒写作为人子而未能尽到孝养责任的负疚心理和怀念之情，沉痛真挚，感人至深。首联的“东墙”“西墙”，不避字面重复、构词雷同，与颔联的“儿”“母”两字，反复使用，交替成句，共同形成一种迭荡流走、回环往复的语势，极其有力地配合了诗歌情感的传达。颈联的“三十四年”和“百千万念”，打破了七言诗句前面四字成二、二停顿排列的传统模式，则在一定程度上体现了钱载诗歌拗折险怪的艺术特征，同时也折射出诗人情感的起伏和动荡。吴应和评语说它“如怨如慕，如泣如诉，真是血性所发，故沉痛若此”（《浙西六家诗钞》卷四），张维屏《听松庐诗话》说它“字字沉实，字字动荡”（《国朝诗人征略》卷三十四），即不同程度地涉及此诗内涵和形式两方面的特点。

观王文简公所题马士英画二首（选一）[①]

王师南下不多年[②]，司理扬州句为传[③]。
落尽春灯飞却燕[④]，江山如画画依然。

【注释】①王文简公：指王士祯，文简为其谥号。参前王士祯小传。马士英：字瑶草，贵州贵阳人。明万历进士。崇祯末曾官凤阳总督。北京被李自成攻占后，他在南京拥立福王，自任东阁大学士，进太保，把持弘光朝政。清兵南下，不思抵御，反而勾结阉党余孽阮大铖，排挤迫害史可法等正直之士，导致弘光小朝廷迅速灭亡。逃亡途中，被清兵俘杀。会作画，王士祯曾有《马士英画》绝句：“秦淮往事已如斯，断素流传自阿谁？比似南朝诸狎客，何如江令擘笺时？”②“王师”句：清兵南下，弘光灭亡在顺治二年乙酉（1645），王士祯题马士英画在稍后康熙元年壬寅（1662），相距没有多少时间。王师：这里指清兵。③“司理”句：王士祯康熙元年题诗前后任扬州推官。“司理”旧为掌管一州刑狱的官吏，后即借作推官的别称。④“落尽”句：福王在南京不理政事，终日沉缅酒色，阮大铖曾作《春灯谜》《燕子笺》传奇剧本进献宫中。这里“春灯”和“燕”均系双关，全句即谓弘光朝灭亡。

【点评】本题为题画之作，此诗系其中第二首。诗人观赏清初王士祯所题的马士英画，又从马士英的画联想到阮大铖的剧本，再归结到南明弘光小朝廷的灭亡，最后抒发感慨，思路十分曲折，写来却极其顺畅。王士祯原来那首题诗，以及《秦淮杂诗二十首》之八"新歌细字写冰纨，小部君王带笑看。千载秦淮呜咽水，不应仍恨孔都官"云云（自注谓"福王时，阮司马以吴绫作朱丝阑书《燕子笺》诸剧进宫中"），两篇作品分写马士英和阮大铖，各以他们的才艺荒淫同南朝"狎客"相比并，最后落实到弘光小朝廷的灭亡，寓意比较明显，感慨也较深。钱载此诗则将马士英和阮大铖勾连在一起，又利用"春灯"和"燕子"的字面双关委婉巧妙地反映亡国情事，末尾则以冷峻而又富有哲理的语句作结，较之王士祯诸作以及前面赵执信的《金陵杂感六绝句》之五都更加含意深长、耐人寻味。

袁枚（十首）

袁枚（1716—1798），字子才，号简斋，世称随园先生。浙江钱塘（今杭州）人。乾隆元年丙辰（1736）刚二十一岁，即与沈德潜、厉鹗、胡天游、钱载等人同膺博学鸿词之荐，在所有两百来人中"年最少"而"才最异"。但此次的结果是报罢。后于乾隆四年己未（1739）举进士，选翰林院庶吉士。散馆后，因满文不合格而改官江南，历任溧水、江宁等县知事，颇有政绩。但年仅三十三，即托病辞官，卜居江宁小仓山的随园，此后一直过着名士风流的生活。他一生酷爱自由，论诗也倡导"性灵"说，强调性情要真、笔性要灵，在思想内容方面不为封建正统思想和伦理道德观念所约束，在艺术形式方面不为以往任何时代固有传统的格调家数所限制，概括起来就是要求诗歌创作自写性灵、自由独创。这种理论带有明显的反封建、反传统的进步倾向，有利于引导清代诗歌走上自我解放的道路。他自己的诗歌，即具有鲜明的反对封建、追求民主的色彩，语言通俗明白，风格风趣幽默，卓然自成一家。当时形成性灵派，影响极其广泛，几乎笼罩了整个清中叶的诗坛。舒位《乾嘉诗坛点将录》以"都头领宋江"目之。有《小仓山房诗集》《随园诗话》等，又《袁枚全集新编》。

别常宁①

六千里外一奴星②，送我依依远出城③。
知己那须分贵贱，穷途容易感心情。
漓江此后何年到④？别泪临歧为汝倾⑤。
但听郎君消息好⑥，早持僮约赴神京⑦。

【注释】①常宁：原诗自注："叔家青衣。"按作者曾于乾隆元年丙辰(1736)赴广西看望当时在巡抚署中做幕僚的叔父袁鸿，而常宁为袁鸿家的"青衣"即仆人。此诗为作者离开广西时与常宁告别之作。②六千里：这里泛指作者家乡杭州至广西的距离。柳宗元《别舍弟宗一》："一身去国六千里，万死投荒十二年。"奴星：即奴仆、仆人。③依依：依依不舍。《诗经·小雅·采薇》："昔我往矣，杨柳依依。"又《孔雀东南飞》(原题"古诗为焦仲卿妻作")："举手长劳劳，二情同依依。"④漓江：在广西，流经桂林。这里"漓"字又谐音"离"，与下句"别"字构成借对。⑤"别泪"句：临歧：临近歧路即分岔之路，借指离别。王勃《送杜少府之任蜀州》："无为在歧路，儿女共沾巾。"又柳宗元《别舍弟宗一》："零落残魂倍黯然，双垂别泪越江边。"倾：倾泻。⑥"但听"句：郎君：这里是作者自指。此次作者离开广西，盖以进京应试博学鸿词,"消息好"指可能会被录取。⑦僮约:主人与奴仆签订的契约。西汉王褒曾经写有一篇《僮约》,以游戏笔墨叙及此事。神京:这里即指北京。

【点评】袁枚在乾隆元年丙辰(1736)刚刚二十一岁的时候就被推荐参加博学鸿词科考试,这的确可以说明他的才华出众。古往今来,才华出众的人毕竟不少,但像袁枚这样能够引奴仆为"知己",在对待所谓"下人"的态度上具有一种平等意识的,却少之又少。上面这首诗写其与"叔家青衣"离别的心情,其中"知己那须分贵贱"一语,即道出了袁枚这种可贵的精神。此外诗歌中的有关典故,或关系兄弟,或关系夫妇,或关系挚友,而这里统统用之于"青衣",同样从侧面见出袁枚的思想。

马嵬(四首选一)①

莫唱当年长恨歌②,人间亦自有银河③。
石壕村里夫妻别④,泪比长生殿上多⑤!

【注释】①马嵬(wéi):马嵬驿,唐代"安史之乱"时杨玉环被逼缢死处,故址在今陕西兴平西。白居易《长恨歌》:"马嵬坡下泥土中,不见玉颜空死处。"②长恨歌:白居易名作,描写唐玄宗李隆基与杨玉环的爱情故事,同情他们的生离死别。③人间:这里喻指民间、下层社会。银河:传说中隔断牛郎、织女的天河,通常借喻夫妻的别离。④"石壕"句:杜甫在"安史之乱"期间作有著名的"三吏""三别",其中的《石壕吏》《新婚别》等篇即反映了广大劳动人民夫妻离散的悲剧。⑤长生殿:唐代骊山华清宫中的一个殿堂,相传为李隆基与杨玉环"密誓"处。《长恨歌》:"七月七日长生殿,夜半无人私语时。"

【点评】本题题咏马嵬,此诗系其中第二首。唐玄宗与杨贵妃的爱情故事,自中唐白居易的《长恨歌》以下,历代不知有多少种体裁、多少篇作品,在那里反复地歌咏它,然而此诗却运用现成的材料,通过对比的手法,一反历来统治阶级对待劳动人民的鄙视态度，破天荒地把同情的眼光从封建帝王后妃这些最高统治者那里，转移到了社会下层广大人民群众身上，由此反映出诗人进步的观点。

上官婉儿[①]

论定诗人两首诗，簪花人作大宗师[②]。
至今头白衡文者[③]，若个聪明似女儿[④]？

【注释】①上官婉儿：初唐诗人上官仪孙女，以才华著称。十四岁入宫，即为武则天草拟诏令。中宗即位后，封为掌管文学音乐的女官。也能诗。后死于宫廷内乱。②“论定”两句：计有功《唐诗纪事》卷三“上官昭容”条记载，中宗曾游幸昆明池，率群臣赋诗，于殿前结彩楼，命上官婉儿居楼上评选优劣，最后从一百多首诗歌中择取沈佺期、宋之问两首，又确定宋之问之作为最佳，取以配乐。簪（zān）花人：头上戴花的人，借指女子。大宗师：科举时代称学政为宗师，也称大宗师，后亦借指某方面水平、地位最高的权威人士。③衡文：衡量文章好坏。④若个：哪个。

【点评】此诗题咏唐代才女上官婉儿，通过她的评诗一事来赞美女子的聪明。联系袁枚当时的诗坛论争情况来看，此诗很可能是针对“头白衡文”的“大宗师”沈德潜而发，因而具有现实讽刺的意义。而撇开这个问题不谈，单从诗人特地标举上官婉儿这样一位才女并借之以歌颂女子的聪明才智而言，则此诗明显反映了袁枚对封建时代被压迫的广大妇女的重视。这同他顶着当时社会上的种种压力而首开大量招收培养女弟子的风气，在精神实质上是完全相同的，和前面的《别常宁》《马嵬》等诗一样也从一个侧面体现了诗人的进步思想。联系同时代的著名小说如《红楼梦》刻意描写大观园中的女子群，《镜花缘》专门塑造上百位才女的形象并进而探讨妇女的教育问题等等，更能够看出此诗所具有的社会意义。

鸡

养鸡纵鸡食[①]，鸡肥乃烹之。
主人计自佳，不可使鸡知。

【注释】①纵：放纵、听任。食：吃。

【点评】此诗咏鸡，讲的却是鸡与主人的关系。主人养鸡，任凭鸡吃个够，目的在于养肥之后杀来给自己吃。主人的这个计策确实非常好，但绝对不能够让鸡知道，否则鸡就要绝食了。全诗等于是一个寓言，它告诉人们什么道理，这已经是不言而喻的了。现代著名白话诗人刘大白曾说："一切资本家豢养劳动者，男性豢养女性，军阀豢养兵士……的阶级豢养底背景，都被这几句诗道破了。不料旧诗中竟有这样的象征文字！"（《旧诗新话》第十八则"画鸡横幅诗"）袁枚诗风幽默诙谐的特点，从这里也可以看得很清楚。而像稍后赵翼《观喂鸡者戏作》："簸舂余粒撒篱间，朋朋呼鸡恣饱餐。只道主人恩意厚，谁知要汝肉登盘！"立意虽同，却总觉得过于直露。此外如文廷式《琴风余谭》抄录袁枚此诗，文字多有出入："养鸡食小虫，鸡肥则烹之。主人计诚巧，不可使鸡知。"但其评语正是说："语颇有识，不愧风人之旨。"

养马图

养马真同养士情[①]，香萁供奉要分明[②]。
一挑刍草三升豆[③]，莫想神龙轻死生[④]！

【注释】①士：古代指知识分子，也泛指各类人才。②香萁（qí）："萁"为豆秆,“香萁”形容上等的草料。供奉:供给、供养。③“一挑”句:形容一点点的食料。挑:这里作量词。刍(chú)草:喂牲口的草。④神龙:借喻出色的骏马。

【点评】此诗题画,写法与上面的《鸡》相似,也是从马与主人的关系着笔。但诗歌的立意,却又与《鸡》不同。诗人从主人养马,联想到封建统治阶级的养士,认为如果真想要士卖命,那就必须真诚相待,给他们相应的优厚待遇,否则是绝对办不到的。联系诗人此前所写的《偶然作》十三首之九,其中有云:“忆昔垂髫年,读书葵巷中。……闻客有科名,仰之如华嵩。……于今二十年,都成可怜虫。孝廉难糊口,进士愁飘蓬。酒味减京口,米价增江东。贵爵而尚齿,吾将笑周公。”这里涉及乾隆“盛世”之下的许多社会现实,特别是指出了知识分子地位一落千丈、今不如昔的巨大变化;稍后的许多著名诗人如黄景仁、舒位、王昙等等,其人其诗,也都具体地反映了这个问题。由此看来,此首《养马图》同样也具有十分深刻的社会意义。

咏钱(六首选一)

人生薪水寻常事①,动辄烦君我亦愁②。
解用何尝非俊物③?不谈未必定清流④。
空劳姹女千回数⑤,屡见铜山一夕休⑥。
拟把婆心向天奏⑦,九州添设富民侯⑧。

【注释】①薪水:原义指柴米油盐之类的日常生活条件。②辄(zhé):就、总是。君:这里指钱。③解:懂得。俊物:好东西。④“不谈”句:《世说新语·箴规》记载,西晋名士王衍厌恶其妇贪浊,终身不言“钱”字。其妇一日故意以钱绕床,不让行走,王衍就叫人拿开“阿(ē)堵物”,意思是说“这个东西”(“阿堵”相当于“这”),以此指钱。然而,王衍其人却专权无能，品格低劣，在被石勒俘虏时竟劝石勒称帝，以求苟活。清流：旧指负有名望的清高的士大夫。⑤“空劳”句：《后汉书·五行志》记载，汉灵帝母永乐太后喜好敛财，京城有童谣云：“车班班，入河间，河间姹女工数钱，以钱为室金为堂。”姹（chà）女：少女。数（shǔ）：这里作动词，意为计数。⑥铜山：《史记·佞幸列传》记载，汉文帝曾赐给宠臣邓通一座铜山，让他自己铸钱，取用不尽，富甲天下。后在景帝时，邓通家财被抄没，竟穷饿而死。一夕：一旦、一日。休：完了。⑦婆心：仁慈的心肠。⑧九州：《尚书·禹贡》曾将中国分为九州，即借指中国。富民侯：汉武帝曾封车千秋为富民侯，见《汉书·车千秋传》。

【点评】袁枚有不少咏钱之作，此诗系本题第三首。诗歌围绕钱，表达了诗人多侧面、多层次的观点。一方面，日常生活离不开钱，钱如果使用得当，未尝不是好东西，而自命清高、口不言钱也未必就好；但另一方面，钱又不需要太多，更不能爱钱如命。甚至为钱丧命；最好的愿望，则是天下人人都有钱，全社会走共同富裕的道路。这些观点，显然十分客观，也十分辩证。特别是最后提出的全社会共同富裕的思想，更具有进步的意义。作为封建时代的一个诗人，能够提出这样的金钱观乃至社会观，的确是非常难能可贵的。全诗咏钱，却多以议论出之，尤以思想取胜，诗歌境界也随之转折并且越转越深，由此也能显示它在艺术上的特色。

即　事①

黄梅将去雨声稀②，满径苔痕绿上衣③。
风急小窗关不及，落花诗草一齐飞④。

【注释】①即事：就当前之事赋诗。②黄梅：指黄梅季节，即夏初梅子黄熟时期，江南普遍多雨。③径：小路。苔：青苔。王维《书事》：“坐看苍苔色，欲上人衣来。”④诗草：诗歌的草稿。

【点评】这首《即事》，描写的是诗人日常生活中的一个小镜头。诗歌虽然没有什么特别的社会意义，却体现出诗人善于捕捉眼前景物的创作灵感，充满生活气息，读来饶有情趣。

从绵津至赣州储潭得绝句五首(选一)[1]

渔翁底事不归家[2]，细雨濛濛立浅沙？
生怕鱼惊竿不动，蓑衣吹满碧桃花[3]。

【注释】①绵津：地名，也作“棉津”，在今江西万安南。赣州：亦属江西。储潭：地名，位于赣州北。②底事：何事、为什么。③碧桃花：重瓣的桃花，即千叶桃。

【点评】本题作于诗人自绵津至储潭江行途中，此诗系其中第四首。诗歌描绘赣江上的渔翁在濛濛细雨之中垂钓的情景，后面两句刻画其专心致志的神态，最为传神。第三句“生怕鱼惊竿不动”，是从正面直接描写，倒还算不了什么；而第四句用“蓑衣吹满碧桃花”这样一个细节，从时间及空间的角度进行烘托，手法便极其高明。这里面，不但有桃花的飘落与渔翁“不动”形成的对比，而且在桃花的前面又特别突出一个“碧”字，更使画面色彩鲜明、充满诗意。诗歌展现在读者面前的，正是一幅情景毕肖、生动传神的高雅图画。

卓笔峰(二首选一)[1]

孤峰卓立久离尘[2]，四面风云自有神。
绝地通天一枝笔，请看依傍是何人！

【注释】①卓笔峰：在今浙江乐清雁荡山。另外与之毗邻的永嘉楠溪江，“十二峰”内也有一座“卓笔峰”，但袁枚应未曾经过。②卓立：卓然挺立。尘：尘世。

【点评】本题题咏卓笔峰，此诗系其中第一首。诗歌咏的是山峰，实际上却是自我写照。袁枚以前的诗人，特别是明代以及清初的诗人，在诗歌创作上大都取法甚至模仿前代诗人的风格和家数；而袁枚提倡“性灵”说，强调诗歌创作绝去依傍、自写性灵、自由独创，由此显示出与众不同、卓然挺立的个性特征，使沿袭了无数年的诗坛旧习为之一变。如其《遣兴》二十四首之六即云：“独来独往一枝藤，上下千年力不胜。若问随园诗学某，三唐两宋有谁应?”结合袁枚的创作实际，可以说只有他这样的胸襟和魄力，才写得出如此气魄的《卓笔峰》。

新正十一日还山(六首选一)[1]

重理残书喜不支[2]，一言拟告世人知。
莫嫌海角天涯远[3]，但肯摇鞭有到时[4]。

【注释】①新正(zhēng)：新年正月。还山：回到山居。袁枚随园位于江宁小仓山，故云。②喜不支：即乐不可支、不胜高兴。③海角天涯：泛指极远的地方。④摇鞭：骑马的动作，借指行路。

【点评】本题作于乾隆五十年乙巳(1785)诗人七十岁时，此诗系其中第六首。此前一年从农历二月开始，诗人曾经大举外出游览，一路经过江西、广东、广西、湖南、湖北等地，行程遍及半个中国。这在古代交通不便的情况下，尤其对于一个老年人来说，的确堪称壮举。因此本题第一首即云：“自觉山人胆足夸，行年七十走天涯。公然一万三千里，听水听风笑到家。”而上面这最末一首，诗人又从中总结出一个深刻的道理：“莫嫌海角天涯远，但肯摇鞭有到时。”这个道理，其实何止限于旅游?

王鸣盛(一首)

王鸣盛(1722—1798),字凤喈,号礼堂。江苏嘉定(今属上海)人。乾隆十九年甲戌(1754)以榜眼中式进士,官至内阁学士兼礼部侍郎。后以母忧辞官。晚年移居苏州,著述以终。生平擅长经史考据,也工诗。年轻时曾经从沈德潜学习诗法,为“吴中七子”之一。有《西沚居士集》,又《嘉定王鸣盛全集》。

九江舟中①

渺渺浔阳烟树齐②,萧萧湓浦雁行低③。
长江九派东流去④,何事孤舟独向西⑤?

【注释】①九江:地名,位于江西北端、长江南岸。②浔阳:古郡名,治所即在九江,后世常作为九江的代称。③萧萧:语本杜甫《登高》:“无边落木萧萧下,不尽长江滚滚来。”湓浦:也称湓口,为湓水汇入长江之处,故址在九江以西。雁行(háng):即雁阵。④九派:原指九江附近的这段长江。因这里江水有九个支流,故称“九派”,亦即“九江”地名之所由来。皇甫冉《送李录事赴饶州》:“山从建业千峰远,江到浔阳九派分。”也泛指长江。⑤何事:何故。

【点评】羁旅行役,在古代诗歌中是一个常见的主题。因此,王鸣盛此诗从描写景物而转到抒发羁旅行役的感慨,这一点并不稀奇。但它抓住“长江”“东流”与“孤舟”“向西”这一对客观矛盾,以此来强化自己的内心感受，构思却相当别致。就这一点而言，此诗可与前面孔尚任的《北固山看大江》并读。

纪昀（四首）

纪昀（1724—1805），字晓岚，号石云。河北献县人。乾隆十九年甲戌（1754）举进士，选翰林院庶吉士，晋编修，历官至礼部尚书、协办大学士。《四库全书》编纂期间，担任总纂官。卒谥文达。他不以诗人名世，所作多为应制“御览”之什，但也有部分作品抒写个人情怀特别是西域风光，颇为可取。自著有《纪晓岚文集》。

富春至严陵山水甚佳（四首选二）①

沿江无数好山迎，才出杭州眼便明。
两岸濛濛空翠合②，琉璃镜里一帆行③。

【注释】①富春：旧县名，即今浙江富阳。钱塘江流经这一带，称富春江。严陵：也称严子陵，位于浙江桐庐境内、富春江畔。相传东汉严光（字子陵）早年与光武帝刘秀为友，后刘秀即位，他却在此隐居。今传有钓台遗迹。②濛濛：空濛迷茫的样子。③琉璃：一种有色半透明的矿物质，通常借指玻璃。

【点评】富春江及其下游钱塘江、上游新安江，在古代是一条水上交通要道，同时也以风光秀美名闻天下。尤其是“自富阳至桐庐，一百许里，奇山异水，天下独绝”（吴均《与宋元思书》）。纪昀本题为乾隆二十七年壬子（1762）冬赴福建学政任的途中所作，即描绘了富春江一带的秀丽景色。上面这第一首，说是“才出杭州眼便明”，可见此地山水比杭州西湖更胜一筹。所过之处，但见青山夹岸，碧水东流，船仿佛行驶在琉璃镜中。假如从严陵再一直溯江而上，今天还有一个大型人工湖泊千岛湖，可惜纪昀这样的古人未及见之。然而即便如此，如今这条所谓的黄金旅游线，在纪昀以及历史上其他许多骚人墨客的作品中，事实上也早就有过不少的反映了。

浓似春云淡似烟，参差绿到大江边[①]。
斜阳流水推篷坐[②]，翠色随人欲上船。

【注释】①参差（cēn cī）：错落不齐。②篷：这里指船篷。

【点评】此诗系本题第二首，着重刻画一个“绿”字。它既浓又淡，参差不齐，弥漫在大江上下，以致诗人推开船篷，这种翠色就好像也要跟着人一起拥上船来。这使我们想起前面朱彝尊的《夏日杂兴二首》之一“五月新苗绿上衣”，沈德潜的《过许州》“行人但觉须眉绿”，以及“点评”所引查慎行的《青溪口号八首》之七“牛背渡溪人，须眉绿如画”等等，由此可以发现诗人刻画“绿”字的某些共同手法与爱好。但是相比之下，纪昀此诗的境界显然更为阔大，同时也更能够展现富春江一带自然风光的特色。

乌鲁木齐杂诗（一百六十首选二）

戍屯处处聚流人[①]，百艺争妍各自陈。
携得洋钟才似栗，也能检点九层轮[②]。

【注释】①戍屯：原指戍卒居住的地方。清代被流放的人通常都被派去防守边疆，故其居住之地也称戍屯。②九层轮：这里指钟表内部的复杂齿轮。诗末自注："流人既多，百工略备。修理钟表，至为巧技，有方正者能为之。"

【点评】纪昀曾于乾隆三十三年戊子(1768)六月因罪革职逮问，流放新疆乌鲁木齐。后于三十五年庚寅(1770)十二月遇赦，次年二月东归，途中陆续以回忆形式写成这组巨型"杂诗"，有一百六十首之多。组诗广泛描写了乌鲁木齐一带的风俗人情和奇异风光，充满浓郁的边塞情调，在反映西域题材方面蔚为大观，堪称杰构。上面这首诗系其中第三十六首，反映的是该地由于流人的日渐增多，内地各种手工技艺也随之传播过来，甚至连修理钟表这样的精密技术都有人能做。由此推想，清代许许多多的流人像吴兆骞、纪昀，以及陈之遴、祁班孙和这里提到的方正等等，他们虽然自身经受了清王朝的残酷迫害，但客观上却不同形式地为开发建设祖国的边疆作出了各自的贡献，虽为"流人"，实为功臣。

春鸿秋燕候无差[①]，寒暖分明纪岁华[②]。
何处飞来何处去？难将踪迹问天涯[③]。

【注释】①"春鸿"句："春鸿秋燕"互文见义。候：节候。差：差错。②纪：通"记"。岁华：岁时、岁月。③诗末自注："燕鸿来去之候，与中土相同。但沙漠万里，不知何所往耳。"

【点评】此诗系本题第一百零六首，刻画的是西域"燕鸿来去"的自然现象。虽然它的规律与中原内地并无不同，但放置在万里沙漠的广阔背景之下，便自然呈现出一种别样的特点，从而也使作品具有了某种哲理的意味，在同题众多诗作中显得格外富有韵致。

蒋士铨（八首）

蒋士铨（1725—1785），字心余，亦作莘畬，一字苕生，号清容，又号藏园。江西铅山人。乾隆二十二年丁丑（1757）举进士，选翰林院庶吉士，晋编修。不久以养母乞归。晚年侨寓江苏南京，一度主讲扬州安定书院和浙江绍兴的蕺山书院，最后卒于江西南昌。他以戏曲家而兼诗人，论诗接近袁枚，但实际创作多有不同。其诗内容以表彰忠孝节义为最著，间亦反映民生疾苦，批判社会陋俗，进步因素与保守倾向同时存在；艺术上则仍然走师法前人的道路，主要取径北宋江西诗派的黄庭坚，上溯唐代的杜甫和韩愈，结体瘦硬，风格雄健。有《忠雅堂诗集》等，又今人邵海清、李梦生两位先生合撰《忠雅堂集校笺》。

梅花岭吊史阁部①

号令难安四镇强②，甘同马革自沉湘③。
生无君相兴南国④，死有衣冠葬北邙⑤。
碧血自封心更赤⑥，梅花人拜土俱香⑦。
九原若遇左忠毅，相向留都哭战场⑧。

【注释】①梅花岭：地名，位于扬州旧广储门外。史阁部：即史可法，南明弘光朝曾官东阁大学士、兵部尚书，督师扬州，抗击清兵南下。后失败殉难，遗体遍寻不得，人们以其衣冠袍笏葬于梅花岭上，建成衣冠冢。②“号令”句：弘光时分江北为四镇，以黄得功、刘良佐、刘泽清、高杰四人领兵驻守，名义上受史可法节制，实际上却拥兵自强，不听军令，甚至自相攻战。③“甘同”句：马革：马皮。《后汉书·马援传》：“男儿要当死于边野，以马革裹尸还耳。”自沉湘：屈原因楚都被破，愤而自沉于今湖南境内的汨罗江。这里借喻史可法的投江自尽。④“生无”句：君相(xiàng)：君主与辅臣，指弘光皇帝和马士英、阮大铖辈。他们从来没有想到要抗击清兵、复兴故国。参前吴伟业《听女道士卞玉京弹琴歌》、钱载《观王文简公所题马士英画二首》之二等。南国：这里指南明，也泛指整个明朝政权。⑤北邙(máng)：北邙山，位于河南洛阳东北，为东汉时期王侯公卿比较集中的葬地。这里借指梅花岭。⑥碧血自封：《庄子·外物篇》：“苌弘死于蜀，藏其血，三年而化为碧。”心更赤：“赤”即“红”，“红”即“朱”，这里兼切朱明王朝。参前归庄《落花诗》十二首之一、王夫之《忆得》所收《绝句》六首之二、张煌言《甲辰八月辞故里》二首之二等。⑦“梅花”句：意本陆游《卜算子·咏梅》：“零落成泥碾作尘，只有香如故。”⑧“九原”两句：九原：地下。左忠毅：指左光斗，明末曾官御史，因弹劾阉党魏忠贤而遭迫害，死于狱中，后追谥忠毅。史可法系其学生。据方苞《左忠毅公逸事》记载，史可法曾经冒死到监狱中探望左光斗，却受到左光斗的严厉责骂，要他防止阉党连治坑陷，保存自己，以求将来为国大用。后来史可法督师打仗，不辞辛劳，即唯恐辜负左光斗的期望。然而由于弘光“君相”的昏庸腐败，史可法最终还是抗清失败，以身殉国。所以说，如果他在九原之下遇到左光斗的话，师生二人必定都要对着南京痛哭战场的。留都：即指南京。明朝永乐皇帝迁都北京以后，以原来的南京作陪都，也称留都。

【点评】此诗立足梅花岭，凭吊史可法，反面以扬州“四镇”、弘光“君相”来相衬，正面以“左忠毅公”作烘托，有力地塑造了一位忠贞不二、矢志抗清、捐躯报国的英雄节烈形象。像这样颂扬抗清先烈的诗歌，在清代初期可谓比比皆是、屡见不鲜；以后岁久年深，时隔代远，便渐渐地少了下去；但到了乾隆后半时期，则又重新多了起来。即如这里的史可法，无论钱载、袁枚，还是后面的赵翼、舒位等人，他们都写过不少的悼念之作。这是因为乾隆四十一年丙申(1776),清朝统治者颁行了一个《胜朝殉国诸臣录》,对清初抗清殉节的明朝臣子予以表彰,追赠谥号,意在借此感召清朝臣民,要他们像抗清志士忠于明朝那样忠于清朝;乾隆皇帝本人,还亲自为史可法题诗。而蒋士铨上面这首诗,却作于此前的乾隆十三年戊辰(1748),因此显得格外可贵,也见出诗人对这类题材的关注。并且它所反映的主题,又同作者歌颂文天祥及其他宋末爱国遗民的传奇名作《冬青树》极其相似,都含有反清复明、扭"回天地"的微意,这在文网严密的乾隆时期就更加难得了。

岁暮到家

爱子心无尽,归家喜及辰①。
寒衣针线密②,家信墨痕新。
见面怜清瘦,呼儿问苦辛。
低徊愧人子③,不敢叹风尘。

【注释】①及辰:及时、正赶上时候。这里指过年之前能够返家。②"寒衣"句:孟郊《游子吟》:"慈母手中线,游子身上衣。临行密密缝,意恐迟迟归。谁言寸草心,报得三春晖?"③低徊:迟疑徘徊、婉转曲折。愧人子:愧为人子,意即惭愧自己未能尽到孝养父母的责任,反而惹父母为自己担忧。

【点评】此诗叙述诗人久别归家、母子相见的情景。其中前面六句,着重从母亲的角度描写她对儿子的关心。这里没有过多渲染见面的惊喜,而主要是通过针线细密的寒衣、墨痕犹新的家信,和怜惜儿子的清瘦、询问儿子的苦辛等一系列细微的物事和动作,于平淡之中见其至性。后面两句,倒过来从儿子的角度描绘他回答母亲问话的神态,则抓住微妙的心理活动进行刻画,既符合逻辑,又进一步从侧面烘托出母子之间的真情。

全诗平平叙述，语言质朴，感情却极为真挚浓厚。张维屏《听松庐诗话》曾说蒋士铨的诗歌“篇篇本色，语语根心”（《国朝诗人征略》卷三十七），此诗可作代表。

登第日口号三首（选一）①

老母焚香一展眉②，九原吾父可闻知③？
旁人怪落看花泪④，不见番番下第时！

【注释】①登第：古代科举考试录取的时候都要评定等第，因此称应考中式亦即符合规定被录取为登第，也叫登科、及第。一般专指进士中式。下文的“下第”即指未能中式。口号（háo）：这里指随口赋诗。参前金农《感春口号》注①。②展眉：舒展眉头，形容高兴。③九原：地下。④看花：唐代进士考试，及第者有在长安看花的风俗。孟郊《登科后》：“春风得意马蹄疾，一日看尽长安花。”

【点评】本题为诗人进士中式的那一天所作，此诗系其中第三首。清代的进士考试，通常每三年才举行一次。无数的举人不远千里，从各地汇聚北京；一旦下第，又每每千里迢迢返回家乡，其财力损失、旅途颠簸，特别是精神打击，的确非今天的读书人或者当时的局外人所能想象。吴敬梓的《儒林外史》，就曾经从不同的角度反映这种悲惨的现实。难怪蒋士铨在这登第之日，即遥想家中的老母为之“焚香”“展眉”，地下的亡父也仿佛听到了消息，为之欣慰，而他自己则更是禁不住喜极而泣，让旁人都觉得不可思议。诗歌的“格调”似乎并不很高，却极真实、生动地展现了封建时代读书人的普遍心态。从描写真情这个角度来说，此诗正可与上面的《岁暮到家》并读。

京师乐府词十六首[①]（选二）

象　声[②]

帷五尺广七尺长[③]，其高六尺角四方。

植竿为柱布作墙[④]，周遭着地无隙窗[⑤]。

一人外立一中藏，藏者屏息立者神扬扬[⑥]。

呼客围坐钱入囊，各各侧耳头低昂。

帷中隐隐发虚籁[⑦]，正如萍末风起才悠飏[⑧]。

须臾音响递变灭[⑨]，人物鸟兽之声一一来相将[⑩]。

儿女喁喁昵衾枕[⑪]，主客刺刺喧壶觞[⑫]。

乡邻诟詈杂鸡狗[⑬]，市肆嘲谑兼驰骧[⑭]。

方言竞作各问答[⑮]，众口嘈聒无碍妨[⑯]。

语入妙时却停止，事当急处偏回翔。

众心未厌钱乱撒[⑰]，残局请终势更张。

雷轰炮击陆浑火[⑱]，万人惊喊举国皆奔狂。

此时听者股栗欲伏地[⑲]，不知帷中一人摇唇鼓掌吐吞击拍闲耶忙？

可怜绕帷之客用耳不用目，途说道听亡何乡[⑳]。

颠风忽缩土囊口[㉑]，寂然六幕垂苍苍。

反舌无声笑耳食[㉒]，巧言惑听真如簧[㉓]。

【注释】①京师：指北京。乐府词：即乐府，原为汉代掌管音乐的机关，后指乐府机关采以配乐的诗歌，也泛指其他可以入乐或仿效乐府古题创作的作品，多用以反映民间生活，具有民歌风味。②象声：一种以模仿各种声响为特点的口技表演艺术。详见下文。③帷：帷幕，这里指象声表演的场所。广：宽度。④植：立。⑤周遭：周围。⑥屏（bǐng）息：暂时抑止呼吸，不出声响。扬扬：得意的样子。⑦虚籁（lài）：从虚空的孔穴中发出的声音。⑧萍末风起：语本宋玉《风赋》："夫风，生于地，起于青萍之末。"⑨须臾：极短的时间。递：顺次、逐渐。⑩相将：相随。⑪儿女：这里指青年男女。喁（yú）喁：形容小声说话。昵（nì）：亲热。衾（qīn）：被子。⑫剌（là）剌：形容说话热闹、喋喋不休。壶觞（shāng）：泛指盛酒的器具，也借指酒类。⑬诟詈（lì）：辱骂、吵架。⑭市肆：贸易场所、商店。嘲谑（xuè）：嘲笑戏谑，开玩笑。驰骧（xiāng）：马奔跑。⑮方言：各地的土话。作：起。⑯嘈聒（guō）：声音嘈杂。⑰厌：这里同"餍"，满足。⑱陆浑：地名，在今河南嵩县。韩愈有《陆浑山火一首和皇甫湜用其韵》诗，这里用作典故。⑲股栗：双腿颤栗、发抖。⑳亡（wú）何乡：无何有之乡。亡，通"无"。语出《庄子·逍遥游》，指非实际存在的地方。㉑颠风：狂风、暴风。土囊口：即洞穴。宋玉《风赋》："盛怒于土囊之口。"㉒反舌无声：语出《礼记·月令》。"反舌"为鸟名，又名百舌鸟。耳食：即上文所谓"用耳不用目"。㉓"巧言"句：语本《诗经·小雅·巧言》："巧言如簧，颜之厚矣。"又《后汉书·陈蕃传》："夫谗人似实，巧言如簧，使听之者惑，视之者昏。""簧"指乐器中有弹性的薄片，善于振动发声。

【点评】本题描写北京民间的各种文化技艺和生活图景，每首自成一个小题。此诗系其中第三小题，具体写的是"象声"。象声作为一门民间艺术，在清代盛行于北京。清初钮琇的《觚剩》续编卷三《事觚》"象声"条就记载："都下有为象声之戏者。其人以尺木来，隔屏听之，一音乍发，众响渐臻。或为开市，则廛主启门，估人评物，街巷谈议，牙侩喧呶，至墟散而息；或为行围，则军帅号召，校卒传呼，弓鸣马嘶，鸟啼兽啸，至猎罢而止。自一声两声以及百千声，喧豗杂沓，四座神摇。忽闻尺木拍案，空堂寂如，展屏视之，一人一几而已。"特别是清初林嗣环描写象声的《口技》一文，被选入数种语文教材，由此使该门艺术仿佛“家喻户晓”。而蒋士铨以诗歌的形式描绘该门艺术，较于散文记叙又别具一番风味，有助于我们更好地了解“象声”。

鸡毛房①

冰天雪地风如虎，裸而泣者无栖所②。
黄昏万语乞三钱，鸡毛房中买一眠。
牛宫豕栅略相似③，禾杆黍秸谁与致④？
鸡毛作茵厚铺地⑤，还用鸡毛织成被。
纵横枕藉鼾齁满⑥，秽气熏蒸人气暖。
安神同梦比闺房⑦，挟纩帷毡过燠馆⑧。
腹背生羽不可翱，向风脱落肌粟高⑨。
天明出街寒虫号⑩，自恨不如鸡有毛。
吁嗟乎！
今夜三钱乞不得，明日官来布恩德⑪，
柳叶棺中长寝息。

【注释】①鸡毛房：一种以鸡毛铺地御寒，供无家贫民天冷租住的粗陋客栈。②裸：裸体，没有衣服。栖所：栖身之处，即住所。③牛宫豕栅：牛栏猪圈。④谁与致：谁给弄来？⑤茵：垫子。⑥枕藉（jiè）：枕靠。这里指互相挤压。鼾齁（hōu）：鼻息声、打呼声。⑦同梦：原指夫妇同寝。《诗经·齐风·鸡鸣》：“甘与子同梦。”⑧挟纩（kuàng）：裹着丝棉。帷毡：围着毡帐。过：超过。燠（yù）馆：暖室。⑨肌粟：鸡皮疙瘩。⑩寒虫号（háo）：像寒号虫一样嚎叫。陶宗仪《南村辍耕录》卷十五“寒号虫”条：“五台山有鸟，名‘寒号虫’。四足有肉翅，不能飞。……比至深冬严寒之际，毛羽脱落，索然如彀雏，遂自鸣曰：'得过且过。'"⑪布恩德：这里指布施一具棺木。

【点评】此诗系《京师乐府词》第八小题，描写"鸡毛房"这种当时北京所特有的现象。诗歌以严冬衣不蔽体、无家可归的"裸而泣者"为线索，撷取他一夜前后的生活片断，向读者展示了"鸡毛房"的龌龊景状；又反过来通过"鸡毛房"，使读者看到了北京社会下层人民特别是那些"裸而泣者"的悲惨生活。此诗作于乾隆二十五年庚辰(1760)，这现象又恰恰发生在清王朝的首都，也就是最高统治者的眼皮底下，因此它实际上正是从一个侧面深刻揭露了所谓乾隆"盛世"的真实面貌。康发祥称此组《京师乐府词》为"空前绝后，绝无仅有"(《伯山诗话》卷二)，便道出了它的社会意义。

题王梓园画册(四十八首选一)①

低丛大叶翠离离②，白玉搔头放几枝③？
分付凉风勤约束④，不宜开到十分时。

【注释】①王梓园：当为清代画家，具体未详。②"低丛"句：据诗末自注，此首所题图画为花卉"玉簪"。其叶丛生，大如手掌。离离：草木繁盛的样子。③"白玉"句："玉簪"夏秋间开花，颜色洁白如玉，花蕊像簪头，故名。搔头：簪子的别称。④分付：同"吩咐"，嘱托。

【点评】本题题写画册，此诗系其中第十八首，所咏为玉簪花。诗歌前两句从叶到花，具体描绘画面中的玉簪形象。由这里的"放几枝"推想，画家在构图的时候，有意只布置很少绽开的花朵，而更多的处在含苞待放的状态，甚至干脆留下大片空白让读者自己去想象，从而获得以少总多、含蓄蕴藉艺术效果。因此，诗歌的后两句即由此生发，告诫花儿"不宜开到十分时"。这既是一个艺术创作的经验，同时也符合自然界乃至社会上许多事物的发展规律，能够给人以深刻的启迪。蒋士铨的题画诗多有名作，即与这种哲理意味有关，参见下文更能深悉。

题王石谷画册(十二首选一)①

不写晴山写雨山②,似呵明镜照烟鬟③。
人间万象模糊好,风马云车便往还④。

【注释】①王石谷:王翚,石谷其字,江苏常熟人,为清初著名山水画家。②写:这里指画画。③呵(hē):吹气。烟鬟:如烟雾的鬟发,借指女子。④风马云车:指神仙所乘。语本傅玄《吴楚歌》:"云为车兮风为马,玉在山兮兰在野。"便:方便、自由自在。

【点评】本题亦为题画之作,此诗系其中第五首。诗歌所题的是王翚的哪一幅画,具体不得而知,但从首句的"不写晴山写雨山",可以推想这画面晕染着一片迷濛的雨气,画中的青山若隐若现,闪烁在迷濛的雨气之中,恰似将明镜呵上一层水雾之后再来映照女子的容貌,反而显现出一种朦胧的美。因此,诗歌第三句提出了一个极富意蕴的美学观点——"人间万象模糊好"。这不仅适用于眼前的画意联想——更便于神仙们自由往还,而且适用于整个绘画及其他各种艺术的创作与欣赏活动,甚至于在某种意义上还适用于社会人生。袁枚《六言四首》之三"一切总求彻底,便生无数疑端。不若半明半昧,人间万事相安",说的也是这个意思。绝句中的警句多出现在最末一句,蒋士铨此诗却以第三句最见精警,这也十分难得。

响屧廊(二首选一)①

不重雄封重艳情②,遗踪犹自慕倾城③。
怜伊几緉平生屐④,踏碎山河是此声。

【注释】①响屧(xiè)廊：吴王夫差让西施穿木屐走过走廊，以发出声响来倾听、欣赏，这条走廊即称响屧廊，在苏州灵岩山馆娃宫内。屧，木鞋。参前吴伟业《圆圆曲》注㉛。②雄封：雄壮的封地。指国土、国家。③倾城：形容极其美貌的女子。这里指西施。参《圆圆曲》注㊹。④伊：第三人称代词。几緉(liǎng)平生屐：语出《世说新语·雅量》："或有诣阮(孚)，见自吹火蜡屐，因叹曰：'未知一生当著几量(緉)屐?'"緉：双，计算鞋子的单位。屐(jī)：木屐，木底的鞋子。

【点评】本题咏怀响屧廊古迹，此诗系其中第二首。响屧廊以及馆娃宫乃至整个吴王夫差与西施的故事，历代曾得到过无数的题咏；讽刺吴王夫差因宠爱西施而亡国的主题，在历代有关作品中也并不新鲜。蒋士铨这首诗的特点，最主要在于它选材的角度，具体则体现在诗歌的后面两句。它着重从"响屧廊"的"响"字生发，联想到西施行走发出的细碎的木屐声，实际上正是"踏碎山河"的声音！诗人从久远的历史陈迹中听出了这样的声音，又向世人展示了其后果，诗歌的构思立意自然也就与众不同了。同时，诗歌末句以"是此声"作结，这与前面查慎行《邺下杂咏四首》之二的"浊漳确是无情物，流尽繁华只此声"一样，本身语气也格外沉重。朱庭珍曾以此诗与上面那首《题王石谷画册》(标题省作"题画")等作品为例，称赞蒋士铨"用意沉着，又七绝中之飞将也"(《筱园诗话》卷四)。

赵翼(十首)

赵翼(1727—1814)，字云崧，也作耘松、耘菘，号瓯北。江苏阳湖(今常州)人。乾隆二十六年辛巳(1761)举进士，会试第一，殿试第三，授翰林院编修。稍后出为广西镇安知府，又一度奉调至云南参加清廷对缅甸的军事行动，擢升贵州分巡贵西兵备道。

至三十八年癸巳(1773),即辞官归里。此后大抵在家乡隐居著述,并曾数次主讲扬州安定书院。生平擅长史学,论诗与袁枚相近,尤其强调发展创新;诗风也颇与袁枚近似,抒写性灵,通俗幽默,某些地方甚至比袁枚走得更远,但又自具特色,博大宏深,成为性灵派的巨擘。当时即与袁枚齐名,并称"袁赵";又加上蒋士铨,并称"乾隆三大家",也称"江右三大家",与清初钱谦益等"江左三大家"相辉映。平生所著,总为《瓯北全集》,今有《赵翼全集》。其中诗歌,主要以编排体例不同而分别成《瓯北集》和《瓯北诗钞》两种,前者编年,后者分体。

论诗(四首选二)

满眼生机转化钧[①],天工人巧日争新。
预支五百年新意,到了千年又觉陈。

【注释】①转化钧:意为自然界在不停地运动,不停地创造新事物。化:造化、大自然。钧:制陶器时所用的转轮。《淮南子·原道训》:"钧旋毂转,周而复匝。"

【点评】赵翼诗歌擅长议论,尤以论诗之作为著。其集内直接标作"论诗"的,就有好些题,并且大都是组诗。所选本题原为七绝四首,此诗系其中第一首。它的基本观点,是诗歌创作必须不断地创新,这是因为世间万物都在不停地向前发展,如果不日日"争新",就必然会变得陈旧。同样的观点,在赵翼的其他诗作中也曾一再地表达过:"诗文随世运,无日不趋新。"(《论诗》"作诗必此诗"首)"诗文无尽境,新者辄成旧。"(《删改旧诗作》二首之二)"不创前未有,焉传后无穷?"(《读杜诗》)……这些都可以同此诗并参。又此诗后面两句"预支"云云,纯以口语出之,也能见出赵翼诗歌特别是其论诗之作的某种艺术特点。

李杜诗篇万口传[1]，至今已觉不新鲜。
江山代有才人出，各领风骚数百年[2]。

【注释】①李杜：指唐代大诗人李白和杜甫。②风骚：《诗经》中的《国风》和《楚辞》中的《离骚》，借指诗歌，也泛指文学。

【点评】此诗系本题第二首。李白、杜甫是唐代诗苑中最为光辉的双子星座，中唐著名诗人韩愈《调张籍》诗即云："李杜文章在，光焰万丈长。不知群儿愚，那用故谤伤？蚍蜉撼大树，可笑不自量。……"赵翼却偏偏说"至今已觉不新鲜"。这当然不是对李杜的否定，而是借此更加鲜明、有力地突出、强调自己的正面观点。也就是说，诗歌是不停地向前发展的，每一个时期都有新的诗人，也都有新的诗歌；即使像李杜这样的大诗人，其诗歌也是要相对过时的。赵翼本身是一位著名的历史学家，因此他特别能够认识到这一事物总是在不断发展的规律。就诗歌来说，这一理论显然也是十分正确的。赵翼和袁枚等性灵派作家大力提倡独写性灵、自由创新，并从而引导清代诗歌走上自己的发展道路，便正是基于这样的一种认识。这里的"江山"两句，蕴含着多少的哲理，激励过多少的有志之士，无怪乎人们代代传诵不休。

题元遗山集[1]

身阅兴亡浩劫空，两朝文献一衰翁[2]。
无官未害餐周粟，有史深愁失楚弓[3]。
行殿幽兰悲夜火，故都乔木泣秋风[4]。
国家不幸诗家幸，赋到沧桑句便工[5]。

【注释】①元遗山：金代著名诗人元好问，字裕之，遗山其号。有《遗山集》。②“身阅”两句：元好问经历过金朝的灭亡、元朝的统治。他曾记录金朝史料达数百万言，又编辑金诗为《中州集》。③“无官”两句：着重写元好问的气节，意思是他入元以后不做官，便无损于气节，并不是非殉国不可。而他之所以没有以死殉金，是担心自己一死，金朝史料便会失坠，无人整理。害：妨碍。餐周粟：《史记·伯夷列传》记载，殷朝伯夷、叔齐两人在周武王灭殷以后，“义不食周粟”，乃“隐于首阳山，采薇而食之”，直至饿死。后世常以之作为保持气节的典型。失楚弓：《孔子家语·好生》：“楚恭王出游，亡乌皞之弓。左右请求之，王曰：‘已之。楚人失弓，楚人得之，又何求之？’”④“行殿”两句：指元好问的亡国之痛与故国之思。幽兰：幽兰轩，原在金朝的行都汴京，汴京陷元后被烧毁。故都乔木：古代建国时通常都要种树立社，即借指故国。元好问《壬辰十二月车驾东狩后即事五首》之四：“乔木他年怀故国。”⑤赋：写。沧桑：沧海桑田。葛洪《神仙传》：“麻姑自说云：‘接侍以来，已见东海三为桑田。’”形容变化巨大，多指改朝换代，国家灭亡。

【点评】元好问是金代成就最高的大诗人，也是一位著名的历史学家，同时又以气节为世人所重。赵翼此诗，即以读后感的形式，从各个角度对元好问其人其学其诗给予了很高的评价。特别是尾联两句，结合元好问诗歌的成就与特色，以史学家的眼光和议论的笔调提出了一个著名的诗学观点，较之于北宋欧阳修论梅尧臣诗歌时所说的“穷而后工”仅限于作家个人，更进一步深入到了社会的层面；同时，它以诗句的形式出现，较之于散文形式也更加易读易诵，因此常被后人引用。

后园居诗（十首选一）[1]

有客忽叩门[2]，来送润笔需[3]。
乞我作墓志[4]，要我工为谀[5]。
言政必龚黄[6]，言学必程朱[7]。

吾聊以为戏[⑧]，如其意所须[⑨]。
补缀成一篇[⑩]，居然君子徒[⑪]。
核诸其素行[⑫]，十钧无一铢[⑬]。
其文倘传后，谁复知贤愚[⑭]？
或且引为据[⑮]，竟入史册摹[⑯]。
乃知青史上[⑰]，大半亦属诬[⑱]。

【注释】①后园居诗：作者此前曾写过一组《园居诗》，本题为续作，故加"后"字。②叩门：敲门。③润笔需：即润笔、稿酬。④墓志：墓志铭。古代的一种文体，记载死者生平事迹，随葬墓中。⑤工：善于。谀（yú）：阿谀、说奉承话。⑥政：政绩。龚黄：指汉代的龚遂、黄霸，为"良吏"的代表。⑦学：学术。程朱：指宋代的程颢、程颐兄弟和朱熹，为著名理学家。⑧聊：姑且。戏：开玩笑。⑨意所须：心中所想要的。须，通"需"。⑩补缀：拼凑。⑪君子徒：像君子一类的人。⑫诸：之于。素行：平素的言行。⑬钧：这里和"铢"都是古代的重量单位，三十斤为一钧，二十四铢为一两。⑭贤愚：好坏。⑮且：甚至。⑯摹：照样子写。这里指照抄到史册中去。⑰青史：即史书。上古时代用竹简当纸记事，故称史书为"青史"。⑱诬：欺骗不实之辞。

【点评】本题为诗人居家时所作，此诗系其中第五首。诗歌叙述客人来求诗人撰写一篇墓志铭，要求诗人为死者吹嘘，尽力把他往高里写。诗人满足了客人的愿望，然而拿它跟死者生前的言行实际进行比较，却相差不知道有多少。由此诗人对这种文章的真实性提出了怀疑，并进而推想到史书的虚假。全诗从诗人的亲身经历出发，由叙述转入议论，层层递进，越转越深，从而揭露了人世间那种弄虚作假、追求名利的丑恶现象，并且对人们一直迷信的史书也进行了巧妙的讽刺。诗歌看似平淡，却蕴藏着十分深刻的道理，这正是赵翼议论之作的一大特色。

署斋偶得（三首选一）[1]

城市犬能吠，专吠蓝缕人[2]。
乡村犬亦吠，反吠衣履新。
由其所见陋，生不识冠巾。
毋怪狗苟徒[3]，仇正群狺狺[4]。
彼其心目中，好丑本不分。
自非同气类，相遇必怒嗔[5]。
亦复何足责，彼固非人身[6]。

【注释】①署斋：官署中的书斋。②蓝缕：同"褴褛"，衣服破烂。③狗苟徒：狗苟蝇营之徒，即像狗那样苟且偷生、像苍蝇那样到处钻营的人。④仇正：仇恨正人君子。狺（yín）狺：狗叫声。⑤怒嗔（chēn）：发怒、发火。⑥固：这里是副词，意为本来就。

【点评】本题是诗人官房无事，偶有所得而写下的一组体会，此诗系其中第二首。诗歌的主旨十分明显，即揭示人世间特别是官场里的那些小人总是攻击陷害正人君子的原因，但它从狗说起，又以城市中的狗与乡村中的狗进行对比，这不但增强了诗歌的说服力，而且使这首议论之作形象生动，读来并不使人觉得枯燥乏味。

一　蚊

六尺匡床障皂罗[1]，偶留微罅失讥诃[2]。
一蚊便搅人终夕[3]，宵小原来不在多[4]。

【注释】①匡床：方正安适的床。皂罗：黑色的罗帐。②罅（xià）：缝隙。讥诃（hē）：稽查呵斥。诃，同“呵”。③终夕：整个晚上。④宵小：习惯在暗中活动的小人。

【点评】赵翼和袁枚等性灵派的诗人，常有许多取材极其平凡琐屑的作品，其中有的如赵翼的《鼻涕》之类，不免流于庸俗无聊，但也有不少因小喻大、借题发挥，往往具有某种社会的意义。上面这首诗从一只小小的蚊子写起，而推及于人世间的“宵小原来不在多”，这就富有深刻的哲理性。较之于南宋杨万里《宿潮州海阳馆独夜不寐》二首之二描写“腊前蚊子”，称“一只搅人终夕睡，此声原自不须多”，境界显然要高得多。同样如袁枚的《蝇》：“山顶蚁虻尽，萧然绝点尘。苍蝇偏不断，高处有谗人。”亦可与赵翼此诗并观。而同前面宋琬的《热甚驱蚊戏成绝句五首》之五比较，不难发现赵翼、袁枚这两首诗歌写得都特别轻巧。这就宋琬来说固然缘于他的悲惨身世，而就赵翼和袁枚来说，则在一定程度上正能够体现其幽默诙谐的诗风。

窗　鸡

喌喌呼来矮屋西①，可怜啄食只糠粞②。
有时竟日无人喂③，犹奋饥肠尽力啼。

【注释】①喌（zhōu）喌：呼鸡声。②糠粞：谷皮和米屑，常比喻粗恶的食物。陆游《老鸡》：“碓下糠粞幸不乏，何妨相倚过余生。”又《太息》：“仕宦十五年，曾不饱糠粞。”③竟日：整天。

【点评】有趣的是，赵翼此诗又和袁枚一样写鸡，只不过题目中添了一个“窗”字（指窗下）。如果说袁枚的《鸡》侧重点在于“主人”的话，那么赵翼此诗的侧重点则在于“鸡”本身。前者有寓意，此诗自然也不例外，至于它所寓何意，那就看读者个人的理解了。

观舞灯

满野流移似冻蝇①，华灯犹列炬千层②。
临觞敢谓非豪举③？如此今年看舞灯！

【注释】①流移：指流亡迁移之人。《三国志·魏志·王朗传》："流移穷困，朝不谋夕。"②华灯：装饰华丽的灯具。炬：蜡烛。③临觞(shāng)：面对酒杯。敢：怎敢。豪举：豪奢的举动。

【点评】此诗描写诗人观看舞灯的感受。诗歌前面两句中，首先出现的是流民满野、饥寒交迫的悲凉图景，然而在另一方面，却是"华灯犹列炬千层"的豪华场面，二者刚好形成了一种鲜明的对比，反差极为强烈。那班有钱的人，恰恰就是在这样的背景之下，呼朋唤友，一边举着酒杯，一边看着舞灯，以此显示他们的"豪举"！这里的冷热对照、贫富对立，特别是由此反映出来的诗人的满腔愤慨，较之于杜甫的"朱门酒肉臭，路有冻死骨"，可谓更加具体、更加真实，也更加激动人心。

赠当筵索诗者①

盈盈十五出堂时②，妙转歌喉劝客卮③。
也是人间生活计，老夫和泪写胭脂④。

【注释】①当筵：在酒筵上当班。索诗：索要诗歌。②盈盈：形容女子仪态美好。《古诗十九首》之二："盈盈楼上女，皎皎当窗牖。"十五：这里指年龄。出堂：指到宴席间陪客。③卮(zhī)：和前诗的"觞"都是古代的盛酒器，相当于酒杯。这里借指喝酒。④老夫：作者自指。写胭脂：意为在歌女呈递过来的画扇上面题诗。

【点评】此诗系应人索题而作，索题的人是一个幼小的歌女。赵翼和袁枚都曾经被人攻击为“油腔滑调”，他们的诗歌中确实都有一些调侃打趣、情调不高的作品，而赵翼尤甚。然而，此诗中的赵翼面对这样一位索诗的歌女，非但没有丝毫的轻薄之意，反而产生了无比深切的同情，最终含着热泪为她题写了这样的一首诗。不知这位歌女读过这首诗之后，将如何地伤心；将来的人生道路，又是否有改变的可能呢？

澜沧江①

绝壁积铁黑②，路作之字折③。
下有百丈洪，怒喷雪花热④。

【注释】①澜沧江：我国西南地区大河之一，发源于青海唐古拉山，流经云南西部，到西双版纳出境。此下称湄公河，经缅甸、老挝、泰国、柬埔寨等国至越南南部入海。②积铁黑：聚铁那样发黑。③之字折：像“之”字形的曲折。④雪花：这里形容雪白的浪花。

【点评】此诗刻画澜沧江的奇险景色。诗歌仅二十个字，依视线的移动，自上而下撷取黝黑的绝壁、曲折的道路、汹涌的江水这样几个既分散又连贯的镜头，共同组成一幅壮丽的图景。诗中落差的悬殊，道路的曲折与江流的奔泻，浪花的雪白与绝壁的黝黑，森冷的“雪花”与“怒”“热”的喷射，无不呈现出奇险的态势。诗押入声韵，多用入声字，急管繁弦，音调促迫，也从形式上配合了这种奇情壮采的表达。类似这样描写祖国西南边疆奇异风光的作品，在赵翼的诗歌中形成了一道亮丽的风景线，在地域上最远还一直写到了中缅边界的高黎贡山。这正是诗人从军西南的一大收获，也是赵翼诗歌的一大特征，诚如同时代的许多诗人所称赞的那样：“人从绝徼干戈外，诗向蛮乡瘴疠雄。”“诗传后世无穷日，吟到中华以外天。”(《瓯北集》附程沆、范起凤诗)

姚鼐(四首)

姚鼐(1732—1815),字姬传,学者称惜抱先生。安徽桐城人。乾隆二十八年癸未(1763)举进士,选翰林院庶吉士,散馆改兵部主事。继官礼部员外郎、刑部郎中,记名御史,不久告归。此后历主扬州梅花、安庆敬敷、歙县紫阳、南京钟山等书院,几达四十年。他是桐城文派的创始人之一,同时在诗歌方面也有一套比较系统的理论,主张“道与艺合”“熔铸唐宋”,讲求“雅正”。这些观点虽然具有守旧的倾向,但在当时与后世都曾产生过相当大的影响,从而与桐城文派基本相应,形成了一个桐城诗派。其自身诗歌创作主要取法韩愈、黄庭坚,兼师李商隐以及李白、苏轼诸家,瘦而不枯,硬而不拗,清新雅洁,雄浑矫健,具有一种阳刚之美,在清代中叶的诗坛上也能自成一家。有《惜抱轩全集》。其中诗歌,有族裔姚永朴所作《训纂》。

出池州[①]

桃花雾绕碧溪头,春水才通杨叶洲[②]。
四面青山花万点,缓风摇橹出池州。

【注释】①池州:地名,在今安徽长江南岸。②杨叶洲:在池州西北方向的大江中,形如杨叶,故名。

【点评】此诗描写旅途景象。前面两句，运用桃花、碧溪、春水、绿洲等零星意象泛泛描绘；至第三句“四面青山花万点”，则取景格外集中，而境界却顿时扩大，色彩也更其鲜明；由此推出末句的“缓风摇橹出池州”，一壮丽，一悠闲，诗人的喜悦舒畅之情便洋溢于字里行间。像这样的写景小诗，关键多在第三句，有此一句即足以撑起全诗。唯此诗第一句的“桃花”同第三句的“花”字在字面上有重复，本来似乎应该避免。

夜起岳阳楼见月[①]

高楼深夜静秋空，荡荡江湖积气通[②]。
万顷波平天四面，九霄风定月当中[③]。
云间朱鸟峰何处[④]？水上苍龙瑟未终[⑤]。
便欲拂衣琼岛外[⑥]，止留清啸落湘东[⑦]。

【注释】①岳阳楼：位于湖南岳阳西城门上，下临洞庭湖，为历代登临胜地。②积气：天空中积聚的大气，借指天。③九霄：九天云霄，指天的极高处，也泛指天空。④朱鸟：古代神话中的南方之神，亦为南方七宿的总称。峰：这里指南岳衡山。传说南岳属朱鸟管辖。⑤“水上”句：神话传说有湘灵鼓瑟的故事。《楚辞·远游》：“使湘灵鼓瑟兮，令海若舞冯夷。”又钱起《省试湘灵鼓瑟》：“曲终人不见，江上数峰青。”苍龙：这里即指湘灵，湘水之神。李贺《帝子歌》：“洞庭帝子一千里……湘神弹琴迎帝子。……雌龙怨吟寒水光。”又《湘妃》：“凉夜波间吟古龙。”⑥拂衣：提衣、振衣，表示将欲远行之意。琼岛：这里指仙岛。⑦止：只、仅。清啸：清朗的长啸。

【点评】历代诗人登临岳阳楼，眺望洞庭湖，留下过很多题咏，并且不乏名作。唐代孟浩然的《望洞庭湖赠张丞相》和杜甫的《登岳阳楼》，即堪称代表。姚鼐此诗，题材相似，而角度不同，重在“夜起”“见月”。诗歌有实地的写景，有虚空的想象，还有无边的遐想，境界宏大，气象万千，意境十分高华；其选词琢句，亦清雅健劲，典型地体现了姚鼐诗歌的风格特征。虽然它同孟浩然、杜甫诸作相比，谈不上什么有关国家命运或个人身世的实际内容，但就其本身来说，仍然不失为一篇佳作。特别是在有清一代，由于整个国家处在清朝贵族的高压统治之下，也由于整个社会处在日益走下坡路的封建末世，人们往往都有一种压抑的心绪，诗坛上很难见到这样具有一种"盛唐气象"的作品，因此也就更能够显露出鲜明的特色，给人耳目一新的感觉。后来的厉志就说："姚惜抱先生诗，力量高大，音韵朗畅，一时名辈，当无其匹。今人但重其文，而不知其诗，何耶？"(《白华山人诗说》卷二)即如此诗，袁枚《随园诗话·补遗》卷一亦曾全文选录，并且称为"绝妙"。

江上送吴殿麟定还歙[1]

我行江北路漫漫[2]，送尔江南山万盘[3]。
青天落日如相忆，更倚莲花峰上看[4]。

【注释】①江：通常指长江。吴殿麟定：名定，字殿麟，安徽歙县人。姚鼐主扬州梅花书院，吴定曾从之游，卒后姚鼐为之撰《传》。②漫(mán)漫：路途遥远貌。屈原《离骚》："路漫漫其修远兮，吾将上下而求索。"③尔：你。万盘：即万重，形容山峦起伏，联绵不断。④莲花峰：黄山三十六峰之一。歙县地处黄山余脉，故云。

【点评】此诗是送友人回归安徽歙县的赠别之作，因此在表达离别相思之情的同时，还尽可能抓住地理上的特征，以切合具体的对象。诗歌末句的"莲花峰"，首先就是起到这样的作用。并且"莲花峰"的字面本身，又具有一种特别的美感。尤其是结合全诗来看，"莲花峰"的出现，更使得整个境界因之拓展，阔大无边。这与一般赠别之作往往尽带儿女之态显然大不相同，因此虽为绝句，却同样可以见出姚鼐诗歌崇尚阳刚的创作倾向。

别梦楼后次前韵却寄①

送子拏舟趁晚晴②，沙边瞑立听桡声③。
百年身世同云散④，一夜江山共月明⑤。
宝筏先登开觉路⑥，锦笺余习且多情⑦。
镬头半个容吾与⑧，莫道空林此会轻⑨。

【注释】①梦楼：指王文治，字禹卿，梦楼其号，江苏丹徒（今镇江）人。乾隆二十五年庚辰（1760）科探花，曾官翰林院侍读、云南临安知府。晚年辞官，究心佛学。善书法，也工诗，并一度与袁枚等"江右三大家"齐名。姚鼐曾为其《梦楼诗集》作序。次前韵：用前一首诗的韵，具体指姚鼐集内的前一题《将会梦楼于摄山道中有述》。却寄：回寄。②子：你，旧时对对方的尊称。拏（ná）舟：牵船。拏，牵引。③瞑立：默默伫立。桡（ráo）：船桨。④"百年"句：暗用杜甫《登高》："万里悲秋长作客，百年多病独登台。"⑤"一夜"句：语本谢庄《月赋》："隔千里兮共明月。"又白居易《自河南经乱关内阻饥兄弟离散各在一处因望月有感聊书所怀寄上浮梁大兄於潜七兄乌江十五兄兼示符离及下邽弟妹》："共看明月应垂泪，一夜乡心五处同。"苏轼《水调歌头·丙辰中秋，欢饮达旦，大醉，作此篇兼怀子由》："但愿人长久，千里共婵娟。"⑥宝筏：佛家语，以船的从此岸到彼岸比喻佛法对人的接引。觉路：亦佛家语，即觉悟之路。李白《春日归山寄孟浩然》："金绳开觉路，宝筏度迷川。"⑦锦笺：精致华美的书笺，常用于写诗。余习：多余无用的习惯，这里即指吟诗作赋之类。⑧镬（jué）头：大锄头。佛家经典中有结合镬头讨论禅理的故事，此借以比喻通禅悟道。吾与：即"与吾"，意思是给我。⑨空林此会：即指前一首诗所说的"会梦楼于摄山道中"。因当时两人实际在南京摄山的僧寺中会面，故称"空林"（旧称佛门为空门）。

【点评】姚鼐诗歌以七律一体最为擅长，此诗也是他的一首名作。诗歌写自己与王文治的深厚友情，上半首从当时送别说起，以写景为主，合中有分；下半首谈到两人旨趣，以表意为主，则又分中有合。如此开阖照应，章法十分考究。同时，此诗所用典故，或明或暗，既反映两人关系，又切合佛学爱好，不仅精当，而且进一步开拓了诗境，丰富了内涵。虽然对于今天的普通读者来说阅读起来可能不是很容易，但细细品味，还是能够领略其中的妙处的。即如此诗押的是响韵，如与前面的《夜起岳阳楼见月》并参，就可以更深刻地体会到姚鼐诗歌在艺术风格上的某种特点。

翁方纲（二首）

翁方纲（1733—1818），字正三，号覃溪，又号苏斋。直隶大兴（今属北京）人。乾隆十七年壬申（1752）举进士，选翰林院庶吉士，晋编修。曾督广东、江西、山东学政，累官至内阁学士。他同王士祯、沈德潜、袁枚一样，也以诗人而兼诗论家，倡导“肌理”说，强调“义理”和“文理”，要求诗人“正本探源”、博学通经，以此为根底，借助各种各样的“诗法”、缜密细致的理路，在作品中充实地表现符合儒家正统的思想及性情，以此昌明世教、推尊学问。这种理论，是乾嘉时期宣扬儒家思想文化，特别是考据学风盛行在诗歌领域中的一种反映。翁方纲本人即博通经术，尤其擅长金石书画之学，其诗歌创作也大量倾注学问，甚且每每夹以考据，是典型的“以学问为诗”。它扭曲了诗歌言志抒情以及形象思维的固有特点，但在当时的诗坛上却也能够独树一帜，并且产生过一定的影响，形成了肌理派。有《复初斋诗集》《复初斋集外诗》《石洲诗话》等。

韩庄闸二首（选一）①

秋浸空明月一湾②，数椽茅店枕江关③。
微山湖水如磨镜，照出江南江北山。

【注释】①韩庄：地名，位于山东枣庄西南、微山湖东岸，有水闸，为大运河之枢纽。②空明：通明透彻，多形容湖水或天色。③数椽（chuán）：几间。“椽”原指安在梁上以支架屋面或瓦片的木条，也作为房屋间数的代称。枕：靠。

【点评】翁方纲现存诗歌多达七千余首，虽然其中最突出的是那些“以考据为诗”的作品（朱庭珍《筱园诗话》卷二语），袁枚称之为“填书塞典，满纸死气”（《随园诗话·补遗》卷三），但也有不少清新可喜之作。所选此诗系本题第一首，描写韩庄闸畔微山湖的月夜景色，即给人一种如诗如画的感觉。特别是其中的后两句，写来略不经意，自然天成，却情韵深长，如此最为难得。作为一个诗论家，其具体创作与其理论主张未必完全符合；作为一个大诗人，其诗歌又往往在一种具有代表性的主体风格之外兼有别样的情调，这些都是十分正常的现象，并且还恰恰体现出一种大家风范。观翁方纲此诗以及前面如王士祯的《蟂矶灵泽夫人祠二首》之二诸作，未尝不可以获得这样的认识。

望罗浮三首（选一）①

只有濛濛意②，人家与钓矶③。
寺门钟乍起④，樵客径犹非⑤。
四百层泉落⑥，三千丈翠飞⑦。

与谁参画理[8]？半面尽斜晖[9]。

【注释】①罗浮：此指粤中名山罗浮山。传说有山浮海而至，形成浮山，又与罗山相连，合称罗浮山。其主峰位于广州东北方向，为游览胜地。②濛濛：空濛迷茫的样子。③钓矶：水边突出的岩石，宜于垂钓。④乍：刚刚。或作"渐"。⑤樵客：砍柴人。径犹非：小路还分辨不清。⑥四百层：相传罗浮山共有四百三十二个大小峰峦。⑦三千丈：李白《望庐山瀑布》有"飞流直下三千尺"之句，此处改"尺"为"丈"，意思是高度还要远远胜过。翠飞：即指瀑布飞溅。因其受山色作用，故而称"翠"。⑧参：探究领会。⑨半面：指山朝向西面的这一半。

【点评】此诗系本题第二首，描写傍晚时分眺望罗浮山的所见和感受。诗歌在对景物的处理上，除了实际的刻画以外，既有想象，又有夸张，还有议论兼抒情，动与静、虚与实、声与色种种一起融汇在短短四十个字之中，极尽写景之能事。而作为一首五律，此诗在句法上变化尤多：首联以"只有"两个字带后面八个字，即显出与众不同；第七句用疑问句式，使全诗为之动荡，化板滞为空灵；特别是颈联两句，变常规五言的前二后三为前三后二，同时将主语放在每句第四个字的位置上，由此形成异常强劲的力度，与所描绘的内容恰相配合，最能见出诗人的艺术匠心和独创精神。翁方纲诗歌讲究理路特别是"诗法"的特点，从这首写景之作中也能窥见一斑，而在这里显然是成功的。

汪中（一首）

汪中（1745—1794），字容甫。江苏江都（今扬州）人。出身贫寒，无力求学，靠帮人贩书积累知识。乾隆四十二年丁酉

(1777)拔贡，但此后不再应试，以游幕讲学为生。生平湛深经学，尤工骈文，也能诗。有《容甫先生遗诗》等，又《新编汪中集》。

梅　花

孤馆寒梅发，春风款款来[①]。
故园花落尽，江上一枝开。

【注释】①款款：徐缓的样子。

【点评】梅花在古代诗歌中时见题咏，多的甚至有一题以百首计的，其主旨则大都集中于描绘梅花本身，或者赞颂它的孤高品格，渐渐地形成了一种模式。汪中此诗也以“梅花”为题，但它表现的却是诗人的思乡之情。诗歌大约作于乾隆三十五年庚寅(1770)新春，当时诗人正离乡背井，在安徽当涂为人做幕僚。因此，当诗人在孤独的客馆中看到一枝梅花，便不由得联想起江水下游的故乡扬州，那里的梅花早已经落尽，或者更准确地说即使还开着，诗人也已经无法见着了，于是眼前这一枝梅花，一方面给他带来几分慰藉，另一方面又更加撩拨起他的乡思。诗歌意蕴之深沉、风格之含蓄，由此不难感受。同时它将“一枝”梅花置于阔大无际的长江背景之下，其所营造的意境如何，读者想必也是能够领略的。

吴锡麒(二首)

吴锡麒(1746—1818)，字圣征，号谷人。浙江钱塘(今杭州)人。乾隆四十年乙未(1775)举进士，选翰林院庶吉士，散馆授编修，累官至国子监祭酒。后以亲老乞归，晚年曾主讲扬州安定书院。其诗内容比较贫乏，艺术上则兼采唐宋诸家，清整超逸，尤工写景。当时与厉鹗、严遂成、王又曾、钱载、袁枚并称为"浙西六家"，吴应和等曾辑选《浙西六家诗钞》，与清初朱彝尊以下《浙西六家词》相比并。也工骈文。有《有正味斋集》。

观夜潮

高楼极目大江宽[1]，为待潮生夜倚阑[2]。
隔岸忽沉灯数点，如山涌到雪千盘。
鱼龙卷地秋风壮，星斗摇天海气寒。
明月渐低声已歇，一枝塔影卧微澜。

【注释】①极目：尽目力之所及。大江：这里指浙江的钱塘江，为观潮胜地。②阑：栏杆。

【点评】钱塘江潮为天下一大奇观，每年的农历八月中旬都是观潮的好时节，而尤以八月十八日为最壮观。历代描写钱塘江潮、刻画观潮盛景的诗篇，数不胜数。其体裁，则多选择古风。吴锡麒此诗为七律，背景则在夜晚。诗歌以时间为序，首联写候潮，中间两联写观潮，最后写到潮退，既描写了观潮的全过程，又显得层次分明、章法井然。其中具体写观潮的两联，前一联重在绘形，后一联重在传神。绘形逼真形象，造语灵动；而传神更气势雄壮，字句精工。最后写退潮之际的平静微细，则又与前面观潮的两联形成强烈的反差，由此更加衬托出钱塘江潮的壮伟奇观，也使诗歌所写的整个观潮活动留下了无尽的余波，令人回味无穷。

江　夜

万峰壁立大江横，秋色连天露洗清。

但觉无船无月载，不知是水是风行？
隔汀孤鸟欲同梦[①]，逆浪老鱼微有声。
半夜月沉潮又上，渔灯流过蓼花明[②]。

【注释】①“隔汀（tīng）”句：汀：水中或水边的平地。全句意本苏轼《舟中夜起》：“舟人水鸟两同梦。”②蓼（liǎo）：一种草本植物，多生长在水边。

【点评】此诗描写江夜舟行的情景，以想象和动感见长。诗歌的中间两联，无论船船载月、风水并行，还是“孤鸟”“同梦”“老鱼”“有声”，这些都是诗人在凭感觉作猜想。诗中的月起月落、潮尽潮生、风水并行、“渔灯流过”，则又暗示出时间的流逝、空间的移动。因此，全诗没有一句明确写舟行，却又无处不见舟行，这正是此诗最突出的特点。又诗歌第二联的“但觉”“不知”云云，以虚词领起，又以疑问结句，中间更配以两组重字，动荡空灵，流转巧妙，看似平淡却极见功力。结合上面的《观夜潮》，可以领悟律诗写作中句法变换的妙处。

洪亮吉（二首）

洪亮吉（1746—1809），字稚存，号北江。江苏阳湖（今常州）人。乾隆五十五年庚戌（1790）以榜眼中式进士，授翰林院编修。嘉庆四年己未（1799）因上书抨击时政，被遣戍新疆伊犁，险遭杀害。次年赦归，故又号更生居士。他是一位著名学者，也是比较重要的诗人兼骈文家。论诗反对标榜门户，主张自抒性情，各自名家。其自身创作早年未脱依傍，后来受袁枚等人影响，才稍改故步，总体成就不是很高。但他在遣戍伊犁期间，曾写下许多优秀的西北边塞诗，在有清一代的整个西北边塞诗中最具有代表性，因此格外值得重视。有《洪北江诗文集》《北江诗话》等，又《洪亮吉集》。

瓯江阻雨夜起望江心寺作①

海潮初入雨纵横，帆落东瓯九斗城②。
夜半题诗亦何意？荒鸡声里酹先生③。

【注释】①瓯江：浙江南部最大的一条江，流经丽水，至温州入海。阻雨：因下雨而滞留旅途。江心寺：又称“江心屿”，为瓯江中的一座岛屿，位于温州城区北面。南宋灭亡前夕文天祥曾辗转温州，驻节此地，后人为之立祠祭祀。原诗自注：“寺为宋文信国避难兴复地。”“文信国”即指文天祥，生前曾受封为信国公，故称。②东瓯：温州别称，西汉时曾是东瓯王的都城。九斗城：相传东晋郭璞建城时，以城内九山取像天上北斗等九星，故称。③“夜半”两句：荒鸡：不按正常规律啼叫的雄鸡。酹（lèi）：洒酒祭奠。先生：这里即指文天祥。又晋代祖逖有“闻鸡起舞”以及“击楫中流”的故事，后世借以比喻志士奋发。

【点评】此诗为乾隆四十一年丙申（1776）诗人三十一岁时所作，描写雨泊瓯江，夜起眺望江心寺的感受。江心寺为温州一大名胜，古迹很多，中国山水诗创始人谢灵运的《登江中孤屿》，写的就是这个地方。然而洪亮吉在这里所想到的，却是南宋末年的民族英雄文天祥。并且由于时当“夜半”，又刚好处在江中，所以他还结合运用了晋代祖逖“中夜闻荒鸡鸣……因起舞”，以及“中流击楫”，誓“清中原”的典故（见《晋书·祖逖传》）。这一方面颂扬了文天祥，另一方面显然也寄托了洪亮吉自身的“题诗”之“意”。他在清朝统治的天下，特别是已进入清代中叶的时候仍然写出这样的诗歌，并且在题注中还特地点出“兴复”二字，其“意”确乎令人惊叹。从文天祥这位宋末状元的身上，洪亮吉至少学到了士当奋发有为的精神。正因为如此，后来他在高中榜眼之后，敢于冒死上书抨击时政，希望切实有补于世，虽遭流放而不悔。可以说，只有洪亮吉这样的人，才真正配写这样的诗。

松树塘万松歌[①]

千峰万峰同一峰，峰尽削立无蒙茸[②]。
千松万松同一松，干悉直上无回容[③]。
一峰云青一峰白，青尚笼烟白凝雪。
一松梢红一松墨，墨欲成霖赤迎日[④]。
无峰无松松必奇，无松无云云必飞[⑤]。
峰势南北松东西，松影向背云高低。
有时一峰承一屋，屋下一松仍覆谷[⑥]。
天光云光四时绿，风声泉声一隅足[⑦]。
我疑黄河瀚海地脉通，何以戈壁千里非青葱？
不尔地脉贡润合作天山松，松干怪底一一直透星辰宫[⑧]。
好奇狂客忽至此，大笑一呼忘九死[⑨]。
看峰前行马蹄驶，欲到青松尽头止。

【注释】①松树塘：地名，在今新疆哈密市巴里坤县，属于东天山区域。②尽：都。蒙茸：臃肿、散乱。③干：树干。悉：都。回容：这里指枝干屈曲。④墨欲成霖：黑得仿佛天要下雨的样子。⑤无峰无松：没有一座山峰是没有松的。无松无云：没有一棵松树上没有云气。⑥承：托着。覆：遮蔽。谷:山谷。⑦隅:角落。⑧“我疑”四句:诗人认为黄河与沙漠是地脉相通的,但为什么千里戈壁却不长青草呢?既然地脉不把水泽供给戈壁青草而都给了天山的松树,那也难怪这松树一棵棵都长得直上天宫。瀚海:这里泛指塞外沙漠地带。地脉:这里指地下的水流。戈壁:大沙漠。不尔:不然。怪底:怪不得。星辰宫:天宫、天。⑨好奇狂客:作者自指。九死:指作者当时的危险处境。

【点评】清代中叶,伴随着清朝罪人的流放地从初期的东北改到了西北和西南,以及乾隆时期的多次大规模军事行动,边塞诗的重心也相应移到了这两个方向。其中西南方向有赵翼,西北方向则推纪昀、洪亮吉,而洪亮吉尤为突出。上面这首诗描写天山松树塘的峰林松海,奇情飙发,壮采飞扬,即绝非中原内地所能见到,也绝非一般诗人所能写出。同样如其《天山歌》《凉州城南与天山别放歌》以及《伊犁纪事诗四十二首》等等,从各个侧面描绘自然风光,反映风土人情,共同构成了西北边疆的系列风俗图卷。这比起历代那些身居内地,遥想边疆,而喜作虚拟想象之词的所谓边塞诗人来,真不知要高出多少倍。这些诗拓宽了清代边塞诗乃至整个诗歌的创作领域,增添了许多崭新的内容,诚如同时代的杨嵎谷题洪亮吉《万里荷戈集》所云:“更辟诗中界,还驰域外观。”赵翼《稚存归里赋赠》二首之二亦云:“出塞始知天地大,题诗多创古今无。”

黎简(二首)

黎简(1747—1799),字简民,号二樵。广东顺德人。乾隆年间拔贡,终生未仕。性好山水,多才多艺。论诗主张自抒性情、自由创作,反对模仿但不反对依傍。诗歌内容较为贫乏,大抵以写景居多;艺术上则仍以借鉴前人为主,广泛学习东晋谢灵运至北宋黄庭坚诸家，而能够融会贯通，最终形成自家风格，峻拔孤峭，刻意新颖，字锻句炼，奇崛艳丽。生平最服膺钱载，并将其句法变化进一步引入词法，尤其喜用“风莺”“雨蝶”“春村”“寒狗”之类稀见组合方式，以此构字成词，构词成句，构句成篇，呈现出鲜明的特色。有《五百四峰堂诗钞》等，又《黎简集》。

村　饮

村饮家家醵酒钱[①]，竹枝篱外野棠边。
谷丝久倍寻常价[②]，父老休谈少壮年。
细雨人归芳草晚，东风牛藉落花眠[③]。
秧苗已长桑芽短，忙甚春分寒食天[④]。

【注释】①醵(jù)：凑钱，通常指饮酒。②藉(jiè)：垫着。③谷丝：谷物、丝绸，泛指粮食、服装之类。④忙甚：这里意为非常忙。春分：农历二十四节气之一。寒食：寒食节，通常指清明节前的一或二日。参前屈大均《壬戌清明作》注⑤。

【点评】此诗作于乾隆四十二年丁酉(1777)，描写乡村农民在春分前后的生活习俗。他们家家凑钱饮酒，一方面可能是为了娱乐祈祷，预祝一年的风调雨顺；另一方面更为直接的，则是为了消乏生力，应付繁忙的春耕劳作。然而，诗歌的第二联却从凑钱饮酒中生出无限感慨，告诉我们眼前的所谓乾隆“盛世”，物价持续飞涨，已经远非父老“少壮年”那个时候的情景了。正如诗人在另一首《夜将半南望书所见》中所写的那样：“五岭三年千里内，多时十室九家空。已怜泪眼啼饥尽，更使无归作转蓬。”不过，诗歌的后半首特别是第三联，写来却还是相当地富有诗情画意，全诗风格也颇为自然，这与黎简平素那种锤炼过甚而难免失之生涩的作品大不相同，能够使读者看到他的另一个侧面。

歌节(二首选一)[1]

春衣白袷骑青骢[2],浅浅平芜淡淡风[3]。
蜡髻蛮姬斗歌处[4],四山纯碧木棉红[5]。

【注释】①歌节:赛歌的节日。②白袷(jiá):白色夹衣。青骢:青骢马,毛色青白相间的马。③平芜:杂草繁茂的原野。④蜡髻(jì):以黄蜡涂发髻。蛮姬:旧时对少数民族妇女的称呼。斗歌:即赛歌。⑤木棉:这里指一种落叶乔木,又称英雄树、攀枝花,花大而红,岭南最多见。

【点评】本题描写岭南少数民族妇女的歌节风情,此诗系其中第一首。诗歌并没有对赛歌本身作直接的刻画,而是偏重把笔墨放在背景的烘托和气氛的渲染上。特别是后面的两句,语意连贯而上句故意以“处”字造成一顿,再借势逗出下句,下句不讲斗歌而宕开一笔去写周围的“四山纯碧木棉红”,境界开阔,余音袅袅,格外富有韵味。这里的手法,可与明代李梦阳的名作《汴中元夕五首》之三“中山孺子倚新妆,郑女燕姬独擅场。齐唱宪王春乐府,金梁桥外月如霜”云云并参。此外这首诗还有一个突出的特点就是色彩艳丽,“白袷”与“青骢”,山色的“纯碧”与木棉的鲜“红”等等,都为这个“蜡髻蛮姬”斗歌的场面添加了浓重的色彩。黎简工书善画,此诗无论从意境到表象,也都具有绘画的特征。

黄景仁(八首)

黄景仁(1749—1783),字仲则,一字汉镛,自号鹿菲子。江苏武进(今常州)人。秀才。早年游于幕府,乾隆四十一年丙申(1776)授武英殿签书官。稍后捐资为候选县丞,尚未获铨即不幸病逝,终年只有三十五岁。他一生贫穷困顿,诗歌“好作幽苦语”,既关涉个人身世,也触及时代风云,具有深刻的社会意义,被称作“盛世”的衰音。在艺术上,主要取法李白和李商隐,“豪气”与“哀情”相互依存,融合为一;但由于英年早逝,还不免留有模仿痕迹。当时与同郡洪亮吉齐名,并称“洪黄”。有《两当轩集》。

别老母

褰帏拜母河梁去[①],白发愁看泪眼枯。
惨惨柴门风雪夜,此时有子不如无!

【注释】①褰(qiān)帏(wéi):掀起门帘,即出门之意。拜:这里意为拜别。河梁:相传汉代李陵《与苏武诗》有云:“携手上河梁,游子暮何之?”后世即借作送别地的通称。

【点评】此诗为出门远游,拜别母亲而作。人生最苦是离别,更何况诗人四岁丧父,家道贫穷,他对堂上老母的感情绝非常人所能比并。他非但无力使年迈的母亲过上幸福的生活,还不得不外出谋生而使垂暮的母亲为之担惊受怕,增加这种离别的痛苦,因此诗歌后面两句才写得如此沉痛,令人不堪卒读。它比之稍前沈受宏的《忆母》尾联“生男亦何益,只是累艰辛”,力度不知要大出多少倍。联系此前钱载的《到家作四首》之二和蒋士铨的《岁暮到家》诸作,可以看到清代诗人在描写母与子这种人间至情方面,的确是名篇迭出。清代诗歌注重抒写真性情的特点,从这里同样可以窥见一斑。

遇故人①

终日相对或兀兀②，别去乃积千万言。
谁知此地复携手③，仍无一语如从前。
世人但知别离苦，今日相逢泪如雨。
风尘满面霜满头，教人那得有一语④。

【注释】①故人：老朋友。②兀（wù）兀：静止的样子。兀兀相对，形容两人同处而默无一言。③携手：指相会。④教（jiāo）：同“叫”，使、让。

【点评】此诗描写诗人在异乡逢遇故人的情景，反映浪游生活的痛苦。诗歌从过去写到眼前，夹叙夹议，语调一气贯注，意思却层层转折，至最末才点明主题，感情真挚而情调极其凄凉。全诗八句，前后四句各自押韵，一用平声，一用上声，摒弃格律而一以感情抒发为要务，由此同样可以见出此诗在艺术上的特点。而作为“遇故人”这样一个题目，即使撇开黄景仁自己的身世之感不说，此诗在描摹人情这一点上，显然也是十分符合常理的。

新安滩①

一滩复一滩②，一滩高一丈。
三百六十滩，新安在天上。

【注释】①新安：这里指新安江，自浙江桐庐以上一直到安徽休宁、黟县，相传共有三百六十滩，以此闻名于世。下文“新安”为地名，即泛指新安江上游休宁、黟县一带，旧曾属新安郡。②复：又。

【点评】此诗描绘新安江的滩多及险，手法十分别致。全诗四句二十个字，等于一道完整的数学题。人们常说晚唐诗人杜牧喜欢在诗歌中使用数字，例如“南朝四百八十寺，多少楼台烟雨中”之类，因而称之为“算博士”；黄景仁此诗，非但数字在全诗中所占的比例极高，而且干脆用上了乘法算式，因此特色更加鲜明。相传江西万安流传有两句《上滩谚》：“一滩高一丈，南安在天上。”清初诗人查慎行写于福建的《建溪棹歌词十二章》之十一也有“若使一滩高一丈，幔亭合在半天上”之句，由此可以推想黄景仁此诗可能也曾受到过前人特别是民谣的启发。但它仅仅替换了几个字，再添上第一句和第三句，就变得与新安江十分切合，丝毫挪用不得，这正是诗人“点铁成金”“化腐朽为神奇”的本领所在。后来近代贵州诗人郑珍《望乡吟》开头四句“一滩高五尺，十滩高五丈。行尽铜溪四百滩，铜崖应当白云上”云云，则似乎又是受了黄景仁此诗的影响。至于诗歌都用“丈”“上”两字押韵，既原本民歌，又音节响亮，而在黄景仁多少还能体现其学习李白的特点。

都门秋思[①]（四首选一）

五剧车声隐若雷[②]，北邙惟见冢千堆[③]。
夕阳劝客登楼去，山色将秋绕郭来[④]。
寒甚更无修竹倚[⑤]，愁多思买白杨栽[⑥]。
全家都在风声里，九月衣裳未剪裁[⑦]。

【注释】①都门：都城，这里指北京。秋思（sì）：秋天的情思。②五剧：交错旁出、四通八达的道路，这里借指繁华的街市。卢照邻《长安古意》：“南陌北堂连北里，五剧三条控三市。”隐：隐隐，形容车声。③北邙（máng）：北邙山，位于河南洛阳东北，为东汉时期王侯公卿比较集中的葬地。这里泛指墓地。冢（zhǒng）：坟墓。④郭：外城、城郭。⑤“寒甚”句：

杜甫《佳人》有云："天寒翠袖薄，日暮倚修竹。"这里反用其意。⑥"愁多"句：《古诗十九首》之十四："白杨多悲风，萧萧愁杀人。"白杨在古代多种于墓地而忌种于家园，唯南朝刘宋时期的萧惠开偏偏以之种在住房前面，意谓"人生不得行胸怀，虽寿百岁，犹为夭也"（《宋书·萧惠开传》），这里即取此意。⑦"九月"句：意本《诗经·豳风·七月》："七月流火，九月授衣。……无衣无褐，何以卒岁！"又郑燮《窘况为许衡州赋》二首之二："万里西风雁阵哀……女裙儿褐待新裁。"

【点评】本题抒写诗人客居北京的种种愁思，此诗系其中第三首。诗歌从京城的喧闹一路写到家庭的贫困，充满着一片悲凉萧瑟的秋气。特别是最末的尾联两句，传诵最广而语最酸辛。陆继辂《春芹录》载有一个与此相关的故事，说："秋帆宫保初不识君，见《都门秋思》诗，谓'值千金，姑先寄五百金，速其西游'。好事惜才，亦佳话也。"事实上，毕沅（秋帆其字）见此诗而赠金，与其说是欣赏黄景仁的诗才，倒不如说是同情黄景仁的遭遇。按之另一种更加可靠的记载——"幼闻先大父言，毕宫保得先生此诗，徘徊半夜，商王侍郎，合寄三千金，与陆文所载互异"（均见《两当轩集》附录），便可获得证明。一个人落到了受人同情、怜悯乃至施舍的地步，其处境之不堪，也就可想而知了。这也正是此诗格外打动后世读者的一个主要原因。

癸巳除夕偶成（二首选一）①

千家笑语漏迟迟②，忧患潜从物外知③。
悄立市桥人不识④，一星如月看多时⑤。

【注释】①癸巳：这里指乾隆三十八年（1773）。②漏：漏壶，古代借滴水以计时的一种仪器。迟迟：形容时间缓慢流逝。③潜：暗暗地。物外：这里指眼前的表面现象之外。④不识：这里意为不了解、领会不到。⑤"一星"句：指金星比往年明亮，迷信以为是祸事将临之兆。

【点评】本题为除夕之夜所作，此诗系其中第一首。题称“偶成”，其实很有深意。诗中“悄立市桥”两句，有人认定是预测第二年山东爆发的王伦白莲教起义，似乎诗人真的会“夜观天象”。事实上，乾隆中期以后的整个社会，到处是贫富对立，两极分化，流民遍野，人才遗弃，各种矛盾交织在一起，诚如蔡显《闲渔闲闲录》卷八转抄熊晖吉临终上乾隆皇帝遗奏所说：“目下虽有丰亨豫大之形，实为民穷财尽之道。”这也就是黄景仁诗歌中一再写到的：“芳草远粘孤骑没，绿杨低罩几家贫？”（《春日楼望》）“侧闻天上朝星辰，谁知人间茹冰炭？”（《送春三首》之三）“我曹生世良幸耳，太平之日为饿民！”（《朝来》）因此，诗人从“千家笑语”的背后所潜知的，正是封建社会从“盛世”走向衰世的这个征兆。联系“悄立市桥”两句所本的中唐元稹《智度师二首》之二“天津桥上无人识，闲凭阑干望落晖”及其被伪托作唐末农民起义领袖黄巢诗一事，更可以知道这里的“除夕”，实际上正象征着封建社会崩溃的前夜。

杂　感

仙佛茫茫两未成①，只知独夜不平鸣②。
风蓬飘尽悲歌气③，泥絮沾来薄幸名④。
十有九人堪白眼⑤，百无一用是书生⑥。
莫因诗卷愁成谶，春鸟秋虫自作声⑦。

【注释】①“仙佛”句：意谓求仙学佛均未实现，无法超脱。②不平鸣：韩愈《送孟东野序》：“大凡物不得其平则鸣。”③“风蓬”句：意谓慷慨悲歌的豪气因身世飘零而消磨殆尽。④“泥絮”句：相传作者生活“不自检束”。杜牧《遣怀》：“落魄江湖载酒行，楚腰肠断掌中轻。十年一觉扬州梦，赢得青楼薄幸名。”又宋释参寥赠妓诗：“禅心已作沾泥絮，不逐东风上下狂。”⑤白眼：据《晋书·阮籍传》，阮籍能为青白眼。见高雅之士，以青眼视之；

见凡俗之士，则以白眼对之。后世即称对人重视、喜欢为“青眼”，反之为“白眼”。⑥“百无”句：意本《宋书·沈庆之传》：“陛下今欲伐国，而与白面书生辈谋之，事何由济！”这里是愤激语。⑦“莫因”两句：原诗自注：“或戒以吟苦非福，谢之而已。”谶（chèn）：谶语，迷信认为将来会应验的话。春鸟秋虫：韩愈《送孟东野序》：“以鸟鸣春，以雷鸣夏，以虫鸣秋，以风鸣冬，四时之相推夺，其必有不得其平者乎？”

【点评】诗集中抒发了诗人胸中的愤懑不平之气。诗歌虽然写作时间较早，但仍然可以结合诗人一生的遭遇来理解。诗人少怀壮志，才华出群，十六岁在三千人的童子试中名列第一，二十四岁在采石矶太白楼以一“白袷少年”而赋诗压倒众贤，名闻天下，然而在科举的道路上却不顺利，先后八应乡试，竟连一个举人都没能考取；所授武英殿签书官，实际上不过是一个小小的“资料员”；捐资候选的县丞，同样是一个连七品芝麻官都不到的“不入流”贱职；最后居然还死在躲债的途中！难怪诗人只知道“独夜”作“不平鸣”，也难怪他对社会上的许多人和事总是看不顺眼，感叹“书生”的“百无一用”。他在这里还说要学“春鸟秋虫自作声”，亦即借诗歌鸣不平，但在《癸巳除夕偶成》二首之二中却又叹息“枉抛心力作诗人”，其意盖本晚唐温庭筠《蔡中郎坟》：“今日爱才非昔日，莫抛心力作词人。”从他的身上，正可以看到当时的科举制度事实上已经十分虚假腐败，无数真正的人才被排斥、被埋没，从而从一个侧面反映了封建社会的没落和腐朽。这在乾隆中期以后的诗歌中，可以说是一个极其普遍的主题。

圈虎行①

都门岁首陈百技②，鱼龙怪兽罕不备③。
何物市上游手儿④，役使山君作儿戏⑤？
初舁虎圈来广场⑥，倾城观者如堵墙⑦。
四围立栅牵虎出，毛拳耳戢气不扬⑧。

先撩虎须虎犹帖[9]，以棓卓地虎人立[10]。
人呼虎吼声如雷，牙爪丛中奋身入。
虎口呀开大如斗，人转从容探以手[11]。
更脱头颅抵虎口[12]，以头饲虎虎不受，
虎舌舔人如舔彀[13]。
忽按虎脊叱使行，虎便逡巡绕阑走[14]。
翻身踞地蹴冻尘[15]，浑身抖开花锦茵[16]。
盘回舞势学胡旋[17]，似张虎威实媚人。
少焉仰卧若佯死[18]，投之以肉霍然起。
观者一笑争醵钱[19]，人既得钱虎摇尾。
仍驱入圈负以趋，此间乐亦忘山居[20]。
依人虎任人颐使[21]，伴虎人皆虎唾余[22]。
我观此状意消沮[23]，嗟尔斑奴亦何苦[24]！
不能决蹯尔不智[25]，不能破槛尔不武[26]。
此曹一生衣食汝[27]，
彼岂有力如中黄[28]，复似梁鸯能喜怒[29]？
汝得残餐究奚补[30]，伥鬼羞颜亦更主[31]。
旧山同伴倘相逢，笑尔行藏不如鼠[32]。

【注释】①圈（juàn）：畜栏。行：指歌行，古典诗歌的一种体裁。②都门：指北京。岁首：年初。陈：陈列、供献。百技：各种技艺、游戏。③鱼龙怪兽：泛指各色游戏节目。《汉书·西域传赞》："作巴俞都卢、海中砀极、漫衍鱼龙角抵之戏以观视之。"罕不备：少有不备，即样样俱备。④何物：表示惊异赞叹。⑤山君：老虎的别称。《说文》："虎，山兽之君。"⑥异

(yú)：抬。⑦倾城：这里意思是全城的人，形容人多。观者如堵墙：语出《礼记·射义》："孔子射于矍相之圃，盖观者如堵墙。"⑧拳：卷曲。戢(jí)：收敛。⑨帖：帖服、驯服。⑩棓(bàng)：同"棒"，棍子。卓地：直立于地。人立：像人那样站立。⑪转：反而。⑫脱头颅：指脱去帽子，露出头顶。⑬彀(gòu)：幼子，这里指虎崽。⑭逡(qūn)巡：欲进不进、彷徨徘徊的样子。阑：栏杆。⑮蹴(cù)：踢。⑯花锦茵：比喻色彩斑斓的虎毛。⑰胡旋(xuàn)：唐代舞名。《乐府杂录·俳优》："舞有骨鹿舞、胡旋舞，俱于一小圆毯子上舞，纵横腾踏，两足终不离于毯子上，其妙如此也。"⑱少焉：不多时，过了一会儿。⑲醵钱：凑钱，这里指给驯虎的人投钱。⑳"此间"句：《三国志·蜀志·后主传》注引《汉晋春秋》，蜀亡，后主刘禅降晋居洛阳，司马昭问他"颇思蜀否"，答称："此间乐，不思蜀。"㉑颐使：不动嘴，只动下巴示意，指轻易的摆布指挥。颐，下巴。㉒虎唾余：吃老虎吃剩的，指靠虎为生。㉓消沮(jǔ)：消颓、沮丧。㉔嗟：叹息。尔：同下文的"汝"均指老虎。斑奴：亦指老虎。㉕决蹯(fán)：咬断足掌以逃脱性命。《战国策·赵策》："人有置系蹄者，而得虎。虎怒，决蹯而去。虎之情非不爱其蹯也，然而不以环寸之蹯害七尺之躯者，权也。"决：绝、断。蹯：兽足掌。㉖槛(jiàn)：栅栏。㉗此曹：此辈，这里指驯虎者。衣食：这里作动词，指靠虎生活。㉘彼：这里指驯虎者。中黄：古代传说中的力士。《尸子》卷下："中黄伯曰：'余左执太行之猱，右搏雕虎，惟象之未与试。'"㉙梁鸯：周宣王的牧官，擅长驯兽。《列子·黄帝》："周宣王之牧正，有役人梁鸯者，能养野禽兽，委食于园庭之内，虽虎狼雕鹗之类，无不柔者。"㉚奚补：何补、何用。㉛伥(chāng)鬼：迷信传说被老虎吃掉的人，其鬼魂替老虎做前导，再去吃别的人。更主：更换主子。㉜行藏：行止、行为。

【点评】此诗借老虎以抒感慨。它的体裁是长篇七言古诗，可以"我观此状意消沮"为界，划分为两大部分。前一部分，集中描写北京正月里的驯虎杂技表演，腾挪变化，生动传神，本身仿佛是一幅都门风俗图，同蒋士铨《京师乐府词十六首》中的《象声》《弄盆子》之类十分相似。然而，出人意料的是，诗歌的后半部分，却转入了大规模、高强度的抒情。诗人从任人要弄的老虎身上，感觉到了极大的羞耻和难堪。如此山中之王，居然

"不能决蹯""不能破槛",既"不智",又"不武";一个区区"市上游手儿",既非"有力如中黄",又非高明"似梁鸯",居然能够让他来"颐使",并且还要为他谋衣粮,而自己却反而只能得点"残餐"与冷炙。这样的老虎,连伥鬼都会羞于再跟它,连同伴都要拼命笑话它,简直连一只老鼠都不如!诗歌写到这里,层层递进,又一韵到底,表达出诗人的无比愤慨和不平。结合诗人长时期依人篱下、豪气尽消的悲凉身世,结合封建时代无数英才被埋没、被驱使的社会现实,读者不难体会到这首诗的真实意涵。

绮怀(十六首选一)①

露槛星房各悄然②,江湖秋枕当游仙③。
有情皓月怜孤影,无赖闲花照独眠④。
结束铅华归少作⑤,屏除丝竹入中年⑥。
茫茫来日愁如海,寄语羲和快着鞭⑦。

【注释】①绮怀:犹朱彝尊所说的"风怀",指艳情。②露槛(jiàn)星房:露水沾湿的栏杆、星光映照的房室。③"江湖"句:江湖:作者赋本题时,正客居外地,故云。秋枕当游仙:据《开元天宝遗事》卷上,唐玄宗时龟兹国曾进献一个奇异的枕头,"枕之则十洲三岛、四海五湖尽在梦中所见",遂称"游仙枕"。又"游仙"双关男女情事。全句意思是说,如今只能在枕上去思念恋人。④无赖:这里形容烦人、多事。⑤铅华:旧时女子的化妆品,借以比喻绮靡华艳的文章。少(shào)作:少年时期不成熟的作品。⑥"屏除"句:屏除:同"摒除",摒弃、排除。丝竹:弦乐和管乐,泛指音乐。《世说新语·言语》记载,谢安曾经慨叹:"中年伤于哀乐,与亲友别,辄作数日恶。"王羲之对他说:"年在桑榆,自然至此,正赖丝竹陶写。"此处反用其意。⑦羲和:古代神话中为太阳驾车的神。

【点评】相传黄景仁早年曾经同他的一位表妹深心相恋,然而后来却未能“终成眷属”。本题作于乾隆四十年乙未(1775),以组诗的形式缅怀这桩往事。其中如第十五首颔联“如此星辰非昨夜,为谁风露立中宵”两句,历来为人传诵。所选此诗系本题最末一首,则带有“总结”的性质,反映的是一种绝望的心理。诗人面对无可挽回的现实(此时其表妹早已被他人娶去,并且已经做了母亲),只能将爱情深深地埋入心底,然而他的内心痛苦却非但不能排除,反而更加强烈,以至于当时刚刚二十七岁,就提前进入“中年”,甚至恨不得早日走完这一生!尾联两句,真可谓沉痛之极。

王采薇(一首)

王采薇(1753—1776),字玉瑛。江苏武进(今常州)人。著名学者兼诗人孙星衍赘于其家。生平多才多艺,能诗会词,工书善弈,还擅长吹笛。可惜年仅二十四岁,即因病谢世,袁枚为撰墓志铭。有《长离阁集》。

春　夕

已罢雠书怨夕遥[①],更闻疏竹度邻箫。
灵珑鸟语惊帘押[②],寂寞香丝绕画绡[③]。
一院露光团作雨,四山花影下如潮。
伤离不为何郎句[④],病久东阳自损腰[⑤]。

【注释】①雠(chóu):校雠、校对。②灵珑:同"玲珑"。帘押:镇帘之物,用以固定帘子的东西。③画绡(xiāo):画在绸子上的画。绡:生丝织成的绸子。④"伤离"句:何郎:指三国时魏国的何晏,以面白闻名,人称"傅粉何郎"。这里双关自己的丈夫。又何晏《言志诗》有云:"转蓬去其根,流飘从风移。芒芒四海涂,悠悠焉可弥?愿为浮萍草,托身寄清池。且以乐今日,其后非所知。"⑤"病久"句:东阳:指南朝著名文学家沈约,齐永明年间曾出任东阳太守,故称。又沈约《与徐勉书》极叹自己身体多病,瘦损不堪,有名句说:"百日数旬,革带常应移孔;以手握臂,率计月小半分。"

【点评】此诗从一个闺中女子的角度,描写春天傍晚时分的情景和意绪。诗歌的内容并没有什么特别的地方,但情景刻画得相当细腻。尤其是颈联两句,语言浅显,却极为生动。虽然就一联内部来说,上句魄力与下句似乎不很相称,略有不足,但由此也更显出下句的出奇。当时如袁枚的《随园诗话》卷五、舒位的《瓶水斋诗话》、洪亮吉的《北江诗话》卷二等等,都曾经称引赞赏这两句诗,誉之为"妙绝""未经人道语";稍后的龚自珍,其《梦中作四截句》之二"叱起海红帘底月,四厢花影怒于潮"云云,也明显是从此处脱化而来;其他模仿化用者,更是不胜枚举(参见钱钟书先生《谈艺录》补订本第三十九则"龚定庵诗"之"补订一")。一首律诗中能有这样的一联名句,确实已经足够了。

宋湘(八首)

宋湘(1757—1826),字焕襄,号芷湾。广东嘉应(今梅州)人。嘉庆四年己未(1799)举进士,选翰林院庶吉士,散馆授编修。曾典试川、贵,又出知云南曲靖府,最后官终湖北督粮道。其论诗接近袁枚,主张自写性情、自由独创,反对模仿与依傍,所谓“我诗我自作，自读还赏之。赏其写我心，非我毛与皮”（《湖居后十首》之八）。其诗歌现存数量不多，但内容相当丰富，往往体现出明显的反对封建、追求民主的思想倾向，并且还兼有一种揭露末世弊端的“骚屑之音”；艺术上“我生作诗不用法，纵横浪漫随所之”（《答李尧山詹簿寄画竹》），也就是不守传统的“家数”，不用固定的“诗法”，信笔而为，纯以自然取胜，与同时期黎简的雕炼恰成对照。在清代中叶的岭南诗人中，成就最高，地位也最重要。近代“诗界革命”的旗手黄遵宪为其同乡晚辈，受其影响很深。有《红杏山房集》等，又《宋湘诗文集》。

灌花吟

朝朝课童子[①]，朝朝起灌花。
花夭无气力，得饮滋芳华。
但得花香满，恣童饱餐饭[②]。
童子亦何辞，忽道一声远。
昨日井汲浅[③]，今日井汲深。
汲深忧绠短[④]，一日短一寻[⑤]。
借问远何许？桥头汲江水。
出城复入城，一花行一里。
不惜一里劳，但愿千花高。
千花主人喜，千里童何逃？
嗟哉远如此，花开人槁矣[⑥]！
急收调水符[⑦]，彼童亦人子[⑧]。

【注释】①课：督查。童子：这里指年幼的僮仆。②恣：听任、随便。③汲(jí)：打水。④"汲深"句：《庄子·至乐篇》："褚小者不可以怀大，绠短者不可以汲深。"绠(gěng)：吊桶上的绳索。⑤寻：古代长度单位，相当于八尺。这里夸张。⑥槁(gǎo)：干枯，这里比喻憔悴。⑦调水符：语出苏轼《自清平镇游楼观五郡大秦延生仙游往返四日得十一诗寄舍弟子由同作》第十小题《爱玉女洞中水既致两瓶恐后复取而为使者见给因破竹为契使寺僧藏其一以为往来之信戏谓之调水符》。⑧"彼童"句：意本萧统《陶渊明传》："送一力给其子，书曰：'汝旦夕之费，自给为难，今遣此力，助汝薪水之劳。此亦人子也，可善遇之。'"

【点评】此诗叙述童子灌花一事。大约是由于天气渐热，加上天天打水，井中的水变得越来越少了。童子为了使花长得好，不辞道远，跑到城外的桥头去打江水，往返多里，十分辛劳。诗人得知这个情况，赶紧让童子停止打水，宁可把花牺牲掉。从这个简单的故事中，可以看到诗人对灌花童子的一种同情心。诗歌娓娓叙述，语语质朴；平仄换韵，而所有仄韵都用上声，读来更加显得语重心长。虽然诗人的身份是封建官僚地主，但他能够推己及人，体谅下层劳动人民的苦辛，已经是很不容易的事了。类似的情景，在约略同时代的钱载《僮归十七首》、袁枚《别常宁》、黄景仁《新仆》乃至清初吴嘉纪的《新仆》等作品中也都有不同形式和不同程度的反映。宋湘尽管现存作品数量不多，这一类题材却常常涉及(参见下文)，因此更值得重视。

骡夫夜唱

骡夫夜唱绝堪听①，霜月初高酒满瓶。
消得客愁添得泪，他乡水绿故山青②。

【注释】①绝堪听：非常值得听。②"他乡"句：原诗自注："适闻其唱云：'青山绿水，故乡来到他乡。'风致乃尔。"

【点评】此诗根据作者自注，知其为听到骡夫唱歌而作。诗歌首句先写歌曲好听，次句再写唱歌的环境；第三句先写唱歌的效应，第四句再写歌曲的内容。这些都可以看成有意的倒装，打破起承转合的常规，构成理路思致的拗峭，也就是所谓用硬笔写七绝的一种表现。同时，诗歌上下两联，出句都是以叙夹议，对句则都是客观描写，与通常前面三句一式铺垫，至末句才宕开写景的典型绝句模式如稍前黎简的《歌节》二首之一及"点评"所引明代李梦阳的《汴中元夕五首》之三等也明显不同，因此又别具一番"风致"。至于诗人对民歌的吸收借鉴，尤其是对骡夫这类"苦力"的称许欣赏，则与其《渔樵曲》钦慕渔翁和樵夫，感叹"公等我不如"一样，都反映了一定的进步思想。其精神实质，与郑燮的推崇"天地间第一等人只有农夫"(《范县署中寄舍弟墨第四书》)，可谓息息相通。这种情况，大约只有在明代后期和清代中叶以后资本主义萌芽开始产生的时代才比较多见。

笼　鸟

笼鸟不自寂，澜翻朝暮音①。
如言此间乐②，难答主恩深③。
侧目看云路，回头见鹤阴④。
无端忽愁绝，何处旧山林？

【注释】①澜翻：波涛翻腾，形容言辞滔滔不绝。朝暮：早晨和晚上，也代指整天。②此间乐：语本《三国志・蜀志・后主传》注引《汉晋春秋》，蜀国灭亡后，后主刘禅被安置在魏都洛阳，曾说："此间乐，不思蜀。"参前黄景仁《圈虎行》注⑳。③答：报答。主：指养鸟的主人。④鹤阴：指鹤被人养在树阴下。参前施闰章《得双鹤》。

【点评】此诗题咏笼中之鸟，借以表达对自由的向往。诗歌从笼鸟的啼叫开始，一路逶迤写来，起先像欢乐，最后“忽愁绝”，自然推进，而主题自明。末尾用“无端”一词，同时又以疑问句式作结，更显得含蓄蕴藉、余音袅袅。联系前面施闰章的《得双鹤》，以及梁佩兰的一首《即事》“主人齐物我，童子亦忘机。顿出笼中鸟，高天自在飞”云云，不难发现它们的题旨都十分相似，而表现手法却各自有别，正可谓异曲而同工。

送客东游

九月霜桥马首东[①]，卢沟帽影侧西风[②]。
西山不识人中酒[③]，照旧斜阳落叶中。

【注释】①马首东：马头向东，即“东游”。②卢沟：即卢沟河，康熙以后改名永定河，发源于山西，流经北京西南。其上有卢沟桥，旧时为京师交通要道。③西山：即北京香山。这里是泛指。中(zhòng)酒：醉酒。

【点评】此诗描写诗人在北京卢沟桥送客人东游的情景，表达出一种依依惜别的心情。这种心情在诗歌中并未明言，而只是通过“中酒”一词让读者自己去领会。同时，“人中酒”而又偏偏为“西山”所“不识”，这个“西山”不仅在方位上与“东游”构成对照，更主要的是以“山”的无情来反衬“人”的有情，由此使诗歌的整个构思更显曲折，抒情也更加形象，经得起读者反复寻味。再看下面的《贵州飞云洞题壁》，则更可见出“山”在诗人的笔下的变化多端。

贵州飞云洞题壁[①]

我与青山是旧游[②]，青山能识旧人不[③]？
一般九月秋红叶[④]，两个三年客白头[⑤]。

天上紫云原幻相[6]，路边泉水亦清流[7]。
无心出岫凭谁语[8]，僧自撞钟风满楼。

【注释】①飞云洞：一名飞云岩，位于贵州黄平东面的东坡山，似洞非洞，以石壁多姿而著称，旧有“黔南第一胜景”之誉。②“我与”句：泛言爱山，亦兼谓此次为重游。参见下文相关注释。③不(fǒu)：同“否”。④“一般”句：意为两次来游都在九月。⑤“两个”句：原诗自注：“戊辰秋，典黔试游此。”此“戊辰”为嘉庆十三年(1808)，作者曾典贵州乡试。两个三年：即六年，指两次游览相隔时间。客：这里系作者自指。⑥“天上”句：谓石壁好似天上紫云所化。紫云：古代以为祥瑞的云气。幻相(xiàng)：幻化而成的虚空景象。⑦清流：这里兼寓清高隐逸之意，参前袁枚《咏钱》六首之三注④。⑧无心出岫(xiù)：陶渊明《归去来兮辞》：“云无心以出岫，鸟倦飞而知还。”岫：山洞。

【点评】此诗为诗人重游贵州飞云洞所作。诗歌上半首从前后两次游览生发，透露出青山长在、人生易老的淡淡感慨，也反映了诗人一向性爱青山的高洁品质；后半首则结合飞云洞的具体特点，进一步曲折地表达了诗人厌恶官场、向慕归隐的内心思想，由此形成了全诗既似叙事写景，又像借景抒情，不即不离、不脱不粘的特色。尾联两句一问一答，却又答非所问，“顾左右而言他”，尤富韵味。此外律诗写作通常要求用字经济、力避重复，而此诗首联两用“青山”，有意造成语句的回环往复和诗意的拓展延伸，颇像豪放派词人辛弃疾的“我见青山多妩媚，料青山、见我应如是”(《贺新郎·甚矣吾衰矣》)。这种做法以及整个上半首的行文措辞乃至第三联的“原”和“亦”等等，与其另外如《入洞庭》的上半首“客自长江入洞庭，长江回首已冥冥。湖中之水大何许？湖上君山终古青”之类一样，都带有浓厚的以文为诗的色彩，这也是宋湘擅长以古诗手法写律诗的表现之一。

题兰（二首选一）

楚山无语楚江长[①]，留得骚人一瓣香[②]。
风雨劝君多拂拭[③]，世间萧艾易披猖[④]。

【注释】①楚：指楚国。②“留得”句：骚人：这里指屈原，战国时期楚国人，代表作为《离骚》。其中曾多次写到兰，为正人君子的象征。如：“余既滋兰之九畹兮，又树蕙之百亩。”“纫秋兰以为佩。”③拂拭：擦拭，这里意为爱护、保护。④萧艾：野蒿，臭草。《离骚》以之作为兰的对立面，象征佞臣小人：“户服艾以盈腰兮，谓幽兰其不可佩。”“何昔日之芳草兮，今直为此萧艾也。”披猖：猖獗、嚣张。

【点评】本题题咏画兰，此诗系其中第一首。诗歌从楚地想到屈原，又从屈原想到《离骚》，因而很自然地运用《离骚》香草美人的象征手法，以其中兰与萧艾相对举的现成思路，发出保护善类的强烈呼声，并从侧面揭露了社会上宵小横行的可怖现实。明初方外诗人释宗泐，也曾写过一首类似的《题兰》：“溪寺曾栽数十丛，紫茎绿叶领春风。年来萧艾过三尺，白首看图似梦中。”二者托物言志，立意相同，但一含蓄一直露，一委婉一激烈，风格力度明显有别，这也许同两位诗人的身份经历有关。

鹦鹉洲[①]

两日停桡鹦鹉洲[②]，接天波浪打江楼。
灵风尚带三挝怒[③]，芳草难消一赋愁[④]。
从古异才无达命，惜君多难不低头[⑤]。
秋坟莫厌春醪薄[⑥]，何处曹黄土一抔[⑦]？

【注释】①鹦鹉洲：位于湖北武汉段的长江中，原为汉末祢衡的坟墓所在。参前陆次云《疑冢》注③。②停桡（ráo）：即停船。桡，船桨。③“灵风”句：三挝（zhuā）：也作“参挝”或“掺挝”，系击鼓的一种方法。据《后汉书·祢衡传》记载，曹操有一次大会宾客，欲羞辱祢衡，祢衡为“《渔阳》参挝”，借机痛骂曹操。④“芳草”句：相传汉末江夏太守黄祖的长子黄射有一次在鹦鹉洲宴客，正巧有人进献鹦鹉，祢衡即席作《鹦鹉赋》，赋中借物抒怀，表达了才智之士身处战乱的愁苦之情。⑤惜：这里兼有爱惜和惋惜两种含义。⑥醪（láo）：浊酒，也泛指酒。⑦曹黄：曹操和黄祖，祢衡后来即为曹操假手黄祖所杀。土一抔（póu）：即一抔土，借指坟墓。抔，捧。

【点评】历史上真正埋葬祢衡的鹦鹉洲，经过千百年江水的冲刷，其实早已经不复存在；后世所说的鹦鹉洲，只不过借用其名而已。然而，人们经过鹦鹉洲，不管它是真是假，总要在这里凭吊祢衡。因此，凡是到过这个地方的诗人，他们的集子中几乎都有“鹦鹉洲”这样的题目。宋湘此诗，也仅仅是其中的一例。诗歌对祢衡其人，表达了同情、惋惜、敬爱、仰慕种种不一的感情；颈联两句，以议论结合抒情，最见精警，历来为人传诵。至于此诗的结句，以曹操以及黄祖的被人唾弃来反衬祢衡的伟大，则与前面陆次云的《疑冢》不谋而合。也正是从这个意义上说，祢衡的鹦鹉洲，又的确是永存的。

梅修重有浙江之行赠别二首（选一）①

君向杭州我惠州②，西湖大小各成游③。
相思但看湖心月，有汝清光有我秋④。

【注释】①梅修：陈寿祺，梅修其字，福建闽县（今福州）人。为作者同年进士，同选翰林院庶吉士，散馆授编修。嘉庆七年壬戌（1802）曾以事过广东，不久又有浙江之行。②惠州：地名，今属广东。当时作者正主讲惠州书院。③西湖大小：即大小西湖，这里分别指杭州和惠州的西湖。④“有汝”句：此句互文见义，意思是有你一份秋天月亮的清光也有我一份秋天月亮的清光。“汝”和“君”同义，也指陈寿祺。

【点评】本题为赠别之作，此诗系其中第二首。诗人在惠州送客往杭州，因此诗歌即从这两个地方入手，从中提出一个名称相同的名胜西湖；继而又从天上同时映照在两个湖心的月亮，联想到两人共同享有它秋夜的清光，由此反映出两人虽然身处异地却仍然心心相印这样一种感情上的紧密联系。其立意构思，确乎十分巧妙。在章法结构上，首句“君”与“我”是分，次句以“西湖”合；第三句“湖心月”接“西湖”而来仍是合，至末句则又意合辞分，以“汝”和“我”回扣首句，而上下形式恰成对称。前面王士祯的那首《蟂矶灵泽夫人祠二首》之二，开头一、二两句分写吴、蜀，至第三句以“家国”两字绾合，末句再继续延伸写潮水而略以潮水之上下回应一、二两句的吴、蜀，其结构如果说是呈 Y 字形的话，那么宋湘这首诗的结构便是一种 X 字形，二者都十分别致，可谓异曲而同工。至于此诗在具体词句方面的特点，乃至宋湘其人本身与北宋著名文学家苏轼之间的种种微妙联系，则读者还可以自己进一步去考察。

王昙(一首)

王昙(1760—1817)，一名良士，字仲瞿，号瓶山。浙江秀水(今嘉兴)人。乾隆五十九年甲寅(1794)中举人。生平恃才负气，个性奇特。擅长骑射，喜好游侠，精研兵书。当时白莲教起义，朝廷中有人故意荐举王昙，说他能作“掌心雷”，万人辟易。此事原本出于游戏荒诞，而王昙竟因此为士类所不齿，终身不得进入仕途。于是，他也就越加狂放不羁，悲愤侘傺，最后含恨而卒。其诗歌创作追随袁枚、赵翼，也属性灵派一路，但内容以感慨个人身世为主，情调格外激烈；艺术上不拘格律，恣意挥洒，风格怪奇，有时还不免带有几分粗豪，极肖其为人。当时与黄景仁齐名，并称“二仲”。稍后的龚自珍，在为人和诗风方面都曾受到过他的影响。平生著述极富，范围涉及经、史、子、集各个领域，还兼工戏曲、骈文；可惜多未刊刻，流传于世的仅有《烟霞万古楼文集》《烟霞万古楼诗选》及《残稿》等很小一部分，今人郑幸先生重新编为《王昙诗文集》。

住谷城之明日谨以斗酒牛膏合琵琶三十二弦致祭于西楚霸王之墓（三首选一）①

江东余子老王郎②，来抱琵琶哭大王③。
如我文章遭鬼击，嗟渠身首竟天亡④！
谁删本纪翻迁史⑤？误读兵书负项梁⑥。
留部瓠芦汉书在⑦，英雄成败太凄凉⑧。

【注释】①谷城：旧地名，在今山东东阿，为项羽墓所在。琵琶三十二弦：琵琶原本四弦，辅以古人所谓八音，故云。西楚霸王：即项羽。②“江东”句：作者自称。项羽曾率江东子弟八千人西上打天下，后来无一生还。作者为浙江人，属江东，故称。又《后汉书·祢衡传》：“余子碌碌，不足道也。”③大王：这里指项羽。④嗟：叹惜。渠：他，指项羽。身首：躯干和头颅。这里指项羽不同凡俗的相貌，《史记·项羽本纪》称其“长八尺余，力能扛鼎”云云。或作“身手”，则指本领。天亡：项羽后来兵败，曾说：“此天之亡我，非战之罪也。”见《史记·项羽本纪》。⑤“谁删”句：项羽虽然失败，但司马迁《史记》还是将他列在“本纪”中，拿他作帝王看待。后来班固著《汉书》，却将项羽从“本纪”移至“列传”。此句即对此表示不满。翻：推翻。迁史：司马迁《史记》。⑥“误读”句：据《史记·项羽本纪》记载，项羽从小不屑学书，也不屑学剑，叔父项梁便改教他兵法，但他又没有真正学好。他最终未能成功大业，因此有负于项梁。⑦“留部”句：《南史·萧琛传》记载，有一个北方和尚渡江南来，随身只带一只葫芦，里面装有一部珍本《汉书》。瓠(hú)芦：即葫芦。⑧英雄成败：这里即指班固《汉书》的以成败论英雄。此外萧琛也是一个以成败论英雄者，他在任吴兴太守时曾经呵斥过当地的项羽之神“愤王”，讥刺他没能战胜刘邦，故上句“瓠芦汉书”典兼有此意。

【点评】本题系凭吊项羽之作，此诗系其中第一首。诗歌表面上是在“哭大王”，实质上却在“哭”“王郎”。诗人“嗟渠身首竟天亡”，惋惜项羽生前的失败；又感叹“英雄成败太凄凉”，同情项羽身后的遭遇，这正是因为“如我文章遭鬼击”，为自己的怀才不遇鸣不平。诗人的满腔悲愤，都通过哭项羽喷泻而出，感情格外强烈。与此类似，本题的另外几首，及其《重过谷城书宋汝和观察项王碑》《项王庙》，乃至《文集》开卷第一篇的《谷城西楚霸王墓碑》等等，也都是借他人之酒杯，浇自己胸中块垒之作。如此一而再，再而三，更足见其情之不能已。诗歌起首连用“老王郎”“来抱”之类的俗语而不做任何修饰，又通篇一气贯注，连哭带骂，这些都体现了王昙诗风粗豪的特点，但也刚好配合了诗人情感的表达，从而塑造出一个慷慨激昂、狂放不羁的抒情主人公形象，结读者留下了难以磨灭的印象。

孙原湘(三首)

孙原湘(1760—1829)，字子潇，号心青。江苏昭文(今常熟)

人。嘉庆十年乙丑(1805)举进士,选翰林院庶吉士,充武英殿协修官。不久假归得病,遂不复出。晚年家居,并曾在各地主讲书院。他和夫人席佩兰都是袁枚的“诗弟子”,论诗也崇尚“性情”而不屑“格律”,创作上则好使才气,风格奇峻,笔力健举,能够自成一家。诸体之中,尤以纪行纪游之作最为突出。也擅长骈体、古文,兼工书画。有《天真阁集》,又《孙原湘集》。

登白云栖绝顶①

一峰插云云不穿,云中忽漏山左肩。
一峰穿云欲上天,乱云又复蒙其巅。
峰低峰昂云作怪,云合云离变山态。
殷勤挽山入云中,倏忽推山出云外②。
隔云看山山不青,入山看云云无形。
但觉雨疏疏,烟冥冥。
不知深林积翠外,白日自在空中行。
我径拨云出其顶③,始觉云高不如岭。
足踏云头万朵飞,下方看作青霄影。

【注释】①白云栖:庙名,位于江苏常熟的虞山上。绝顶:山的最高处。杜甫《望岳》:“会当凌绝顶,一览众山小。”②倏(shū)忽:很快地、忽然。③径:径直、索性。

【点评】此诗描写诗人登临家乡虞山所见的自然景色,重在刻画山间云气的变化。全诗语言浅显,构想新奇;措语自然,却回环往复,充满动感,极尽腾挪变化之能事。诗中的许多具体描绘,既符合自然界的客观规律，又未尝不在某种程度上通于社会人生，具有深刻的哲理意味。同时联系诗歌标题来看，它不提“虞山”而特地拈出“白云栖”这个庙名，更加贴切诗情，富有美学特征。

歌风台①

韩彭戮尽淮南反②，泣下龙颜慷慨歌③。
一代大风从此起，四方猛士已无多④。
英雄得志犹情累⑤，富贵还乡奈老何⑥！
此去关中莫回首，只应魂魄恋山河⑦。

【注释】①歌风台：旧址在汉高祖刘邦的故乡沛县丰邑（今江苏丰县），相传为刘邦作《大风歌》的地方。②“韩彭”句：据《史记·高祖本纪》记载，刘邦称帝之后，淮阴侯韩信、梁王彭越相继谋反，被“夷三族”，而不久淮南王黥布又反。③“泣下”句：《史记·高祖本纪》称“高祖为人，隆准而龙颜”。他在平定黥布叛乱的途中便道还乡，曾“自为歌诗（即《大风歌》）……慷慨伤怀，泣数行下”。④“一代”两句：刘邦《大风歌》辞云：“大风起兮云飞扬，威加海内兮归故乡，安得猛士兮守四方！”⑤情累：为情所累。意思是说刘邦虽成帝业，但仍然留恋故乡。⑥“富贵”句：据《史记·高祖本纪》，刘邦还乡时已六十二岁，半年后即逝世。⑦“此去”两句：关中：指陕西地区。刘邦定都长安，即今陕西西安。《史记·高祖本纪》记载，刘邦作《大风歌》时，曾对家乡父老说：“游子悲故乡。吾虽都关中，万岁后吾魂魄犹乐思沛。”

【点评】历史上的“高祖还乡”以及当时所作的《大风歌》，在后世的许多文学作品特别是诗歌中经常成为描写的素材，但其主旨基本上都是对刘邦进行讽刺和讥笑，例如前面黄任的《彭城道中》便是一个代表。孙原湘这首诗，则大抵依据《史记·高祖本纪》的有关记载本身，透过刘邦其人着重刻画“英雄得志”“富贵还乡”之际的某种复杂心理，在摹写人情方面具有很强的典型性。因此它在历代同题材的作品之中，也便显出了自己的特色。

西陵峡①

一滩声过一滩催，一日舟行几百回。
郢树碧从帆底尽②，楚台青向橹前来③。
奔雷峡断风常怒④，障日峰多雾不开⑤。
险绝正当奇绝处，壮游毋使客心哀⑥。

【注释】①西陵峡：长江三峡之一。在湖北境内，西起巴东官渡口，东止宜昌南津关，在三峡中为最长。②郢(yǐng)：春秋战国时代楚国国都，故址在今湖北江陵附近，这里泛指西陵峡下游一带。③楚台：宋玉《高唐赋》称楚襄王曾“游于云梦之台，望高唐之观”，这里当借指西陵峡上游地段。④奔雷：形容轰响的水声。⑤障日：蔽日。⑥壮游：豪壮的远游。毋：不要、不必。

【点评】长江三峡以奇险壮丽闻名于世，自《水经注》以下代有诗文题咏，名篇络绎。孙原湘此诗为舟行西陵峡之作，照例以描绘风景见长。首联写沿路险滩相连，江流迂回，起得还比较平稳。颔联不写舟动，而以行舟为参照物，从纵向大距离刻画西陵峡前后的人文地理景观；颈联更换角度，从上下方向形容水急峡深，谷风怒号，重岩迭嶂，云蒸雾遮的纯粹自然景象。这四句是全诗的重点，也是核心，景色最为壮观。尾联由此升华，以议论抒情的笔调提出了“险绝正当奇绝处”的观点，既回应了西陵峡的特色，又抒发了人生的感想，极具哲理意味。在清代中叶后半期社会日益走下坡路的时代，能读到如此气概豪迈、昂扬向上的诗歌，的确十分不易，这正是西陵峡的功劳。特别是在我们今天长江三峡水利枢纽工程建成以后，像这样的诗歌，更能唤起世人美好的回忆。

席佩兰(三首)

席佩兰(1760—?),字韵芬,一字道华,号浣云。世居江苏吴县洞庭山。嫁常熟孙原湘。夫妇同龄,席佩兰月份稍大;双双工诗,为一时佳偶。袁枚题其集,誉为:“字字出于性灵,不拾古人牙慧,而能天机清妙,音节琮琤。似此诗才,不独闺阁中罕有其俪也。”又编《随园女弟子诗选》,即以席佩兰为冠。其卒在孙原湘之后,具体未详。有《长真阁集》。

送外入都①

打叠轻装一月迟,今朝真是送行时。
风花有句凭谁赏②?寒暖无人要自知。
情重料应非久别,名成翻恐误归期③。
养亲课子君休念④,若寄家书只寄诗。

【注释】①外:旧时妻子对丈夫的一种指称。都:都城,这里指北京。②风花:风花雪月,泛指四季景色。句:指诗歌创作。凭:这里意思是请、请求。③翻:反而。④课:这里是动词,指授课,也泛指教育。

【点评】此诗是诗人送丈夫进京谋取功名时的赠别之作,句句从一个妻子的内心出发。诗中既有通常的夫妻之间的惜别之情,更有对远去的丈夫的生活上的关心,同时还流露出对丈夫一旦功成名就的复杂微妙的心理，意蕴丰富，情感细腻，很能反映普天下为人妻者的共同特点。他们夫妻既同为诗人，此诗第二句又特别点出平日里的闺房唱和之乐；更有最末一句“若寄家书只寄诗”，其高雅之致，实在令人欣羡不已，也绝非常人所能道。

寄衣曲

欲制寒衣下剪难，几回冰泪洒霜纨[①]。
去时宽窄难凭准，梦里寻君作样看[②]。

【注释】①霜纨：喻指颜色雪白的丝绸布料。②样：这里指制作衣服时用作参考的样子。

【点评】此诗前二句语言略为雕琢一些，而精华在后二句。诗人打算给远客他乡的丈夫寄送寒衣并亲手制作，这本身就已经是一种关心；而因为制衣，进而联想到丈夫离家以后的身体变化，这实际上又是一种关心；而因为吃不准丈夫的身体变化，竟然在梦里去寻找丈夫，亲眼察看，这自然更是一种关心。如此层层递进，诗意也越转越深。倒过来看，此诗主旨其实在于抒写对丈夫的思念之情，但却只是以制衣为说，步步深入，而始终不予点明，由此正见出构思的曲折。此外末句所说的“梦”，虽然在历代许多作品中也曾一再地被用来表达离别相思之意，但它们在具体描写时往往独立于现实之外，而不像此诗与现实结合得如此紧密，写来如此自然，从这里同样可以见出诗人的构想之新奇。

夫子报罢归诗以慰之[①]

君不见，杜陵野老诗中豪[②]，谪仙才子声价高[③]，
能为骚坛千古推巨手[④]，不待制科一代名

为标[5]？

夫子学诗杜与李，不雄即超无绮靡[6]。
高唱时时破碧云，深情渺渺如春水。
有时放笔悲愤声，腕下疑有工部鬼[7]。
或逞挥毫逸兴飞，太白至今犹未死[8]。
丰兹啬彼理或然[9]，不合天才有如此[10]。
今春束装上长安[11]，自言如芥拾青紫[12]。
飘然几阵鲤鱼风[13]，归来依旧青衫耳[14]。
囊中行卷锦绣堆[15]，呼灯转读纱窗底。
燕晋山河赴眼前[16]，春秋风月藏诗里。
人间试官不敢收[17]，让与李杜为弟子。
有唐重诗遗二公，况今不以诗取士[18]。
作君之诗守君学[19]，有才如此足传矣。
闺中虽无卓识存[20]，颇知乞怜为可耻。
功名最足累学业，当时则荣殁则已[21]。
君不见，古来圣贤贫贱起[22]！

【注释】①夫子：这里指丈夫。报罢：通知作罢，通常指科举考试不被录取。②杜陵野老：指杜甫。杜陵位于陕西西安东南，其附近又有少陵，杜甫曾在此居住，自称杜陵布衣、少陵野老。③谪仙：天上贬谪下来的仙人，通常指李白。当时贺知章见到他，曾呼之为“谪仙人”。下文“杜与李”以及“二公”，即指杜甫与李白。④为……推……：被……推许为……。骚坛：屈原曾作《离骚》，“骚坛”即指诗坛，诗歌创作界。⑤不待：不需要、用不着。制科：唐代科举取士的制度，也泛指科举。⑥雄：雄奇。超：超逸。绮靡：绮丽浮靡。均指艺术风格。⑦腕下：即手下、笔下。工部：亦指杜甫,曾官工部检校员外郎。⑧“或逞”两句:李白字太白。其《宣州谢朓楼饯别校书叔云》有“俱怀逸兴壮思飞,欲上青天览明月”之句。⑨丰兹啬彼:一方面好,另一方面即相应地差一些。理或然:道理也许是这样。⑩不合:不应该。⑪束装:打点行李。长安:即西安,曾为西汉和唐朝的首都,后世常借作首都的代称。这里指北京。⑫如芥拾青紫:语出《汉书·夏侯胜传》:“经术苟明,其取青紫如俯拾地芥耳。”芥,小草,比喻轻微的东西。青紫,古代高官印绶及服饰的颜色,即借指高官显爵。这里意思说考取功名很容易。⑬鲤鱼风:通常指九月的风。这里意本李贺《江楼曲》:“楼前流水江陵道,鲤鱼风起芙蓉老。晓钗催鬓语南风,抽帆归来一日功。”“芙蓉”双关“夫容”。⑭青衫:古代普通读书人所穿的衣服,即借指学子。⑮行卷:唐代考进士者往往将所作诗文写成卷轴,投献朝中显贵,希望得到赏识,称为行卷。后世也泛指旅途中所写的作品。⑯燕(yān)晋:均为春秋战国时国名,在今河北、山西一带。⑰试官:考官。⑱“有唐”两句:有唐:即唐朝,“有”在这里为词头,无义。唐代科举主要以诗取士,但李白和杜甫却并无功名。清代科举,通常以八股文取士。⑲守君学:意为保持你自己的事业,这里即指写诗。⑳卓识:卓越的见识。㉑殁(mò)则已:死了就没了。㉒“古来”句:李白《将进酒》有“古来圣贤皆寂寞”之句,原本鲍照《拟行路难十八首》之七:“自古圣贤尽贫贱,何况我辈孤且直?”这里意思似本《史记·陈丞相世家》:“人固有好美如陈平而长贫贱者乎?”又《南史·江淹传》:“汝才行若此,岂长贫贱也?”贫贱起:即起于贫贱。

【点评】据袁枚《随园诗话·补遗》卷九记载,此诗作于乾隆四十八年癸卯(1783)。当时孙原湘没有中举,席佩兰非但没有埋怨,反而赋此诗安慰他。诗歌以唐代大诗人李白与杜甫为说,盛赞孙原湘的艺术才华,同时对腐朽的科举制度予以微妙的讽刺,立意高远,处处显示出一个闺中女子的卓识。又诗歌采用长篇古体的形式,直抒胸臆,一气贯注,加之以开头、结尾一再使用“君不见”这样的反诘语气,更加呈现出一种奔放的气势,使人很难想象它出自一个女子之手。袁枚称赞席佩兰的诗歌“不独闺阁中罕有其俪”,又说“其佳处总在先有作意,而后有诗,今之号称诗家者愧矣”(见《长真阁集》卷首),的确不为虚誉。

廖云锦(一首)

廖云锦(生卒年不详),字织云,号锦香居士。江苏华亭(今属上海)人。父廖景文,曾官合肥知县。嫁同郡青浦马姬本。袁枚女弟子。有《织云楼诗稿》。

哭姑(二首选一)[①]

禁寒惜暖十余春[②],往事回头倍怆神[③]。
几度登楼亲视膳[④],揭开帷幕已无人。

【注释】① 姑:旧时一般称丈夫的母亲。② 春:这里借指年。③ 怆(chuàng)神:悲怆伤神,即悲伤。④ 视膳:照管吃饭。

【点评】本题为悼念婆婆而作,此诗系其中第二首。诗人不幸早寡,十多年来一直与婆婆相依为命,受到无微不至的关怀。而当婆婆生病的时候,诗人同样始终照顾着她。然而如今婆婆去世,诗人不但失去了生活中的唯一陪伴,而且再也无法尽自己的孝道了。诗歌三、四句以习惯成自然的下意识动作与人去楼空的现实进行对照,实在沉痛之极,感人至深。

张问陶（七首）

张问陶（1764—1814），字仲冶，号船山。四川遂宁人。乾隆五十五年庚戌（1790）举进士，选翰林院庶吉士，晋检讨，历官江南道御史等。晚年侨寓苏州。生平最服膺袁枚，曾将自己的诗集命名为“推袁集”。论诗几乎与袁枚完全相同，强调自抒性灵、自由独创。诗歌创作客观上也同样接近袁枚，清警空灵，通俗晓畅，善言情理，工于写景，并且有些作品风趣诙谐，以游戏为之，更酷肖袁枚，以致当时就有人说他是有意向袁枚学习。事实上，这种现象在其他性灵派诗人甚至袁枚本人身上也时有发生，而在他们自身则全然是下意识的，诚如张问陶《颇有谓予诗学随园者笑而赋此》二首之一所云：“诗成何必问渊源，放笔刚如所欲言。汉魏晋唐犹不学，谁能有意学随园？”也就是所谓的“阳货无心，貌类孔子”。在诗歌创作体现反对封建、追求民主的进步精神这个做法上，张问陶更为直截了当地揭露封建社会的衰朽本质，如其组诗《戊午二月九日出栈宿宝鸡县题壁十八首》之类，这方面即同袁枚存在着明显的区别。有《船山诗草》。清人李岑、江海清为其正编合撰《船山诗注》，今人成镜深、胡传淮等先生则合撰有《船山诗草全注》。

芦　沟①

芦沟南望尽尘埃，木脱霜寒大漠开②。
天海诗情驴背得③，关山秋色雨中来。
茫茫阅世无成局④，碌碌因人是废才⑤。
往日英雄呼不起，放歌空吊古金台⑥。

【注释】①芦沟：即卢沟河，也特指卢沟桥。参前宋湘《送客东游》注②。②木脱：树叶脱落。谢庄《月赋》："木叶微脱。"③"天海"句：语出孙光宪《北梦琐言》卷七"郑綮相诗"条，唐丞相郑綮工诗，有人问他"近有新诗否"，他回答说："诗思在灞桥风雪中驴背上，此处何以得之？"④阅世：经历世事。无成局：此以棋局为喻，意思说一事无成。⑤碌碌：平庸而没有特殊能力。因人：依靠别人。《史记·平原君虞卿列传》记载，毛遂功成之后，曾对同行者十九人说："公等碌碌，所谓因人成事者也。"⑥金台：黄金台，原址在今河北易县东南易水之畔，相传为战国时燕昭王所筑，置千金其上，以招揽天下贤士，故名。后世因慕其名，多有仿建，此处所指当在北京大兴东南芦沟河附近，亦称"燕台"，旧有"金台夕照"与"芦沟晓月"，均为"燕京八景"之列。

【点评】此诗作于乾隆四十九年甲辰(1784)秋天。此前不久，张问陶第一次到北京。北京是清代士人谋求功名的一个最为理想的地方，历史上又有燕昭王广招天下贤士的黄金台遗址，因此很容易激发人们的上进心。然而当时的张问陶却连秀才都还没有当上，在北京只是依附于时官翰林院侍读学士的岳父，由此形成了极大的反差。此诗上半首描写卢沟河一带的壮丽景色，后半首即由景入情，抒发自己胸中的抑郁情怀，反映出一个二十岁出头的青年不甘寄人篱下、希图建功立业的积极向上的思想。其中颈联两句，无疑最值得称颂。

出栈(二首选一)[①]

马嘶人语乱斜阳，漠漠连阡水稻香[②]。
送险亭边一回首[③]，万峰飞舞下陈仓[④]。

【注释】①栈(zhàn)：栈道，一种在悬崖绝壁上凿石架木而成的道路。这里指陈仓西南经大散关、褒城直至剑阁等地的道路，沿途多栈道，历来以险要著称。②漠漠：连绵广布、一望无际的样子。王维《积雨辋川庄作》："漠漠水田飞白鹭。"连阡：田间小路纵横交错。③送险亭：四川境内栈道终点处的一座亭子，位于梓潼七曲山。④陈仓：旧地名，在今陕西宝鸡东面，为关中与汉中之间的交通要冲。有所谓"明修栈道，暗渡陈仓"故事。

【点评】古代秦蜀之间的栈道，虽非水路，但其险要却绝不在长江三峡之下，以致连李白都要感叹"蜀道之难，难于上青天"。张问陶本题作于乾隆五十四年己酉(1789)，此诗系其中第一首。诗人从陕西一头入栈，经过长时间的旅途跋涉，终于到达了四川这头的送险亭边。马嘶人语的欢腾场面、川中平原的水稻飘香，给历尽艰辛的诗人带来了无穷的喜悦。当他蓦然回首的时候，只见万峰飞动，一齐翻滚向千里之外的陈仓。险绝的栈道，在诗人的笔下，呈现出无比雄奇壮阔的景象。诗人当时刚刚遭受下第的打击，然而在这首诗里面，却丝毫看不到任何的失意，反而充满了一派壮志凌云的豪迈气概，使人万分鼓舞。历史上许多外地诗人，当他们入蜀之后，诗风往往发生显著的变化。唐代如杜甫，宋代如陆游，清代则如王士祯，几乎都像前引施闰章《贻上济南书至得盐亭见怀及使蜀诸诗》三首之二所说的那样，"往日篇章清似水，年来才力重如山"。张问陶本身作为蜀人，其诗大得江山之助，这就更在情理之中了。

雪中过正定[①]

十年慷慨向关河[②]，风雪萧萧客路多[③]。
士慕原陵犹侠气[④]，人来燕赵易悲歌[⑤]。
无奇久被青山笑，欲隐其如绿鬓何[⑥]！
百丈红尘吹不去[⑦]，垂鞭倚马渡滹沱[⑧]。

【注释】①正定：旧府县名，治所即在今河北正定，位于石家庄北面。②关河：泛指山河。③客路：客游之路，即旅途。④"士慕"句：原陵：指战国时代赵国的平原君和魏国的信陵君，以好客养士、爱惜人才著称。正定曾经是赵、魏等国的领土。此句意思说当地人士景慕平原君、信陵君的为人，至今仍然富有豪侠之气。⑤"人来"句：语本韩愈《送董邵南序》："燕赵古称多慷慨悲歌之士。"燕(yān)赵：均为春秋战国时国名，大致包括今北京以及河北、山西的一部分。⑥其：这里是副词，用于加强语气。如……何：同"奈……何"，拿……怎么办，亦即没有办法。绿鬓：鬓发乌黑，意思是年纪还轻。⑦红尘：热闹繁华之地，借指凡俗的社会。⑧滹沱：滹沱河，发源于山西，流经河北，正定即在滹沱河的北岸。

【点评】乾隆五十四年己酉(1789)张问陶进士下第，刚刚从北京回到四川不久，突然得知次年乾隆皇帝八十大寿，将特地增加一次恩科会试，于是再次风尘仆仆，远道赴京。此诗即为乾隆五十五年庚戌(1790)初春途经河北正定时所作，抒写旅途劳顿和科场失意的感慨。其中第四句"人来燕赵易悲歌"，表面上似乎在揭示文学创作与风土人情的关系，实际上却暗藏着对封建科举制度的不满，盖其所本韩愈《送董邵南序》紧接下去就说："董生举进士，连不得志于有司。怀抱利器，郁郁适兹土。"然而诗人不满归不满，却还是无法看破"红尘"，不得不为此而尽力拼搏。所以，此诗特别是其中的颈联两句，可以说相当典型地反映了封建时代读书人对于科举功名的无奈和矛盾的心理。

咏怀旧游十首(选一)①

秦栈萦纡鸟路长②,三年三度过陈仓③。
诗因虎豹驱除险,身为峰峦接应忙。
雁响夜凄函谷雨④,柳枝秋老灞桥霜⑤。
美人名士英雄墓,一概累累古道旁。

【注释】①旧游:这里指旧日游历的地方。原诗题下小序称:"平生游历,不尽于此,兴之所至,聊存其梗概而已。"又诗末有自注:"陕西。"②秦栈:泛指陕西境内通往四川的这一段栈道,因陕西在春秋战国时代属于秦国,故名。萦纡:盘绕曲折。鸟路:鸟道,指高峻奇险的道路。李白《蜀道难》有"西当太白有鸟道,可以横绝峨眉巅。……黄鹤之飞尚不得过,猿猱欲度愁攀援"诸句。又白居易《长恨歌》:"云栈萦纡登剑阁。"参前《出栈》注①。③陈仓:旧地名,在今陕西宝鸡东面。参前《出栈》注④。④函谷:函谷关,战国时秦国的东关,在今河南灵宝南面,接近陕西。⑤"柳枝"句:灞桥:在今陕西西安东面,跨灞水之上。古代在此送客,有折柳赠别的习俗。

【点评】本题作于乾隆五十五年庚戌(1790)张问陶进士及第之后,旨在回顾往日的漫游历程。此诗系其中第九首,所写为陕西。此前乾隆五十三年戊申(1788)赴京应试、乾隆五十四年己酉(1789)下第西归,以及本年再次进京赴试,张问陶都是取道陕西,走古栈道。旅途的艰难磨砺,尤其是壮丽的山河景色,正如前面的《出栈》一样,为诗人创作风格的形成提供了绝好的帮助。观乎这个时期张问陶的诗歌,往往悲歌慷慨、壮怀激烈,洋溢着一股沉郁雄勃之气,与袁枚等其他性灵派诗人的创作呈现出一种明显的区别,为整个性灵派的诗歌注入了新的气息。即如这首诗的中间两联，在句式上或者以虚词关联，七个字一贯到底，或者全用实词，使单句内涵更加丰富，这在前面两首律诗之外显然又增添了别样的变化，由此亦可见出诗人艺术技巧之多端。至于尾联两句所提炼的凝重的沧桑感，则丝毫不亚于明初刘基的《绝句》：“人生无百岁，百岁复如何？古来英雄士，各已归山阿。”

读桃花扇传奇偶题十绝句（选一）①

竟指秦淮作战场②，美人扇上写兴亡③。
两朝应举侯公子④，忍对桃花说李香⑤！

【注释】①《桃花扇》：清初著名戏剧，孔尚任撰。内容以侯方域和李香君的爱情故事为线索，反映南明弘光小朝廷的兴亡。传奇：旧为文学体裁的名称，唐宋指一种文言短篇小说，明清指南戏。②秦淮：指南京，即《桃花扇》剧情发生的主要地点。③“美人”句：意即《桃花扇》试一出《先声》所说“借离合之情，写兴亡之感”。美人扇：参见下文注⑤。④“两朝”句：侯方域为“复社”名士，“明末四公子”之一，但入清以后却出应河南乡试，中副榜举人，晚节不终。⑤忍对：岂忍对，即愧对。桃花：这里双关指桃花扇。该扇原为侯方域送给李香君的定情之物，阉党余孽阮大铖为迫害打击侯方域，逼迫李香君改嫁，但李香君誓死不从，以头撞地，血溅扇面，旁人顺势涂作桃花，是为剧本关键道具，亦即剧名所由来。《桃花扇·小识》：“桃花扇何奇乎？……其不奇而奇者，扇面之桃花也；桃花者，美人之血痕也；血痕者，守贞待字，碎首淋漓不肯辱于权奸者也。……”李香：李香君。

【点评】题剧之作，在诗歌中产生较迟，数量也少。本题一连题写《桃花扇》（存八首），此诗系其中第一首。《桃花扇》由于剧情所涉的历史时间限制，以及为保持正面人物光明面的需要，以男女主人公侯方域和李香君共同遁入道门作结。然而历史上真正的侯方域，却曾经变节。此诗正是结合历史的真实，将侯方域同李香君进行对照，揭示名士不如艺人、丈夫反逊女子的道理，既鞭挞了历史上的失节者，又为广大妇女以及处在社会最底层的艺人唱赞歌，体现了诗人重视妇女及社会下层人民的进步思想。的确，在明清改朝换代的历史关头，无数的艺人常能够坚持民族气节，甚至积极投身民族救亡运动，为许多士大夫所不及。即如《桃花扇》所关，当明朝灭亡之际，柳如是能劝钱谦益自杀殉国，钱谦益却反而投降了清朝；"江北四镇"之一刘泽清家的艺妓冬儿，敢于戎装冒死北上侦探明朝宗室的下落，其主人却又是一个降清者；著名说书艺人柳敬亭以及苏昆生，能够为反清大业从南京远赴武昌企图说服明朝旧将左良玉，左良玉却只知道起兵内讧，自相残杀。他们以自己的高尚情操，赢得了世人由衷的赞叹。张问陶此诗，只不过一个具体的例子而已。

阳湖道中①

风回五两月逢三②，双桨平拖水蔚蓝。
百分桃花千分柳③，冶红妖翠画江南。

【注释】①阳湖：旧地名，通常指今江苏常州。②五两：古代船上的一种测风仪，用羽毛制作，质地很轻，故名。月逢三：即暮春三月。③百分、千分：均极言数量之多。

【点评】此诗为嘉庆十八年癸酉(1813)诗人辞官以后行进在阳湖道中所作，以描绘江南春光见长。首先从诗歌中出现的有关意象来看，它不像杜牧的《江南春绝句》那样先后排比啼莺、水村、山郭、酒旗、楼台、烟雨等等一连串的意象，而仅仅布置了风、水、桃、柳四样东西，并且其中主要的也就是桃花和杨柳。然而，诗人正是捕捉住这两种最富有代表、象征意义的典型形象，展现出一幅春意盎然、生气蓬勃的江南风景图卷，收到了以少总多的效果。其次同样用桃花和杨柳的，如赵翼《清明后一日松枰前辈招同西岩涵斋棕亭湖舫雅集》六首之一即云："多烦折简到潜夫，出郭寻春兴不孤。千树桃花万杨柳，扬州城外瘦西湖。”这里的第三句，遣词造句基本相同，连位置也恰好一样。然而，张问陶并没有停留在这一步，更没有在末句仅仅点个地名，语同虚设，而是像李清照的“绿肥红瘦”一样，从中再抽象出两种颜色，并赋之以通常形容美女的“妖冶”情态，这桃花和杨柳，就更加色彩艳丽，勾画出阳春三月的江南风光，读来令人陶醉。张问陶生平工书善画，此诗亦然。前面《出栈》二首之一那般豪放，此诗却如此旖旎，诗人伎俩，真不可估量。

论诗十二绝句（选一）

跃跃诗情在眼前，聚如风雨散如烟①。
敢为常语谈何易②，百炼功纯始自然。

【注释】①“聚如”句：意近苏轼《腊日游孤山访惠勤惠思二僧》：“作诗火急追亡逋，清景一失后难摹。”又王士祯《带经堂诗话》卷二十九附张实居语：“当其触物兴怀，情来神会，机括跃如，如兔起鹘落，稍纵则逝矣。”②为：作。常语：平常普通的语言。谈何易：即谈何容易。

【点评】张问陶像性灵派主将袁枚、赵翼一样，也写过许多论诗论文之作。此诗系本题第五首，主要涉及两个问题。前面两句，着重讲诗歌创作过程中的灵感。它源于生活，源于激情。当它到来的时候，势如风雨骤至；而倘不及时抓住，则转眼即逝，邈如云烟。后面两句，是说诗歌的遣词造句，语言表达。好诗的语言，并不在艰深雕刻，更不应矫揉造作，而应该平易自然；这平易自然，又并非下笔轻率，而恰恰要求千锤百炼，功到自然成，所谓“看似寻常最奇崛，成如容易却艰辛”。这前后两个问题，灵感相对来说人们谈得比较多，语言要求平易自然而又重视千锤百炼，则最能体现性灵派的特色，也最具有辩证的色彩。如将此意进一步扩大到整个诗歌创作，那也就是袁枚《箴作诗者》所说的：“须知极乐神仙境，修炼多从苦处来。”

舒位(六首)

舒位(1765—1816),字立人,号铁云。祖籍直隶大兴(今北京)。年少时随父亲在广西永福官署,值安南(今越南)入贡,赋《铜柱》诗二首,即传诵外裔。乾隆五十三年戊申(1788)二十四岁中举人。但此后却屡试进士不第,长年奔走四方,从军西南,游于戎幕。后来又设馆授徒,浪迹吴越间,潦倒以终。其诗内容丰富多采,感慨个人身世,反映民生疾苦,揭露社会黑暗,乃至以大西南为题材,广泛描写少数民族的生活习俗,并且还一直写到了海外的"第五大州"(大洋洲);艺术上好用书卷,好着色彩,好逞奇肆,"兴酣落笔,往往如昆阳之战,风雨怒号,当者无不披靡"(萧抡《舒铁云孝廉墓志铭》),总体风格奇博宏恣,典丽非凡,同样很有特色。当时与王昙、孙原湘齐名,并称"三君",著名蒙古族诗人法式善为之作《三君咏》。稍后的陈文述和龚自珍,都曾受到过他的影响。也工戏曲。有《瓶水斋诗集》《乾嘉诗坛点将录》等。

鲊虎行[①]

鬼门关前人似海[②],猛虎捉人如捉鬼。
人鲊瓮中虎杂居,居民鲊虎如鲊鱼。
为言前宵伥鬼来[③],悲风萧萧林木摧。

山根旧有伏机弩[④]，弩末不能穿虎股[⑤]。
不如左手提铁叉，右手打铜鼓。
虎闻鼓声见叉影，竿尾箕睛怒而舞[⑥]。
是时虎意已无人，人亦不复目有虎[⑦]。
划然一啸当一叉[⑧]，一叉虎口开血花。
抽叉摔虎四山响，月破风腥一虎仰。
双杖椎鼓雨点尘，沉沉九地追虎魂[⑨]。
天明曳虎归茅屋，不寝其皮食其肉。
生吞活剥呼巨觥[⑩]，白酒黄粱一齐熟。
我闻色变眉欲飞，是食人多毋乃肥[⑪]？
彼云食虎可避瘴[⑫]，未下盐豉敢相饷[⑬]？
摇头谨谢阿罗汉[⑭]，愿君努力加餐饭[⑮]。
欣然就食甘如饴[⑯]，风毛雨血忘朝饥[⑰]。
吁嗟乎！
周处南山除一害[⑱]，李广北平官不拜[⑲]。
我如鸡肋感曹公[⑳]，尔自彘肩壮樊哙[㉑]。
歌成旷野良足豪[㉒]，嚼过屠门亦称快[㉓]。
慎勿消息传入城，县官来收虎皮税。
官来收税尚犹可，吏食尔虎如食菜，
尔有虎皮何处卖？

【注释】①鲊(zhǎ)：原指腌制加工的鱼类食品，这里作动词。②鬼门关：和下文“人鲊瓮”均为当地地名，极言其凶险可怖。③为言：为作者说，即告诉作者。前宵：前夜、昨夜。伥鬼：迷信传说中为虎所食又为虎做前导的鬼魂。参前黄景仁《圈虎行》注㉛。④山根：山底、山脚。伏机弩(nǔ)：埋伏的机弩，一种用机械力量自动射箭的弓。⑤“弩末”句：即“强弩之末，势不能透鲁缟”之意。股：大腿。⑥竿尾箕睛：尾巴直竖如竹竿，眼睛瞪大如簸箕。形容老虎暴怒的样子。舞：这里指老虎的翻腾跳跃。⑦“是时”两句：指这个时候老虎和人都已经不把对方放在眼里，置生死于度外。⑧划然：忽然。啸：这里指老虎的吼叫。当：这里意为被刺中。⑨“双杖”两句：指用叉柄、鼓锤之类像打鼓一样使劲击打老虎，既不使虎皮破损，又要使老虎彻底死亡。椎(chuí)：这里作动词，即敲打。雨点尘：像雨点一样纷纷而下。九地：形容极深处。⑩觥(gōng)：古代一种盛酒器，通常为兽形。⑪“是食”句：意为这老虎吃人很多，一定很肥吧？毋乃：疑问副词，恐怕、岂不。⑫彼：这里指打虎者。瘴(zhàng)：瘴气，山林中被认为会引起疾病的湿热空气。⑬“未下”句：意为没放调料怎敢请你吃？这是打虎者邀请作者吃虎肉的客套话。盐豉(chǐ)：指调味品。敢：岂敢。饷(xiǎng)：用食物款待。⑭“摇头”句：同下句均指作者推辞吃虎肉。谢：谢绝。阿罗汉：即罗汉，原指释迦牟尼门下道行高深的僧徒，内有伏虎罗汉之名，这里借指打虎者。⑮君：这里称打虎者。努力加餐饭：语出《古诗十九首》之一：“弃捐勿复道，努力加餐饭。”⑯“欣然”句：同下句均指打虎者自食虎肉。饴(yí)：糖。⑰朝(zhāo)饥：早上的腹饿。⑱周处：西晋人。相传年轻时横行乡里，父老将他同南山之虎、长桥之蛟合称“三害”。他听到后发愤改过，并射虎斩蛟，为民除害。见《世说新语·自新》。⑲李广：西汉名将。曾在夜间射猎，看到草中卧石，以为老虎而射之。天明查看，箭没石中。后来汉武帝曾任他为右北平太守。官不拜：指李广当时还没拜右北平太守。这里是称颂打虎者既为普通百姓，又勇武似李广。⑳鸡肋：《三国志·魏志·武帝纪》注引《九州春秋》，曹操攻汉中，不能取胜，意欲还军，出令曰“鸡肋”。他人不懂，杨修解释说：“夫鸡肋，弃之如可惜，食之无所得。”感曹公：即有感于曹操的鸡肋之说。㉑尔：指打虎者。彘(zhì)肩：猪前腿。樊哙(kuài)：汉初大将。《史记·项羽本纪》记载，项羽摆鸿门宴，樊哙担心刘邦有危险，即带剑拥盾闯入席间。项羽赞之为“壮士”，“与之一生彘肩。樊哙复其盾于地，加彘肩上，拔剑切而啖之”。㉒良：很。

足：足以。㉓“嚼过”句：意本曹植《与吴季重书》：“过屠门而大嚼（空嚼），虽不得肉，贵且快意。”屠门：屠户之门。

【点评】此诗作于乾隆四十七年壬寅（1782），当时诗人在广西，年仅十八岁。诗歌根据耳闻目见，生动叙述了当地居民打虎食肉的传奇故事。前面一大段写打虎，先说老虎的威风，再说机弩的失效，迫使打虎者只能用叉；人虎相拼，各各舍生忘死，进入最高竞技状态；最后叉到虎倒，虎口开花，四山震响，月破风腥，这情景较之于景阳岗武松打虎，不但同样扣人心弦，而且更加逼真刺激。中间一段写吃肉，转为悠闲。打虎者拽虎回家，剥皮取肉，蒸饭备酒，然后欣然就食，仿佛根本就没有发生过昨夜的那一场恶斗。他还十分热情地邀请诗人一起来吃，然而诗人却不敢问津，由此更见得打虎者的豪壮和直爽。最后一段，写诗人的赞叹和感慨。诗人由衷地钦佩勇武的打虎者，也为自己能够一睹打虎者的英姿而自豪，唯一担忧的，倒是城里的那班官吏，他们打不了老虎，却反而要来征收虎皮税，抢夺老虎肉。全诗换韵频繁，前两段纯粹白描，而后一段连用典故，以及结尾处的甩开一笔，这些都能切合内容表达的需要，体现舒位诗风奇博宏恣的特点。

杭州关纪事[1]

杭州关吏如乞儿[2]，昔闻斯语今见之。
果然我船来泊时，开箱倒箧靡不为[3]。
与吏言，呼吏坐。
所欲吾肯从，幸勿太琐琐[4]。
吏言君果然，青铜白银无不可[5]。
又言君不然，青山白水应笑我。
我转向吏白[6]，百货我无一。

即有八斗才，量之不能盈一石[7]。
但有万斛愁[8]，卖之未尝逢一客。
其余零星诸服物，例所不征君其勿[9]。
却有一串飞青蚨[10]，赠君小饮黄公垆[11]。
吏睨视钱摇手呼[12]，手招楼上之豪奴[13]。
奴年约有三十余，庸恶陋劣鬑有须[14]。
不作南语作北语[15]，所语与吏无差殊[16]。
我且语奴休怒嗔[17]：
我非胡椒八百元宰相[18]，亦非牛皮十二郑商人[19]。
且非贩茶去浮梁[20]，更非大贾来瞿唐[21]，
况不比西域之胡珊瑚木难璀璨生辉光[22]。
问我来何国？
但作宾客，不作盗贼。
身行万里半天下[23]，不记东西与南北。
问我何所有？
笛一枝，剑一口。
帖十三行诗万首[24]，尔之仇敌我之友。
我闻榷酒税[25]，不闻搜诗囊[26]。
又闻报船料，不闻开客箱。
请将班超所投笔[27]，写具陆贾归时装[28]。
看尔意气颇自豪，九牛何惜亡一毛[29]？
尔家主人官不小，岂肯悉索容汝曹[30]？

况今尺一除矿税[31]，捐弃黄标复紫标[32]。
监察御史开口椒[33]，尔何青天向日鹿覆蕉[34]？
奴闻我言惨不骄，吏取我钱缠在腰[35]。
斯时吏去奴欲去[36]，槟榔满口声哜嘈[37]。
彼哜嘈，我欸乃[38]，见奴见吏如见鬼。
作歌当经自忏悔[39]，輶轩使者采不采[40]？

【注释】①杭州关：指杭州运河码头的关卡。纪：通“记”。②乞儿：乞丐。这里形容杭州关官吏的贪婪和无赖。③靡：无。④“所欲”两句：意谓你的愿望我可以答应，但千万不要太琐碎了，干脆爽快点。⑤青铜：这里指铜钱。⑥白：说。⑦“即有”两句：宋无名氏《释常谈》记谢灵运语，天下之才共有一石，曹植一个人独占八斗，自己得一斗，此外天下人统分一斗。即平常所说“才高八斗”之意。这里自傲又自谦，言数量之少。量（liáng）：这里为动词。盈：满。⑧万斛愁：“斛”亦为容量名，古代十斗为一斛，相当于“石”。这里极言愁之多。参前吴伟业《圆圆曲》：“一斛明珠万斛愁，关山飘泊腰支细。”⑨君其勿：意谓你就不要来管了。“其”在这里起加强语气的作用。⑩飞青蚨（fú）：即青蚨。原为昆虫名，《搜神记》卷十三称其母子不离，以其血涂钱，钱亦反复用之不尽，故后世即借以指钱。⑪黄公垆（lú）：《世说新语·伤逝》记载，西晋“竹林七贤”中的阮籍、嵇康、王戎曾酣饮于黄公酒垆，这里泛指酒楼。⑫睨（nì）视：斜视，表示瞧不上眼。⑬豪奴：即下文的“奴”，为“吏”手下的走狗帮凶。⑭鬑（lián）：须发稀疏的样子。⑮南语：指南方方言。北语：指北方官话。⑯差殊：差异、差别。⑰语（yù）：这里为动词，告诉。怒嗔（chēn）：即发怒、发火。⑱胡椒八百元宰相：唐朝宰相元载家道富有，连储藏的胡椒都达八百石之多。可见《新唐书》本传。⑲牛皮十二郑商人：春秋时期郑国商人弦高，路遇秦兵偷袭郑国，他假装奉国君之命以十二头牛犒劳秦兵。秦兵以为郑国已有所知，遂撤去。见《左传·僖公三十三年》及《淮南子·人间训》等。⑳浮梁：地名，在江西景德镇，古代曾为茶叶贸易胜地。白居易《琵琶行》："商人重利轻别离，前月浮梁买茶去。"㉑大贾（gǔ）：大商人。瞿唐：即瞿塘峡，在今重庆境内，奉节以东、巫山以西，为长江三峡之首。㉒西域：指玉门关以西的广大地区。胡：古代对少数民族的称呼。木难：宝珠名。曹植《美女篇》："明珠交玉体，珊瑚间木难。"㉓"身行"句：语出苏轼《龟山》："身行万里半天下，僧卧一庵初白头。"㉔帖（tiè）：这里指字帖，书法。东晋王献之有法帖，名《十三行》。㉕榷（què）：征税。㉖诗囊：装诗稿的袋子。唐代诗人李贺每出游，总带一锦囊，遇有好句，即写投其中，回家再修改定稿。见李商隐《李长吉小传》。㉗班超：据《后汉书·班超传》记载，东汉定远侯班超早年家贫，常为官府抄书以养母，不胜劳苦，曾投笔叹曰："大丈夫无他志略，犹当效傅介子、张骞立功异域，以取封侯，安能久事笔砚间乎？"即所谓"投笔从戎"之意。舒位当时刚从军西南归来，故以为喻。㉘陆贾：据《史记·郦生陆贾列传》记载，陆贾助刘邦定天下，以善辩著称。曾两次出使南越，南越王十分欣赏他，在其返回中原之际"赐橐中装，直千金"。㉙"九牛"句：意谓哪儿在乎我这一份油水。亡：这里意为失去。㉚悉索容汝曹：这里"悉索"与"容汝曹"倒装，意即容你辈敲诈勒索。㉛尺一：汉朝制度以长度为尺一的木版写诏书，后世即用作皇帝诏令的代称。㉜黄标、紫标：《南史·梁临川靖惠王宏传》："宏性爱钱，百万一聚，黄榜标之；千万一库，悬一紫标，如此三十余间。"后世即借以指巨额款项。㉝监察御史：隋唐以后的一种官名，掌分察百官、巡抚州县狱讼、祭祀及监诸军出使等。开口椒：监察御史的俗称，典出唐代封演《封氏见闻录·风宪》，这里有厉害的意思。㉞鹿覆蕉：《列子·周穆王》："郑人有薪于野者，遇骇鹿，御而击之，毙之。恐人见之也，遽而藏诸隍中，覆之以蕉，不胜其喜。俄而遗其所藏之处，遂以为梦焉。"后世通常用以比喻人世间真假杂陈、得失无常。㉟我钱：指开头嫌少的那"一串飞青蚨"。㊱欲去：意谓想走开又不甘心、不好意思就这样走开。㊲"槟榔"句：意为像满口嚼着槟榔一样叽哩咕噜，嘟嘟囔囔。吪（jiē）嘈：嘟囔声。㊳欸（ǎi）乃：摇桨声。柳宗元《渔翁》："欸乃一声山水绿。"这里借指开船。㊴当：当作。经：经书、经文。自忏悔：这里意为自陈懊悔、自认倒霉。㊵輶（yóu）轩：轻车，使臣所乘之车。汉代扬雄

《方言》一书全称为“輶轩使者绝代语释别国方言”。又应劭《风俗通·序》:“周、秦常以岁八月遣輶轩之使求异代方言。”采不采:意本《汉书·艺文志》:“古有采诗之官,王者所以观风俗,知得失,自考正也。”相传《诗经》就是这样产生的。

【点评】杭州素以风光美丽著称于世,然而清代杭州关吏的贪婪与恶劣,也是一向出名的。早在清初,沈钟《杭榷》古诗一上来即云:“杭州关吏猛于虎……倒笼倾箱细搜估。”中叶则如蒋士铨,其《杭州》绝句二首之二亦云:“一肩书卷残冬路,犹检寒衣索税钱。”又同题律诗至云:“橹声衔尾下,行旅及关愁。”舒位此诗作于嘉庆四年己未(1799),更是以“纪事”的手段如实揭露了杭州关吏的强盗行径和丑恶嘴脸。诗歌前面四句总起,中间详细叙述诗人同“吏”和“奴”交涉的具体过程,最后八句收束总结。它虽然描写的是杭州关的这一个点,但实际上也能反映当时社会吏治极端腐败的整体面貌,同时也借机抒发了诗人怀才不遇、长年漂泊四方的牢愁和郁愤。全诗以自述为主,大量使用对话形式,软硬兼施,妙语连连,嬉笑怒骂,皆成文章;句式以七言为主,又夹杂大量长短句,短者短至三言,长者长达十六个字,参差错落,恣意挥洒;同时诗歌语言白得不能再白,又深得不能再深,口语典故,纷至沓来,看似不协调却又偏偏融作一体……凡此等等,都能体现舒位古诗的特色。

向读文选诗爱此数家不知其人可乎因论其世凡作者十人诗九首(选一)[①]

云浮鸟倦早怀田[②],乡里儿来巧作缘[③]。
仕宦中朝如酒醉[④],英雄末路以诗传[⑤]。
五株柳树羲皇上[⑥],一水桃花魏晋前[⑦]。
只有东坡闲不过,加餐遍和义熙年[⑧]。

【注释】①向：往日。《文选》：指《昭明文选》，南朝梁昭明太子萧统编选，是我国古代最早的一部诗文总集。“不知”云云：语本《孟子·万章下》：“颂其诗，读其书，不知其人可乎？是以论其世也，是尚友也。”因：因而。凡：总共。所选此首所论为陶渊明。②云浮鸟倦：陶渊明《归去来兮辞》：“云无心以出岫，鸟倦飞而知还。”怀田：思念田园。陶渊明诗有《癸卯岁始春怀古田舍》《归园田居》诸题。③乡里儿：据萧统《陶渊明传》，陶渊明任彭泽令，有郡中督邮至县，他不肯迎见，说：“我岂能为五斗米折腰向乡里小儿！”于是挂冠归田。巧作缘：意谓督邮之来刚好促成了陶渊明的归田隐居。④仕宦中朝：在朝廷中做官。⑤“英雄”句：陶渊明原本也是一个胸怀大志，希望有所作为的人，如其《杂诗十二首》之五即云：“猛志逸四海，骞翮思远翥。”至于他后来以隐逸诗人名世，这实际上是“英雄末路”，不得已的事。⑥五株柳树：陶渊明宅前种有五株柳树，自称“五柳先生”，曾作《五柳先生传》。羲皇上：“羲皇”指传说中的上古帝王伏羲氏，陶渊明《与子俨等书》曾说：“少学琴书，偶爱闲静，开卷有得，便欣然忘食。见树木交荫，时鸟变声，亦复欢然有喜。常言五六月中，北窗下卧，遇凉风暂至，自谓是羲皇上人。”“羲皇上”即上古时代，与眼前的俗世相反。⑦“一水”句：陶渊明有《桃花源记》描绘理想中的社会，那里的人与俗世隔绝，“不知有汉，无论魏晋”。⑧“只有”两句：北宋文学家苏轼贬谪岭南期间，曾遍和陶渊明诗。加餐：意本黄庭坚《跋子瞻和陶诗》：“饱吃惠州饭，细和渊明诗。”和(hè)：和诗，依原作韵脚做诗。义熙：东晋安帝司马德宗的最后一个年号。据《宋书·陶潜传》，陶渊明写诗于“义熙以前则书晋氏年号，自永初以来，唯云甲子而已”，表示耻事二姓，不与后来篡位的南朝刘宋政权合作。

【点评】大凡诗歌题咏古人，同一般的咏史咏物一样，总是寄托诗人自己的情怀。此诗系本题第四首，写的是东晋陶渊明，反映的却也是舒位的思想。诗歌最实质性的就是第二联，表明了诗人痛恨官场，不肯“为五斗米折腰向乡里小儿”的高尚情操，更借人喻己，倾诉了怀才不遇、壮志难酬的满腔怨愤，如其另外一首《登开元寺砖阁》所云：“十七万砖磨作镜，可怜闲杀栋梁材！”联系同时代的其他诗人和诗作，这也就是王昙借哭项羽以自哭的“如我文章遭鬼击”，更像黄景仁凭吊杜甫所说的“埋才当乱世，并力作诗人”(《耒阳杜子美墓》)。清末谭献《重刻瓶水斋诗集序》论及舒位时就说：“阳湖黄仲则、秀水王仲瞿，丰才啬遇，略等先生。”他们都像陶渊明一样，是由于不得已才“英雄末路以诗传”，正如稍后龚自珍“安慰”舒位以及另一位类似诗人彭兆荪时所云：“如此高材胜高第，头衔追赠薄三唐。”(《己亥杂诗》三百十五首之一百十四)事实上，这个时期几乎所有的著名诗人包括龚自珍本人乃至状元陈沆，有几个真正地得志过？看看他们的生卒年，又有几个不是“英年早逝”的？近代前夜的中国社会，从这些诗人的身上以及他们的诗风上面都可以看得很清楚。理想中的“羲皇上人”和“桃花源”，在那个时代是无论如何也找不到的。

月夜出西太湖作(五首选一)①

不抽帆子不安桅②，两桨霜花细细开③。
半夜横风吹不断，青山飞过太湖来。

【注释】①太湖：位于江苏南部，与浙江接邻，为我国东南地区最大的湖泊，面积号称三万六千顷。沿岸、湖中山峦很多，尤以东、西两洞庭山最为著名，历代都是旅游胜地。②安：安装、竖立。③霜花：这里指船桨溅起的浪花。

【点评】本题为诗人秋夜泛舟太湖所作，此诗系其中第二首。浩淼的太湖，在明月的照耀之下，更加显得辽阔无边。诗人驾一叶扁舟，自由自在地徜徉在“如此烟波如此夜”(其一)，其意境之美着实令人叹羡。由于月明如昼，迎面的青山翠绿依旧，在半夜风吹的作用下，仿佛隔湖飞越而来。这第三句对风的描写，正从语意上给人造成这样的幻觉，为第四句做了很好的铺垫，加上第四句本身的“飞”字以及第二句的“开”字，使一首短短的诗充满了动态感。可见此诗无论在总体意境的营造上，还是在具体景象的安排上，处处显现出美妙的情景。

六月二十四日荷花荡泛舟作(二首选一)①

吴门桥外荡轻舻②,流管清丝泛玉凫③。
应是花神避生日④,万人如海一花无⑤。

【注释】①荷花荡:地名,在苏州葑门外约二里左右。旧时以六月二十四日为荷花生日,亦称观莲节,游人最盛。②吴门:苏州的别称。又苏州盘门外运河上有吴门桥。舻(lú):船头划桨的地方,借指船。③流管清丝:指江南丝竹乐器,也借指乐曲。玉凫(fú):指精致的小船,因形似野鸭而得名。凫,野鸭。④避生日:避开生日的喧哗。⑤"万人"句:语本苏轼《病中闻子由得告不赴商州三首》之一:"惟有王城最堪隐,万人如海一身藏。"

【点评】本题作于嘉庆十年乙丑(1805),此诗系其中第一首。诗人在苏州,于观莲节随俗去往荷花荡欣赏荷花。诗歌先是描写一路上画舫相接、箫鼓齐鸣的热闹场面,极见当日游人之众多。如此众多的游人纷纷涌向荷花荡,满怀希望"消受"这"白莲花世界"。然而令人大煞风景的是,待到目的地,偌大的荷花荡,竟只见到万人如海,偏偏见不到一朵的荷花。诗歌前面两句的铺张,恰为后面两句的冷寂做了反衬;特别是最末一句的"万人如海"与"一花无",更是以浓缩的笔墨,以句中自对的形式,构成了极其强烈的反差;加上前面一句"应是花神避生日"的虚空想象,既使诗歌空灵动荡,又使游人哭笑不得,这实际上也是眼前现实与原来传说所构成的矛盾。诗人正是抓住这种种的矛盾与反差,以作为艺术的契机,创作了这首既再现现实又满含哲理的写景诗。

黔苗竹枝词[①]

东谢蛮(二首选一)[②]

红丝早已系绸缪[③],牛酒相邀古洞幽[④]。
底事相逢不相识[⑤]? 谢郎翻比谢娘羞[⑥]。

【注释】①黔:贵州简称。苗:这里指苗族。竹枝词:原为四川一带的民歌,后被用作一种诗歌体裁,形式为七言绝句,内容一般描写各地的风土人情以及青年男女的爱情生活。②东谢:贵州苗族中的一个分支,以"谢"为姓,相对于旁边的"南谢""西谢"而称为"东谢"。蛮:旧时对南方少数民族的一种称呼。③"红丝"句:传说男女婚姻是由月下老人手中的红线牵连而成,这里双关当地男女均以红线垂挂在发髻后面的习俗。系(jì):连接。绸缪(móu):缠绵,这里指爱情婚姻。④"牛酒"句:指以牛和酒做聘礼,在山洞中成婚居住。《旧唐书·南蛮西南蛮列传》:"散在山洞间,依树为层巢而居。"参前查慎行《初入黔境土人皆居悬崖峭壁间缘梯上下与猿猱无异睹之心恻而作是诗》:"巢居风俗故依然,石穴高当万木颠。"⑤底事:何事、何故。⑥"谢郎"句:指当地习俗,结婚时新郎反比新娘害羞。翻:反而。又诗末自注:"东谢昏姻,不避同姓,以牛酒为聘。女归夫家,夫羞涩避之,旬日乃出。其俗男女皆椎髻,绦以绛,垂于后。"

【点评】舒位《黔苗竹枝词》是其从军西南时所写的反映贵州苗族人民社会生活特别是当地风土人情的大型组诗,共四十一小题五十二首,此诗系其中第四小题第二首。诗歌描写"东谢"苗民的婚姻习俗,既特殊又有趣。诗中最突出的艺术特点,即是大量运用双关手法。它表面上使用的都是古代诗文中常见的词语典故,实际上却处处关合"东谢"苗民的风俗习惯。例如"红丝"关涉发饰,"谢郎""谢娘"关涉婚姻"不避同姓",即如"古洞幽",又未尝不是"洞房"的一种双关。凡此种种,无疑都十分贴切巧妙。我们读舒位的诗歌，常能感觉到风趣幽默，这是他受到袁枚、赵翼等人影响的一个表现。这种风格在他前面的作品中往往为其感慨愤激所淹没，而在这里便可以看得很清楚。当然就此诗来说，最主要的仍在于它的社会意义。清代无数诗人包括查慎行、赵翼等等，不管他们是出于什么原因而来到西南，客观上都为祖国西南方向的诗歌繁荣做出了应有的贡献，这也是清代诗歌的突出成就之一。

吴嵩梁（一首）

吴嵩梁（1766—1834），字子山，号兰雪。江西东乡人。嘉庆五年庚申（1800）举人，由内阁中书官至贵州黔西知州。其诗歌曾受教于翁方纲等人，才气横放，风格多样，在当时很受世人推崇，影响远至国外。就清代江西诗人而论，则是继蒋士铨之后的一个重要作家。有《香苏山馆诗钞》等。

江南道中杂诗（五首选一）

山风拂袂暗凉生①，月黑空林更独行。
一路野花开似雪，但闻香气不知名。

【注释】①袂（mèi）：衣袖。

【点评】此诗系本题第五首，描写山间夜行的情景，后二句最有韵致。虽然前面王又曾的《临平道中观白荷花同朱冰壑陈渔所二首》之一也曾有过“但闻花气不看花”这样的句子，但它所写在白天，所观为白荷花，一片白色海洋，所以分辨不出何者为花，而只闻花气；整首诗歌，基本上都是从正面表现一个“白”字。吴嵩梁这首诗写的是夜景，并且又是没有月亮的黑夜，因此此花的白色是由黑夜反衬出来的，由此显得格外引人注目；同时由于所见是野花，因此只闻花气，而不知道花的名称。两诗体物，各有精到之处；其所创造的意境，显然也各有特点。

陈文述（二首）

陈文述（1771—1843），字云伯，号退庵。浙江钱塘（今杭州）人。嘉庆五年庚申（1800）中举人。曾官江都等地知县。虽然其卒年已入近代，但通常论诗都把他放在鸦片战争以前。其诗歌数量极多，题材广泛，但也十分芜杂。艺术上取法宋初“西昆体”，以辞采秾丽见长，在清代则受吴伟业影响较大，而对龚自珍又有熏染。生平曾刻有多种诗文选本，又屡作增删，最后厘定为《颐道堂全集》。

夏日杂诗（七首选一）

水窗低傍画栏开，枕簟萧疏玉漏催①。
一夜雨声凉到梦，万荷叶上送秋来。

【注释】①簟（diàn）：竹席。萧疏：稀落，这里形容睡梦不稳。玉漏：即漏壶，古代一种借滴水以计时的仪器。参前黄景仁《癸巳除夕偶成》注②。

【点评】本题描写夏天的各种生活感受，此诗系其中第三首。诗歌前面两句叙述夏夜的难眠。尽管诗人把睡觉的地方特意安排在临水的窗户边上，周围的画栏也非常通风，然而却始终很难入睡，只觉得长夜难挨。这里的原因没有明讲，但读到后面的两句，倒过来可以知道是因为闷热的天气。然而天公又仿佛已经懂得了诗人的心愿，恰在这般时候，给诗人送来了一场好雨。不消说，诗人在雨声的陪伴中沉沉进入梦乡，连所做的梦都浸透了雨的凉意。窗外水塘的万荷叶上，秋的身影正在飒飒地走来。诗歌前面写夏夜难眠，正是为后面写秋雨乍到作铺垫；后面写秋雨乍到，以“一夜雨声凉到梦”形容人的精神感受，又以“万荷叶上送秋来”描绘自然界的节候变迁，都极尽刻画之能事，充满着一片画意诗情。全诗除“画栏”“玉漏”两词以外，特别是后面最精警的两句，语言都十分朴素，这与陈文述的惯常诗风不同，是难得的佳作。

月夜闻纺织声（三首选一）

茅檐辛苦倦难支①，绣阁娇憨定不知②。
多少吴姬厌罗縠③，绿窗一样夜眠迟！

【注释】①茅檐：茅草盖的屋檐，借指茅屋。②绣阁：雕饰华丽的楼阁。周邦彦《风流子》：“绣阁凤帏深几许，曾听得理丝簧。”娇憨（hān）：娇养不懂事的样子。③吴姬：吴地的美女，这里泛指富贵人家的姬妾。罗縠（hú）：泛指高级丝织品。

【点评】本题为诗人夜里听到纺织声而作，此诗系其中第二首。诗人从纺织声的背后，听出了贫家女子的“茅檐辛苦倦难支”，又揣测富家女子的“绣阁娇憨定不知”，这已经是一种极大的不公。诗人更进一步想象，天下多少富贵人家的妖姬美妾，她们穿够了贫女彻夜纺织的绫罗绸缎，这个时候正在寻欢作乐，一样的也是通宵不眠！诗歌前面一层，侧重从“纺织”出发，叙述辛苦与娇憨的不同；后面一层，则主要从“月夜”出发，展示劳作与享乐的差异，而这种享乐又正是建立在劳作的基础之上。如此，既紧扣诗题，又多层次地揭露了贫富的不均乃至阶级的对立。类似的诗歌，在以往最有名的是宋人张俞的《蚕妇》："昨日入城市，归来泪满巾。遍身罗绮者，不是养蚕人！"该诗言简语浅而寓意深刻。陈文述此诗则形象更为丰富，词采也更为秾丽，很能见出其固有诗风。不过就此诗具体来看，华丽词藻都是用在富家女子的一方，这刚好有助于强化贫富之间的差别和对立，倒也是十分妥贴得体的。由此也可以知道，诗歌词采的浓淡是否得宜，最关键的还是看它到底怎么用。

严蕊珠（一首）

严蕊珠（1781—1800），字绿华。江苏吴江人。秀才严家绶女。曾典首饰拜袁枚为师。当其诗被辑入《随园女弟子诗选》的时候，"年才十七"，尚未许人。有《露香阁诗存》。

春日杂咏（四首选一）

粘天芳草翠平铺，三月江南似画图。
小立溪边春祓禊[①]，水中人影万花扶。

【注释】①祓禊（fú xì）：古人习惯在农历三月初三亦即上巳节到水边洗濯污垢，祭祀祖先，称为"修禊"或"祓禊"，通常也兼带宴饮与郊游。参前金人瑞《上巳日天畅晴甚觉兰亭天朗气清句为右军入化之笔昭明忽然出手岂谓年年有印板上巳耶诗以纪之》题注①。

【点评】本题杂咏春日景象，此诗系其中第二首。诗歌看似描写自然景色，其实却在刻画诗人自身。这三月的江南、粘天的芳草，都是画面的大背景；溪中的流水、岸边的丛花，都是画面的小背景；而诗人自身，则显然是画面的主体与核心。全诗从远到近，从大到小，最终推出万花簇拥的少女形象，这的确是一幅无比美丽的"画图"。并且，诗歌写人又是从水中的倒影着笔，由此更显出理路的曲折、构思的新奇，同时也更加符合女孩子多喜欢顾影自怜的性格特征。这样的诗歌特别是"水中人影万花扶"这样的诗句，真亏女孩子写得出来，也只有女孩子写得出来。清初方文《从弟既平以诗草就正题此》"即如倒影中流句，一幅元人画不成"自注曾经称赞："既平《五日观渡》末句：'美人争向江头立，不惜全身影倒垂。'"但相比之下，还是不如严蕊珠出色。

程恩泽（三首）

程恩泽（1785—1837），字云芬，号春海。安徽歙县人。嘉庆十六年辛未（1811）举进士，选翰林院庶吉士，晋编修，累官至户部右侍郎。他以著名学者而兼诗人，论诗也格外强调学问，主张师法前人，具体则推尊中唐的韩愈特别是北宋的黄庭坚。其诗歌现存数量不多，内容也比较贫乏，但艺术上的特征却相当明显，也就是取径黄庭坚以及韩愈，刻意在句法上求变化，尤其好用虚词乃至关联词语，以文为诗，奇险拗折。虽然其本身创作成就总体上不是很高，但他的诗论和诗风，却继清初朱彝尊、王士禛特别是清中叶的钱载以及姚鼐、黎简诸家之后，经过他的众多门生何绍基、郑珍、莫友芝等人的推波助澜，在近代形成了一场巨大的宋诗运动，并一直影响到清末民初的“同光体”诗人。如果说近代诗歌可以分成进步与保守两大派的话，那么程恩泽正是保守这一派的直接源头。有《程侍郎遗集》。

渡淮即事[①]

汝颍沙涡竞短长[②]，还收睢浍五文章[③]。
遂磨洪泽而东镜[④]，似筑深江以外墙[⑤]。
天际数峰眉妩翠[⑥]，中流一画墨痕苍[⑦]。
即看歌舞雄都会[⑧]，何处风云古战场[⑨]？

【注释】①即事：就当前之事赋诗。②汝颍沙涡：指淮河的支流汝河、颍河、沙河、涡河。竞：竞赛。③睢浍（suī kuài）：指淮河的支流睢河、浍河。五文章：古代以青与赤相配合为“文”，赤与白相配合为“章”，“文章”即泛指错杂的色彩或花纹。这里借以比喻河流的颜色，也可以理解作众多河流组成的图案。又《礼记·乐记》：“五色成文而不乱。”④“遂磨”句：意思是淮河东流，形成洪泽湖等许多平静的水面，如古人磨镜一般。洪泽湖位于江苏西部，其下还有宝应湖、高邮湖等等。而东：以东。⑤“似筑”句：淮河为我国南北分界的地方，屏蔽长江，像是在长江北面筑起一道防护的外墙。⑥天际：天边。眉妩：像眉毛一样妩媚动人。⑦“中流”句：淮河中流好像用苍黑色的画笔点染而成。⑧都会：这里指扬州，古代以繁华著称。⑨古战场：江淮地区自古以来都是兵家必争之地，故云。

【点评】此诗为诗人途经淮河而作，摹写淮河风物，贴切形象而富有气势。其中颔联两句尤其著名，不但多用虚词，同时又将七言诗句按照前二后五的结构进行安排，两者叠加在一起，典型地显示出诗歌句调的变化，也最能体现程恩泽诗歌的艺术特征。后来的“同光体”诗人特别是其中江西派的领袖陈三立，在近体诗的创作上即经常模仿这种句法，由此也可以见出程恩泽的影响之深远以及此诗的重要性。

粤东杂感九首(选二)①

外藩吉利最雄猜②,坐卧高楼互市开③。
有尽兼金倾海去④,无端奇货挟山来。
五都水旱多逋券⑤,群贾雍容内乏财⑥。
只合年年茶药馥,换伊一一米船回⑦。

【注释】①粤东:即广东。②外藩:这里指外国。吉利:英吉利,即英国。雄猜:心雄性疑、狡猾厉害。③互市:往来贸易。④兼金:价值倍于寻常的精金,这里借指白银。⑤五都:古代五大城市,具体所指多有不同,这里泛指全国广大地区。逋券(bū quàn):欠票、逃票,指拖欠,亦即缴不起沉重的赋税。⑥群贾(gǔ):众商人。⑦"只合"两句:原诗自注:"以茶叶、大黄转换洋米,不取奇货,计之上策也。"合:应该。馥(fù):香。伊:他,这里指英国。

【点评】嘉庆、道光时期,随着欧美资本主义的迅速发展,列强的魔爪开始伸向东方,伸向中国。它们以当时世界上最强大的英国为首,以贸易作掩护,以鸦片作先导,企图达到侵略、控制中国的目的。程恩泽的《粤东杂感九首》,就触及这方面的问题。上面这首诗系本题第五首,反映的主要是贸易情况。诗歌一上来就指出,在列强之中,最厉害狡猾的就是英国。它在中国建造了许多高楼大厦,盘踞得十分安稳,广泛地进行着各种贸易活动。中国本来就有限的白银,像潮水般流了出去;而英国的无数"奇货",却如山似海,成批涌入。当时国内各地,又正是灾荒频仍、民不聊生;商人表面上看起来好像雍容华贵,实际上却也是外强中干,根本没有同洋人竞争的经济实力。因此诗人认为,最好的贸易方针,应该是拿本国的茶叶药材之类去换外国的大米以解决温饱问题,而决不能拿珍贵的白银去换那些无用的“奇货”，尤其是害人的鸦片！

天生灵草阿芙蓉[①]，要和饔飧竞大功[②]。
豪士万金销夜月，乞儿九死醉春风[③]。
香飞海舶关津裕[④]，力走天涯货贝通[⑤]。
抵得瞢腾兵燹劫[⑥]，半收猿鹤半沙虫[⑦]。

【注释】①阿(ē)芙蓉：即鸦片。《本草纲目》有记载。②饔飧(yōng sūn)：早餐与晚餐，泛指人们日常必需的饮食。③“乞儿”句：自注：“粤鸦烟遍地，虽乞儿亦啖之。”九死：这里指不顾一切。醉春风：形容沉醉在鸦片的麻痹之中。④海舶：海船。关津：水陆关卡要道，这里泛指鸦片贸易口岸。裕：多。⑤天涯：这里指内地很远的地方。货贝：即货币。⑥瞢(méng)腾：稀里糊涂、莫名其妙。兵燹(xiǎn)：兵火战争的焚烧破坏。劫：劫难、浩劫。⑦猿鹤、沙虫：比喻君子和小人，亦即各类、全部的人。《艺文类聚》卷九十引《抱朴子》：“周穆王南征，一军尽化，君子为猿为鹤，小人为虫为沙。”

【点评】此诗系本题第六首，紧接上面第五首专门谈鸦片问题。鸦片这种有害无益的东西，居然要取代人们赖以生存的日常饮食。在它的诱惑下，无数的人不惜挥洒万金，不惜浪费时光，甚至不惜赔上性命。它的流毒，正在不断地向内地渗透，无止境地扩大蔓延。这简直像是一场莫名其妙的战争洗劫，无论君子小人，无一不受其毒害！可以说，鸦片走私的种种罪恶，在这首诗中揭露得十分全面。这在诗人，无疑是其爱国思想的表现。值得注意的是，程恩泽逝世于鸦片战争爆发之前三年，而他却能够如此深刻地预感到鸦片贸易活动的严重危害性并把它反映到诗歌之中，这的确不能不令人钦佩。这些诗歌同清初高兆的《荷兰使船歌》一样，都显示了诗人对外国列强的高度警惕和敏锐觉察。可惜的是整个统治阶级特别是最高统治者却并没有及时采取积极有效的防范措施，更没有励精图治、惩治腐败、整顿朝纲、振兴国力，以致后来果然一败涂地，割地赔款，丧权辱国，愧对子孙。而从诗歌本身来看，程恩泽虽然总体诗风倾向保守，但这两首却能够以旧形式、旧风格来写涉及外国的新事物，这也不能不说是一种进步。

陈沆（三首）

陈沆（1785—1826），字太初，号秋舫。湖北蕲水（今浠水）人。嘉庆二十二年己卯（1819）以一甲一名中式进士，授翰林院修撰，后转四川道监察御史。卒年仅四十二岁。其诗现存数量不多，却大量反映了当时社会的黑暗现实，揭露了封建末世的种种弊端。艺术上长于构思，幽深奇警；精于锻炼，而又一归平淡，使人不觉。其总体风格清苍幽峭，客观上对晚清“同光体”中的闽派诗人产生过很大的影响。有《简学斋诗存》《诗删》等，又《陈沆集》。

有　感①

传闻南海事全非②，十室炊烟九室稀。
须识治兵先治吏，自来防盗在防饥③。
鳄鱼大可为文遣④，沙蜮终难出水飞⑤。
寂寞江湖风雪里，有人投笔念征衣⑥。

【注释】①原诗自注：“闻广东荒歉，海寇未平。”“海寇”这里指海上铤而走险的渔民。②南海:泛指广东一带。非:不像样。③盗:强盗,实际多为聚众反抗剥削压迫的穷人。④"鳄鱼"句:《旧唐书·韩愈传》记载,韩愈官潮州刺史时,当地鳄鱼为害,他作《祭鳄鱼文》祝告,果然当夜即"暴风震电起溪中,数日水尽涸,西徙六十里。自是潮无鳄鱼患"。遣:驱除。⑤沙蜮(yù):传说中一种能在水中含沙射人以致病的怪物。⑥有人:这里为作者自指。投笔:这里取字面意思,即放下笔。征衣:借指因为各种天灾人祸而流离失所的穷苦百姓。

【点评】此诗作于嘉庆十四年己巳(1809)。据题注及有关历史记载可知,当时广东一带灾荒遍地,民不聊生,许多走投无路的渔民被逼在海上以劫掠为生,清王朝屡次派兵征剿,都未能平息。诗人时年二十五岁,看到这样一种局面,写诗抒发自己的感慨。诗歌一方面对广大劳动人民的深重苦难寄予深切的同情,另一方面对清王朝吏治腐败的黑暗现实予以深刻的揭露,认为要提高军队的战斗力,必须首先整饬吏治,惩治腐败;要想劳动人民不造反,必须首先保证他们能够温饱。而联系诗人另一题《河南道上乐府四章》所描写的"卖儿女""狗食人""吃草根""逃饥荒"等四种惨象,以及下面《濮州道中》"偶有人言惊鬼答,翻从寇尽见兵忙"所暴露的官兵屠杀、掠夺无辜百姓的罪恶行径,可以清楚地看到当时的天灾人祸其实绝不限于"南海"一隅而是遍及中原各地,难怪诗人要抒发如许感慨了。

濮州道中①

父老车前说战场②,可怜不是旧春光。
桃花破屋开残雪,燕子空坟语夕阳。
偶有人言惊鬼答③,翻从寇尽见兵忙④。
流亡遍地须安集,莫使田园尽意荒⑤。

【注释】①濮(pú)州:旧地名,大致在今山东鄄城、河南范县一带。②

“父老”句：乾隆、嘉庆之际，山东西南部曾经爆发大规模农民起义，后被清政府镇压。③“偶有”句：形容荒凉之极，老百姓纷纷逃亡，到处都是死于战乱的冤魂。④“翻从”句：翻：反而。寇：这里指起义的农民。全句意思是说清朝军队镇压起义倒没有什么本事，而掠夺普通百姓十分起劲。⑤尽意：任意、彻底。

【点评】此诗作于嘉庆十九年甲戌(1814)，叙述诗人路经山东西南的见闻，写来极其沉痛。诗歌开头以“旧春光”作为挈领，以下处处与之比照：春天明艳的“桃花”，竟然开在了“破屋”之中；旧日多情的“燕子”，如今喃咕在“空坟”之上；“人”“鬼”相答，“寇”去“兵”来；“流亡遍地”，而“田园尽”“荒”，呈现出一片破败悲凉的景象。同时，全诗并没有用什么典故，所用词汇都是常见语，然而形象鲜明，寓意深刻，一字改换不得，这正如“同光体”闽派首领陈衍评价陈沆诗歌所说的那样，“字皆人人能识之字，句皆人人能造之句，及积字成句，积句成韵，积韵成章，遂无前人已言之意、已写之景，又皆后人欲言之意、欲写之景”(《石遗室诗话》卷三)。

扬州城楼

涛声寒泊一城孤①，万瓦声中听雁呼②。
曾是绿杨千树好③，只今明月一分无④。
穷商日夜荒歌舞，乐岁东南困转输⑤。
道谊既轻功利重，临风还忆董江都⑥。

【注释】①“涛声”句：形容扬州城像是蜷缩在长江波涛声中的一只孤船。②万瓦：形容人烟辐凑、房屋栉比。③“曾是”句：清初王士祯任扬州推官时，曾赋《浣溪沙》二阕，其一有“绿杨城郭是扬州”之句，为人广泛传诵，“江淮间多写为画图”(《带经堂诗话》卷八)。④“只今”句：唐代诗人徐凝《忆扬州》有云：“天下三分明月夜，二分无赖属扬州。”只今：现在。⑤乐岁：与“歉岁”或“凶年”相对，指丰收年成。《孟子·梁惠王上》：“乐岁终身饱，凶年免于死亡。”转输：转运、献纳。扬州为当时漕运中心，东南地区的财富多经由此地被统治阶级搜刮而去。⑥“道谊”两句：汉代董仲舒曾官江都王相，他在《对贤良策》中曾说：“夫仁人者，正其谊，不谋其利；明其道，不计其功。”即注重仁义道德、扶持民生，而反对横征暴敛、剥削百姓。

【点评】自三国王粲作《登楼赋》以来，历代骚人墨客凡涉登楼，大抵都离不开感慨。但同系感慨，主题却有大小之分。陈沆此诗作于嘉庆二十三年戊寅(1818)，所登为扬州城楼。诗歌首联，诗人在孤寒凄冷的背景中偏偏听到了雁的叫声，而雁在古代诗歌中总是一种衰飒萧条的象征，由此奠定了全诗的基调。颔联以一正一反的典故运用，以“只今”与“曾是”的鲜明对照，指出扬州城今非昔比，往日真正的繁华早已荡然无存。颈联进一步以客观的事实，以推进一层的手法予以深化和强化，那些已经没落的商人仍在“日夜荒歌舞”，丰收的年成、富饶的东南尚且“困转输”，则其他人、其他地区如何，更是可想而知。尾联总结升华，谴责统治阶级只顾横征暴敛，不管百姓死活；只重功利，不讲道德，社会风气江河日下，滔滔不返。因此诗人只能临风浩叹，思念当年的董仲舒。全诗既切扬州，又切登楼，同时关心的又是整个时代和社会的问题，表达组织又是如此深沉严密，这才真正是一个状元的眼光和手笔，乃至连龚自珍都称之为“裂笛之作”(《龚自珍全集》第八辑)。

潘德舆(一首)

潘德舆(1785—1839)，字彦辅，号四农。江苏山阳(今淮安)人。道光八年戊子(1828)以乡试第一名中举人。稍后选为安徽候补知县，迄未赴任，卒于鸦片战争爆发前一年。他是诗论家兼诗人，诗学观点相当保守，强调诗歌的社会教化作用，要求符合封建正统的伦理道德，攻击袁枚性灵派的反封建精神为“嘲风雪，弄花草”云云；艺术上则强调“师法”，并且这种“师法”还一定要“高”，说到底也就是明“七子”的“诗必盛唐”，根本目的都是为了“复于古”。其自身诗歌创作以反映日常恬适生活为主，但也有部分作品揭露社会黑暗，触及封建末世的衰朽本质；艺术上以五言古诗较为擅长，取法陶渊明、杜甫，古淡质朴，但缺乏独创。近代的鲁一同、张际亮等人，曾在不同程度上受到过他的影响。有《养一斋集》《养一斋诗话》等，又《潘德舆全集》。

茌平述感①

齐西风物近如何②？揽辔南来涕泗多③。
百里田畴无秀麦，四更门巷有清歌。
征人蹀躞谋行乐④，长吏逡巡报荐瘥⑤。
岳岳马生呼不起⑥，荒荒残日下岩阿⑦。

【注释】①茌(chí)平：地名，在今山东。②齐西：山东春秋战国时曾为齐国之地，“齐西”即指山东西部。③揽辔(pèi)：挽着马缰，即骑马。④征人：这里指过往行人。蹀躞(dié xiè)：小步行走的样子。⑤长吏：长官、官吏。逡巡：欲进不进、迟疑不决的样子。荐瘥(cuó)：指连年灾荒。《诗经·小雅·节南山》：“天方荐瘥。”⑥岳岳：形容人才的杰出。马生：这里指唐初的马周，茌平人，曾拟奏条陈，为唐太宗所赏识。⑦岩阿(ē)：山边。

【点评】此诗为道光十六年丙申(1836)潘德舆行经山东茌平时述感而作。诗人一路上看到的，一方面是百里田畴，一片荒芜，另一方面却是四更门巷，仍有清歌；一方面是过往行人，竞相寻乐，另一方面却是地方官吏，不敢报灾。由此可以知道近代前夜的封建社会，已经日趋没落，气息奄奄，恰一似“荒荒残日下岩阿”。全诗的感慨，特别是尾联的两句，同前面陈沆的《扬州城楼》何其相似。这最末的一句，又使人想起前面黄景仁《都门秋思》四首之三的“夕阳劝客登楼去，山色将秋绕郭来”，以及陈沆《濮州道中》的“桃花破屋开残雪，燕子空坟语夕阳”，龚自珍《逆旅题壁次周伯恬原韵》的“秋气不惊堂内燕，夕阳还恋路旁鸦”等等，这一切都是封建末世的形象写照，即所谓的“夕阳无限好，只是近黄昏”。潘德舆的诗歌自称学习杜甫，杜甫虽然也反映民生疾苦、社会现实，但毕竟还有一种坚信唐王朝能够中兴的“盛唐”底气，而潘德舆则无论其本人主观思想如何，诗歌却不能不带上浓厚的“晚唐”气息。这正是时代的大势，也是整个近代前夜诗歌的共同倾向。

龚自珍（十首）

龚自珍（1792—1841），字璱人，号定庵，又号羽琌山民。浙江仁和（今杭州）人。他的外祖父段玉裁是著名文字学家，母亲也是诗人，有很好的家庭教育环境。但他从十九岁开始步入科场，经过四次乡试，到二十七岁始中举人；又经过六次会试，一直到道光九年己丑（1829）三十八岁，才勉强得中进士。曾授内阁中书，稍迁宗人府主事，又改礼部主事、祠祭司行走，始终徘徊在郎署间。道光十九年己亥（1839）辞官南归，后二年暴卒于江苏丹阳的云阳书院，终年也只有五十岁。他生当封建社会向半封建半殖民地社会转变的历史大动荡时期，其诗歌继承袁枚以来性灵派的优良传统，表现出一种强烈的反对封建、追求民主的进步精神，并且进一步提出积极的改革主张；艺术上绝去依傍，自由创新，甚至连旧有的格律都不太讲究，天马行空，意境超凡，色彩瑰丽，遣词用字也富有浓厚的个性特征，对后来以黄遵宪为代表的“诗界革命”、柳亚子为代表的“南社”乃至近现代的整个诗歌都产生了巨大的影响，具有划时代的意义和开风气的作用。由于这一点以及龚自珍卒于鸦片战争爆发后的第二年，人们通常都把他划入近代；但他在鸦片战争爆发后的这段时间里，客观上只有一首相传为魏源侄子题扇的诗歌传世，因此似乎更应该把他放在近代以前。其所著作，有《龚自珍全集》。又诗歌注本很多，主要有今人刘逸生、周锡䪖两位先生合撰《龚自珍诗集编年校注》，汤克勤先生编著《龚自珍诗全集汇校汇注汇评》。

投宋于庭翔凤①

游山五岳东道主②，拥书百城南面王③。
万人丛中一握手，使我衣袖三年香④。

【注释】①宋于庭翔凤：名翔凤，字于庭，江苏长洲（今苏州）人。嘉庆五年庚申（1800）举人，曾官湖南兴宁、耒阳等地知县。为著名经学家，也工诗。年长龚自珍十六岁。②“游山”句：五岳：中国的五座历史文化名山，分别为东岳泰山、西岳华山、南岳衡山、北岳恒山、中岳嵩山。东道主：语出《左传·僖公三十年》，原义为东路上的主人，后世泛指主人。全句意思是宋翔凤游历很广，所到之处，五岳都很高兴接待他。③“拥书”句：语出《北史·李谧传》：“丈夫拥万卷书，何假南面百城？”按古代以坐北朝南为尊，称王者都面南而坐。此句意思是宋翔凤藏书很多，学问极大，胜似统治百城的王者。④衣袖三年香：李商隐《酬崔八早梅有赠兼示之作》：“谢郎衣袖初翻雪，荀令熏炉更换香。”又《韩翃舍人即事》：“桥南荀令过，十里送衣香。"据《太平御览》卷七百零三引习凿齿《襄阳记》,汉末曾官尚书令的荀彧,每"至人家,坐处三日香"。

【点评】此诗作于道光二年壬午(1822),是作者写给友人宋翔凤的。诗歌主旨,在于表达对这位"朴学奇才"的景仰之意(语见龚自珍《己亥杂诗》三百十五首之一百三十九)。全诗不讲平仄,写来情真意挚。尤其是后面两句,改原典故的"三日香"为"三年香",以极其形象、夸张的手法,赞美对方的人品和学问。假如撇开学术事业这层关系,这诗歌写得如此风光旖旎,使人很难想象出自龚自珍这样一位以提倡社会改革为己任、极富政治色彩的诗人之手。当然,它与龚自珍诗歌总体上的浪漫主义特征,显然还是非常一致的。

咏　史

金粉东南十五州①,万重恩怨属名流。
牢盆狎客操全算②,团扇才人踞上游③。
避席畏闻文字狱④,著书都为稻粱谋⑤。
田横五百人安在,难道归来尽列侯⑥?

【注释】①金粉:古代女子化妆用的水银铅粉,这里借以形容奢侈靡丽。"六朝金粉地。"东南十五州:泛指长江下游一带地区。②牢盆:煮盐的器具,这里借指盐官。狎客:封建君王或官僚身边特别亲近的帮闲之人。全算:全局谋划。③团扇才人:东晋贵族子弟王珉二十多岁就做掌管机要的中书令,却不通政事,一无所能。平日喜持白团扇,曾与嫂婢私通,事觉,婢作《团扇歌》。见《宋书·乐志》。④避席:离座而起。文字狱:统治阶级为钳制舆论、镇压知识分子,常从其著作中摘取字句,罗织罪名,即称"文字狱"。清代在康熙、雍正、乾隆时期,此类事件发生最多,迫害最残酷。⑤稻粱谋:即混饭吃。⑥"田横"两句:《史记·田儋列传》记载,秦末田横曾自立为齐王，汉朝建立后，率众逃入海岛中。刘邦派人招降，说：“田横来，大者王，小者乃侯耳；不来，且举兵加诛焉。”田横不甘心做刘邦的臣下，遂在半途自杀。留在岛上的五百多人，也全部自杀。列侯：汉朝制度，异姓有功封侯者称“列侯”。

【点评】此诗名为“咏史”，实为讽今。诗歌对当时东南一带的上流社会做了一个几近全面的总结，那些自命为“名流”的读书人，整天恩恩怨怨，勾心斗角，互相倾轧；越是低贱，越是卑劣，越是占据着高高的位置，把持着种种的权力，如同诗人另一题《咏史》二首之一所云：“猿鹤惊心悲浩月，鱼龙得意舞高秋。”他们没有丝毫的骨气和胆量，没有远大的目标和理想，只知道谋求私利、苟且偷生。古代田横那样的壮节有为之士，如今非但一个都见不到了，而且就算“归来”，在这样的一种龌龊局面之下，又能有何真正的作为呢？这里的原因，从根本上来说，当然就在于统治阶级的政策本身，也在于封建腐朽的社会制度。因此，龚自珍这首诗，实际上从一个侧面揭露了当时社会的黑暗和腐败，这也正是他要呼吁改革的出发点之一。

己亥杂诗(三百十五首选七)①

浩荡离愁白日斜②，吟鞭东指即天涯③。
落红不是无情物④，化作春泥更护花。

【注释】①己亥：这里指道光十九年(1839)。②浩荡离愁：意谓离愁别绪浩大无边。杜甫《秦州杂诗二十首》之一：“满目悲生事，因人作远游。迟回度陇怯，浩荡及关愁。”③吟鞭：诗人所持的马鞭。辛弃疾《鹧鸪天·东阳道中》：“愁边剩有相思句，摇断吟鞭碧玉梢。”东指：指向东方。袁枚《寄香亭》四首之一：“归鞭东指日斜曛。”即天涯：便是天涯，意谓离京师很远。刘禹锡《和令狐相公别牡丹》：“莫道两京非远别，春明门外即天涯。”④落红：即落花。

【点评】道光十九年己亥(1839)即鸦片战争爆发前一年,龚自珍匆匆辞官南还,后又重新北上南下接回家眷,自夏至冬,写成本题,此诗系其中第五首。诗人当此离京之际,一方面固然对清王朝有一种夕阳西下的认识,另一方面却又表达了浓重的忠君恋阙思想,意思是说此身虽然不再做官,也仍要报效朝廷。观同题第三首"终是落花心绪好,平生默感玉皇恩",及第六首"欲浣春衣仍护惜,乾清门外露痕多"云云,以及龚自珍一度将自己改名"巩祚",将儿子龚橙改名"孝拱"等等,都可以获得印证。这在前面如袁枚,他尽管思想也相当进步,但在外放和辞官时同样写了《落花》十五首、《明妃曲》,以及《挂冠》四首诸作,一再地表示自己仍要"报君恩""报明时";再前面的孔尚任,罢官之际也曾赋有《出彰义门》一绝,后二句云:"诗人不是无情客,恋阙怀乡一例心。"龚自珍此诗的警句,正是从孔尚任诗歌化来,其心态也恰和孔尚任及袁枚等人相似。他虽然提倡改革,但目的并不是推翻整个封建制度,他持有这种忠君恋阙的思想,正是其复杂性的一个表现。这在当时是丝毫不足为奇的,后人也大可不必为贤人讳,更不能随意拔高其思想。至于今天的人们拿"落红"两句当作培养新生力量之类的意思来引用,是出于修辞方面的需要,只要讲清楚,自然是没有问题的。

满拟新桑遍冀州[①],重来不见绿云稠[②]。
书生挟策成何济[③]?付与维南织女愁[④]。

【注释】①满拟:满以为。冀州:旧地名,通常指今河北、北京、天津一带,清代属直隶,也称北直隶。②绿云:形容桑林遍地,绿叶成荫。③挟策:带着书卷,借指怀带建议。成何济:有什么用。吴伟业《行路难一十八首》之十三:"归来故乡无负郭,破家结客成何济?"④维南:即南方。《诗经·小雅·大东》:"维南有箕,不可以簸扬。"又诗末自注:"曩陈北直种桑之策于畿辅大吏。"

【点评】此诗系本题第二十一首。此前一年,龚自珍曾向当时任直隶布政使的托浑布提出建议，希望河北一带能够恢复传统，广种桑树，以蚕丝织布，抵制西洋纺织品的输入，减少白银的外流。这也就是他在《乞籴保阳》四首之四中所说的："冀州古桑土，张堪往事新。我观畿辅间，民贫非土贫。何不课以桑，治织纴组紃？……中国如富桑，夷物何足摇？"然而，当诗人此次重过河北等地的时候，却并没有看见他所构想的那一片"绿云稠"的景象。因此，他发出这样的慨叹：书生纵有良好建议，到底又有什么用？织机前的女子，因为无丝可织，也只能空自发愁了。从这首诗里，我们可以看到龚自珍并非只有空洞的思想理论，而确实有着许多实实在在的关系国计民生的具体想法，包括他的"东南罢番舶""西域置行省"等等建议在内。其中的一部分，虽然当时没有被统治者积极采纳，但后来的事实却一再地证明了这些建议的明智。恰如他在本题第七十六首所预言的那样："文章合有老波澜，莫作鄱阳夹漈看。五十年中言定验，苍茫六合此微官。"

只筹一缆十夫多[①]，细算千艘渡此河[②]。
我亦曾糜太仓粟[③]，夜闻邪许泪滂沱[④]。

【注释】①筹：计数的筹牌，这里作动词用，即计算。一缆：这里指一条船。夫：指纤夫。②此河：指京杭大运河。③糜：糜费、耗用。太仓：古代国家储存粮食的仓库，泛指官仓。④邪许（yé hǔ）：劳动时众人一齐吆喝的号子声。《淮南子·道应训》："今夫举大木者，前呼'邪许'，后亦应之，此举重劝力之歌也。"滂沱（pāng tuó）：大雨倾盆的样子。《诗经·陈风·泽陂》："寤寐无为，涕泗滂沱。"又诗末自注："五月十二日抵淮浦作。"

【点评】此诗系本题第八十三首，为诗人舟抵淮安清江浦时所作。他在运河中看到数以万计的纤夫，拉着一艘艘的粮船，发出沉重的吆喝声，联想到自己也曾食用过国家的俸米，不禁感慨万千，夜不能寐，乃至泪雨滂沱。诗歌虽短，却感情真挚而强烈，这正是龚自珍诗的一个特点。诗人作为封建统治阶级中的一个低级官吏，能够对劳动人民寄予如此深切的同情，尤其是能够对自己的享用俸禄存一种惭愧和内疚的心理，这的确是十分难得的。而同样在清代，前面如郑燮的《潍县署中画竹呈年伯包大中丞括》由风吹竹叶联想到民间疾苦，陈文述的《月夜闻纺织声》三首之二由月夜纺织声联想到贫富的不均，这种可贵的精神是息息相通、一脉相承的，它们共同体现了清代诗人和诗歌的鲜明进步性。

津梁条约遍南东①，谁遣藏春深坞逢②？
不枉人呼莲幕客③，碧纱橱护阿芙蓉④。

【注释】①津梁：渡口桥梁，这里借指通商口岸。条约：这里指清政府一度颁布的禁止鸦片走私的明文。②遣：使。藏春深坞（wù）：藏春坞，北宋刁约所建别墅名。苏轼《赠张刁二老》："藏春坞里莺花闹，仁寿桥边日月长。"这里则指偷吸鸦片的场所。鸦片为罂粟花所制，罂粟花又名丽春。③不枉：理所当然、难怪。莲幕客：南齐王俭曾官卫将军，相当于宰相之职，时人将依附王俭做幕僚视为"泛绿波，依芙蓉"（见《南史·庾杲之传》）。后世即誉称幕府为"莲幕"，称幕僚为"莲幕客"。④碧纱橱（chú）：以木作架，顶上和四周蒙以绿纱，夏天用以避蚊蝇，类似于今天挂蚊帐的床。护：调护、调理。阿芙蓉：即鸦片。自注："'阿'读如'人痾'之'痾'。出《续本草》。"参前程恩泽《粤东杂感九首》之六注①。

【点评】此诗系本题第八十五首，为有感于鸦片走私而作。清政府在鸦片战争爆发以前，也曾颁布过有关禁烟的条令，然而鸦片走私活动却依然十分猖獗，诗人即对此提出了质问。这背后的原因，龚自珍的"故人"林则徐已经讲得很清楚："盖以衙门中吸食最多，如幕友、官亲、长随、书办、差役，嗜鸦片者十之八九，皆力能包庇贩卖之人。"（《钱票无甚关碍宜重禁吃烟以杜弊源片》）并且"现任督抚，嗜烟者约占半数"（《与弟元抡书》）。因此同龚自珍齐名的另一位诗人魏源《江南吟十首》之八即云："中朝但断大官朋（瘾），阿芙蓉烟可立尽。"龚自珍此诗则运用生动的形象、富丽的辞采，特别是多层双关的艺术手法，对那些嗜烟如命，又包庇纵容鸦片走私的内贼予以辛辣的嘲讽和讥刺，从而同样深刻地揭露了鸦片走私的国内背景。古人云："肉必自腐而后虫生。"近代史上的一切奇耻大辱，最根本的正在于种种内因。鸦片流毒，无非是一个小小的侧面而已。

不论盐铁不筹河①，独倚东南涕泪多②。
国赋三升民一斗③，屠牛那不胜栽禾！

【注释】①盐铁：古代盐和铁都是国家专卖物资，西汉桑弘羊等人曾有过论辩，有关言论后由桓宽结集成书，为《盐铁论》。筹：这里意为筹划。河：这里指通常所说的黄河。②倚：倚身而立，即置身其中。黄庭坚《登快阁》："痴儿了却公家事，快阁东西倚晚晴。"③国赋：国家规定的岁赋。升、斗：古代量制，十升为一斗。

【点评】此诗系本题第一百二十三首，主要反映江南农村超标准收税的问题。本来清朝户律规定，一般民田每亩岁赋是三升三合五勺；但根据有关史料记载，到了龚自珍那个时候，东南地区如苏州、松江、太仓等地，实际征收都在三至四倍左右（参见冯桂芬代拟《请减苏松太浮粮疏》）。这使人想起前面陈沆在《扬州城楼》中所说的"乐岁东南困转输"，更何况道光三年癸未（1823）、十三年癸巳（1833）先后发生两次大水，农民本就元气大伤，不堪重负，乃至纷纷破产。用龚自珍本人的话来说，也就是"自京师始，概乎四方，大抵富户变贫户，贫户变饿者"（《西域置行省议》），"抢攘廛间一饱难"（本题第二十首）。难怪诗人纵然"不论盐铁不筹河"，也要"独倚东南涕泪多"了。那些原本老老实实埋头种地的农民，如今不如干脆把牛杀了卖牛肉！读此诗，当时农民的悲惨遭遇、农村的萧条景况，宛然如在目前。诗人的愤激情绪，也又一次喷泻而出。

九州生气恃风雷①，万马齐喑究可哀②。
我劝天公重抖擞③，不拘一格降人材④。

【注释】①九州：古代中国曾划分为九个州，多指豫、兖、徐、扬、荆、益、冀、雍、青，后世即以代指中国。恃：依靠。风雷：风和雷，兼喻巨大的力量。②万马齐喑(yīn)：语出苏轼《三马图赞引》："振鬣长鸣，万马皆瘖。""瘖"即"喑"，哑。究：终究、毕竟。③天公：天上的玉皇，传说中主宰一切的天帝，这里暗指封建最高统治者。重：重新。抖擞(sǒu)：奋发、振作。④降：降生。人材：同"人才"。又诗末自注："过镇江，见赛玉皇及风神、雷神者，祷祠万数。道士乞撰青词。"

【点评】此诗系本题第一百二十五首，是诗人应道士请求而写的一篇献给玉皇和风神、雷神的祝祷文。但诗人和寻常"祷祠"者不同，他祈祷的并非风调雨顺、子孙昌盛，而是呼唤普"降人材"。早在《明良论·三》一文中，他就曾经指出过"今日用人论资格之大略"，以致士大夫"尽奄然而无有生气"，因此"不可不为变通"；联系这个时期黄景仁、舒位、王昙等人的"如此高材不高第"，以及从郑燮、袁枚直至龚自珍本人的早早退出官场，更可以想见当时无数人才被压抑、被排斥、被浪费的现实。正是因为如此，诗人首先要求从培养人才入手，打破这种"万马齐喑"的局面，从而实现社会的变革。诗歌借题发挥，因时施教，明言暗喻，双线合一，说是"青词"，其实是一篇改革的"宣言"。清代中叶诗歌从正反两方面反对封建、追求民主的精神，发展到龚自珍这里，进一步提出了积极的改革主张，可以说达到了一个顶峰；艺术上绝去依傍、自由创新的精神，从这首诗的对"天公"敢于用"劝"，以及整个《己亥杂诗》的一题多至三百十五首，牢笼万有，风格多样，甚至部分作品全然不讲格律等等方面来看，同样发展到了一个新的高度。龚自珍的诗歌之所以在近代被人读了竟会"如触电然"，关键也就在于它的改革与创新。

陶潜酷似卧龙豪①，万古浔阳松菊高②。
莫信诗人竟平淡，二分梁甫一分骚③。

【注释】①陶潜：即陶渊明。参前舒位《向读文选诗爱此数家不知其人可乎因论其世凡作者十人诗九首》之四有关注释。酷似：极像。卧龙：指诸葛亮。当时徐庶曾誉之为“卧龙”。原诗自注：“语意本辛弃疾。”按辛弃疾《贺新郎·把酒长亭说》有云：“把酒长亭说。看渊明、风流酷似，卧龙诸葛。”②“万古”句：陶渊明为浔阳柴桑（今江西九江）人。其《归去来兮辞》有句云：“三径就荒，松菊犹存。”③“二分”句：梁甫：这里指《梁甫吟》，也作“梁父吟”。《三国志·蜀志·诸葛亮传》：“亮躬耕陇亩，好为《梁父吟》。”骚：指屈原《离骚》。全句大意是说，陶渊明的诗歌三分中有二分像诸葛亮的《梁甫吟》充满豪情壮志，有一分像屈原的《离骚》带有怨愤和不平。

【点评】中国古代田园诗的创始人陶渊明，一向被奉为“古今隐逸诗人之宗”（钟嵘《诗品》卷中）。虽然后世也有个别人提出不同的看法，但总是说得不甚明确。龚自珍本题第一百二十九首称其于“舟中读陶诗”，即写感想云：“陶潜诗喜咏荆轲，想见停云发浩歌。吟到恩仇心事涌，江湖侠骨恐无多。”上面所选的这一首紧接其后，进一步明确甚至夸张地指出，陶渊明的诗歌其实并不“平淡”，相反地有着一派激情。尽管这在龚自珍未尝不带有“仁者见仁，智者见智”的主观因素，但经他这一番“矫枉过正”，此后人们对陶渊明的认识确乎全面、辩证了许多。鲁迅先生在《题未定草》之六中，就特别强调了陶渊明诗歌长期为人忽略的“金刚怒目”的一面，并认为“倘有取舍，便非完人；再加抑扬，更离真实”（《鲁迅全集·且介亭杂文二集》）。而由陶渊明推广开去，正如龚自珍这里所说的，自古以来包括有清一代的众多诗人，又有几个是真正“平淡”的？

梦中作

不是斯文掷笔骄①，牵连姓氏本寥寥②。
夕阳忽下中原去③，笑咏风花殿六朝④。

【注释】①斯文：语出《论语·子罕》：“天之将丧斯文也，后死者不得与于斯文也。”后世借以指儒者或文人。这里为作者自指，也指自己创作的作品。掷笔：扔下笔，兼有完稿之意。可参龚自珍《己亥杂诗》三百十五首之四十四："霜毫掷罢倚天寒，任作淋漓泼墨看。何敢自矜医国手，药方只贩古时丹。"②"牵连"句：意谓作品本来就很少纠缠于具体细碎的某人某事。③"夕阳"句：屈原《离骚》："欲少留此灵琐兮，日忽忽其将暮。"又李商隐《乐游原》："向晚意不适，驱车登古原。夕阳无限好，只是近黄昏。"中原：通常作地名，指黄河中下游地区乃至整个中国。也可以指平原、原野。④风花：风花雪月，泛指诗歌题材。殿：殿后、结束。六朝：指三国时代的吴国，东晋，南朝的宋、齐、梁、陈，均建都南京。

【点评】龚自珍集内有好些诗歌题称"梦中作"云云，这主要是便于运用浪漫主义的创作方法，借梦境以摆脱束缚、驰骋想象。上面这一首，实际上是他对自身创作所做的一个总结。诗人为自己的诗歌感到骄傲和自豪，这从根本上来说就在于它所达到的整体境界。也就是说，诗人"生于末世运偏消"，他的诗歌也刚好是对这个"末世"所做的一个总结。仔细留心一下龚自珍以前的清王朝，从顺治、康熙、雍正、乾隆、嘉庆，到这个时候的道光，不正是这首诗末尾所说的"六朝"吗？因此，"夕阳忽下中原去，笑咏风花殿六朝"，龚自珍的诗歌正可以看作通常所说的清代诗歌的殿后；又由于清代本来就处于中国古代社会的末尾，因此实际上也就是整个古代诗歌的殿后。同时，龚自珍的诗歌又直接影响到近代诗歌中代表主流的进步这一派的"诗界革命""南社"，孕育出近代的"新派诗"乃至现代的"自由诗"，因此可以说又是近现代诗歌的开山，亦即《己亥杂诗》第一百零四首所云："一事平生无齮龁，但开风气不为师。"恩格斯曾称意大利的但丁"是中世纪的最后一位诗人，同时又是新时代的最初一位诗人"(《共产党宣言》1893 年意大利文版《序言》)，中国的龚自珍也恰是如此。而龚自珍所属于的清代诗人整体，其在整个中国诗歌史上的地位，也刚好同龚自珍个人一样。

附录一　作者人名索引

附录二　作品篇名索引

E

F

G

H

M

N

O

P

Q

R

S

T

Z

后　记

记得1988年，我在原浙江大学刚创办不久的中文系正式参加工作，主持全系工作的系副主任乐承宗先生带上同专业的郑光虎先生和我，一起编纂一种教材——《中国古代文学教程（历代诗文选）》（浙江大学出版社1991年9月第1版）。我承担时代最晚的元明清部分，体裁包括“诗”和“文”，“诗”又包括诗、词、散曲，以诗特别是清诗为主，不过一共只有四十四首（篇），加上“注释”才四万余字，这是我做选本的开端。约十年后的1997年，四川的天地出版社策划一套“诗词精品名家编注”丛书，南京大学中文系许结先生推荐我承担其中的《元明清诗》（同年12月第1版），以清诗为主，连“注释”带“点评”以及两个“附录”——《文学常识》《名言佳句》，共二十余万字。稍后的2000年，三秦出版社组织编选一套“名家注评古典文学丛书”，列为“全国古籍整理出版规划领导小组资助项目”，中国社会科学院文学研究所邓绍基先生推荐我承担其中的《清诗选评》，亦即本书的初版本（2004年7月第1版），基本体例相同，而收录对象终于全部是清诗。

本书的初版，距今已经二十来年。这些年来，学术发展突飞猛进，特别是清诗研究，早已由附庸而成为大国。即在社会上，人们对清诗也越来越关注，越来越熟悉。因此，我想利用这些有利的条件，对本书做一些修订。例如对于作者的排序，本书原则上依据其出生的时间先后。但是，过去很有些作者，生年还不清楚；又有些生年相同的作者，各自的生日也不完全清楚，这就会导致排序出错。而现今不但有江庆柏先生编著的《清代人物生卒年表》一书（人民文学出版社 2005 年 12 月第 1 版），而且学界其他相关的研究论著也有不少可资参考，这样总体上就没有多少问题了。比较特殊的是孙原湘、席佩兰夫妇，我们明知他们同年出生而月份上以席佩兰为早，却仍然将孙原湘排前，则是考虑到“夫唱妇随”的传统观念。又如作品的文本，如果起先来自旧有的选本，那么应当尽可能地核对作者本人的诗集。但是，过去找书很难，而现今各种点校本、影印本以及相关网站上的影像资料很多，所以不少过去无法核对的作品，这次基本上都核对过了。当然，如果文本存在差异，而选本文字确实感觉更优的，我们一般还是择善而从，并且在必要的时候加以适当说明。

再者，笔者所作的“注释”和“点评”，已经发现的各种疏误也不在少数。其中有些，还是读者发现，然后告诉我的。例如关于汪琬《月下演东坡语》二首之一“江山风月”两句的出典，初版本注为苏轼（东坡其号）的《前赤壁赋》；2006 年承湖南科技大学中文系本科 2003 级攸兴超同学惠函赐教，才知道应该是苏轼的《东坡志林》。随后我就这一问题专门写成一篇学术札记《汪琬〈月下演东坡语〉所演何语》，发表在《文史知识》杂志 2007 年第 4 期（第 132—133 页），并收为拙著《清诗考证》初编第三辑第二十九篇（人民文学出版社 2012 年 5 月第 1 版，下册第 888—890 页）。类似的问题，在其他拙著如《清诗考证续编》第二辑第四篇《王士祯“红桥修禊”考辨》第一部分“红桥修禊”第三小部分“集会日期”（浙江大学出版社 2019 年 1 月第 1 版，上册第 414 页），或拙作如《拙著自讼——几种清诗研究著作订正》第五部分“《清诗选评》”（《韶关学院学报》2006 年第 5 期，第 7—8 页）等处，也还有过零散的自我检讨。这次本书修订，正好可以集中更正。

不过尽管如此，仍然只能说是相对完善一些而已，真要做到全无错误，那是不可能的。

除此之外，在作者和作品方面，这次都不做替换或补充。如同初版本的《前言》（当时称“序”）所说，存世的清代诗人和诗歌实在太多。世人要依据唐诗，串联成一条“唐诗之路”都不容易；而要找清诗，可以说满目都是，随处堪称“清诗之地”，所以换不胜换，补不胜补，其中无数的优秀作品都要靠读者自己去发现。例如袁枚有一首过去不大为人注意的小诗《苔》：“白日不到处，青春恰自来。苔花如米小，也学牡丹开。”（《袁枚全集新编》正编之一《小仓山房诗集》卷十八，浙江古籍出版社 2015 年 10 月第 1 版，第 2 册第 394 页）前些年读者从励志的角度去欣赏它，就十分恰切，因而人人传诵，顿时成为名篇。另外从欣赏的规律来看，即使是同一首诗歌，读者也是越熟悉越能够体会出它的好来。因此，这次考虑到有些读者可能会对本书中的某些作品特别感兴趣，过后想起的时候还打算回头翻看，而从目录查找不一定很容易，于是在后面增加了《作者人名索引》和《作品篇名索引》这两个附录，意在为读者提供更多的便利。

本书在漫长的形成过程中，得到过许多师友的各种帮助。前面提到三个选本的逐步积累，它们都有策划者、组织者，乃至推荐者。三次编纂和这次修订，借鉴参考过很多前辈、时贤的研究成果。有些问题，还直接麻烦到具体的个人。例如关于岳端的出生时间，曾经写信请教吉林省社会科学院文学研究所的陈桂英先生；关于屈大均、宋湘两位广东诗人的作品，则曾函请当时在广州师范学院中文系工作的师弟沈金浩先生帮我查核诗集。读者方面，则在前述攸兴超同学之外，像我自己的一个学生陈凯玲，也曾为我指出十几处细节问题，包括句末的标点符号遗漏等等。而在出版方面，其前两个选本和本书初版本的责任编辑刘洁、莫晓虹、淡懿诚三位先生，都付出过不少的劳动。本书初版本的审稿专家，还有一位骆守中先生。特别是这次的修订再版，出版社非组织丛书而单独给予照顾，责任编辑沈宗宇先生又尤其认真负责，更加令人感激。另外第二个选本还有一个特殊情况，即出版社聘请我的研究生导师钱仲联先生挂名“审定”，也使拙编叨光增重。所有这一切，连同其他未能一一列举的人和事，在此一并致以由衷的感谢。

2023 年 12 月 9 日写于杭州玉泉